パーフェクトワールド　上

馳　星周

集英社文庫

パーフェクトワールド　上

主な登場人物

大城一郎　警視庁公安総務課警部補。
安室光裕　琉球警察那覇本部公安局捜査官。
古謝賢秀　琉球独立の理想を掲げる賢秀塾創立者。
平良清徳　農家。賢秀塾塾生。
島袋景子　平良の恋人。
諸見里昇　貿易会社社長の御曹司。賢秀塾塾生。
比嘉剛　元自衛官。賢秀塾塾生。
玻名城政弘　沖縄大学学生。賢秀塾塾生。
喜久山好信　沖縄大学学生。賢秀塾塾生。
桃原賢治　沖縄大学学生。賢秀塾塾生。
宮城章吉　沖縄大学教員、復帰協幹部。古謝とは大学の同窓。
知念良繁　教職員会幹部。人民党の中堅幹部。
仲宗根貴代子　中学校教員。知念の愛人。
當間義剛　琉球観光代表取締役。
門倉隆　東都リゾートの部長。

1

鎌倉といえども、さすがにこの時期はまだ肌寒い。葉を散らした枝が寒風に顫《ふる》えあがっている。左手には茶色く染まった山の稜線《りょうせん》が広がり、山腹にある古寺が侘《わ》びしく佇《たたず》んでいる。

「そろそろだな」

先を歩いていた山崎《やまざき》警視監がコートの袖を捲《めく》って腕時計を覗《のぞ》きこんだ。金無垢《きんむく》のロレックスが朝陽《あさひ》を反射して目に染みる。

「はっ」

大城一郎《おおしろいちろう》は短く応じた。警視監と直《じか》に口をきくことなど滅多にない。なにしろ、警視監といえば警察庁長官、警視総監に次ぐ三番目の地位にまで登りつめた超エリートだ。数年後には山崎が警視総監や警察庁長官の地位についていてもおかしくはない。どう対応すればいいのかがよくわからなかった。

「君は鎌倉は初めてか、警部補」

「はっ。子供のころ、親に連れられて何度か来たことがあります」

「そうじゃない。総理の別荘を訪れたことはあるのかと訊《き》いてるんだ」

山崎の冷たい声に、大城は首をすくめた。頬が熱い。おそらく、顔全体が赤らんでいることだろう。

「もちろん、初めてです」

「そうか――」山崎の口調が緩んだ。「意外と気さくな方だ。緊張しすぎないようにな」

山崎の肩越しに〝鎌倉〟が見えてきた。警察に限らず、省庁関係者が好んで口にする隠語で、現自民党総裁兼内閣総理大臣の別荘を指していう。総理は週末をこの別荘で過ごすのが常だった。

「しかし、山崎警視監、どうしてわたしが……？」

「その理由は総理が自ら君に説明することになっている。不安はわかるが、先走りしすぎんようにな」

山崎の声はどこまでも素っ気ない。内々に警視監と会うようにと指示された時は、出世の道が開けたのかと有頂天になったが、山崎の態度と週末に〝鎌倉〟へ一緒に行くという指示ともつかない指示に、大城の喜びは不安へとすぐに変わった。

一介の警部補に時の総理大臣がなんの用があるというのだろう。それも入庁以来、一貫して公安畑を歩いてきた自分に。

〝鎌倉〟はすぐ目の前に迫ってきていた。警視庁から派遣されているはずのSPが門の手前にふたりいて、山崎と大城に探るような視線を向けてきている。そのうちのひとりが山崎に気づいて直立不動の姿勢を取った。

「おや?」山崎が立ち止まり、掌《てのひら》をかざして空を見上げた。「雪だな」

その声につられて大城も空を見上げた。分厚い雲に覆われた空から細かくちぎった綿のような雪がひらひらと落ちてくる。

「雪ですね」

大城は機械のように応じ、目の前に降りてきた雪片を手の中に握りこんだ。ほんのりと冷たい感触が掌に広がっていく。

雪が見たくてな、だからうちなーを捨ててやまとぅに出てきたんだ──三年前に死んだ父親の声が耳の奥でよみがえった。

「行くぞ、警部補」

山崎の声が幾分緊張していた。その声に幻聴がかき消される。軋《きし》んだ音をたてて、〝鎌倉〟の門がゆっくり開きはじめた。

通されたのは書斎だった。三期連続で総理大臣を務めている権力者の別荘とは思えないほど〝鎌倉〟の造りは質素だった。八畳ほどの広さの書斎を暖める暖房設備も、部屋の隅にある石炭ストーブだけだった。

山崎と共に応接用の肘掛け椅子に座り、居心地の悪さに空咳《からせき》を繰り返していると和服姿の総理がやって来た。

大城は反射的に直立し、敬礼の姿勢を取った。

「まあまあ、そんなに肩肘張らないで楽にしたまえ――」

「大城警部補です」

大城の名前を思い出せずにいる総理に山崎が助け船を出した。

「おお、そうだ、そうだ。大城警部補。今日はわざわざこんな田舎《いなか》まで出向いてもらってご苦労だったな」

「とんでもありません。自分は警察官として当然の――」

「だから、そんなに肩肘張るなといっているだろう。とにかく、座りなさい」

また頬が熱くなる。大城は目を伏せたまま着席した。

「山崎君もご苦労だったな。どうだ、最近の連中の動向は？」

総理は好々爺《こうこうや》のような笑みを浮かべて山崎と向き合った。山崎は総理の質問によどみなく答えていく。連中というのは過激派のことだった。ここ数ヶ月、革マル派と中核派の衝突が各地で頻繁に起きている。日米安保の自動延長は終わったが、まだ予断は許さない状況だった。大城も、この数年は過激派学生の監視、情報入手のために寝る間も惜しんで働いていた。

山崎の話が一段落したところで、時機を見計らったかのように使用人がお茶と茶菓子を運んできた。この饅頭《まんじゅう》がいけるんだと総理はふたりにいい、嬉々《きき》として頬張った。

「ところで、大城君」饅頭を頬張りながらくぐもった声で総理はいった。「どうしてここに呼ばれたのかと、不思議に思っておるんだろう？」

「はっ。総理直々にお話ししていただけるということで……」

「君は沖縄の出身だったな？」

「はい。しかし、出身といっても、生まれてから三年ほど過ごしただけで、その後は両親の仕事の関係で東京に来たものですから」

「沖縄方言も多少喋《しゃべ》れるそうだな？」

総理は大城の言葉を聞き流しているかのような態度で質問を放ってくる。大城は多少むっとしながら、それが表情に出ないように努めた。

「本当に多少です。両親とも、こちらの言葉より沖縄方言の方に慣れていたとは思うのですが、とにかく生活、文化に馴染《なじ》まなくてはと常にこちらの言葉を使っていましたから」

「堪能《たんのう》であるに越したことはないんだが、まったくできないよりはいいな……沖縄には親戚や親族は残っているのか？」

「はい。戦後、ああいうことになりまして、滅多に戻ったことはないんですが」

「なるほど」

総理はそう呟《つぶや》いて腕を組んだ。

「いかがでしょう、総理。大城警部補は仕事上の実績も充分だと彼の直属の上司も太鼓判を押しているほどです。これ以上の人材はいないかと思いますが」

大城は山崎の横顔を盗み見た。直属の上司——谷村《たにむら》警視からは、そんな話は聞いたこともない。内密に調べられていたとでもいうのだろうか。いや、それ以上に警察のナンバー三と総理大臣が、一介の警部補になにをやらせようとしているのだろう。

「七二年には沖縄は我らが日本に戻ってくる」

突然、総理が口を開いた。

「潤滑な返還に向けて、日米双方の事務方が沖縄の返還に向けて日々努力しておる。君、わたしの公約をしっておるね？」

「はい」

総理の問いかけに、大城はうなずいた。なにがなんでも沖縄を返還させる。それが三期目の自民党総裁選挙に立候補した時の総理の公約だった。

「七二年の返還は決まりだ。わたしもニクソンもその点では合意している。合意は成ったが、そこに至るまでは難問が山積しておる。返還後の基地の問題を筆頭に、施政権の円滑な委譲、米ドルから日本円への貨幣交換、沖縄県民の生活の大転換。七二年までにやらなければならぬことは、それこそ腐るほどあるんだ」

大城は黙って総理の演説じみた言葉に耳を傾けていた。ここに至ってもまだ、自分になにを求められているのかは霧の中だった。

「君も知っているように、沖縄はまた反米、反基地、反戦闘争が盛んな土地柄でもある。こっちの過激派やべ平連の連中なども多数潜入しては、不穏な思想を広めようと躍起になっているらしいし、ごくわずかではあるが、日本復帰などとんでもない、沖縄は独立すべきだなどというろくでもない思想を振り回している輩《やから》もいる」

「沖縄は混沌《こんとん》としている。そういうことですね？」

大城はいった。総理がぎょろりと目を剝《む》いた。口を挟まれたことが不満なのか、沖縄の現状が不満なのか、その表情からは読みとれない。

「そのとおり」総理は口を大きく開けた。「沖縄は混沌としておる。だが、沖縄県民百万人の夢、日本復帰は確実に成し遂げられなければならん。大城君、そのために君の力を借りたいと思っておるんだよ、わたしは」

「本官の、ですか？」

「そう。日本のために――愛する祖国のために君の力を役立ててもらいたいんだ」

大城は山崎の顔を見た。山崎は小さくうなずく――とりあえず、総理の話を最後まで聞け。従うしかない。

「さっき山崎君もいっておったが、公安警察官としての君の能力は非常に高い。尾行、監視、盗聴その他、ありとあらゆる技術に精通しておる。そうだね？」

大城はうなずきながら、舌の上に嫌な味が広がっていくのを覚えた。日本共産党員およびそのシンパ、日教組や各種労働組合員の尾行、監視による情報収集は大城の所属する警視庁公安総務課の主業務だ。総務課という柔らかい名前のもと、時には非合法な捜査も厭《いと》わない。盗聴やスパイを仕立てる情報収集——非人間的で時に嫌悪を催すこともある。それを、仕事だ、お国のためだと自分にいい聞かせてこなしてきた。警察内部で優秀だと褒められるのさえ後ろめたさを覚えるのに、まったくの部外者に褒められても後味の悪さしか感じられなかった。

「おまけに沖縄出身で沖縄方言にも理解力がある」

「まさか、総理——」

大城は思わず腰を浮かした。

「その、まさか、だ」総理は悦に入ったように微笑《ほほえ》んだ。「君に沖縄に潜入してもらいたいと思っておるんだ。沖縄で今、なにが起こっておるのか、なにが起ころうとしているのか、大衆の間にどんな心理が蔓延《まんえん》しているのか、なかんずく、沖縄の日本復帰を喜ばない連中はなにを考え、なにを画策しておるのか。その辺りを調査、報告してもらいたい」

総理の言葉は耳を素通りした。消えかけていた記憶がゆっくりと静かに浮かびあがってくる。視界一杯に広がるサトウキビ畑と透き通った青い空。静かに打ち寄せる波——陽光を受けて万華鏡のようにきらめく水面。それらすべてを懐かしがった母。それらすべてを切り捨てようと足掻《あが》き続けた父。沖縄に戻りたいと思ったことはない。このやまとぅの地から出ようと思ったことはない。

「どうだね、大城君？」

焦《じ》れたように総理が口を開いた。それで、自分がしばらくの間呆然《ぼうぜん》としていたことに大城は気づいた。

「し、しかし、自分は警視庁所属の警察官です。沖縄での捜査権はありません」

「そんなことはこっちだって心得ておるさ。なあ、山崎君」

「ええ」総理の言葉を山崎が引き継いだ。「君も耳には挟んでいると思うが、二年ほど前から、七二年の復帰を念頭に置いて、警視庁と琉球《りゅうきゅう》警察は人員の交流を非公式にではあるが行っている」

研修——そういう名目のはずだった。公安、刑事にかかわらず、毎年、何人かの琉球警察の人間が警視庁に送り込まれてくる。大概は警視以上の階級の人間だが、中には現場クラスの捜査官も混じっている。警視庁側から沖縄に人を送っているという件は初耳だった。

「来月にも、警視庁から理事官クラスの人間と警部、警部補階級の捜査官を若干名、沖縄に派遣することになっているんだ。その中に君を入れる。もちろん、引率する理事官にも、向こうの人間にも君のことは因果を含める。研修期間は三ヶ月ということになっているが、もちろん、君はもっと長く滞在することになる。他の人間と一緒に戻ってきたように装い、現地にとどまって沖縄人として生活してもらうことになるだろう」

「ちょっと待ってください、警視監。総理がおっしゃったような捜査なら、なにも向こうの事情に疎《うと》い本官などではなく、琉球警察に協力してもらった方が効率的なのではないでしょうか」

機械的に喋る山崎を遮って、大城は訴えた。沖縄に行きたくないというよりは、今の仕事を放り出さなければならなくなるのが心残りだった。革マル派と中核派の武力衝突は日に日に激しさを増している。そのうち大惨事が起こる――大方の公安警察官の見方だった。それを未然に防ぐ、あるいは現場に居合わせる。それを目標に、寝る間も惜しんで仕事に励んできたのだ。

「君も現地に行けばわかる。この仕事は、向こうの警察官には無理なんだ」

山崎は思わせぶりにそういっただけで口を閉じた。雲の上の存在の上司がそれ以上の質問を受け付けないというのなら黙って従うしかない。

「肩肘張らずに気楽に構えてやってくれればいいんだ、大城君」肩肘張るな、というのが総理の口癖のようだった。「向こうは気候もいいし、洋モクや洋酒も信じられんぐらいの安い値段で手に入るらしい。半分休暇のつもりで行ってくればいい」

しかし――喉元まで出かかった言葉を大城は飲みこんだ。わざわざ総理大臣と警視監が一介の警部補に休暇を味わわせるためにこんな秘密めいた会合を開くはずがない。なにか、裏があるに決まっている。

「どれぐらいの間、沖縄に行っていればいいのでしょうか？」

大城は肩を落として訊いた。

「半年から一年。場合によってはもう少し延びるかもしれない」

山崎が平然とした顔でそう答えた。

＊

穏やかな陽射しが降り注ぎ、金色の稲穂が風に頭《こうべ》を垂れている。田圃《たんぼ》の向こうの広大な嘉手納《かでな》基地が陽炎《かげろう》のように揺らめいていた。ときおり飛び立っていく戦闘機の轟音《ごうおん》が静穏な大気を掻き乱し、楽園かと思われた光景を容赦のない現実に引き戻す。

平良清徳《たいらせいとく》は稲を刈る手を休めて腰を伸ばした。気温はそれほど高くはないが、陽射しは強烈だ。畦道《あぜみち》を自転車が近づいてくる。自転車を漕《こ》いでいるのは幼馴染みの永山実《ながやまみのる》だった。

「清徳、今夜、集会があるってよ」

「何時からだ？」

実の甲高い声に、平良は小声で応じた。

「八時。古謝《こじゃ》先生の家でだとよ。おまえ、車出してくれるか？　だったら、近隣の連中集めて那覇《なは》まで行こうぜ」

実の能天気な声は田圃の奥にいる両親の耳にも確実に届いているだろう。だが、父も母も黙々と稲を刈っている。

「わかった。じゃあ、七時半に家に集まってくれ」

両親の姿を気にしながら平良はいった。小言をいわれるより無言のままでいられる方がひしひしと圧力を感じる。

「なんだよ、清徳、乗り気じゃなさそうだな」

平良の目の前で実は自転車を停めた。平良と同じように額が汗で輝いている。

平良は口を開かずに、視線を両親の方に向けた。

「あ、親父《おやじ》さんたちいたのかよ」実は声を低めた。「悪い。腰屈《かが》めて稲刈ってるもんだから見えなかった」

「おまえが気にすることはないさ。これは家の問題だからな」

「当たり前だ。平良清徳が信念を曲げるなんて、だれも思っちゃいない。ただよ、親父さんたちには悪い気がしてさ」

「だから、それが余計なお世話だっていうんだ。まだ仕事が残ってる。後でな、実」

実は目を細めて平良の両親の後ろ姿を見つめた。実の両親も、平良たちの活動を快く思っているわけではないが、今では諦めているという話を聞いたことがある。古い世代と新しい世代の対立。いつの時代にもあることだが、不思議なのは父たちのさらに上の世代の人たちの方が平良たちの活動に理解があるということだ。おそらく、あの戦争の悲惨さが世代間の溝を深くしている。

「七時半だな。じゃあ、みんなに伝えてくるわ」

実はそういって勢いよく自転車を漕ぎ出した。土埃《つちぼこり》が舞い、実の背中が太陽に向かって遠ざかっていく。

「いつまでそうやってサボってるつもりだ、清徳!?」

父の声が突然響いた。やはり、怒っている。

「サボってなんかいねえよ！」

平良は不機嫌に怒鳴り返して腰を屈めた。稲は充分に育っている。正しい育て方さえしていれば、稲はいつだって順調に育つのだ。うちなーにも――沖縄にも同じことが当てはまらないとなぜ断言できる？　今の沖縄のありようは間違っている。父も母もそのことはわかりすぎるぐらいにわかっているはずなのに、現実から目を逸《そ》らすことばかりを考えている。

納得がいかなかった。まったく納得がいかなかった。

平良は力任せに稲を刈った。

古謝賢秀《けんしゆう》の家は那覇の久米《くめ》町にあった。一見普通の民家だが、沖縄の民家ならどんな家にでもあるシーサーの代わりに屋根の両端に三色に塗られた旗がはためいている。白と赤と黄――平和と情熱と道理。三つの色はそれぞれに呼応しているのだと古謝賢秀は力説する。琉球共和国旗。その下に、力強い文字で描かれた〈賢秀塾〉の看板がぶら下がっている。塾生は今のところ五十人前後。シンパの数はその倍。わずかな人数だが、だれもが希望と理想に胸を焦がしている。

塾の向かいにある空き地に車を停めると、実たちが待ちかねたというように飛び出していった。平良は鍵を抜き、のんびりとその後を追っていく。実たちはまるで鬼ごっこをしているかのように走っている。昔の松下村塾《しょうかそんじゅく》もこうだったのかなとふと思った。もっとも、あの時代には車はないけれど。

古謝の家に向かいながら、平良は振り返った。錆《さび》の浮いた車が暗闇に佇んでいる。父が十年以上乗り回した挙げ句、お下がりとしてくれた車だ。走行距離は十万キロに近い。エンジンも足回りもくたびれているが、まだ咳《せ》き込みながらでも走ってくれる。

「遊びに使わせるためにやったんじゃないぞ」

実たちを乗せて賢秀塾に向かうたびに、父は顔をしかめる。仕事のために、息子が働きやすいように、手足に馴染んだ車を手放したのだとその表情が語る。沖縄が日本に復帰すれば、米軍車輛《しゃりょう》が我が物顔で走り回っている軍道も一般に開放されるだろう。そうなれば、鉄道のない沖縄では車がものをいうようになる。

父の言葉には確かに一理ある。だが、肝心なことが抜けているのも確かだ。施政権がアメリカから日本に返還されたとしても、米軍基地はそのままこの島に残りつづける。それは日米共同声明を読むだけでも明らかだ。基地が存続するのなら、軍道も基地に属したままだろう。いや、それ以前に、なぜ日本などに戻らなくてはいけないのか。

「おい、清徳。なにのろくさ歩いてるんだ？」

平良を呼ぶ実の声が夜空に響いた。

「今行くよ」

平良はそう応じて足を速めた。どこかの民家から昆布を炒《いた》める香りが漂ってきている。晩飯を食って家を出てきたというのに、腹の虫が鳴った。苦笑いを浮かべながら賢秀塾の門をくぐる。昆布のイリチーの香りを線香の強い香りがかき消していく。

「いらっしゃい、平良君。もう、みんな集まってるわよ」

玄関口で古謝の妻の郁代《いくよ》が微笑んでいた。

「お邪魔します。いつもすみません」

郁代に頭を下げて靴を脱ぎ捨てる。そこが我が家のような足取りで家の中を進み、古謝が教室代わりに使っている居間へ向かった。集まっているのは十五人ほどだった。そのほとんどが二十代前半の若者だが、ちらほらと三十代の人間も混じっている。それぞれが部屋の隅に積み上げてあった座布団を勝手に手にとって、部屋の中央に座っている古謝を囲むように座っていた。

古謝は相変わらずこざっぱりとした格好をしていた。毎日散髪に通っているのかと思うほどに整えられた頭髪、口髭《くちひげ》。スーツとネクタイ姿で座布団の上で胡座《あぐら》をかいている。古謝はもともとは八重山《やえやま》の黒島《くろしま》の出身だ。離島での暮らしは悲惨だったという。干魃《かんばつ》に台風、津波。苦労して育てた作物は一晩のうちに消え去り、潮に洗われた不毛の陸地が後に残される。

神童と呼ばれていた古謝は島民の期待を背負って沖縄本島に渡り、旧制中学に入学した。戦後の混乱期に身分証明書を偽造し、本土の人間と偽って引き揚げ船に乗り込み、上京した。このあたりの話は古謝の口から何度も聞かされていたが、出来のよい冒険小説のようで聞き飽きることがなかった。

東京では八王子《はちおうじ》にあった沖縄学生寮に身を寄せて、労働の合間に勉学に勤《いそ》しみ、慶応大学法学部に入学、卒業と同時に司法試験に合格した。そのまま東京に居続ければ未来は約束されていたのだろうが、古謝は沖縄に戻ってくる。本土の弁護士資格を背景に、複数の地場企業の顧問となって日琉を往復する日々を送ったという。そうしたすべてを捨てて、古謝が賢秀塾を設立したのは四年前のことだった。日本と沖縄を行き来し、日本人とアメリカ人の物の考え方を知悉《ちしつ》していくうちに、沖縄は独立すべきだ、そのための行動を一刻も早く起こすべきだと確信するにいたったと古謝はいう。

初めは沖縄独立党を謳《うた》って政党を作るつもりだったが、あまりに直截《ちょくせつ》な名前では島民の反感を買うおそれがあると考えて、塾を開いたのだ。古謝は二年前に行われた沖縄主席公選に沖縄独立を訴えて立候補し、得票わずか二百票で落選した。

〝沖縄の未来を憂う志ある者よ、集まれ〟

そう書かれたチラシを平良が手にしたのは三年前だった。すぐに古謝の教えに打たれ、主席公選でも古謝を当選させるべく精力的に働いた。その結果の二百票は絶望より深い落胆を味わうのに充分だった。

「よろしいか、諸君」古謝の声が塾生たちのお喋りを黙らせた。「我々が沖縄独立を口にする度に、多くの人間が苦笑するのはなぜか？」

　塾生たちは顔を見合わせた。口を開く者はいない。

「みな、琉球独立などお伽話《とぎばなし》だと判で押したようにいう。仮に独立したとして、国の防衛はどうするのだ。経済が成り立つはずがない。だれもがそういって我々をふりむん扱いする」

　ふりむんというのは沖縄方言——ウチナーグチでいう「愚か者」というような意味の言葉だった。

「だが、ふりむんはどっちか？　見事独立を成し遂げ、世界に向かって琉球がもともとからの独立国であったことを世界に認めさせることができれば、薩摩《さつま》の侵略以来の日本国家による沖縄政策はすべて侵略と見なされる。侵略者によって琉球は戦争に巻き込まれ多大な被害を被ったのだ。国際裁判所に提訴し損害賠償を日本及びアメリカ—から勝ち取ることができれば、軍を創設するのもたやすいし、地元産業に活気を与えるに充分な資金源になり得る。琉球独立は夢ではない。夢ではないどころか、それは成さなければならない理念だ。独立とはなにか？」

　古謝の視線が平良の顔にまともに突き刺さってきた。

「琉球島民の人間復興を完遂するために辿《たど》らねばならない道です」

　平良は反射的に答えていた。すべては頭の中に叩《たた》き込まれている。古謝が満足そうに頷《うなず》いた。

「国家とはなにか？」

古謝は別の塾生に視線を向けた。

「国家とは権力です。権力とはすべてを飲みこんでさらなるものを求める底無しの餓《う》えです。権力は必然的に差別を生み出します。我々琉球島民はこの百年、大和国家権力により差別され、搾取されつづけてきました」

「では、我々が目指すべき独立、国家とはなんぞや？」

「国家を廃絶するための国家です。主権をすべて人民に委ねる国家です」

居間が熱気に溢《あふ》れていく。古謝が次々に命題を出し、塾生がそれに答えていく。かつてはその熱気は平良の心を鷲摑《わしづか》みにしたものだ。だが、今では虚《むな》しさが募っていく。

「ですが塾長！」

虚しさに耐えられなくなって平良は叫んだ。居間にいる全員の視線が平良に向けられた。

「このままでは、すべては無意味です。他の連中がいうように、ぼくらはふりむんのまま、沖縄の日本復帰の日を迎えることになりますよ。どうしたらいいんですか？」

沈黙がすべてを支配した。六九年十一月の佐藤―ニクソン会談で沖縄の日本への「本土なみ」復帰が共同声明の中で発表された。日本復帰は既成事実となって、沖縄も日本もその日に向けて邁進《まいしん》している。ここでいくら高邁《こうまい》な理想を語っても意味はない。

「確かに、平良君のいうとおり、ただ理想を語る時期はすぎたかもしれんな」

沈黙を破って古謝が口を開いた。その表情には悲痛さが漂っている。古謝がただ理想を説いていただけではないことは、平良もよく心得ている。主席選に立ち、敗れた後でも精力的に街頭演説をこなし、塾生たちに思想教育を施し、テレビやラジオの論戦番組にも進んで出演して復帰論者たちをことごとく論破した。それでも、賢秀塾のシンパは百人にしか及ばないのだ。

理想を説いてまわる以外に、島民の目を覚まさせるなにかが必要だった。

「ぼくもいろいろと考えていることがある。もう少し、時間をくれないか？」

「も、もちろんです」

古謝の意外な態度に、平良は頰が熱くなるのを感じた。生意気な塾生にも真摯に接してくれる古謝をいつも敬愛しているのだ。

「君のもどかしい気持ちはよくわかる。だが、焦っても物事は成らない。地道な教育も必要だ。なぜぼくが教育にこだわっているか、わかるだろう？」

平良はうなずいた。それこそ、古謝の理念のひとつだ。古謝はいう、教育は麻薬と同じだ。使い方がよければ傷の痛みを抑えるが、使い方を間違えれば脳細胞を破壊し生ける屍《しかばね》を作る。戦後の沖縄の思想を引っ張ってきたのは沖縄教職員会だった。彼らは自らの教え子たちに徹底した劣等意識を植え付け、沖縄は日本に戻るべきなのだと力説してきた。その長が屋良朝苗《やらちょうびょう》で、屋良はいま、沖縄主席の地位に座っている。古謝は説く。教職員会は癌《がん》だ、と。彼らはその偏った思想、歴史観を押しつけることで島民を骨抜きにした。やまとが祖国だなどという馬鹿げた考えを島民の脳味噌《のうみそ》に刷り込んだのはすべて教職員会の愚行だ。歴史書を繙《ひもと》いてみればいい。琉球王国は間違いなく存在した。やまとと中国のくびきを逃れ、真の独立国として栄華を味わっていたのだ。それがなぜ、やまとに尻尾を振らなければならないのか。すべては教育のせいだ。悪《あ》しき教育が島民を腑抜《ふぬ》けに変えたのだ。

古謝は正しい歴史観を塾生に説くことからはじめた。平良も、ここにいる塾生全員も、古謝によって曇っていた目を晴らしてもらった。

古謝を敬愛しているし、恩義も感じている。だが、このままではすべてが水泡に帰してしまう。焦りは日々強まり、今では平良の身体《からだ》を千々に引きちぎってしまいそうだった。

「おれたちはうちなーんちゅだ。やまとーんちゅではない」

喉の奥にへばりついたままの叫びが今にも噴き出そうになっている。狂おしく、せつなく、泣き出してしまいそうだ。

古謝が講義を再開した。塾生たちはざわめきながらも古謝の言葉に耳を傾けている。平良は発熱している時のようにぼうっとしながら古謝の講義が終わるまでの時を過ごした。

帰り際、古謝に肩を叩かれた。

「平良君、今度の日曜の昼間なんだが、都合はどうだい？」

古謝は声を抑えていた。他の塾生には聞かれたくないらしい。

「空いてますよ」

平良はそう答えた。

2

沖縄渡航のための手続きは驚くほど早く進んだ。研修のために警察庁へ異動せよという辞令が発令され、現行の任務を解かれたのが〝鎌倉〟を訪れた二日後。その後の一週間は沖縄問題の専門家と称する人間の、沖縄の歴史と現状の簡単な講義を受けることになった。

両親から聞いていたこと、いなかったこと。知っていたこと、知らなかったこと。専門家の言葉にはありとあらゆるものが含まれていた。

その専門家は沖縄方言――彼はウチナーグチと呼んだ――にも精通していた。講義を受けている間、大城は錆《さ》びついていたウチナーグチを徐々に思い出していった。それは記憶の底に埋もれていた沖縄の光景を思い出させるきっかけにもなった。

大城の故郷はコザ市の泡瀬《あわせ》という海岸沿いにあった。両親はそこで雑貨屋を営んでいた。淡い記憶に通底するのは泡瀬の海岸沿いに広がる透明な海だ。両親が働いている間、近所の子供たちに連れられて砂や波と戯れていた。

あそこに戻るのか。何度考えても実感はわかなかった。自分の身体に流れているのは確かに沖縄の血かもしれないが、脳味噌や細胞に詰まっているのは東京の文化、ものの考え方でしかない。あそこが故郷だといわれても、ぴんと来るものはなにもない。

講義を受けている間、なぜ自分が選ばれたのだろうという疑問を頭の中でこねくり回した。沖縄出身の公安警察官が自分だけとは思えない。優秀な公安警察官というのなら数は絞られるかもしれないが、それでも、自分だけだとは限らない。

なぜ、おれなのか？　結局は、自分が独り者だからという答えしか見つからなかった。一年以上に亘《わた》る任務だ。妻子持ちには務まらないだろう。

一週間の講義を終えると、警察庁の総務課に呼び出され、茶封筒を手渡された。中に入っていたのは沖縄行き日本航空の片道航空券。滞在ビザを押されたパスポート。パスポートは他にも一通入っていた。日本ではなく沖縄政府発行の大城一郎名義のパスポート。偽造なのか、警察庁と琉球警察が話を通して作らせた正規のものなのかは判別がつかない。パスポートの他に琉球銀行の預金通帳と印鑑が入っていた。口座名義は大城のものだ。だれもなにも説明してはくれなかったが、おそらく、この口座に活動資金が振り込まれるのだろう。

茶封筒を持ったまま警備局に向かった。警察庁の公安部門は警備局を筆頭に、それぞれ警備企画課、公安一、二、三課、外事課、警備課に分かれて機能している。山崎は警備局のトップだった。

自分の執務室にいた山崎は笑顔で大城を迎え入れた。大城は喉が渇くのを覚えた。警察官僚のトップに迫ろうというエリートの執務室に足を運び入れることなど滅多にあることではない。これが出世への扉を開けることになるのか、奈落へと続く断崖から転げ落ちることになるのか。できれば山崎の覚えをめでたくしておきたかった。ただでさえ三十をすぎてまだ独身でいる自分は出世競争から後れを取っている。それに加えて一年近く東京を留守にするということになれば、将来は諦めた方がいい。

「ご苦労だったな」

山崎は労《ねぎら》うように大城の肩を叩いた。

「この一週間は忙《せわ》しなかっただろう。ま、座りたまえ」

応接セットの革張りの肘掛け椅子に誘われて、大城は緊張したまま腰をおろした。

「出発は来週だったな」

「はい。週明けの月曜の飛行機です」

今週中に浅草のアパートを片づけて荷物を実家に送る予定になっていた。母と弟には任務の内容も沖縄に行くことも告げてはいない。ただ、過激派がらみの捜査でしばらく隠密捜査に携わるとだけいってある。テレビや新聞のニュースで過激派の報道によく接しているせいかふたりとも疑問は抱かなかったようだった。

「これはあの方の口癖だが、肩肘張らずに、気長にやるつもりで行ってくればいい――不安そうな顔だな」

山崎は向かいの椅子に座り、大城の顔を覗きこんだ。

「こんな任務は後にも先にも聞いたことがありませんし、一年以上留守にしたあと、こっちに自分の居場所があるのかどうかと考えますと――」

大城は語尾を濁した。生臭い話を直接するのはためらわれた。大城のためらいを山崎は笑い飛ばした。

「おいおい、馬鹿なことを考えるな。これは総理直々に伝えられた任務なんだぞ。うまく仕事をこなせば、君の将来は薔薇《ばら》色じゃないか。ま、おれの言葉だけじゃ信用もできんだろうから、いいことを教えてやろう。今週末に、もうひとつ辞令が出る」

「辞令ですか」

「そうだ。大城警部補。君は警部に昇格する」

大城は絶句したまま山崎の顔を凝視した。これまで、何度か昇進試験を受けてきたがその度に落ちていた。試験の中身には自信があった。それでも落ちたということは、警部になるにはまだ早いという警察組織からの警告だと大城は理解していた。大学出で国家公務員上級試験を通って警察にやってきた超エリートたちの次席にいるとはいえ、四十前で警部などもってのほかということだ。

それが三十五を前にしての警部への昇進だった。

「それだけじゃないぞ。無事任務を終えて戻ってきたら、君には警視庁公安部公安二課にしかるべき役職を用意する。そこで実績を上げれば、四十代にして警視も夢じゃない」

喜びより先に不安が広がった。これは尋常ではない。こんなお伽話があっていいはずがない。

「それだけのものを頂く見返りに、本官はなにをしなければいけないのですか？」

「それは沖縄に行けばわかるさ」

山崎は思わせぶりに笑った。

警察庁警備局局長室の扉の向こうに待ち構えていたのは、やはり断崖絶壁ではなかったのか。大城はふいに襲ってきた身体の顫えを、歯を食いしばってこらえた。


たいした揺れもなく、飛行機は無事那覇空港に着陸した。紺碧《こんぺき》の海と米空軍の戦闘機との対比がいかにも沖縄だった。大城は研修のために沖縄を訪れた四人の同僚と一緒に入管を通過した。同僚といってもふたりは警視、残りのふたりは警部。警部たちはともかく、ふたりの警視は純然たるキャリアでおいそれと口をきけるものではない。気疲ればかりする空の旅だった。

一年近い任務ということもあり、大城は大振りのスーツケースをふたつ、手荷物として預けてあった。ボストンバッグを携えただけの上司たちは、大城の荷物が出てくるまでの間、苦虫を嚙《か》みつぶしたような表情を浮かべていた。

税関の外で、琉球警察の人間が待っていた。与那覇《よなは》と名乗った男は満面の笑みで大城たちを歓迎し、空港の外で待たせていた二台の車に警視たちと警部たちを分乗させた。

「大城警部、あなたはこちらです」

与那覇が指差した方向にはタクシーが一台停まっていた。

「行き先は指示してあります。そこであなたを待っている人間がおりますから、これからのことはその男と話し合ってください。他の方たちと一緒にいられるところを見られたくないというのが警察庁の意向でしてね」

文句をいう筋合いはなかった。というよりお高くとまった警視殿たちと別れることになってほっとしたというのが実感だ。

大城は与那覇に謝意を告げ、スーツケースを両手に持ってタクシーに向かった。まだ二月だというのにまばゆい陽射しが降り注いでいる。ネクタイで締めつけた喉元にじんわりと汗が滲《にじ》みはじめていた。

タクシーの運転手が降りてきてトランクを開けた。背の低い猪首《いくび》の男で、顔が真っ黒に日焼けしていた。眉が太く唇も厚い。あるかなしかの愛想笑いを浮かべながら、大城のスーツケースをトランクに押しこんだが、さすがにふたつをきっちり収めるだけの空間はなかった。閉まらなくなったトランクの蓋を縄で車体にくくりつけ、運転手は大城を車内にいざなった。車内の空気は外気より熱く、淀《よど》んでいる。大城は背広の上着を脱ぎ、ネクタイを外した。

「沖縄は初めてですか？」

タクシーを発進させながら運転手が訊いてきた。開けはなった窓から爽やかな空気が流れ込んでくる。大城はその空気を深く吸いこんだ。

「いいや。生まれはこっちだよ」

そういった途端、運転手が破顔するのがルームミラーに映った。

「そうですか。懐かしいでしょう。それとも、すっかり変わってしまって驚きましたか？」

道路は右通行だった。標識も英語が連ねられている。記憶にある沖縄はもっと素朴でもっと田舎臭かった。

「そうだね。変わったね、沖縄は」

「七二年にはもっと変わりますよ」

運転手が返還のことを口にしているのだと気づくのに時間がかかった。窓から吹き込んでくる風は爽やかだが、どことなく間延びしている。車窓の風景も東京に比べればやはり間延びして見える。なにもかもが穏やかで、時間の流れさえ緩やかだと錯覚しそうだ。東京とのギャップに、まだ脳味噌と身体がついていけていない。ときおり視界に入る米軍の施設や車輛が目に見える光景と現実の隙間を埋めてくれる。

運転手は那覇の観光ガイドをはじめていた。那覇の地図は完璧に頭の中に叩き込んである。大城は目を閉じ、短い眠りに落ちた。

一軒の古い住宅の前でタクシーが停まった。建物はくたびれているが敷地はそれなりに広く、庭と車庫がついていた。車庫には外車が停まっていた。運転手と一緒にスーツケースを運びながらその住宅に向かった。鍵は開いていて、奥からほのかに甘い香りが漂ってくる。

空港で会った与那覇とよく似た雰囲気を湛《たた》えた男が大城を待っていた。

「めんそーれー、大城警部。今日からここがあなたの家になります」

ウチナーグチで「ようこそ」といっておきながら、男の表情は硬かった。たぶん、琉球警察の公安畑にいる男なのだろう。中央に対する反発があるのかもしれない。あるいは、本土の人間そのものに対する反発か。

「車庫の車は?」

「あれもあなたの名義になっています」

「なるほど。至れり尽くせりというわけか」

大城はスーツケースを玄関先に置いたまま靴を脱いだ。居間と寝室、浴室それに台所があるだけの狭い間取りだがひとり暮らしには充分だった。

「なにか困ったことがあったら、なんでもいってください。大城さんの滞在中の面倒を見るようにいいつかってますから」

居間には座布団とお茶が用意してあった。座布団に腰をおろすと男が口を開いた。

「君は？」

「安室《あむろ》といいます。那覇本署で公安の捜査官をしてます」

「そうか。では、安室君」

大城は居住まいを正して正座した。

「お世話になります。よろしく」

大城が頭を下げると、安室は慌てて正座した。

「いや、そんなことをなさらなくても。これは上からの命令ですし」

「実はぼくも自分が置かれた状況をよく把握していないんだよ。沖縄に赴いて現地の情勢を報告しろと命じられただけで。なにを調べればいいのか、なにをとっかかりにすればいいのか、皆目わからない。たぶん、君にはかなり世話になると思うんだ」

「わたしは――」

安室はそういって、大城から視線を逸らした。不自然な態度、不自然な口調。なにか裏がありそうだった。

「ぼくが本土から君の縄張りを偵察に来た。それが気に入らないのかな？」

「そんなことはありません」

意固地な口調だった。あまり追いつめると頑《かたく》なになってしまいそうな雰囲気もある。

大城は話題を変えた。

「とりあえず、こっちの反体制組織、活動家の動向を教えてもらおうかな——」

「言葉で説明するのはえらく大変なんです」

安室はいった。

「上からは四、五日大城警部を連れて島内を案内するようにといわれていますから……今日はお疲れでしょうから、明日から早速ご案内します。その途中でいろいろ説明するというのはどうですか？」

「それはそれでかまわないんだが……たとえば、琉球警察が主な監視対象に置いている団体、組織、活動家の流れを——名称やその主たる目的なんかでいいんだが、教えてもらえると助かる。そうすれば、君になにを訊《たず》ねればいいのかもよく把握できるし、なにより時間の節約になるからね」

「大城警部はこちらの生まれだとお聞きしてましたが」

安室の声は静かだったが、正座した両の腿《もも》の上に置かれている両手は固く握りしめられていた。

「そうだよ。それがなにか？」

「琉球人なのに、警部の話し方や考え方はやまとーんちゅみたいですね」

やまとーんちゅというのは本土の人間を指す言葉だった。そのニュアンスには軽い侮蔑と憎悪が込められている。

「この島にいたのはほんの数年のことだ。東京にはもう三十年になる。身も心もおれはやまとーんちゅさ」

大城は苛立《いらだ》たしげに答えた。安室の頑なさの理由が見えない。いったい、なにが気に入らないというのだろう?

＊

いつもと変わらぬ朝が来た。顔を洗い、朝食を食べ、畑に出る。いつもと違うのは今日が日曜だということだ。古謝賢秀に空いているかと問われた日曜日。作物の手入れをしていても気持ちが入らない。心が空を飛んでいる。冬の陽射しが心持ち高くなって、短い春と長い夏の到来を告げようとしていた。

午後三時に畑仕事を終えて、平良は那覇に向かった。賢秀塾では古謝賢秀が平良を待っていた。

「よく来てくれたね、平良君」

古謝賢秀の表情はいつもより強張《こわば》っていた。

「いえ、とんでもありません。先生に呼ばれたんなら、地球の果てにだって飛んでいきますよ」

平良は生真面目《きまじめ》な顔で応じた。言葉の綾《あや》などではない。古謝はこの世界でただひとり、尊敬し敬愛する師だ。古謝の喜ぶ顔を見るためなら、火の中に飛び込んだってかまわない。

その想《おも》いが通じたのか、古謝ははにかむように微笑み、頭を掻いた。

「今日も車かい？」

「ええ。それがなにか？」

「じゃあ、悪いがぼくを車に乗せてコザに向かってくれないかな」

「いいですけど……ぼくの車はポンコツですよ」

「かまわないさ。ぼくなんか、車一台持てない甲斐性《かいしょう》なしだ」

「そんなことはありませんよ——」

むきになる平良を笑っていなしながら古謝は靴を履いて外に出た。

「コザのどのあたりですか？」

「八重島《やえしま》なんだが、わかるかな？」

平良はうなずいて車のエンジンをかけた。咳き込みながらエンジンが目を覚ます。八重島というのは、かつてコザで最初の特飲街として栄えた地域だ。米兵相手のクラブやバーが軒を連ね、明け方までネオンの消えることのない街として隆盛を誇っていたが、十五年ほど前に米軍司令部が出した長期に亘るオフリミッツ——沖縄人に対する見せしめとして特定のバーやクラブに米兵の出入りを禁じた措置のせいで寂れ、衰退していった。今では人気《ひとけ》も少ないゴーストタウンと化している。

「八重島なんかになにをしに行くんですか？」

「まあ、行けばわかるさ。それより平良君、ご両親は相変わらずご健在かな？」

平良は口ごもった。平良が賢秀塾に通い始めたころ、父母が塾に怒鳴り込んできたことがあったのだ。うちの息子を誑《たぶら》かすのはやめてくれ――わからずやの両親に対しても、古謝は辛抱強く話しかけ、自らの信じる大義を説いた。もちろん、それが父母に伝わることはなかったのだが。

「ええ、元気ですよ。相変わらず、ぼくのやろうとしていることに理解を示してはくれませんけど」

「それはしょうがないさ。長い年月に亘って刷り込まれてきた物の見方、考え方というものはそう簡単に取り替えられるものじゃないからね。ぼくらの理想を実現させるには時間がかかる。それを理解して辛抱強く実践していくしかないんだ」

「だけど、この前もいいましたけど、沖縄には時間がないんですよ、先生」

「まったくそのとおりだ。施政権がやまとに返還されれば、沖縄はなし崩しに骨抜きにされていくだけだろう。そうなった後では、すべてが手遅れになりかねない」

平良のポンコツ車は軍用一号線に乗って北に向かって走っている。周囲に見えるのはほとんどが軍用の車輌だ。土埃をあげながら我が物顔で道を占領している。

「だったら、急いでなんとかしないと――」

「だから君とこうしてコザに向かってるんだよ」

古謝の口調は穏やかだったが、横顔は物思いに耽《ふけ》っているかのように沈んでいる。いつも笑みを絶やさない古謝には珍しい表情だった。

「コザになにがあるんですか?」

「着けばわかるといったでしょう」

古謝のいうとおりだ。平良は口をつぐみ、運転に専念した。

八重島は埃に埋もれてしまっているように見えた。すべての建物が薄灰色に覆われ、その周囲を奔放に生い繁《しげ》った緑濃い植物たちが飲みこもうとしている。まだ太陽は蒼天《そうてん》にあるが、やがて日が暮れれば一切が闇にくるまれてしまうのだろう。昔、子供向けの冒険小説で読んだ失われた都市のイメージを平良は思い出した。

こんなところになにがあるというのか。

古謝は平良の前を歩いている。何度もここを訪れているような迷いのない足取りは早い。これでは疑問をぶつける暇もない。古謝の後をついていくのが精一杯だった。

とある建物の前で古謝は足をとめた。かつてはダンスクラブかなにかだったのだろう。陽に灼《や》けて変色した壁に打ちつけられた看板はほとんど朽ちている。古謝はポケットから鍵束を取りだし、その建物に向き合った。

「平良君、ひとつ約束して欲しいんだけどね」

鍵を選《よ》り分けながら古謝がいった。

「なにをですか?」

「ここで見るもの、他言無用。絶対にだ」

「約束します——いや、誓います。だれにもなにもいいません」

平良は直立不動になって宣誓した。

「頼むよ。これは信頼してる人間にしか見せたことがないんだ」

古謝は一本の鍵を選び出し、足を前に進めた。看板は朽ち果て、壁にも縦横にひびが入っているというのに、ドアだけは不自然に新しい。というより建物自体に似つかわしくない。重々しい二枚の鋼鉄板が固く閉じている。だれかが後からドアだけを新しくしたに違いなかった。

古謝がそのドアを開けた。湿った黴臭《かびくさ》いにおいが鼻をついた。古謝は慣れた様子で半身をドアの奥に入れ、腕を伸ばしてなにかに触れるようにした。天井からぶら下がっていた裸電球が灯《とも》った。光量は充分とはいえず、中はまだ薄暗い。それでも、真っ暗闇よりはましだった。

「さ、入りたまえ」

古謝に促されて、平良は店の中に足を踏み入れた。床はコンクリートで朽ちたテーブルや椅子が無秩序に転がっていた。不意の闖入者《ちんにゅうしゃ》に驚いた虫たちが慌てふためいて動き回っている。殺風景というよりは荒《すさ》んだ光景だ。ここでかつて多くの米兵が酒を飲み、踊っていたとは信じがたい。

背後に古謝が立ち、平良の肩越しに指を突き出した。

「あれを見てください」

古謝の指が指し示す方角には小さなステージがあった。ステージの上には大きな木箱がぽつんと置いてある。港の倉庫でよく見かける、荷物を運搬するための木箱だ。

「なんなんですか、あの箱は？」

平良は振り返った。驚くほど近くに古謝の顔がある。

「開けてみるといい」

古謝の視線はきつかった。酒に酔って目が据わっているかのようにも見える。抗《あらが》う理由も見つからず、平良はステージにあがり、木箱の蓋を両手で持ち上げた。中には藁《わら》がぎっしりと詰まっていた。藁の合間に、黒い塊が点在している。塊は裸電球の明かりを受けて鈍く光っていた。

蓋を壁に立てかけ、木箱の中を覗きこんだ。黒い塊に見えたものは鉄でできている。おそるおそる手を伸ばし、塊に触れてみた。息を飲んだ。周囲の空気の質感さえ変わったような錯覚を覚えた。黒い鉄の塊——拳銃。間違えようがない。

平良は拳銃に触れたまま古謝に顔を向けた。古謝はただうなずくだけだ。諦めにも似た気持ちで平良は箱に詰まっている藁をかき分けた。藁に包まれていたのは拳銃だけではなかった。ライフルに機関銃、ロケット砲に似た武器まである。拳銃は全部で二十丁。ライフルや機関銃はそれぞれ五丁ずつあった。

「コザ騒動のことはまだよく覚えてるだろう？」

古謝の静かな声が響いた。黒光りする銃器を見つめながら平良はうなずいた。あれが起こったのはついこの間のことだ。一九七〇年十二月二十日。コザが燃え上がった夜。

事の発端は米兵による交通事故だ。轢《ひ》かれたのはうちなーんちゅ。命に別状はなかったが、事故処理に当たったMPが加害者の米兵を無罪放免で釈放しようとしたことが、現場周囲に群がっていた民衆の鬱屈していた怒りに火をつけた。民衆は黄ナンバー——米軍関係者の車をひっくり返し、火を放ち、事態を収拾しようと駆けつけてきたMPたちに投石し、火炎瓶を投げつけた。騒動に加わったコザ市民は数千人にものぼるという。それだけ沖縄、とりわけ基地と密接しているコザの住人の鬱屈は強かったのだ。

平良は現場にいたわけではなかった。翌日のテレビでその光景を見た。炎上する黄ナンバーの車。その周りで踊る民衆。どこか現実離れして幻想的な光景ではあったが、あの夜燃えさかった怒りを、うちなーんちゅならわがことのように感じたはずだ。

「これがコザ騒動とどんな関係があるんですか？」

「だれも知らないことだけど、あの騒動に乗じて、米軍基地内の核兵器貯蔵施設を襲撃しようとした一団がいたんだ。報道もされなかったし、米軍も口をつぐんでいるからきっと失敗したんだろう。彼らがどうなったかはだれにもわからない。ただ、いなくなった。それだけだ」

古謝の話を理解するのに自分でももどかしいぐらいの時間がかかった。核兵器貯蔵施設の襲撃？　無茶だ。いったい、どこのだれがそんな馬鹿げたことを——。

「その一団の中のひとりがぼくの顔見知りでね。計画を打ち明けられて、なにかあった時にはとこれを託されたんだ。ぼくは計画には反対したんだがね」

古謝の話に耳を傾けながら、平良は拳銃を手に取った。ずしりと重い。間違いなく本物の拳銃だった。

「その人たち、米軍に殺されたんですか？」

「わからんよ。核施設が狙われたということが明らかになれば、米軍の立場はなくなる。彼らがどうなったかは永遠に闇の奥に封じ込まれたままさ」

古謝の声は悲しみに彩られていた。その声を耳にした瞬間、平良は不吉な思いにとらわれた。

「先生、まさか、この銃を使って復讐《ふくしゅう》を――」

「そんなことは考えてもいないよ。ぼくひとりでなにができる？」

銃を元に戻し、木箱の蓋を閉め、平良はステージを降りた。掌に残ったままの銃の感触が生々しい。触れてはいけないものに触れてしまったような感触だった。

「どうしてこれをぼくに見せたんです？」

「我々には時間がない。君もそう思うだろう？」

「そうですけど――」

古謝の真意を計りかねた。ここにある武器を使ってなにをする？　元の持ち主たちと同じように米軍基地を襲撃するのか？　それこそ闇に葬られるのが落ちだろう。

「理想とするのは言葉だ。言葉の持つ力で琉球の民を変えていきたい。島民の総意で独立を勝ち取る。だが、我々には時間がない。施政権は七二年にやまとに返還されることに決まってしまった。残された時間は短くて一年、長くて一年半。その間に、望むものを手に入れようと思ったら、実力行使しかない」

「実力行使といっても」

平良が最後までいうまえに、古謝はわかっているというようにうなずいた。

「ぼくの知り合いがやろうとしていたのは要するにテロルだ。力のない者が闇に乗じて強者を襲撃する。だが、それじゃだめなんだよ、平良君。米軍にやまとの政府。敵は強大すぎる。強大すぎる敵にテロルは無意味だ。もっと身近なところに視線を向けるべきだ。そう思わないか？」

なんと答えていいのかわからず、平良はその場に立ち尽くしていた。裸電球に照らされた古謝は鬼気迫る表情を浮かべていた。

「考えがあるんだ」

「なんですか？」

ようやく口が動いた。なにを考えているにせよ、古謝は平良を信頼し、ここにいざなってくれたのだ。その信頼に応えよう。古謝のためならなんでもしよう。

「施政権が返還される当日は、日米が共同で盛大な式典を催すだろう。その時に、武装した一団で琉球政府を占領し、琉球の独立を宣言する。おそらく、短時間で殲滅《せんめつ》されるだろう。それでも、やまととアメリカーが全世界に向けて両国の友好関係を訴えようとしている時の、我々の行動は世界に衝撃を与えるはずだ。琉球の民衆の心になにかを訴えかけるはずだ」

「クーデターですか？」

平良はいった。自分の声が自分のものではないように聞こえる。

「クーデターという言葉は好きじゃないんだ。これはいうなれば……革命だね」

「革命……」

古謝の言葉がじんわりと脳に染みこんでくる。革命——おれたちが？　おれたちがアメリカーとやまとに押しつけられた世界を打ち壊し、新たな秩序を築くのか？

「同志が必要だ。自らの犠牲を厭わない、信頼できる同志を集めなきゃならない。革命を夢物語だと決めつけず、全身全霊を捧《ささ》げて参加する同志だ。平良君、君はぼくの同志になってくれるかな？」

「もちろんです。こっちからお願いします。先生、ぼくを同志に加えてください」

気分が昂揚《こうよう》していた。血が沸騰するほどの熱感に身体が火照っている。

「ありがとう、平良君。君なら理解してくれると信じていたよ」

古謝が差し出してきた右手を平良はきつく握りかえした。古謝の手も熱かった。古謝も自分と同じように昂揚しているのだ。

「同志を集めなければならないんだ。協力してくれるかい？」

「ぼくにできることならなんでもします」

「辛抱強くやる必要がある。革命のことはおくびにも出さず、同志になりそうな人間を見極めるんだ。若い君にはかなり辛《つら》い仕事だと思う」

「なんでもするといったじゃないですか」

平良は叫ぶようにいった。古謝が微笑んだ。

「琉球の独立を」

「琉球の独立を」

ふたりの叫びは淀んだ空気をかき回し、天井に吸いこまれて消えていった。

3

数日をかけて、安室の案内で島内を巡って歩いた。那覇を起点に、南部、中部、東部、西部、北部。ありとあらゆる道路のありとあらゆる場所に張り紙や横断幕を見ることができる。戦争反対、基地反対、本土並みの核抜き返還を、ヤンキー・ゴー・ホーム。荒々しい書体が沖縄の人間の怒りを体現しているように思える。しかし、怒りを露《あら》わにした垂れ幕とは反比例するように、周辺を歩いている人々の顔はどこまでも穏やかだ。米軍相手に激しいデモ闘争を繰り広げている人間の顔としては似つかわしくない。本土の活動家、過激派たちの表情はもっと切迫していて、険しい。ここはあくまでも沖縄なのだ。

沖縄を車で巡ってなによりも驚くのは、米軍基地の広大さとその多さだ。知識として入っていても実際に現実を目の当たりにすると、その非現実感に目眩《めまい》を覚えそうになる。貧しい身なりをしている農夫たちが畑作業をしているその向こう、フェンスに囲まれた基地の敷地内で、野球やゴルフに興じている米軍関係者たち。バーベキューとビール。轟音を発しながら離着陸する戦闘機。貧富の差というより、支配者と被支配者の露骨な対比。これでは怒りを感じるなという方が無理だ。

日米の合意により、七二年の返還は決まったが、基地の様態は曖昧模糊《あいまいもこ》としている。おそらく、基地はこのまま残されるだろう。だとすれば、七二年のその先もこの矛盾と理不尽さは続いていく。鎌倉で会った首相の横顔が脳裏に浮かぶ。あの男はこの現実をどう把握しているのだろう。

沖縄の中西部、恩納村《おんなそん》の海岸線を走っている時に、安室が車を停めた。

「この辺りの土地は最近、値上がりが激しいんです」

「値上がり？」

安室がなにを意図してそんなことを口にしているのかを訝《いぶか》りながら、大城は周囲を見渡した。ここに来るまでに通過してきた嘉手納村に比べれば基地の面影は薄い。北に向かって左手に薄い緑色をした海辺が広がり、砂浜が点在している。南国のイメージそのままの海岸線だった。

「ええ。本土の人間たちが、返還後のもっと大きな値上がりを期待してこの辺りの土地を買い漁《あさ》っているんです」

「しかし、日本人は沖縄の土地を買えないはずだ」

大城は反射的に反論した。沖縄の施政権はまだアメリカにある。法律上、日本人は外国人扱いになり、沖縄の土地を買うことなどはできないはずだ。

「抜け道はいくらでもあるじゃないですか」

安室は皮肉っぽくいった。

「政治家に大資本、芸能人、果てはやくざまで、沖縄のブローカーを使って買い漁ってますよ。返還後にはブルドーザーがこの辺りの土地を破壊して、本土から来る観光客向けのホテルが建ち並ぶんでしょう」

「それが不満かい？」

「ええ。その金が沖縄の暮らしに役立つならまだしも、本土の人間に持っていかれるだけですからね」

安室はそういって、車を再び発進させた。

「君は返還には反対なのか？」

安室の硬い横顔に大城は問いをぶつけた。

「いいえ。アメリカーに支配されてるよりはよっぽどましだと思います」

安室は現地の訛《なま》りでアメリカという言葉の語尾を長く伸ばした。

「ましだけれど、不満はあるんだな？」

「本土の人が沖縄の苦しみを本気で理解しているとは思えないもので。自民党の偉いさんのだれが、ここまで足を伸ばしたことがありますか？　みんな車で那覇の周りを回るだけです」

「おれに怒ってもしかたがないだろう」

「すみません。本土の人だと思うと、どうしても抑えられなくなって」

安室は軽く頭を下げた。それ以上口は開かなかった。車は恩納村を通りすぎ、本部《もとぶ》町《ちょう》に入っていった。

「こっちの公安警察官はみんな君みたいなのかな？」

大城は訊いた。

「どういう意味ですか？」

「本土から来た人間に敵対的だ」

「そんなことはないですよ。ぼくの態度が悪かったら謝ります。ただ、そうなってしまうのはおそらく、あなたが警視庁の人で、ぼくの頭の中ではやまとの政府と繋《つな》がってしまうからです」

「確かに、縄張り意識とは違うようだな」

「大城さんはまだ来たばかりだから、ここの現状がわかってないんです」

安室の声の調子が変わった。相変わらず真《ま》っ直《す》ぐ前を見つめてハンドルを操作しているが目の端に熱いものが迸《ほとばし》っている。

「ぼくから聞いたことを本土に報告するつもりですか？」

大城は首を振った。

「おれの任務は内務調査じゃない。告げ口したりなんかはしないよ」

安室は前を向いたまま視線を大城に向けた。真意を推し量ろうとしている。大城は見つめられるがままに任せた。

「本土の公安警察とこっちの公安警察は違いますよ」

大城が黙ったままでいると、安室は言葉をつづけた。

「仕事ですから、我々も活動家や過激派の内偵はしてます。琉球警察とはいっても、一番上はアメリカーですから、アメリカーの意向に添わないとやっていけない。だけど、ぼくら公安警察官もうちなーんちゅ——琉球人なんです。わかりますか？」

大城は考え、首を振った。漠然としたものは頭に浮かぶが、具体的な中身となると雲を摑《つか》むようなものだった。実体を摑めない。

「ぼくらもアメリカーが憎いんですよ。反戦、反基地を叫ぶ活動家の心情がよく理解できるんです。思想的にはシンパと呼んでもいいかもしれない」

安室は自虐的に唇を歪《ゆが》めた。

「シンパか……」

「一歩間違えれば、自分もあっちの側にいたかもしれない。そういう連中を内偵しなきゃならないんです。みんな、矛盾を感じながら働いてます。でも、勘違いしないでください。手を抜いているわけじゃ決してないですから」

「なるほど、君たちは沖縄の矛盾の具現者というわけだ」

「からかってるんですか？」

「そんなことはない」

大城は生真面目な口調で応じた。

「我々も、国のためだと自分にいい聞かせながら、時に非合法な捜査活動を行うこともある。たまに自分の存在に矛盾を感じることもよくあるよ。君たちに比べれば微々たる感情だろうが、理解はできる。そういう意味だ」

安室の肩からゆっくりと力が抜けていくのがわかった。

「大城さんは本土から来る他の人たちとは少し違いますね」

大城はまた首を振った。

「変わらないよ。こうやって君に案内されて、自分の不明を恥じている。ここまで矛盾が酷《ひど》いところだとは思ってもいなかった。だが、それでも沖縄は返還されるしかないだろう、なるようにしかならないだろうと思ってる。どこまでも他人事《ひとごと》だ」

「でも、大城さんの身体にはうちなーの血が流れてます」

安室はきっぱりとした声でいった。まるでその事実がなにか大きなことを意味するとでもいいたげに。

氏より育ちという言葉を知らないのか――喉元まで出かかった言葉を飲みこんで、大城は口を閉じた。

沖縄に来て一週間が過ぎた。いつものように車で迎えに来た安室は一通の茶封筒を携えていた。

「警察庁から送られてきたものです」

茶封筒に宛名はなく、ただ『極秘』というスタンプだけが押されていた。封を開け、中に入っていた紙を取りだす。安室は好奇心を自制していた。

紙には見事な楷書で今後に関する指示が書かれていた。

『一緒に渡沖した人間が東京に戻るまでに、沖縄の環境に慣れ、現地の状況を把握することに努めること。

その後は琉球警察那覇本部公安局宮里《みやざと》警視の指示に従うこと』

書いてあるのはそれだけだった。馬鹿馬鹿しいにもほどがある。極秘ともったいをつけてにやついている警察官僚の顔がありありと脳裏に浮かぶ。愚か者ども。薄汚い仕事は下の人間に押しつけてスパイごっこを楽しんでいる。

大城は極秘と書かれた封筒ごと、紙を破り、ゴミ箱に捨てた。

「そんなことをしてもいいんですか？」

「かまわないさ。ろくなことは書かれていない」

安室は未練げにゴミ箱を見つめていたが、大城が玄関に向かうと、諦めて後を追ってきた。

「極秘と書かれた書類、初めて見ました」

「沖縄が日本に返還されれば、いやでも目にするようになるさ。その時も君が公安警察官でいたらな」

「今日はコザを詳しく案内するようにいわれています」

車に乗りこみながら安室はいった。

「基地と共に発展した町ですから、活動家の多くもそこを起点にしています。本土から来たベ平連の連中なんかも、那覇にはとどまらないでコザに行くんですよ」

「君は宮里警視の指示で動いているのかい？」

「いいえ。空港でお会いになったと思いますけど、与那覇警部にいわれています。宮里警視とは滅多に顔を合わせることもありません」

「宮里警視はどんな人間だ？」

砂利道を走る車は大きく揺れた。軍用道は整備が行き届いているが、その他の道路はほとんどが未舗装だ。返還後は巨大な公共事業が必要になるだろう。利権が生じ、それに群がる連中も後を絶たなくなるに違いない。

「金門クラブ出のエリートです」

「金門クラブ？」

「ええ。アメリカーの援助で向こうの大学に留学して帰ってきた連中が作ったクラブです。サンフランシスコの金門橋から取った名前だそうですけど……昔は、高等弁務官に可愛《かわい》がられて琉球の政治に深く関わってたと聞いてます。今ではそんなことはないけど、エリートはエリートですね」

沖縄の施政権をその手に握る高等弁務官に可愛がられたということは、確かに超エリート集団だったのだろう。要するに、日本における警察内のキャリアと一緒だ。

「切れ者かい？」

「そう聞いてます。数年後には琉球警察のトップになるんじゃないかという噂《うわさ》が当たり前のように流れてますよ」

「本土の警察庁との繋がりは？」

「ぼくはそこまでは知りません。ただ、来年には沖縄は日本に復帰するんですから、繋がりは強いと思います。警視はアメリカー留学から帰った後も、東京の早稲田大学で法律を学んだと聞いてますし」

「宮里警視は望めばおれに逢《あ》ってくれるかな？」

安室は小さく首を振った。

「大城さんのことは、ぼくに一任されてます。たぶん、与那覇警部なら大丈夫だとは思いますが」

「ちょっと聞いてみただけだ。忘れてくれ」

「承知しました」

砂利道には凹凸《でこぼこ》が激しく生じている。たぶん、南国特有の大雨のせいなのだろう。かつての日本もそうだった。沖縄を犠牲にし、軍事をアメリカにすべて任せることで手に入れた繁栄で日本は——東京はその化粧を塗り替えたのだ。

「大城警部——」

安室がいった。生真面目で硬い声だった。

「なんだ?」

「初めてお会いした日の自分の態度、ゆるしてください。謝罪します」

「今さらなんだよ」

大城は苦笑した。

「おれを見直したなんていうんじゃないんだろうな?」

「本土から研修に来た警察官の面倒をずっと見てきたんです。島を案内するといっても、ほとんどの人は面倒くさがって、それより女を抱けるところに案内しろとか……本土の警官は腐った連中ばかりだと思ってました」

「おれも同じだよ」

「いいえ」

安室は強い声でいった。

「少なくとも、大城警部は女のところへ連れて行けとはいいませんでした」

なるほどと思いながら、大城は数日前のことを思い出した。あれはコザ市だった。吉原という売春街を案内しながら、安室は常に挑むような視線を大城に向けていた。あれはそういうことだったのだ。安室に聞いた相場は本土に比べれば格安だった。警察官の給料では遊びたくても先立つものがない。沖縄研修のついでに、ちょっとした遊びを欲したとしても仕方がないだろう。

「そのうちいいだすぞ」

女が欲しくないわけではない。ただ、沖縄の土地鑑と現状を把握するので精一杯だっただけだ。

車は那覇市の中心から北部に向かって走っていた。昨日までとは違った空気が那覇市を覆っている。米軍による沖縄人労働者の一方的な解雇に対して、軍勤務関係者の労働組合である全軍労が四十八時間の抗議ストを計画していた。ストの決行日は二日後の予定だった。ストの予兆が空気を重く湿ったものにしているのだろう。

「特殊な任務を帯びた警察官が来ると聞いた時も、どうせ適当なことをして遊んで帰るだけだろうと思ってました。それに――」

「安室君」

大城は安室の言葉を途中で遮った。

「その話はよそう。今はまだおれと君は仲良くやっていけるかもしれない。だが、そのうち利害が対立することも考えられる。おれたちの関係に結論をつけるのはまだ早急だよ」

「警部は正直な方ですね」

「君には正直に接した方がいいと判断してるだけだ」

ここでの大城は徒手空拳だ。もう少し、安室を懐柔しておいても悪くはない。だが、正直なところ安室の存在が煙ったくなりつつある。安室は生真面目すぎるのだ。狭い車内に一緒にいると息苦しくなってくる。

＊

古謝に約束したのはいいが、なにをどうすればいいのかはまったく見当がつかなかった。

信用のおける口の堅い人間。なおかつ、平良たちと同じ志を持つ者。周りにはそんな人間は見当たらない。永山実のような友人は確かに信用はできるが、口の堅さ、あるいは志の強さといった点では首を傾《かし》げてしまう。この沖縄で、いったいどんな人間が「革命」などという話に耳を傾けてくれるのだろう。

畑仕事の合間に、平良は同窓会名簿に目を通したが、これという名前を見つけることはできなかった。焦る必要はないと古謝はいったが、その日まではもう一年と少ししかない。焦燥感が募っていく。

町の青年団から招集がかかったのは、古謝と八重島に赴いた三日後のことだった。三月二日に予定されている全沖縄軍労働組合――全軍労の四十八時間ストを側面支援するための会合だ。全軍労は米軍の一方的な段階的解雇通告に抗議するために、二月にすでに四十八時間ストを決行している。三月に行われるのはその第二波だった。青年団は全軍労に直接関わっているわけではないが、同じ権利闘争に身を置くものとして支援することを決めていた。支援するといっても食料やお茶の運搬、トラックの運転といった雑用が主なものだ。その割り当てを決めるための会合だった。

公民館の会議室には三十人ほどの人間が集まっていた。その大半が農民や漁師だ。その他にサラリーマンや公務員の姿が散見される。

会合はだらだらと続いた。不真面目だというのではなく、これがうちなーんちゅのやり方なのだ。決行当日になるまで緊張感はなかなか生まれない。無駄話をしたり、どうでもいい口論を経て、やっと細部が決まっていく。平良はトラックの運転班に配属されることになった。それぞれの班ごとに分かれて個別の討議をすることになったのは、会合が始まって二時間も経《た》ってからのことだ。

トラック班は会議室の隅に集まった。班長の宮里という四十代の男を六人が取り囲んだ。青年団で用意できるトラックは三台だけだった。それを六人交代で運転する。宮里はこの公民館に陣取って、様々な指令を出すことになった。平良は小綺麗《こぎれい》な身なりをした男と組まされることになった。どことなく線が細く、顔も青白い。青年団に所属している権力闘争をしているというより、その権力にくるまれてぬくぬくと平和に暮らしている方が似合いそうな男だ。実際、男を青年団の会合で見かけるのは初めてだった。

「初めまして」

平良は男と向き合い、軽く頭を下げた。

「ぼくは――」

「平良君。平良清徳君。ぼくのこと、覚えてない？」

平良の言葉を遮って男はいった。平良は驚いて男の顔をもう一度見た。見覚えのあるような気もするし、まるっきり初対面のようにも思えた。だが、男は平良のことを知っている。

「やっぱり覚えてないかな……」

男は肩を落とした。

「これでも、一応同級生だったんだけどね。半年だけの」

それで思い出した。高校の一年。半年在籍しただけでやまとの高校に転校していった男がいた。たしか、諸見里《もろみざと》という名前だった。貿易会社の社長の御曹司で成績は良かったが、あまり目立たなかった。

「諸見里……かい？」

「思い出してくれたんだ。よかった」

諸見里は弱々しく微笑んだ。平良は諸見里の下の名前を思い出そうと脳味噌を絞ったが、無駄だった。

「東京に行ったんじゃなかったっけ？」

「うん。大学も向こうで出て、就職も……こっちに戻ってきたのは半年前だよ」

「就職したのに？」

平良と諸見里は二十五歳だ。ということは、ほんの二、三年で職を捨てたことになる。もちろん、実家は裕福なのだからどうということもないのだろうけれど。

「うん。なんだか馬鹿馬鹿しくなってね。生まれ故郷じゃみんなが必死になって戦ってるのに、ぼくひとり東京でのんびり暮らしてても……親にはこっぴどく叱られたけど、自分でもなにかしたくなったんだ」

要するに金持ちの道楽だ。知らない内に力の入っていた肩を軽く揺すって、平良は椅子に腰をおろした。

「へえ、たいしたもんだね。君の家、確か貿易会社かなにかだったろう？　こんなことをしなくても困ったりはしないんじゃないの？」

「ぼくは親父とは違う人間だからさ」

諸見里はそういって視線を足元に落とした。おそらく、他人に自分がどう思われるかということに敏感なのだ。平良は自分の言葉を少しだけ恥じた。

「そうだよね。家がどうとかは関係ない。君やぼくが現状をどう思い、なにをしたがってるかが大切なんだよな」

「ありがとう。昔からそうだったけど、君は優しいね。なにも変わってない」

また弱々しい笑みが浮かんだ。家は裕福で学業もいいのにどこか影が薄い。諸見里はそういう学生だった。

「そういえば、君の家は那覇の市内だったろう？　青年団の所属が違うんじゃないか？」

「親に叱られたっていっただろう？　この近くにひとりで部屋を借りてるんだよ。アルバイトで海産物を牧志《まきし》の市場に運ぶ仕事をやってるんだ。それでトラック班に回されたのさ」

「トラックの運転手をしてるのか？」

おおよそ諸見里には似つかわしくない仕事だった。それこそ、空調の効いた会社にいて算盤《そろばん》を弾《はじ》いたり、書類に判子を押しているのが似合う風貌なのだ。

「親に逆らったんだ。もう、頼れないからね。けっこう楽しいよ。東京に行くまではまったく知らなかった世界だから。この島に生まれてから出ていくまでの十六年、いったいなにを見てたんだろうと自嘲するね。たぶん、東京に行ったおかげでいろんなことがわかるようになったんだとは思うけど」

「だけど、仕事はきついだろう？　ぼくらなんか、ガキのころから畑仕事やなんかを手伝わされて慣れてるけど」

「筋肉もそれなりについてきたよ。けっこう楽しいっていっただろう？」

確かに、諸見里は記憶にあるより日焼けし、肩と上腕の筋肉が逞《たくま》しくなっている。それでも線の細さが消えないのは持って生まれた体質と性格のせいなのだろう。

「話は変わるけど、平良君は音楽なんか聴くのかい？」

諸見里は少しおどおどした口調になった。

「そんなにでもないよ。うちにはレコードプレイヤーもないし」

「よかったら、今度ぼくの部屋に遊びに来ないか？　東京で集めたレコードのコレクション、見せたいな」

平良は怪訝《けげん》な目で諸見里を見つめた。レコードのコレクション？　そんなものを見せてどうしようというのだろう。沖縄で荒れ狂っている台風のような運動の前では、ヒッピーのような格好をした若者の奏でる音楽など、なんの役にも立ちはしない。

平良の視線に気づいた諸見里はおどおどした仕種《しぐさ》で首を振った。

「別にいやならいいんだけど……ごめん。こっちに戻ってきたのはいいんだけど、友達がいなくてね。港や市場の人たちは優しいし楽しいけど、年が離れてるだろう？　同級生もほとんどが那覇にいるし——時々、夜が寂しいときがあるんだよ。そんな時に平良君と話ができたらなと思っただけなんだ。気にしないで」

「いいよ。今度遊びに行くよ」

平良はいった。諸見里と一緒にいて楽しいことがあるとは思えない。だが、古謝との約束がある。目的がある。そのためにはどうしても交友関係を広げておく必要があると平良は痛感したばかりだった。

「本当かい？」

諸見里は目を輝かせた。

「ああ。夜はこっちも暇だからね。いつでも、君の都合のいい時に呼んでくれよ。お邪魔するから」

「ありがとう」

諸見里はいった。それほど感謝の気持ちのこもった言葉を耳にするのは久しぶりだった。


翌日、夕飯を食べ終えると、平良は家を出た。諸見里が借りているのは古い民家で、平良の家からは徒歩で十分ほどの距離だった。近隣でも最も基地に近い場所だ。もともとは農家だったのだが、土地を米軍に接収されて那覇へ引っ越していった家だ。ここに住んでいた人たちの名前を、平良は思い出すことができなかった。

「いらっしゃい。なにもないけど、どうぞ、どうぞ」

諸見里は満面の笑みを浮かべて平良を迎えた。その様子が幸せそうであればあるほど諸見里の孤独がはっきりと浮かびあがってくる。平良はいたたまれない気持ちを押し隠しながら靴を脱いだ。長い間住む者がなかった家はかなり傷んでいたが、汚れてはいなかった。諸見里が丁寧に掃除をしているのだろう。家具は前の住人が使っていたものをそのまま使っている。質素だ。ただ、壁のほとんどを覆った本棚と巨大なスピーカーが家の調和を完全にぶち壊している。

「凄《すご》い蔵書だな。これ、全部読んだのかい？」

平良は挨拶もそこそこに、本棚に目を凝らした。

「全部ってわけじゃないよ。だけど、大半は読んだかな」

諸見里の蔵書の種類は多岐に亘っていた。文学書、辞書、海外の推理小説、歴史書。一番大きい本棚には『マルクス・レーニン全集』を筆頭にトルストイやドストエフスキーなど、ロシアの小説がずらりと並んでいる。

「君はコミュニストなのか？」

平良の問いに、諸見里は大きくかぶりを振った。

「そんなことはないよ。東京の学生はそういうのを読んでなきゃ馬鹿にされるんだ。もちろん、影響は受けてると思うけど、ぼくはコミュニストではないよ」

「こっちはさ、高校を出てから本なんてまともに読んでないからな。驚くよ」

古謝と出会ってからは、なるべく本に目を通すようにはしているが、それでも諸見里の読書量には遠く及ばない。

「読んでみたいものがあったらいつでも貸してあげるよ。それより、飲み物はどうする？　コーヒー？　ビールもあるけど」

「ビールもらおうかな」

「じゃあ、そこに座って待っててよ。すぐに持ってくる」

諸見里は居間の中央に敷いてある座布団を指差して、台所に消えていった。平良は座らずに本棚を眺め続けた。これだけの本を東京から送ってくるだけでも大変な手間だろう。それをやってのけたということは、やはり諸見里は裕福な家庭の令息なのだ。

本の背表紙に目を凝らすのに疲れて本棚から離れようとして、平良はそれを見つけた。『沖縄独立論』

部屋の隅の本棚の、一番下の段にさりげなく差し込まれた茶色の背表紙。見間違えようがない。平良自身、貪るように何度も読み返した本だ。著者は古謝賢秀。本の中には熱い言葉が詰まっている。

平良は『沖縄独立論』に手を伸ばした。表紙はまだ真新しいが、ページを開くと元の文章が読めないほどに、赤ペンの殴り書きが記されていた。諸見里が書いたものなのだろうか？　古謝の思想への賛同がはっきりと見てとれる。諸見里はこれをどこで手に入れたのだろう？　古謝がなんとかかけ合って小さな出版社からほんのわずかな部数で出版してもらった本だ。流通している数も少ないし、その辺の書店で簡単に手に入るものではない。平良も、古謝から直接この本を購入したのだ。

諸見里が戻ってくる気配がした。平良は慌てて本を元に戻した。なぜ慌てなければならないのか自分でもわからない。

ビールの瓶とコップが載ったお盆を右手で持ち、左手にはつまみを入れた皿を持って諸見里は戻ってきた。

「島豆腐。冷や奴《やっこ》にしかできないけど、よかったら食べてよ。かける音楽はなにがいい？」

お盆と皿を卓袱台《ちゃぶだい》の上に置いて諸見里はいった。

「ぼくは詳しくないからなんでもいいよ。君の好きな曲をかけてくれ」

諸見里からビール瓶を奪い取って、平良はふたつのコップに注《つ》いだ。

「悪いね。どれにしようかな……そうか、あれにしよう」

諸見里はいそいそと立ち上がり、家具調のステレオセットの扉を開いてレコードを取りだした。慎重な手つきでターンテーブルに載せ、スイッチを入れる。部屋の左右に置かれた巨大なスピーカーからドラムの音が流れ出し、部屋の空気を激しく揺さぶった。

「どう？　プログレッシブ・ロックなんだけど。ピンク・フロイドっていうバンドだよ。気に入った？」

平良がそれまでに聴いたことのあるビートルズやローリング・ストーンズとははっきりと違った音響がスピーカーから流れてくる。いくつもの音が無限に重なり合い、聴く者の神経を乱暴に揺さぶってくる。正直、好きだとは思えなかったが、諸見里の得意げな表情を見ると本音を口にすることはためらわれた。

「けっこういいんじゃないかな。流行《はや》ってるの？」

「ヨーロッパやアメリカじゃ大流行さ。日本はまだフォークソングが人気だから受け入れられるのには時間がかかると思うけど」

「そう。とりあえず、乾杯しようか？」

「そうだね。乾杯しなきゃ。すっかり忘れてた」

忘れていたというより、招いた人間にどう対処すればいいのかを知らないというのが正解なのではないだろうかと平良は思った。高校時代も諸見里の家へ遊びに行ったという者がいたという記憶はない。同じ中学から進学してきた者たちの間にいても、諸見里はやはり影が薄かった。

「じゃあ、乾杯」

諸見里の声と同時に、ふたりはコップを合わせた。平良は一気に半分を飲み干したが、諸見里は少し口をつけただけだった。

「あんまり飲めないのかい？」

「実はそうなんだ。おかげで、港や市場の人たちに誘われても出かけられなくて……」

「だったら無理してぼくに合わせなくてもいいのに。コーヒーでもなんでも飲めばいい」

「いいんだ。今日はこの家に人が初めて来てくれた記念日だから」

妙に背中がこそばゆくて平良は身をよじった。その拍子に、再び古謝の本の背表紙が視界に入った。

「話は変わるけど、あの本だけどさ――」

平良は『沖縄独立論』を指差した。

「読んだの？」

「うん。沖縄に戻ってきてすぐに。たまたま古書店で見つけたんだけど……あの本に興味があるのかい？」

「興味があるっていうより、ぼく、あの本を書いた人が開いてる私塾に通ってるんだよ」

平良は頭を掻いた。どうしてかはわからないが、塾に通っていると人に告げるたびにかすかな気恥ずかしさを覚えてしまう。

「本当かい？」

「ああ。去年から通ってる。親はいい顔しないけど、古謝先生の話を聞いてると、胸が熱くなってくるんだ。ぼくもあの本は何度も何度も読み返したよ」

「賢秀塾だろう？　本の巻末に塾の住所と連絡先が書いてあった。一度行ってみたかったんだけど、ずっと迷っててね」

「沖縄の独立に興味があるのかい？」

書き込みのことはいい出せずに平良は訊いた。古本屋で手に入れたということは書き込みをしたのは諸見里ではないのかもしれない。何気なく訊いたつもりだったが、諸見里は居住まいを正して正座した。スピーカーから流れてくるプログレッシブ・ロックという音楽とはなんとも不釣り合いな姿勢だった。

「ぼくは約八年、東京にいたんだ。だから、充分じゃないかもしれないけど、あっちの人たち――日本の人たちのことはよくわかってるつもりだよ」

諸見里の真意がわからなくて、平良は戸惑った。その戸惑いを知られたくなくて、乱暴にビールを注ぎ足した。

「新聞やテレビじゃ、七二年の返還が決まったとか、沖縄県民百万人の長きに亘る願いがやっと叶《かな》ったとか騒いでるけど、実際の話、日本人のほとんどは沖縄には関心ないんだ。沖縄が犠牲になったおかげで今の日本があるってことをすっかり忘れてる。許せないよ」

「そりゃそうだよな」

「忘れてるだけならまだいいんだ。一部の人間は、沖縄の施政権の返還の意味も考えずに、七二年を金儲《かねもう》けのチャンスとだけとらえてる」

「どういうことだい？」

注ぎ足したビールには口をつけずに平良は訊いた。

「ぼくは東都リゾートっていういわゆる観光資源の開発をする会社に入社したんだ。どういう会社かわかるよね？」

東都リゾートという名前は何度か耳にしたことがあった。本土の巨大資本が沖縄の土地を切り売りしにやってくる――古謝がいつも説いている。

「そこに採用されたのは親父のコネもあるんだけど、一番の理由はぼくが沖縄の人間だからだったんだ。東都リゾートは七二年の返還を睨《にら》んで、沖縄に一大リゾートを作ろうと計画してる。ぼくはその計画に組み込まれて、リゾート計画という名のもとに、日本人が沖縄をどうしようとしてるのかを知ったのさ。アメリカに施政権があるうちは、日本人は沖縄の土地を売買できないことは知ってるよね？」

諸見里はウチナーグチ風に語尾を伸ばすのではなく、やまと風に「アメリカ」と発音した。平良はうなずいた。ビールの泡がすっかり消えている。

「東都リゾートは沖縄の人間を介して本島や石垣《いしがき》島の土地を買い占めてるんだよ。返還後に土地を転売してもらうという約束をしてね。昔からある自然を破壊して、そこに金を生むためだけのリゾートを作ろうとしてるんだ。口では雇用の少ない沖縄の助けになる事業だなんていってるけど、そんなのはでたらめさ。沖縄を搾取しようとしてるだけなんだ。ぼくは土地を買う沖縄の人間と会社の間に立つように命じられた。とんでもないことだよ。だから、辞表を叩きつけてこっちに戻ってきたんだ。東京にいてよくわかった。ぼくの故郷は沖縄だ。ぼくはうちなーんちゅだ。絶対にやまとーんちゅなんかじゃない」

諸見里の頬が紅潮していた。言葉も次第に熱を帯びて、スピーカーから流れてくる音量の大きな音楽も霞《かす》んでいた。

「なんとかしたいと思って、沖縄に戻ってきたんだよ。だけど、ぼくは無力だってことを思い知らされた。父の助力がなければなんにもできないんだ」

諸見里は自嘲するように唇の端を歪めた。

「そんなことはないさ。一番大事なのは志だよ。志のない人間にはどんな力があったって無意味だ」

平良は諸見里と同じように熱い口調でいった。古謝の言葉を耳にしているときと同様に、胸が熱くなっている。諸見里を軽く見ていた自分を心底侮蔑した。金持ちの息子だろうが、うらなりのような体格だろうが、そんなことは関係ない。諸見里には心がある。

「落ち込んでいる時に、その本に出会ったんだ。古謝先生の力になりたいと思った。同時に、ぼくなんかになにができるんだともね。本当に優柔不断で、自分が嫌になるよ。なにかしたいと痛切に思ってるくせに、いざスタートラインに立つと緊張して足が動かないんだ」

「一緒に行くかい？」

平良は静かな口調でいった。諸見里がなんと答えても、連れていくつもりだった。もしかしたら、諸見里が最初の同志になるかもしれない。気の弱ささえ克服してくれれば。

「え？」

「賢秀塾だよ。ひとりじゃ踏ん切りがつかなくても、ぼくと一緒に行くんならいいだろう？　古謝先生に君を紹介するよ」

「本当にいいのかい？」

「当たり前じゃないか。古謝先生は沖縄の将来を憂えてる人を求めてるんだ。君には充分にその資格があると思うね」

諸見里は口を開いたまま絶句していた。心なしか目が潤んでいる。

「ありがとう。ト、トラック班に組み入れられて本当に良かった。そうじゃなきゃ、君とこうして話すこともなかったし、古謝先生に紹介してもらえることもなかった……」

「そんなにたいしたことじゃないよ。ぼくがたまたま賢秀塾の塾生だったってだけの話さ。そうと決まったら、善は急げだ。明日、塾があるんだけど、一緒に行こう」

諸見里が力強くうなずいた。どちらからいい出すのでもなく、ふたりはコップを手にして乾杯をした。ビールはすっかり温《ぬる》くなっていた。だが、心地よい刺激が喉をかすめて胃に下っていった。

4

そろそろ限界が近づいている。大城は安室が迎えに来る前に家を出た。自分のために用意された車に乗りこみ、那覇の中心を目指した。

目的地は琉球警察那覇本部だ。警察署の近くで車を停め、公衆電話を使った。電話番号は予《あらかじ》め調べておいた。

「公安局の宮里警視をお願いします。こちらは東京の大城です」

電話に出た相手に一方的に告げて、大城は待った。宮里は大城の予想より早く電話口に出てきた。

「困るじゃないか。電話なんかかけてきて。自分の任務がわかっているのか？」

「安室君に付き合わされるのに飽きてきたんですよ。なぜ彼をぼくにつけたのかはわかってる。サシで話をしませんか、宮里警視殿」

「わたしは東京からの指示に従っているだけだ。残念だが、返還を控えて多忙でね、君に割《さ》く時間はないと思う」

「いま、那覇本部の前に来てるんです。お会いいただけないということなら、こっちから乗りこんでいきますよ」

絶句する気配が伝わってきた。エリートの警視殿にこんな口の利き方をする人間はいなかったのだろう。大城も東京にいるのならば自分より階級が上の人間にこんな恫喝《どうかつ》をかけたりはしない。だが、ここは沖縄だ。まだ二月の終わりだというのにぎらついた太陽が世界を支配している。すべてがどうでもよく感じられる。

「君のことがだれかに知られたら、任務は失敗ということになるんだぞ」

「任務を成功させたいのなら、話をさせてくださいよ、警視殿」

「どこにいるんだ？　十分だけ、時間を作ろう」

なにかに押し潰されたような声が返ってきた。ふいに込みあげてきた笑いが受話器を握る手を顫わせる。

「正門を出てすぐ左。白いアメリカ車に乗ってますよ」

「すぐに行く。だれにも見られないようにして待っていろ」

大城は電話を切って車に戻った。東京から持参したサングラスをかけ、運転席に低く腰をおろす。スーツ姿の男が正門から出てきて、左右に忙しない視線を送りながら近づいてきた。クラクションを鳴らす。男はぎくりとして立ち止まり、すぐに顔に怒気を浮かべて車に乗りこんできた。

「初めまして、宮里警視殿。大城警部です」

「すぐに車を出せ。話はそれからだ」

宮里は予想していたより若く見えた。沖縄の人間としては白すぎる肌が宮里を若々しく見せているのかもしれない。中肉中背の身体を仕立てのいいスーツでくるんでいる。

大城は車を発進させた。バックミラーに映る那覇本部の建物がどんどん小さくなっていく。視界から完全に消えても、宮里は口を開こうとはしなかった。適当に車を走らせた。事前の勉強と安室の案内のせいで方角を失うことはないし、左側通行に戸惑うこともない。

しばらくして宮里がやっと口を開いた。

「どういう神経をしてるんだ、君は？」

「警視を車に乗せてから五分が過ぎましたよ。これも十分の内に含まれるんですか?」

「今から十分だ」

「ありがとうございます」

大城は皮肉をまぶした笑顔を宮里に向けた。

「話といっても、たいしたことはありません。自分は沖縄に仕事をしに来たんです。そろそろ仕事をさせてください。東京から研修に来ていた連中も一昨日帰ったはずです」

「仕事はもうしているだろう。安室君が君を案内して、沖縄の現状を説明させる手筈《てはず》になっていた。それが終われば、いつでも君は仕事に取りかかれる」

「安室君はもう仕事をしてると思いますがね。ぼくに仕事をさせないという仕事を」

「どういう意味だね?」

交差点の信号が赤に変わった。横断歩道の直前で車を停め、大城は煙草《たばこ》をくわえた。宮里が顔をしかめるのが視界の隅に映ったがかまわず煙を吐き出した。

「安室君の仕事はぼくの監視だ。勝手なことをしないように、勝手なところへ行かないように、すっぽんのようにぼくにくっついて離れない。違いますか?」

「考えすぎだ」

「ならいいんですが……安室君はまだ尻の青いひよっこです。足手まといにしかならない。明日からは彼をよこす必要はありません。彼にもそう伝えてください」

「そういうわけにはいかんよ」

信号が青に変わった。大城はアクセルを思いきり踏み込んだ。与えられた車は見かけは古ぼけているが、国産車が足元にも及ばないような馬力を備えていた。スピードメーターが一気に跳ねあがり、背中がシートに押しつけられる。大城は予期していたが、そうではなかった宮里は助手席で無様にバランスを崩した。

「危ないじゃないか、君」

「腹を割って話しませんか、警視。ぼくは叩き上げの公安警察官なんです。研修に来ているようなやわな連中と同じにしないでもらいたいんですが」

宮里は腕を組んだ。表情が不機嫌そうに歪んでいる。大城の問いに応じるつもりはなさそうだった。

「金門クラブのメンバーだそうですね」

大城は言葉を続けた。

「アメリカ側との繋がりも深いとか。アメリカと日本の板挟みになっている状況はわかってるつもりなんですがね」

「どういうことだ、それは？」

たまりかねたというように宮里は大城に嚙みついてきた。

「日本にもいい顔をし、アメリカにも同じようにしようと思ったら、ぼくを飼い殺しのようにするのが一番じゃないですか」

「沖縄は七二年に日本に返還される。琉球警察も日本の警察組織に統合されるんだ。アメリカの思惑を気にする必要などない」

「だから、腹を割りましょうといってるんじゃないですか。警視、ぼくを舐《な》めない方がいいですよ。七二年の返還が決まったからには日米の間で綱引きが起こるのは当然じゃないですか。どちらも自分たちの都合のいい七二年を望んでいる。条件闘争ですよ。日本側は沖縄の現状を事細かに知りたい。逆にアメリカは知られたくないことを知られるのを望まない。琉球警察にはアメリカから圧力が加えられているはずだ。少し考えれば、それぐらいのことはわかります。ここではぼくは邪魔者だ。弁《わきま》えてますよ、しっかりとね。それでも、ぼくは仕事をしなきゃならない。あなたにあなたの立場があるように、ぼくにはぼくの立場があるんです。わかっていただけますか、警視？」

宮里は唇を舐めた。彫りの深い眼窩《がんか》の奥で瞳が忙しなく動いている。利害に思いを馳《は》せているのは明らかだった。

「このままの状況が続くようなら、君が考えついたそのたわごとを東京に報告する、そういうことかね？」

「警視が腹を割ってくれないのなら、そういうことになりますね」

宮里は小さな溜息《ためいき》を漏らした。どうやら、日本の警察機構内での出世が大事だという結論に達したらしい。

「わかった。十分じゃ話は済まないだろう。ちょっと連絡を入れるから、電話のあるところで車を停めてくれ」

「かしこまりました、警視」

大城は軽やかにいって、アクセルを踏む足の力を緩めた。

「君の推測は半分正しく、半分間違っている」

電話を終えて車に乗りこんできた宮里はいきなり口を開いた。

「正しいのは半分だけ、ですか」

「そうだ。我々が日本とアメリカに同時に顔を向けていなければならないというのはそのとおりだ。沖縄の施政権はまだアメリカのものだし、琉球警察は琉球政府直属の組織だからな。アメリカ側は警察庁が沖縄に介入してくることを好まない」

「だから、ぼくを飼い殺しにしようと――」

「そうとばかりも限らないんだよ、大城警部。安室君と話をして気づいたことがいくつかあっただろう」

安室の生真面目な横顔が脳裏をよぎった。大城は軽くうなずきながら、宮里の問いかけに答えた。

「沖縄の公安警察官の考え方は本土のものとは違うということですか……」

「そうだ。わたしたち幹部を含めて、どちらかというと活動家たちには同情的なのが沖縄の公安警察官だ」

「あなたも含めて？」

「わたしも含めて、だよ。金門クラブに所属しているということで誤解しているらしいが、わたしも沖縄で生まれ育ったんだ。物心がついたときから、ずっとアメリカの占領下で暮らしていた。この島の苦しみや矛盾は、そのままわたしのものでもあるんだ」

「ご高説は拝聴しますがね。あいにく、ぼくは本土の公安警察官です。何事にも裏があると勘ぐるのが癖でして――」

「沖縄の公安警察全体が、君の存在を疎ましく思っている。それは弁えているといったな？」

大城の軽口を吹き飛ばすような勢いで宮里はいった。

「安室君の態度ではっきりと」

「一般の警察官の気持ちは安室君とほぼ同じだと考えていい」

「一般の？　では、あなたたち幹部の思惑はやはり他におありですか」

「君がただ現状報告のために調べ回るのは仕方がない、と我々は考えている。苦々しいがそれが現実だ。七二年以降のことを考えれば受け入れるしかない。だが――」

宮里は唇を舐めて言葉を切った。大城は待ったが、宮里が再び口を開く気配はなかった。

「だが、なんです？」

「さっき君は条件闘争がどうしたといっていたが、これもまた条件闘争の部類に入る。あるいは、利権闘争かな」

鎌倉で見た首相の好々爺然とした顔を大城は思い出した。国のため、政府のためと嘯《うそぶ》いてはいたが海千山千の政治家の話をそのまま鵜呑《うの》みにするほど大城はうぶではなかった。裏があるに決まっている。ただ、ああいう連中はその裏をなかなか披露しようとしないだけだ。

「利権ですか……」

「日本本土の大資本の攻勢はずっと前にはじまっているんだ。まずは、土地だ。七二年以降、沖縄を観光資源として利用するために、土地という土地を買い漁《あさ》っている。返還後には万博のような大がかりな催しを日本政府が予定しているという話もあって、それだけ猛烈な勢いで沖縄の土地は売り飛ばされている」

「土地を買っている人間の中には、本土の名士や政治家もいるという話でしたね」

「政治家だけじゃないさ。そういう情報を手に入れやすい官僚も餓鬼のように沖縄の土地を手に入れようと画策している」

「日本の警察官僚のトップが沖縄返還を金儲けの道具にしようとしているといいたいんですか？」

「いいたいんじゃない。これは事実なんだ」

宮里は毅然《きぜん》としていた。まるで、金の亡者たちと自分は別なのだといいたげに。

「君をこっちに派遣したのがだれかは知らないが、もちろんその人物は返還後の沖縄の治安だけを考えているわけではない。断言してもいい」

鎌倉での記憶が鮮明によみがえる。首相は根っからの政治一族の出身だが、その取り巻きには警察官僚出身者が多い。首相と山崎警視監。金の使い道に困ることのない政治家と警察官僚。連中がなにを企《たくら》んでいたとしても不思議なことはない。

「それで、できることなら本土の警察機構に尻尾を振っておきたいこちらのエリート様たちも腹に据えかねていると、そういうことですか？」

「君は将棋の駒だ。歩駒だよ。たいした力は持っていないが、こちらを牽制《けんせい》することはできる。適当に調査を進めて、早く東京に戻るといい」

宮里は大城の皮肉をきっぱりと無視した。

「それが生憎《あいにく》、一年かそれ以上に亘る任務だといいわたされていましてね」

車は那覇の市街を抜けて北上していた。軍用一号線。このまま北上を続ければ、やがてコザ市に辿り着く。そのまえにどこかでUターンをしなければならない。大城は脇道を探した。

「頭を下げれば、わたしの頼みを聞き入れてくれるかね？」

「そんなことをする必要はありませんよ。ぼくはただの警察官です。与えられた職務を全うする。それだけです」

「頑固だな、君は」

「警視殿のお話に納得がいかないんですよ。ぼくが考えたことをお話ししてもいいですか？」

左手に農道があった。車の鼻面を農道に突っこみ、Uターンさせる。宮里は苦虫を嚙みつぶしたような顔をしていた。

「いってみたまえ」

「利権闘争だとおっしゃったじゃないですか。琉球警察の中にも、おそらく、金門クラブのメンバーの中にも、本土の連中と同じように土地を買い漁っている人間がいるんでしょう。ぼくが動き回ることでそれがばれるのをあなたたちは恐れている。違いますか？」

Uターンさせた車に、大城は鞭《むち》を入れた。エンジンが爆音をあげ、タイヤが悲鳴をあげる。

「ぼくは公安警察官です。金の奪い合いなんてどうでもいい。繰り返しますが、関心があるのは命じられた職務を全うすること。この国の治安を守ること。あなたがたはお好きなように金を稼いでください。ただし、ぼくの邪魔はしないこと。それがぼくの望みです」

「沖縄中の警察官を敵に回すことになるぞ。そうなったら、任務も覚束《おぼつか》ないだろう」

大城は微笑んだ。車はじゃじゃ馬だが、それを馴《な》らして走らせるのはある種の快感だった。

「徒手空拳にはなれてますんで」

大城が深く静かに息を吐き出した。

「頑固にもほどがあるぞ」

「ご存知でしょうが、ぼくの身体にはうちなーんちゅの血が流れてるんです」

「安室君には君の仕事をきちんと補助するように伝えておく」

「ありがとうございます」

スピード計は百キロを指していた。それでも、エンジンにはまだ余裕がある。

「ここは高速道路じゃないぞ、警部」

「ここは日本でもありませんからね、警視」

そういって、大城はアクセルを緩めた。エンジンが不満そうに唸《うな》った。

「ところで、警視。最後にひとつだけお訊きしてもいいですか？」

「ここまで来たら遠慮することはない。なんでも訊けばいい」

「警視はどちらについてらっしゃるんですか？ アメリカ？ 日本本土？ それとも沖縄ですか？」

「そんな単純な区分けなど無意味だよ」

「つまり、魑魅魍魎《ちみもうりよう》どもが跋扈《ばつこ》している警察庁の、名前はいえないだれかと固く結ばれているということですね？ 承知しました。そのことも弁えて、今後の活動に繋げます」

権力闘争――警察官僚には恒例の醜い争いだ。自分がそれに利用されていることは最初からわかっていた。おそらく、それに政治家の欲も絡んでいるのだろう。いずれにせよ、楽しい仕事にはなりそうもない。

大城は首を振った。そもそも公安警察の仕事に楽しいことなどあるはずもない。

＊

初めのうちは緊張が激しくて塾生とろくに口をきくこともできなかった諸見里だが、二度、三度と賢秀塾に通ううちに徐々にではあるが塾の空気に馴染んでいるようだった。今では数人の塾生と軽口を叩きあうまでになっている。

もっとも、平良と古謝以外の人間は諸見里の出自を知らない。知れば、本土と手を結ぼうとしている資本家の息子として白い目で見られかねない。やまとーんちゅに媚《こ》びを売るうちなーんちゅは、やまとーんちゅ以上に嫌悪され、憎まれる。在琉の資本家のほとんどは先のことを考え、本土に尻尾を振っているというのが現状だった。

平良は週に二日は諸見里の借家を訪れ、夜が更けるまで熱心に話し込んだ。話せば話すほど諸見里の純真さ、志、熱っぽさに惹《ひ》かれていく。どうしてこんないいやつを、若い時分には煙ったく思ったり、軽んじていたりしたのだろうか。

「うちの親父はさ、なんの展望もないんだよね」

ある時、諸見里は苦しそうに呟いた。

「展望？」

「そう。沖縄の、あるいは日本の将来に対する展望でもいいんだけどさ。頭にあるのは金儲けのことと、時代の流れに乗り遅れちゃいけないってことだけ。本土の方にばかり目を向けて、足元のことはなんにもわかってない。だけどおかしいんだぜ、自分は世の中のすべてのことがわかってるって思いこんでるんだから。東京のことだってよく知らないくせに」

自嘲というよりは懺悔《ざんげ》に近い物言いだった。諸見里は自分の父を恥じている。それならうちの親も変わらない——平良はそういった。

「毎日畑に出るだけで、たまにデモや集会に参加することもあるけど、要するにそっちの親と同じで時代に流されてるだけさ。日本への返還は喜ばしい。これで基地もなくなる。理不尽な支配がなくなる。経済もよくなる。そう頭から信じこんでる。やまとの連中が来たら、昔みたいに搾取されるだけだっていう可能性には思い至らないのか、わざと目を閉じてるんだ」

「だけど、反基地反戦のために活動してることは事実だろう？　うちの親父は米軍にも媚びを売ってるんだ。最低だよ」

諸見里がやまとから沖縄に戻り、古謝の思想に引き込まれたのは父親に対する強い反発のせいなのかもしれない。そう考えると諸見里が哀れに思えた。肩を組み、同じ道を歩み、親の世代ではなく自らの世代の夢を育み、そうやって諸見里を勇気づけてやりたい。

「親のことはどうでもいいよ。肝心なのはおれたち自身がなにを見て、なにをするのか。

そうだろう？」

平良の言葉に、諸見里はうなずいた。どこか不安げで、頼りなく見えた。

「たしかに、諸見里君は頭がいいし、志は高いと思う」

古謝は座布団の上で正座したまま腕を組んでいた。賢秀塾は休みの日で、普段は塾生たちで足の踏み場もないほどになっている古謝家の居間には外からの風が容赦なく吹き込んできている。

「だったら、先生――」

平良は畳に手をついて、古謝の方ににじり寄った。

「落ち着きたまえ、平良君」

古謝に制されて、平良は頬が熱くなるのを感じた。

「諸見里君は素材としては確かに面白いものを持っていると思う。だが、君もぼくも、本当の彼をまだ知らないんだよ。高校の同級生だったというが、その頃はろくに口をきいたこともないといっていたね？　再会してから二週間とちょっとだ。それで、ひとりの人間を隅から隅まで知ることは不可能だよ」

「じゃあ、先生は諸見里は信用できないとおっしゃるんですか？」

自分が傷つけられたような気がして、平良は声を荒らげた。

「そうじゃない。ただ、諸手《もろて》をあげて迎え入れるのは危険だといっているんだ。諸見里君の親は体制側の人間だよ――」

「先生までそんなことをいうんですか？」

「可能性の問題だ。感情的になっているだけでは真実は見えないよ、平良君」

「すみません」

平良は素直に頭を下げた。それでも釈然としない気持ちは残った。諸見里のどこがいけないというのか。諸見里を否定するということは、諸見里を連れてきた平良も否定されるようなものではないか。

「彼は巧みに偽装を施したスパイかもしれない」

古謝の唐突な言葉に、不満も怒りもおそれも吹き飛んだ。諸見里がスパイ？　そんな馬鹿な。

「やまとの公安警察の意を受けて、スパイになるために琉球に戻ってきたのかもしれない。賢秀塾のことを知って君に接近したのかもしれない」

「そんなことあり得ませんよ」

「断言できるかな？」

古謝は静かにいった。大きく見開かれた目はいささかも動じることなく平良を見据えている。古謝はもともと冗談の類を口にするのが少ない男だった。

「断言はできません」

「そうだろう。君は諸見里君のなにを知っている？　すべては彼の口から聞いたことだけだろう？」

「それはそうですけど……」

「いいかい、ぼくだって諸見里君がスパイだなんて本気で思っているわけじゃないよ。ただ、ぼくらがやろうとしていることはどれだけ慎重になっても慎重すぎることはないんだ。それだけはわかってほしい」

「そうですね。性急すぎたかもしれません。だけど、先生、諸見里は――」

「わかってるよ。彼はいい男だ」

古謝は相変わらず静かな声でいった。平良はその言葉に救われたような気がした。

「しかし、いい男だから、ただそれだけの理由で彼を仲間に加えることはできない――」

「慎重には慎重を期せ。そういうことですよね？」

古謝の言葉を制して平良はいった。いい終わる前に腰を浮かしていた。

「諸見里がスパイなんかじゃないってことを、ぼくが証明してみせますよ。それだったら、先生も否応はないでしょう？」

「証明するって、どうするつもりなんだ？」

「それはこれから考えます。ぼくはどうしても諸見里を仲間にしたいんですよ、先生」

平良は胸を張って宣言した。古謝が眩《まぶ》しそうに目を細めてそんな平良を見あげている。

誇らしい気持ちが胸に溢れてきた。

ぼくが証明する——古謝にそういったはいいが、ではそのためになにをすればいいのかというと皆目見当がつかなかった。諸見里を尾行する、あるいは留守宅に侵入して所持品を調べるという考えが一瞬頭に浮かんだが、そんなことは論外だった。

一晩考えた挙げ句、平良は高校の同窓会名簿を引っ張り出し、かつての同級生たちに電話をかけた。昔話から切り出し、さりげなく諸見里のことに話を誘導していく。とりあえず仲の良かった十人ほどに電話をかけてみたが、期待していたほどの成果はなかった。かつての平良同様、諸見里に興味を持っていた人間はほとんどおらず、彼がいつ東京に行ったのかを覚えている人間も少ない。中には諸見里の存在をほとんど忘却している男もいた。

「うちの高校から東京に行ったのって、諸見里ぐらいだろう。だから、覚えてるかと思ったんだけどな。おれも近々東京に行ってみたいと思っててさ。どうせなら知り合いに案内してもらえないかなって図々《ずうずう》しいことを考えてたんだよ」

「それなら宮崎《みやざき》が卒業してしばらくしてから東京に行ったんじゃなかったかな？」

諦めて電話を切ろうとした時、十一人目の同級生がそういった。

「宮崎って、哲夫《てつお》か？」

「そう。哲夫。集団就職かなんかでさ。一、二年前にこっちに戻ってきたと思ったけどな」

平良は礼をいって電話を切った。名簿の中に宮崎哲夫の名前を見つけた。確か、野球部の部員だったはずだ。住む区域が離れていたせいで、それほど仲が良かったというわけではない。それでも、何度か同じ班に組み入れられたり、課外授業で一緒になったことがあった。

「清徳か。珍しいなあ。なんの用だよ？」

電話に出た宮崎はすぐに平良のことを思い出した。

「いや、近々東京に行ってみようと思っててさ。だけど、ひとりじゃ心細いから知り合いに案内を頼もうと思ってたんだよ。そしたら、哲夫が東京に行ってたはずだって話を耳にしたもんだから」

「おれはもう、二年前にこっちに帰ってきたよ。仕事はきついし、給料は少ないし、馬鹿にされるし……ついていけなくなってよ」

差別に傷つく琉球人が多いという話は耳にはしていた。だが、身近な人間がそんな目に遭っていたという事実に平良は心を痛めた。

「そんなことがあったのか？」

「まあ、向こうじゃしょうがないことだけどな。力になれなくてすまんな。他にも向こうにいたうちなーんちゅがいたんだけど、ほとんどこっちに戻ってるし——」

「高校一年の時に東京に転校してった諸見里ってのがいただろう？　覚えてないか？　あっちで会ったりしたことはないか？」

「諸見里？　ああ、あいつか。一度さ、向こうでうちの高校出身者の集まりを開こうって話があってな。同級生だからっておれが電話したんだけどよ、けんもほろろの応対されたよ。こっちも頭に来たからな。会ったこともないわ」

「そうか。すまんな。今度、同窓会でもやろうぜ」

平良は自宅の壁に向かって頭を下げ、電話を切った。宮崎が話す諸見里と自分の知っている諸見里との間に横たわる溝に愕然《がくぜん》とした思いを抱いた。やはり、古謝のいうことは正しいのだろうか。それでも、スパイという現実離れした言葉を諸見里に重ね合わせることはできなかった。

ぼんやりしながら同窓会名簿をめくる。高校三年の同窓生の約三分の一が卒業後、職を求めてやまとに渡っている。やまとから大挙して押し寄せてきた口入れ屋たちが、甘言を巧みに取り入れて希望に燃える若人たちをやまとに送る。その大半は、約束とは違う環境、給料のもとで働かされていると聞いたことがある。地元の口さがない大人たちは口入れ屋たちを「人買い」と呼んで憚《はばか》らない。そういう悪評を聞きつけてもなお、やまとに行こうとする若者が後を絶たないのは、琉球の経済があまりにも小さいからだ。高給を期待できるような職はほとんどなく、家業を継ごうにも土地は米軍に接収され、海は米海軍の軍艦のせいで魚が寄りつかなくなっている。

琉球に未来はない。アメリカーに支配され続けても。やまとがそれを受け継いでも。自立した独立を勝ち得なければ、真の幸福は訪れない。

名簿の中に川満英純《かわみつえいじゅん》の名前を見つけた。たしか、諸見里の家の近所に住んでいたはずだ。川満ならなにか情報を与えてくれるかもしれない。平良は電話をかけた。最初に電話に出たのは中年の女だった。おそらく、川満の母親だろう。

「すみません。英純君はいらっしゃいますか？　高校の同窓だった平良と申しますが」

「平良さんね、ちょっとお待ちください」

しばらく待っていると、唐突に野太い男の声が耳に飛び込んできた。

「平良って、平良清徳か？　懐かしいなあ。なんだよ、急に電話なんかしてきて」

「ああ、おまえ、諸見里って覚えてるか？　高校一年の時、東京に転校していった。近所だったんだろう？」

「諸見里って昇《のぼる》のことか？　だったら覚えてるもなにも、幼馴染みだよ、昇は。周りに同い年の子供が少なかったからな。よく一緒に遊んだもんだ。だけど、清徳、なんだって昇のことなんか訊くんだ？　おまえ昇とはほとんど行き来がなかっただろう？」

平良は相手に聞こえないように深呼吸をした。頭の中で組み立てた話を反芻《はんすう》する。どこにも綻びはないはずだった。

「いや、ついこの間、諸見里によく似た男を近所で見かけたんだよ。どうも農家を借りて暮らしてるみたいなんだけど、諸見里って、確か貿易会社の御曹司だろう。そんなところに住んでるのはおかしいなと思ってさ。おれの見間違いならそれでいいんだけど」

「ああ、そうか」

川満の声が低くなった。

「ここだけの話だけどな、昇、東京で見つけた仕事を辞めて、勝手にこっちに帰ってきたらしいんだ。それで親に勘当されたって聞いてる」

「勘当？　東京から戻ってきただけで？」

「詳しいことはおれもわからんよ。お袋が近所の噂話を耳にしただけだからな」

「英純は東京から戻った諸見里と話はしてないのかい？」

「ああ。連絡先も知らないし……農家を借りてるって？　まさか畑を耕してるってわけじゃないだろうな」

「そこまではしてないさ。そうか、勘当か……」

「やけにこだわってるじゃないか」

「凄く寂しそうだったんだよ。なんていうか……今にも自殺しそうな感じだったんだ？」

「昇が？　そうだな、昔から繊細なところがあったし……そうだ。そんなに昇のことが気になるんなら、安室さんに会ってみたらどうだ？」

「安室？」

平良は首を捻《ひね》った。安室という同級生は記憶にない。

「おれたちの二年上の先輩だよ。下の名前は思い出せないけど、柔道部で凄く怖い先輩がいただろう？」

脳裏にぼんやりと顔が浮かんだ。日焼けした精悍《せいかん》な顔。どこか生真面目そうで、自分を律するための規則を他人にも要求して顧みない傲慢さ。何人もの下級生が鉄拳制裁を食らっていた。

「あの安室さんが諸見里となんの関係があるんだよ？」

「安室さんのお母さん、昔、諸見里の家で賄いの仕事をしてたんだよ。そのおかげで、今でも行き来があるそうだ。安室さんなら、諸見里の家のことなにかわかるんじゃないかな」

「安室先輩の連絡先、わかるかい？」

「ちょっと待ってろ。たしかお袋が電話番号知ってるはずだ。聞いてくる」

川満の声が遠のいていった。平良は待ちながら考えていた。安室の連絡先を知ったとして、諸見里の話をどう切り出せばいいのだろう？　同級生に諸見里のことを訊くのはそれほど不自然なことではないが、一年も上の先輩ということになれば話は違ってくる。

「清徳、いつまで電話してるつもりだ？」

父親の不機嫌な声が飛んできた。反発心がむらむらと湧きあがってきたが、平良はそれを抑えこんだ。電話代を払っているのは父だ。平良はある意味居候《いそうろう》にすぎない。

「もう少しで切るよ」

平良は受話器の送話口を手で塞ぎ、父に向かって叫んだ。

「自分で金を払うんなら、いくら使ったってかまわないんだぞ」

嫌味が返ってくる。平良は顔をしかめ、受話器を耳に押し当てた。

「電話番号がわかったぞ」

川満の声が、その瞬間を待っていたかのように聞こえてきた。

5

安室は青ざめた顔で大城の帰りを待っていた。

「どこに行ってらしたんですか?」

大城が車を降りると安室は駆け寄ってきた。額に大粒の汗が浮かんでいるのは暑さのせいだけではないようだった。

「本部に電話をかけるといい。君に新しい指示が出るはずだ」

大城は涼しい顔をして家の中に向かった。

「どういうことです?」

「とにかく、電話をするんだ。その後で、今後のことを話し合おう」

安室は怪訝な顔をした。無理もない。大城を迎えに来てみれば姿はなく、焦れながら待っていた相手が戻ってきたと思ったら本部に電話をしろという。頭の中は相当に混乱しているはずだ。

安室は居間に設置されている電話を使った。額の汗を手拭いで拭い、しきりに頭を下げている。電話の相手は上司なのだろう。安室の生真面目さが伝わってくる。もう少し力を抜くことができれば、それなりの公安警察官になることもできるだろう。

安室が電話をしている間、大城は台所の冷蔵庫を開け、魔法瓶に入れておいた麦茶をコップに注いだ。コップがすぐに汗をかく。麦茶を一気に飲み干すと、軽い頭痛がした。

「わかりました。そうします」

安室の声と共に電話を切る音が聞こえてきた。大城は居間に戻った。

「状況が変わったことは理解できたかな？」

「なにをなさったんですか？」

安室は直立不動の姿勢で大城と向き合った。右手で手拭いをきつく握りしめている。指先が蠟《ろう》のように白く変色していた。

「宮里警視と会って話をしてきたんだ」

「宮里警視？　そんなことをしたら――」

「君の立場がなくなるか？」

大城は煙草をくわえた。東京から持ってきた〈ひびき〉はそろそろ手持ちがなくなる。沖縄で手に入る煙草はアメリカ産か沖縄独自のものがほとんどだった。マッチで煙草に火をつけながら、大城は微笑んだ。こんなときに、なにをくだらないことを――。

「率直にいわせてもらえば、君の立場などおれの知ったことじゃない。任務を達成するのにどうしても必要だと思ったから話をしに行ったんだよ。飼い殺しはとてもじゃないが耐えられない」

安室は口を開きかけた。途中で口を閉じ、うつむき、小さく肩を顫わせた。

「そんなに屈辱的なことか？」

「大城さんに腹を立ててるわけじゃありません。いうことがころころ変わる、上に腹を立ててるんです」

「どこだろうと組織ならよくあることだ。気にしない方がいい。それより、電話でなんといわれたんだ？」

「なるべく大城さんの希望に添えるように努力しろということでした。大城さんの知りたいことは包み隠さず話していいと」

「つまり、昨日まではそうじゃなかったということだな」

安室がまた唇を嚙んだ。

「生真面目にもほどがあるぞ。こういう時は涼しい顔をして受け流すんだ。それができないと、いつまで経っても一人前にはなれない」

「すみません。感情がつい顔に出てしまうもので」

「それをコントロールするのも君の仕事のひとつだ。それができていれば、おれが宮里警視に会いに行くこともなかったんだ。肝に銘じておくといい」

「わかりました」

深く腰を曲げる安室に大城は鷹揚《おうよう》にうなずいた。沖縄に来て教師の役をすることになるとは思ってもいなかった。だが、気分を害するようなことでもない。おそらく、安室が素直な青年だからだろう。安室を見ていると十年前の自分を思い出す。刑事畑を志願していたのに、いきなり公安に所属させられ、右も左もわからないままに、ただただ先輩や上司の指示を受けて走り回っていた。大城がこの十年で失ってしまったものを、安室はまだすべてその身に、心にくくりつけている。

「とにかく、座ろう。今日は外出は中止だ。君が持っている情報を忌憚《きたん》なく聞かせてもらいたい」

安室は素直に従った。古いががっちりしている机を挟んで、大城は安室と向き合った。

「君たちが考えている、一番過激で危険な反体制分子は結局のところ、どの団体なんだ？」

「ここは本土じゃありませんからね。そちらの過激派のような人間はいません。実情を知ったら、大城さんは呆《あき》れますよ」

「呆れるのはひとりになる時まで取っておくさ。君の考えや意見は別にして、実際のところを教えてくれ」

安室は机の上に置いた手拭いを見つめ、意を決したように口を開いた。

「一般大衆にもっとも影響力があるのは教職員会です。ご存知ですよね？」

大城はうなずいた。沖縄の日本返還闘争を先頭に立って引っ張ってきたのが教職員会だ。小学、中学、高校の教師たちの組合だが本土で考える以上の影響力を持っている。現在の琉球主席、屋良朝苗も元を辿れば教職員会の重鎮だった。

本土での教職員会――つまり日教組といえば、反体制の権化だ。学校行事における日の丸掲揚、君が代斉唱への頑ななまでの拒否反応。左がかった思想を子供たちへ植えつけることへの執念。それが沖縄へ来ると見事に逆転する。アメリカ支配からの逸脱は日本政府に追従することだといわんばかりに、教職員会は日の丸掲揚、君が代斉唱を推奨する。昭和天皇への思いを吐露して気兼ねすることもない。皮肉なねじれが沖縄には存在する。それはたしかに沖縄の矛盾したあり方が理由であるのに違いはないのだが、滑稽であることもまた事実だった。

「しかし、教職員会は今では体制側に属しています。なんといっても、主席が屋良さんなんですから。もちろん、反戦、反基地も彼らの重要なスローガンですが、暴力的な行動にでることは一切ありません」

「しかし、中には過激な思想を持つ人間もいるんじゃないのか？」

「すべての会員を把握しているわけじゃないんでなんともいえませんが、いたとしてもなんの力も持っていませんよ。断言してもかまいません」

安室は唇をきつく結んだ。よほど自信があるのだろう。大城はうなずいた。

「じゃあ、次だ」

「復帰協と全軍労ですかね」

　正式には沖縄県祖国復帰協議会、全沖縄軍労働組合というはずだった。沖縄に吹き荒れるデモやスト、抗議集会の中心にいるのがこのふたつの組織だ。前者はいくつかの団体が参加、加盟している。

「復帰協には教職員会も参加していますが、教職員会よりは思想が過激です」

　安室は言葉を続けた。

「沖縄返還の日米合意にも激しく反対していますしね。全軍労はいわずもがなです。沖縄における反戦、反基地、反アメリカの象徴は間違いなくこのふたつの団体です」

「ベ平連や本土の過激派と連携している組織は？」

　大城は機械的に質問を発していった。そのひとつひとつに、安室が熱心に答える。安室の話す内容のどれもが、東京で教習を受けた時に聞いていた話ばかりだったが、大城は飽くことなく質問を続けた。知ることが重要なのではない。安室との間になにかしらの絆《きずな》を結んでおきたかった。それは多分、先輩と後輩、教師と生徒のような絆だ。安室を大城に心酔するように仕向け、支配する。要するにエス——スパイを育成するやり方と同じだ。安室は公安警察官だが、まだ若い。つけいる隙はどこにでもある。

「わかった」

　ひととおりの質問を終えた後、大城は穏やかな笑みを浮かべて安室にうなずきかけた。

「きっちり把握してあるのはさすがだな」

「いえ……当然のことだと思います」

「その当然のことができないやつが多くなってきてるんだよ、東京でもな。もうひとつ仕事を頼みたいんだが、聞いてくれるか？」

「なんでしょう？」

勢い込む安室の目が熱気に輝いている。東京からやって来た公安警察官に認められたことへの喜びがその目に溢れていた。

「今、君が教えてくれた各団体の中の、過激な思想を持っている人間、強い影響力を持っている人間、それぞれを抜き出して、名前、背後関係、血縁、そういったものを書類にまとめてもらいたいんだが」

「明日までにですか？」

「いや。四、五日の間にやってくれればいい。どうだ？　多分、眠る時間を削ることになると思うんだが――」

「やります。任せてください」

「ありがとう」

大城は右手を差し出した。安室が照れながらその手を握りかえしてきた。

「やっと仕事をしている気分になってきたよ。それもこれも、君の協力のおかげだ」

「ですが……上の指示が変わったからです。それも、大城さんが自分で交渉してそうさせたんじゃないですか。ぼくの協力なんて微々たるものです。大城さんの——」

「腹が減ったな」

大城は安室に最後までいわせず、快活な声をあげた。

「昼飯を食いに行こう」

「あ、はい。なにがいいですか？　ご案内します」

「沖縄そばを食いたいな。あれはけっこう病みつきになる」

沖縄の食べ物の名を口にしたことで、安室の顔がほころんだ。

「ちょっと遠いですけど、首里《しゅり》の方にうまい店があります」

「どうせ午後は出かけるんだ。そこへ行こう」

大城の言葉が終わる前に安室は腰をあげた。軽やかな身ごなしで、身体のバネを感じさせる。目映《まばゆ》いほどに安室は若い。

「そうだ。訊き忘れたことがある」

「なんですか？」

振り向いた安室の顔に、大城はにこやかな表情を向けた。

「君が名前をあげた団体は、反戦、反基地、反米を旗印にしているが、そもそも沖縄の日本への返還に反対したり、沖縄の独立を考えている団体はないのか？」

「あることはあります」

安室の表情が曇った。

「ただ、ほんとに少数派で、だれにも相手にされてません」

「いまのいい方は不正確だ」

大城は冷たい声音でいった。

「相手にする人間はわずかだがいる。そうだろう？」

「はい」

「そばを食いながらその話を聞こう」

口調を元に戻して、大城は腰をあげた。


なんの変哲もない住宅街の一画で、安室は車のスピードを緩めた。

「あれがそうです」

右斜め前方の一軒家を指差しながら安室は車を完全に停止させた。周囲の家より庭が広く造られているが、ただそれだけの民家だった。門には表札の他に、質素な看板が掲げられている。

〈賢秀塾〉

力強い筆文字がそれを書いた者の揺らぐことのない意志を表現しているように感じた。屋根には魔除《まよ》けのシーサーの代わりに白、赤、黄に色分けされた旗がはためいている。

「琉球共和国旗だそうです」

大城の視線を追って、安室がいった。

「たしか、平和と情熱と道理を意味するとか。近所の人間は頭がおかしいんだと噂してますが」

「だが、学はある」

「そうです。さきほどもお話ししましたように、主宰者の古謝賢秀は弁護士です。やまとの資格を持ってるんです」

「要するに、インテリだ。弁護士の資格は本土で取得したのか？」

「ええ。ですから、沖縄内で公的な弁護士活動はできないんですが、返還を睨んで、沖縄と本土の行き来が活発になり始めたころに開業したんで、それなりの需要はあったようです」

「金の儲かる仕事を放り出して、沖縄独立の夢を追いかけたというわけだ。今はどうやって食ってるんだ？」

「弁護士時代の蓄えと、塾生からの授業料だと思います」

「ちゃんと調べられるか？」

「時間はかかります。沖縄の公安はここのことをそれほど重要視していないもので、あまり情報も仕入れていないんです。でも、大城さん、こんな塾を調べてもどうにもなりませんよ。塾生といったって五十人ぐらいしかいませんし――」

「沖縄でもっとも過激な思想を持つ男なら、調べて損はない。おれたちの仕事はクズを拾い集めて、その中に間違って宝石かなにかが混ざっていないかを確認することだ。なにもなければそれでいい。なにかあれば——気づいた時には手遅れということもある。おれも手伝うよ。ここは安心だという確信が持てるまで調べるんだ」

「わかりました」

「古謝賢秀と塾生の写真、履歴も欲しい。それから、古謝が書いたという本——なんだっけ？」

「『沖縄独立論』です。本当は『琉球独立論』としたかったらしいんですが、出版社の方から琉球を沖縄に変えてくれといわれたとかで。お読みになりますか？」

「ああ。手に入れてくれ」

　沖縄という呼称が使われるようになったのは、明治政府によるいわゆる琉球処分以降のことだ。それまでは、この南洋の島々は琉球王国の名のもとに独自の文化と繁栄を謳《おう》歌《か》していた。自らの出自にこだわりを持つ人間たちは沖縄ではなく、好んで琉球という呼称を用いたがる。

「塾生たちの写真と履歴は時間がかかると思いますが」

「それはかまわん。時間はたっぷりあるんだ」

「わかりました。なんとかやってみ——」

　大城は掌を向けて安室の言葉を制した。家の方で動きがある。ガラス戸の向こうで影が動いていた。

「古謝と女房ですかね」

安室が押し殺した声で囁《ささや》いた。大城はそれには答えず、目を細めてガラス戸を凝視する。影はふたつとも小柄だった。戸が音を立てて開き、影が実体に変じて姿を現した。中年の男と女。女が手に持っていた革の鞄《かばん》を男に渡し、笑顔を見せた。

「古謝です」

安室の囁きが煩わしい。大城はさらに目を細めた。男がこちらに向き直り、ゆっくりとした、しかし力強い足取りで歩きはじめた。背は百六十五センチというところか。体重は六十キロくらい。がっちりとした上半身の上に、不釣り合いなほど小さな頭がのっている。髪は黒々と生い茂り、眉も目も太い。そう、太いという形容がぴったりくる。真っ直ぐ前を見つめ、大城たちの車は気にも留めずに道へ出ると右手の方に向かって進んでいく。横顔の印象も強かった。目尻から顎へと続く線は墨で殴り書きしたような力強さを持っている。よく日に焼けた肌は艶やかな光を放ち、揺らぐことのない眼光と鮮やかな対比を成していた。

なにかに己を捧げた男の横顔だ。東京でも似たような横顔を持つ男たちを大城は見てきた。共産党員、過激派のリーダー、右翼の大立て者。自らの信念にすべてを捧げることのできる男たち。つまりは狂信者と同じだ。退くことを知らず、自らを捧げた対象を疑うことを知らず、闇雲に目的に向かって邁進する。危険極まりない男たちと同じ空気を古謝は身にまとっている。

ここが東京なら、迷わず部下を古謝に張りつかせただろう。それができないのが歯痒《はがゆ》かった。

古謝の背中が遠ざかっていく。歩き方ひとつとっても迷いとは無縁のようだった。

「どんな印象を持たれましたか？」

安室が訊いてきた。

「あいつは危険だ」

大城は答えながら、視界から消えていこうとする古謝の後ろ姿を執拗《しつよう》に追い続けた。

賢秀塾を離れた後は、主にコザ市を動き回った。諸見百《もろみひゃっ》軒《けん》通りに中の町《なかのまち》、地元の人間御用達《ごようたし》の繁華街——つまり、活動家連中がよく足を向ける場所を歩き回り、土地鑑を摑むことに集中した。昼間は安室と行動することが多くなるだろうが、夜はひとりで動くことができる。夜の街を徘徊《はいかい》するのが、情報収集の基本だった。

安室と一緒に晩飯を食い、家に戻ったのが午後九時。ひとりでコザに戻るには疲れすぎていた。宮里を襲撃するために早起きしたのが響いているのかもしれない。年を取ったと呟くにはまだ若すぎる。だが、若さが失われていくのを実感する年でもある。湯船に浸かりたかったが、家の風呂場にはシャワーしかなかった。しかたなくシャワーで垢《あか》を落とし、冷蔵庫に並んでいたビールを開けて、孤独な晩酌をした。テレビは電波の入りが悪く、画面は粗く、音声には雑音が混じっている。新しいテレビかラジオを調達する必要がある、そう考えた時、電話が鳴った。安室からだった。

「どうした？」

「それが、賢秀塾の塾生から会いたいという連絡がさっきありまして。偶然にしてはできすぎていると思うんですが……」

思わず乱暴にコップを置いた。中身がこぼれて机を汚した。

「どうして君に？」

「高校の後輩なんです。たぶん、ぼくが警官だということは知ってますが、公安に属してるということは知らないはずです」

「なんの用だ？」

大城は机に手をついた。こぼれたビールで掌が濡《ぬ》れた。不快な感触が広がっていく。

「それが、別の後輩のことを訊きたいというんです。ある貿易商のひとり息子なんですが、うちの母が昔、そこの賄いの仕事をしてまして、今でも細々ですが行き来があるんですよ。それで連絡してきたとは思うんですが……本当に偶然でしょうか？　今日の今日ですよ」

「君の感触はどうなんだ？」

しばらく沈黙が続いた。

「おれは君の上官じゃない。君が感じたままを正直にいってくれればそれでいいんだ」

「たまたまだと思います」

迷いに顔をしかめている安室の顔を鮮明に思い浮かべることができた。この世に偶然などない——公安警察官が最初に叩き込まれるのがそうした考え方だ。

「君がそう思うなら、それはたまたまだ。それで、君に連絡を取ってきたという後輩のことはよく知っているのか？」

「それほどでもありません」

「だったら、彼が賢秀塾の塾生だとなぜわかった？」

「突然の電話だったものですから、いろいろと彼の同級生に訊いてみたんです。すると、だれかが彼は賢秀塾に通っていると」

「名前は？」

「平良清徳。ぼくの二級下の後輩です」

「平良が訊きたがっている後輩というのは」

「諸見里昇という男です」

「その諸見里も賢秀塾と関わりがあるのかな？」

また間が空いた。濡れた掌を服で拭いながら、大城はビールに口をつけた。喉が渇いていた。だが、ビールは東京では考えられないほど短時間に温くなっていた。

「諸見里は親の意向で高校一年の時に東京に転校したんです。先日、こっちに戻ってきたと聞きました。理由はわかりませんが、とにかく、戻ってからまだ一月ほどしか経っていません。賢秀塾とは無関係だと思います」

これは偶然だ。大城もそう確信した。もともと、賢秀塾がなにかを企んでいると考えていたわけではない。あそこはまだ、そういうこととは無縁の組織だ。それでも、可能性がゼロになるまで検証しようとするのは公安警察官の性《さが》なのだろう。

「そうか、だったら好都合じゃないか。その平良という若者を通じて、賢秀塾の内部を知ることができる。うまく行けば、その平良君か別の人間をエスに仕立てることもできるしな。返事はしたのか？」

「明日、もう一度連絡をくれといっておきました」

「よし。君が平良と会う時はおれも近くにいたい。適当な場所を考えておいてくれ」

大城は電話を切った。沖縄という土地に奪われていた活力がよみがえったような充実感が体内にみなぎりはじめていた。

＊

安室光裕《みつひろ》に指定されたのは、国際通り沿いにある喫茶店だった。時間は午後一時。青年団の集まりがあるのだと嘘《うそ》をついて、畑仕事を休んだ。父母はもちろんいい顔はしなかった。だが、だめだともいわない。地域から除け者《もの》にされることをなによりも恐れている。

良心の呵責《かしやく》を覚えながら、ポンコツ車を駆って国際通りを目指した。通りには昼飯を食い終えて会社や家へ戻る人たちが溢れている。

喫茶店はすいていた。片づけられていない皿が載ったテーブルが目立つ。数分前に客が一斉に引き揚げたという様子だった。店内は縦長の構造になっていて、テーブルが左右の壁にひっつくようにして二列に並べられている。一番奥の席に男が座り、煙草をふかしていた。

平良は少し迷ってから、中央の右側のテーブルに着いた。テーブルの上には食器が載り、醬油《しょうゆ》とだし汁の匂いが強く立ちこめていた。平良はコーラを頼んだ。アルバイト風のウェイトレスがやって来て、謝りながら食器を片づけた。平良は落ち着きが悪い。何度も腰の位置を直しながら、店の入口と奥に交互に視線を走らせた。すでに午後一時を五分回っているが、時間どおりに待ち合わせ場所に姿をあらわすうちなーんちゅは珍しい。一時といえば早くて一時十五分、普通で一時半を指すのが沖縄時間だ。

一番奥のテーブルの男は煙草を消し、今では新聞に目を通していた。読んでいるのは英字新聞で、テーブルにはコーヒーカップが置かれている。平良のいる場所からでも、コーヒーカップから立ちのぼる湯気と、カップの縁から濃褐色のコーヒーの表面が見えた。まだこの店に来て間がないのだろう。新聞で顔は隠れているが、灰色の背広の袖から出ている手は白かった。沖縄の人間ではないのかもしれない。男は新聞の脇から顔を覗かせて、コーヒーカップに手を伸ばした。どこにでもいそうな顔立ち、逆にいえば特徴がどこにもない。摑み所のない表情を浮かべている。たぶん、どこか別の場所で見てもあの時この喫茶店にいた男だと気づくこともないだろう。

ウェイトレスの明るい声が店内に響いた。振り返ると、安室が店に入ってくるところだった。高校時代の線の細さは消え、どこか逞しさを感じる所作で平良に挨拶を送ってくる。平良は立ち上がり、深く腰を曲げた。

「高校生じゃないんだ、そんなにかしこまることはない」

安室はそういって、平良の向かいに腰をおろした。その陽気な響きに平良は思わず顔をあげた。高校時代の安室はどちらかというと陰気で、声も内にこもって響いたものだった。柔道部の後輩たちは安室と出くわすたびに俯《うつむ》き、なるべく視線を合わせないようにと腐心していた。柔道部員の恐怖が他の生徒にも伝染して、暗黙のうちに安室は怖い先輩だ、怒らせてはいけない存在だということになっていた。

「ありがとうございます」

平良はもう一度頭を下げて腰をおろした。緊張している。鳩尾《みぞおち》のあたりに引きつったような感覚があった。

「平良、だったよな？　電話じゃ思い出せなかったが、顔を見たらわかった。比嘉《ひが》と同じクラスだったやつだろう？」

比嘉というのは平良の同級生で柔道部に所属していた男だった。それほど仲が良かったわけではないが、一緒にいるところを見られるかなにかしていたのだろう。

「ええ、そうです。今日はわざわざ済みませんでした」

「昇のことを訊きたいっていってたよな？　昇がどうした？」

「それより、先輩、飲み物はどうします？」

平良はいった。声が自分でも驚くほどしゃがれていた。緊張のせいで喉が渇ききっている。

「コーヒーでいいよ」

「わかりました」

平良はウェイトレスを呼んでコーヒーを頼んだ。コーラを飲みたかったが、安室より先に手を出すのは気が引ける。何度も唾を飲みこみながら口を開いた。

「あの、訊きたいのは諸見里のことなんですが……安室先輩は警察でどんなお仕事をなさってるんですか?」

安室に電話をすることに決めた時、心していたのは安室が公安の警官ではないかどうか確かめるということだった。古謝は常日頃いっている。顔見知りでもないのに無闇に近づいてこようとする人間には気をつけなさい、公安警察がわたしたちのことを調べようとしているのかもしれない。

もちろん、賢秀塾は警察に目をつけられるような存在ではない。だが、公安は恐ろしいと古謝はいう。彼らはなんでも知らなければ気が済まない。常に敵役を必要としている。なぜなら、敵がいなければ自らの存在価値がなくなるから。敵がいないのなら嘘を塗り重ねて敵がいると主張する。それが公安警察だ。取るに足りない存在でも、彼らがそうしたいと思えば、賢秀塾も悪の巣窟としてやり玉に挙げられる可能性がある。塾の規模自体は小さくても、古謝の思想は国家権力にとって危険極まりないものなのだから。

「おれか？　二年前に待望の刑事になったんだけどな、窃盗だとかを担当する部署にいるよ。できれば、殺人事件を担当する部署に就きたかったんだけどな」

「窃盗ですか……」

安堵《あんど》を押し殺して平良はいった。安室は公安警察官ではない。少しずつ緊張がほぐれていくのを感じた。

「米兵のせいで、そういう事件が多いから文句もいってられないんだがな……おまえはなにをやってるんだ？」

「親と一緒に農業を……後を継いで両親に楽をさせてやってるといいたいんですけど、父にいわせればまだまだらしくて、いろいろ教えてもらいながら畑を耕してるだけです」

「なるほどな。おれの同級生で親の後を継いで漁師になったやつもいるが、大変だとこぼしてたよ。農家もそうなんだろう。そうか、それで近くで昇を見かけたといっていたんだな？」

「え、ええ。諸見里は背が高いので、後ろ姿を見ただけだったんですけど……でも、あの諸見里がうちの近くで農家を借りてひとりで住んでるなんて変じゃないですか。訳ありなら、力になってやれないかと思いまして」

「訳ありというかな、要するに、親に勘当されたんだよ。せっかく金を使って本土に送り出してやったのに、会社も勝手に辞めてこっちに戻ってきたんだからな。おれも詳しく知ってるわけじゃないが、お袋の話だと、昇の親父さんはカンカンに怒っているらしい」

安室のコーヒーが運ばれてきた。安室はミルクと砂糖を大量に入れて、丁寧にスプーンでかき回した。焦れったい。安室がコーヒーに口をつければ、すぐにでもコーラに手を伸ばしたいのに。

「勘当されて家を飛び出て、だけどお坊ちゃんだからな、なにをどうしていいのかわからずにとりあえず、その農家を借りたんじゃないのか」

安室はやっとコーヒーに口をつけた。平良はほっとしてコーラに手を伸ばした。炭酸の気泡が喉を刺激しながら滑り落ちていく。

「そうなんですか……諸見里、どうしてこっちに戻ってきたんですかね？」

「本土がいやになったらしい」

「本土が？」

「さすがにそこまで立ち入っては訊けなかったらしいんだが、お袋は母親が愚痴をこぼしてるのを耳にしたらしいんだ。沖縄は本土に返還されるべきじゃない、本土の人間は沖縄のことなんかこれっぽっちも気にしていないって、昇が口走ってたらしい」

喉の奥のつかえがすっかり取れた。コーラのせいではない。諸見里がスパイなどではないという確証を得ることができたからだった。

「諸見里がそんなことを……」

「向こうでなにがあったのかは知らないけどな。昇の親父さんは、返還後に本土と商売をする心づもりで昇を東京に置いておきたかったんだ。それが、自分の商売を手伝ってくれるどころか、息子に後ろ足で砂をかけられたように感じているらしい。問答無用で昇を追い出したそうだ」

「ちゃんと食ってるんでしょうか」

「おれのお袋もそれを心配していた。実の息子のおれより、昇の方が気になって仕方ならしくてな。どうだ、平良、ちょくちょく昇の様子を見に行って、おれに報告してくれないか。お袋を安心させてやりたくてさ。それで、もし昇が金に困ってるようだったらなんとかしてやらなけりゃ。おれがやってもいいんだが、なにしろ仕事が忙しくてな」

「わかりました。それぐらいのことなら、やりますよ」

自分の声が朗らかに響くのを平良は聞いた。諸見里はやはり、自分と同じ憂国の志を持つ男だった。同志として認めてもいい男だったのだ。そう考えるだけで、心が沸き立ってくる。これでひとり。まだたったひとりだけれど、着実に確実に同志は増えていく。来年の今ごろになれば、志を同じくした戦士たちが武器を手にして世界に戦いを挑むのだ。

「ありがとう。直接の先輩でもなんでもないのに――」

「そんなことは関係ないです。困っている人がいたら手を貸す、それが沖縄の——うちなーんちゅの心じゃないですか」

「そういううちなーんちゅも、最近じゃかなり減ってきているけれどな。平良、昼飯は食ったのか？」

唐突な質問にまごつきながら、平良は首を縦に振った。午後の仕事を休むのだからと、ぎりぎりまで畑で過ごしてから那覇にやってきた。朝飯を食べたきり、胃にはなにもいれていない。腹はぺこぺこだった。

「すっかり飢えているような顔つきだな。奢《おご》ってやるよ、昼飯を食いに行こう」

「でも、それじゃ——」

「気にするなって。おまえは後輩として先輩のおれに礼を尽くしてくれてるじゃないか。だったら、先輩らしくしないとな」

安室はテーブルの隅に置いてあった伝票を摘《つま》みあげて席を立った。平良は慌ててコーラを飲み干し、精算を済ませている安室のそばに駆け寄った。安室の財布は想像以上に厚みがあった。ならば、奢られてもいいか——財布から目を逸らしながら、平良は幾通りものいい訳を頭の中に浮かべていた。

6

定食屋から安室と平良が出てきた。大城は倒していたシートを起こした。安室がなにかを話しかけ、平良は何度も頭を下げている。最後に平良は深々と腰を曲げ、生真面目な笑顔を安室に向けて身体を反転させた。立ち去っていく平良の後ろ姿を安室がじっと見つめている。平良が通りの先の角を曲がって姿を消す。安室がひとつ息を吐き出して、車に向かってきた。大城はエンジンをかけて安室が乗りこんでくるのを待った。

「予想どおりです。平良は昇を——諸見里を賢秀塾に誘うつもりです」

「そういったのか？」

「いえ。直接口にしたわけじゃありませんが、高校時代に特に仲が良かったというわけでもないのに、なにをしているのか心配だなんて、おかしすぎますよ。絶対に塾に誘うために昇の背後関係を調べてるんです」

「ただの私塾がそんなことまでするかな？」

大城は車を発進させた。平良の消え去った方角に注意を払っていたが、戻ってくる気配はなかった。

「確かにそう考えると疑問なんですが、しかし、平良の執着の仕方は普通じゃありません」

　諸見里昇のことは安室から詳しく聞いていた。ブルジョワの息子。彼らが容易に左翼運動に入りやすいことは知られている。諸見里の東京での暮らしぶりを照会してみる必要があるかもしれない。しかし、それよりも平良の行動が気にかかる。新しいメンバーの身辺調査をするなどというのは、共産党や一部過激派のような連中しかやりはしない。なぜ、そこまで慎重になるのかといえば、権力の敵として認知され絶えず監視やスパイの脅威に怯《おび》えているからか、秘密裏に非合法活動を計画しているかのどちらかであることが多い。賢秀塾の場合、当てはまるのは後者だ。

　古謝賢秀の過激な思想が引っかかっていただけだが、もしかすると大物を引き当てたのかもしれない。だが――危険な行為を企んでいる組織にしては、賢秀塾はあまりに小さく、あまりにも浮世離れしすぎている。

「どちらにしても、確認しておいて損はないか」

　大城はひとりごつようにいった。

「なんですか？」

「とりあえず、平良と諸見里の線から賢秀塾の内偵を少しずつ進めていこう。あの平良という若者はエスとして使えそうか？」

　エスというのは公安警察内部の隠語だった。スパイの頭文字を取ってエス。エスを獲得する方法は、それこそ公安警察官ならいやになるほど叩き込まれているはずだ。日本の公安警察官であるならば。

「どうでしょう。なかなか意志が強そうに見えました。平良よりは昇の方が可能性はあると思います」

「だが、諸見里昇は君の知り合いだろう。絆が深い人間をエスに仕立て上げるのは骨だぞ。いや、それ以前に、諸見里は君が公安警察官だと知っているんじゃないのか」

安室は大袈裟《おおげさ》に首を振った。

「親にも自分が公安に所属しているということはいってません。それに、昇とはもう十年近く行き来がないんです。なにも知らないに決まってます」

安室の口調は硬かった。弱みを悟られまいとする者が陥りがちな罠《わな》にはまっている。緊張が声帯を締めつけるのだ。安室は怯えている。諸見里をエスに仕立て上げろと命じられることを恐れている。

「じゃあ、諸見里に接触してくれ。いうまでもないとは思うが、平良や他の塾関係者たちには気づかれるな」

「しかし、賢秀塾がそれほど危険だとはぼくには思えないんですが」

「予断は禁物だ」

大城は冷たい声で断じた。

「危険がないと判断できればそれでいい。だが、危険なのかそうでないのかは調べてみるまではわからん。そうだろう？」

「しかし――諸見里昇は線が細い若者なんです。エスに仕立てるには危険が伴うかと」

「そこをうまく操縦するのが君の役目だろう」

諭すようにいいながら、大城は安室の横顔をうかがった。表情が硬い。平良と話していたときの明朗さは消え、暗く沈んだ目で前方を見据えている。おそらく、なにもかもが初めての経験なのだ。公安警察官としての己に自信を持てずに揺れている。

「〈サクラ〉というのを聞いたことはあるか？」

大城は話題を変えた。

「はい。でも、本当に聞いたことがあるというだけですが」

「つまり、実態は想像がつくということだな」

日本全国の公安警察官の中でも、優秀だと認められた者は警察学校に送られ、そこで徹底した諜報《ちょうほう》活動のノウハウを叩き込まれる。その後は警察庁直轄の〈サクラ〉と呼ばれる組織の一員として公安活動に携わることになる。〈サクラ〉は日本公安警察のシンボルであり、その構成員はエリート中のエリートということになる。

「はい。一応は理解しているつもりです」

「おれは〈サクラ〉だ。だから、単独任務でここに送られた」

安室が姿勢を正した。薄々感づいてはいたのだろう。それが、実際に大城の口から告げられて対応に戸惑っている。

「返還後には琉球警察も沖縄県警として日本の警察機構に組み込まれる。その時には、優秀な公安警察官は警察学校に招集されるはずだ。君もその中に入りたくはないか?」

「自分が〈サクラ〉にですか?」

「君の能力をおれに証明してみろ。自分が優秀な公安警察官だということをおれに納得させてみろ。そうすれば——」

大城は言葉を切って安室の反応を待った。安室の喉仏が大きく隆起した。

「おれが君を〈サクラ〉に推薦してやる」

安室は唇を舐めた。西に傾いた太陽が容赦のない光を車内に注ぎ込んでいる。安室の額には細かい汗の粒が浮かんでいた。

「今夜——」

長い沈黙の後で、安室は口を開いた。

「諸見里に接触してみます」

「慎重にな」

大城は安室の肩を叩いた。

「最初は幼馴染みの安室光裕として近づいていくんだ。お袋さんが心配しているから様子を見に来たとか、理由はいくらでもつけられる」

安室はうなずいた。苦行を受けている僧侶のように固く口を食いしばっていた。

「焦る必要はない。ゆっくり確実に諸見里の信頼を勝ち得ていけ。その間に、諸見里の嗜好《しこう》や趣味を探って、背中を一押しするのに必要な情報を探り出していくんだ。金が必要ならおれにいえ。琉球警察は経費を認めてくれないだろうからな。おれが警察庁から受け取る経費を流用させてやる」

「ぼくにできるでしょうか？」

「できるさ」

大城は低い声で笑った。

「おれも最初は緊張した。だが、やり遂げたよ。慣れればどうということはない。怖いのは最初のうちだけだ」

そう、慣れさえすれば、すべては日常に収斂《しゅうれん》されていく。嘘、裏切り、奸計《かんけい》、薄汚れたなにもかもが「仕事」の名のもとに処理されていく。気づかないうちにただ神経だけが摩耗し、冷徹という名の鎧《よろい》をまとってみずからの人格を崩壊させていく。それに耐えきれずに去っていった者も多い。

おれはどうだ？　まだ耐えられるか？

大城は自分に問うた。大丈夫だという答えが返ってきた。


安室と別れ、単身でコザ市に向かった。適当なところに車を停め、徒歩で街をぶらつく。黄昏《たそがれ》時のコザは夜の宴《うたげ》のための準備に余念がない。堅気の人間は家路を急ぎ、夜の住人たちは寝床から這《は》いだしてきて舌なめずりを繰り返す。

基地の街と呼ばれるだけあって、繁華街に掲げられる看板やネオンには英語が多かった。安室の説明によれば、白人が立ち寄る地区と黒人が立ち寄る地区は厳密に区分され、間違って足を踏み入れた者は死を覚悟しなければならない場合もあるという。当然、白人たちの歓楽街はより基地に近く、黒人たちのそれは遠く離れている。

センター通りとゲート通りという白人たちの街を練り歩き、好奇心に駆られてターコライスというもので夕食を摂《と》った。ご飯の上にトマトや肉、チーズを載せて辛みのあるソースをかけた洋風丼のようなものだった。食後は米兵たちの集まるバーで時間を潰した。英語はほとんど理解できなかった。それでも、米兵に群がる娼婦《しょうふ》たちの会話からこの辺りの大雑把な慣習を摑むことはできた。白だろうが黒だろうが黄色だろうが、歓楽街に望むものは変わらないということだ。

九時になるのを待って、中の町に足を向けた。白人と黒人の遊び場が区分されているのと同じで、外国人と沖縄人の遊び場も分かたれている。中の町は沖縄人専用の歓楽街だった。

〈ちひろ〉という飲み屋の看板を見つけ、店に入る。こぢんまりとしたスナック風の店で、客席数は二十といったところ。まだ客の姿はなく、薹《とう》のたった女たちが四人、カウンターの内側で煙草を吸っていた。

「いらっしゃいませ」

大城に気づいた女が慌てて煙草をもみ消し、作り笑いを浮かべた。

「まだ開店前かい？」

「いえいえ、開いてますよ。ただ、お客さんが来てくれないだけで。お連れ様をお待ちですか？」

「いいや。ひとりなんだ」

大城は女たちに勧められる前にカウンターの中央に腰をおろした。大城に声をかけた女が腰をくねらせながらやって来て、他の女たちはカウンターの隅に移動した。早い者勝ちということなのだろう。出遅れた女はお茶を挽《ひ》き続けることになる。

「ビールをくれ」

注文をして店内にゆっくり視線を這わせる。どこといって特徴はない。東京でも場末に行けばよくあるような店構えだった。カウンターに椅子が八脚。四人掛けのボックス席が三つ。あとふたつはボックス席を設けられるはずだが、横に細長い店内のちょうどカウンターの向かい側に不自然な空間がある。たぶん、酔った客たちが踊るためにそうしているのだろう。酔えば歌い、歌が出れば両手をくねらせて踊る。それが沖縄の習慣だった。

「本土の方ですか？」

ビールの栓を抜きながら女がいった。

「いや、こっちの生まれだよ。ずっと向こうに行ってたんだけどね」

「あれまあ、本土からこっちに戻ってきたんですか？」

「あっちの暮らしは忙しなくてね。少しゆっくりしたくなったのさ……こういうことをいい続けるのも飽きてきたな」

「本当の理由が別に？」

女は相変わらず作り笑いを浮かべたまま、コップにビールを注いだ。化粧で隠そうと努力してはいるが目尻の皺《しわ》は隠しおおせていない。

「返還が近づいて、金儲けのチャンスがどこかに転がってるんじゃないかと鼻の下を伸ばしてすっ飛んで来たのさ」

女は手で口を隠しながら笑った。

「そういう人、多いですよ、最近。乗り遅れないようにしてね。ところで、お名前お伺いしてもかまいませんか？」

「大城だよ。あんたは？」

「ちひろです。ここのママ。こっちにお住まいなら、これからもご贔屓《ひいき》にお願いしますね。ここはだれかのご紹介で？」

大城はビールに口をつけ、首を振った。

「たまたまこの辺りを歩いてて適当に入っただけだよ。ドアを開けた瞬間、失敗したと思った」

ちひろはまた手で口を隠しながら笑った。おそらく、口の中は金歯だらけなのだろう。喋っている時も、なるべく口を開けないようにしていた。

「本土にいた人は本当に冗談がうまいんだからいやになっちゃうわ。わたしもご相伴いいかしら」

「ああ、どんどん飲んでくれ。ひとりで飲んでいても寂しいだけだからさ」

大城はちひろより先にビール瓶に手を伸ばした。ちひろが両手で持ち上げたコップにビールを注いでいると、騒がしい声がして数人の客が店に入ってきた。

「いらっしゃい。あら、知念《ちねん》さんたちじゃないの。順子《じゅんこ》ちゃん、奥の席に案内してあげて。大城さん、ごめんなさい。せっかくおビールいただいたのに――」

「かまわないよ。たったひとりのふりの客より常連が大切だ。いや、皮肉じゃない。よくわかってるってことさ。さ、商売、商売。稼いで来いよ」

「すみませんね、本当に……なっちゃん、こちらのお客さんのお相手してくれる？　それじゃ、大城さん、すみません。後で戻ってきますから、待っててね」

ちひろはまた手で口を覆いながら、笑みだけをその場に残して客の方へ移動していった。入れ替わりにやって来たのは薄い化粧の髪の短い女だった。

「夏子《なつこ》です。はじめまして、大城さん」

夏子と名乗った女はちひろが置いていったコップを手にした。軽く乾杯の仕種をし、コップの底に左手を副《そ》えてビールを飲み干した。ちひろのような年増《としま》というわけではないが、かといって若いともいえないような年齢に思えた。他の女たちもボックス席の方へ移動している。知念と呼ばれた男が率いている男たちは常連中の常連なのだろう。夏子ひとりが大城の相手に残されたのは、この店で働き始めてまだ日が浅いことを物語っている。

「おれたちの話、聞いてたのか?」

「ママ、声が大きいからなんでも聞こえちゃうんですよ」

夏子は声をひそめた。

「大城さんはうちなーんちゅで、本土へ長いこといっていたのよね。お金儲けになるんじゃないかと思って帰ってきた。みんなに聞こえてたと思うわ」

夏子は喋りながら、大城と自分のコップにビールを注ぎ足した。

「別に聞かれて困る話でもないけどな」

「大城さん、お仕事はなにしてるの?」

「ちょっと耳を貸せよ」

夏子は怪訝そうな表情を浮かべたが、躊躇《ちゅうちょ》することはなかった。短い髪の毛をかきあげて耳を露わにし、大城に近づけてくる。

「ここだけの話だけどな、おれはルポライターなんだ。いわゆるトップ屋だ。だれにも話すなよ。そんな商売してるってことがわかると、この手の店はみんな警戒しはじめるからな。おれはただ、ゆっくり飲みたいだけなんだ」

「トップ屋なんて格好いいですね」

夏子は目を丸くした。

「そんなことはない。溝《どぶ》さらいみたいな真似《まね》をして、人の弱みを握って金にする。嫌われて当然の商売さ。ただ、仕事抜きの時は静かに飲みたい。わかるだろう?」

「わかりますよ。大城さんの仕事のことはだれにもいいません。でも、後でママ、いろいろ訊いてきますよ。その時はどうします?」

「失業者だ」

大城は悪戯《いたずら》を企んでいる子供のように微笑んだ。

「けっこうな退職金をもらって、とりあえずはそれで食いつないでいる。ただ、いつまでものんびりはしていられないから、新しい仕事を探してる。これでどうだ?」

「それなら大丈夫。うちなーの人は信じやすいから、きっと騙《だま》されますよ」

他人を疑うということを知らない。それが沖縄の人間の長所でもあり短所でもある。

「まあ、仕事柄、いろいろ質問する癖があるんだが、気にしないでくれ。こんな店でスキャンダルもくそもないだろうからな」

夏子は秘密を共有した者が浮かべる隠微な笑みを浮かべた。

「わかりました。おビール、もう一本?」

「いや、泡盛をもらおう。古酒《クース》はあるかい。あるんなら、ボトルで入れてくれ」

「ありがとう。ママが戻ってくる前にボトル入れてくれたら、それ、わたしの稼ぎになるの。大城さん、素敵な方ね」

夏子は嬉《うれ》しそうにカウンターの奥の棚に手を伸ばし、泡盛のボトルを乾いた布で磨いた。

「これ、美味《おい》しいって評判のお酒なんですよ」

「一緒に飲もう。飲める口なんだろう？」

「もちろん。わたしもうちなーんちゅですから」

「確かに、うちなーんちゅは大酒飲みが多いからな。で、夏子は年はいくつだ？」

「二十五、といいたいところなんだけど、大城さんもわたしに秘密を教えてくれたんだから、本当のこと教えますね。二十九歳。来年で三十路《みそじ》なの」

二十五では無理がある。かといって三十といわれれば意外に思う。化粧の薄さが逆に夏子の顔立ちを曖昧にしているのかもしれない。

「ところで、あの知念さんたちってのは何者なんだ？」

泡盛の水割りを作っている夏子に、大城はさりげなく問いかけた。

＊

平良は安室と別れた足で自宅に戻った。聞いた話を整理しなければ、古謝にうまく伝える自信がなかった。

諸見里は学生時代、民青の活動に没頭していたという。両親はもちろん、だれもそのことは知らなかった。知っていたのは安室の母親だけだった。幼いころから安室の母親になついていた諸見里は、東京に行った後でも二、三ヶ月に一度は近況を綴《つづ》る手紙を安室の母親に送っていたのだ。

就職すると共に、諸見里は民青とは手を切ったらしい。学生運動から卒業したのかといえば、事はそう単純でもなさそうだと安室はいっていた。手紙ではそこまで詳しく書かれてはいないのだが、どうやら共産党内部の権力闘争に巻き込まれ、傷心の日々を送ったらしい。左翼運動に失望し、仕事にすべてをかけようと意気込んではみたものの、己の理想と現実の溝に直面し、また、やまとーんちゅの沖縄に対する差別、あるいは無関心に耐えられなくなり、なにもかもを捨てて帰郷してきた。

安室から聞いた経歴を見る限り、諸見里はやはり純粋だ。スパイなどであるわけがない。古謝だって納得するだろう。早速、夜にでも古謝のもとを訪れて報告すべきだ。

台所で手を洗っていると、両親が畑から戻ってきた。仕事が終わった後のふたりの足音はすぐにわかる。心底疲弊したかのように足の裏を引きずって戻ってくるからだ。両親は晩婚で、平良が生まれたのはふたりが三十も半ばを過ぎてからだった。すでに六十近い年になっている。仕事からくる疲労も並大抵のことではないだろう。早く独り立ちしてふたりを楽にさせてやりたいと痛切に想う。だが、そのためには賢秀塾の理想をなげうって畑仕事に没頭しなければならない。年老いた両親は大切だが、自分の理想を捨てることもできない。

手拭いでざっと手についた水を拭き取り、平良は玄関に向かった。農機具を片づけるのを代わりにやってやろう。それがせめてもの償いだ。

「もう戻ってたのか」

父は上がり框《がまち》に腰をおろしていた。長靴を脱ぎながら振り返った顔いっぱいに汗が浮かんでいる。母の姿はなかった。おそらく、農具を納屋に運んでいるのだろう。

「母さんを手伝ってくるよ」

父の脇を通り抜け、表に出た。その背中に声が浴びせられる。

「清徳、話がある。母さんの手伝いが終わったらおれのところに来い」

父の声は潰れただみ声だった。昔はもっと低くよく通る声で話していたものだ。平良はわかったとだけ答え、母のもとに向かった。

「これはおれがやるから、母さんは休んでなよ」

「戻ってたのかい、清徳。だったら畑の方に来てくれてもよかったのにねえ」

「ごめん。本当に十分前に戻ってきたばかりなんだ」

母から農具を受け取った。平良の若い肉体にもずしりと重い。父が腰を痛めたのはもう、四年も前のことだ。それ以来、平良が力仕事を一手に引き受けてはいたのだが、平良が不在の時は母がその代わりをする。細く華奢《きゃしゃ》だった身体は五十五歳を過ぎたあたりからますます小さくなったように見える。

「清徳がいなかったから、今日はいつもの半分も作業が進まなかったよ。もう、子供じゃないんだからいい加減にしておくれ」

「今日は特別な用事があったんだ。今日の借りは明日返すよ」

「借りとかそういうことじゃないよ。あの畑はあんたのものなんだよ。それをいつまでも年寄りに押しつけて――」

「だから謝ってるじゃないか」

思わず声を荒らげ、悲しみに歪む母の顔を見て自己嫌悪に陥る。平良は唇を固く結んで農具を納屋に運んだ。母の悲しむ顔は見たくない。父の辛そうな表情を見るのは苦痛だ。それもこれもこの島のあちこちを無法に占領している米軍のせいだ。基地に土地を取り上げられていなければ、平良家は広大な畑を持った裕福な農家として暮らしていけた。だが、現実は所有していた土地の三分の二を横取りされ、見返りも与えられず、使用人を雇うこともできなくなって零細な農家として日々の暮らしを立てている。

このむごたらしい状況を変えようと活動することがさらに親を苦しめている。悪いのはおれではない。悪いのは米軍だ。沖縄を見放したやまとだ。悪いのはおれではない。そう自分にいい聞かせることしかできない。それが欺瞞《ぎまん》だとわかっていたとしても、だ。

安室と話している間に湧き起こっていた昂揚感はすっかり姿を消してしまった。この沈んだ心を奮い立たせてくれるのは古謝の言葉しかない。古謝の熱い思いしかない。古謝はすべてを受け入れてくれる。平良の迷いも苦しみも。受け入れた上で、それでも共に歩もうと肩を叩いてくれる。

農具を片づけて納屋を出ると、母の姿はもうなかった。食用の卵を採集するために飼っている鶏が鳴いていた。平良は母屋には向かわず、鶏小屋で鶏に餌を与えた。できるだけ父のもとに向かう時間を遅らせたかった。なにごとにも限界はある。鶏に餌を与え終えると、もう口実は見つからなかった。のろのろした足取りで母屋に向かい、玄関で躊躇《ためら》ったあと、意を決して居間に向かった。

父は食卓に頬杖をついてお茶を飲んでいた。うなじがまだ汗で光っている。ラジオから は宮古《みやこ》島の民謡が流れていた。

「話って、なに？」

父の横に勢いよく腰をおろして胡座をかいた。父は平良を横目でちらりと見ただけで、無言で湯呑《ゆの》みを食卓に置いた。平良は急須に手を伸ばし、茶を注ぎ足してやった。

「いつまで続けるつもりだ？」

逆るお茶に細めた目を向けながら父がいう。もともとがうちなーんちゅには珍しく無口な男だった。平良に語りかける言葉も、考えに考えた上で口から出てきているに違いない。

「続けるって、なにを？」

「あの馬鹿げた塾だ。今日もその用事だったんだろう？　畑仕事の妨げには絶対にならんというから許してやったんだが――」

「黙って仕事をさぼったわけじゃないよ。ちゃんと出かけるけどいいかって訊いただろう？」

「あの時はそういったがな――」

真っ黒に日焼けした無骨な手が湯呑みに伸びる。長年農業に従事してきたせいで、爪の先端が黒ずんでいる手だ。農家が、いや百姓が誇るべきその手が、今は力無く顫《ふる》えている。父もその顫えに気づいたようだった。さりげなさを装っていたが目に力がこもっている。顫えを意志の力でとめようとしているのだ。だが、無骨な手はいつまでも顫え続けていた。酒のせいなのか、きつい農作業のせいなのか。病院に行けといっても父が拒絶するだけなのはわかっていた。

「見ろ、この手を」

父の目から力が抜けた。呆《ほう》けたように顫える指先を見つめている。平良は父から目を逸らした。

「もう、身体が思うように動かん。今日もな、おまえがいない分、いつもより頑張ろうと思っていたんだが……」

「悪かった。これからは、昼間は用事を作らないようにするよ」

「そういうことじゃないんだ、清徳」

父の声には力がなかった。心なし、背中も数分前より曲がっているような気がする。気力が挫《くじ》けたのだ——合点がいった。まだまだだいじょうぶだと自分にいい聞かせ、衰えた体力を無視してがむしゃらに働いてきたものが、ついに自分の老いと直面し、気力が挫けてしまったのだ。父は平良を責めようとしているのではない。平良に懇願しようとしているのだ。自分たちを助けてくれ、と。

目頭が熱くなった。老いを無視してきたのは両親だけではない。日に日に衰えていく肉親を目にしながら、平良もまたそれに気づかないふりをしてきた。自らの理想にすべてを捧げるために。いびつに歪んだ世界を立て直すために。都合の悪いことからは目を逸らし、逸らしきれない時は自らを欺瞞し、どこまでも自分勝手に理不尽に生きてきた。

平良は足を組み直し、畳に両手をついた。

「父さん、ごめん」

「清徳――」

父は目を丸くし、呆然と土下座する息子を眺めている。

「後、一年半待ってくれ。すまないと思う。どうしようもない息子だと思う。父さんと母さんにはどれだけ感謝しても、どれだけ謝っても足りない。だけど、それでもおれにはやらなきゃならないことがあるんだ。他人にどう思われようと、笑われようと、おれが正しいと信じた道があるんだ」

言葉を切り、額を強く畳に擦《こす》りつけた。息子の突然の行為に慌てている父の気配が濃密に伝わってくる。

「本当に申し訳ないと思っています。こんなだめな息子にいつも変わらぬ愛情を注いでくれていることに感謝しています。でも、一年半待ってください。来年になったら、必ず平良の家の跡継ぎとして、家のために働きます」

目頭は熱いままだったが、涙は出なかった。自分の言葉に含まれている嘘に涙腺が反抗している。古謝の計画がうまく実行されれば、一年半後、平良は死ぬか牢獄《ろうごく》にいるかのどちらかだ。父の期待に応えることはできない。それがわかっていながら、のうのうと嘘をついている。

「清徳、もういい。おまえの気持ちはよくわかった」

温かい掌が肩に置かれた。掌の熱さは、父の自分に対する愛情の証《あかし》だ。喉が苦しかった。胃が痛みはじめていた。涙腺だけではなく、身体中の細胞が平良の嘘に抗議している。

「それほどまでにいうなら、自分の信じた道を歩いてみるといい。おれはもう、なにもいわん。辛抱して待っているさ。だから、もう顔をあげろ。成人した息子に土下座させる父親なんて聞いたこともないわ。おれが困るから顔をあげてくれ。な、清徳」

おろおろした父の声が耳に痛い。父親にこんなことをいわせてまで嘘をつく自分は何者だ？

父はさかんに顔をあげろと懇願していた。平良は顔をあげることができずにいつまでも額を畳に押し当てていた。

7

夏子は質のいい情報源だった。トップ屋だという言葉を疑いもせず、大城の質問に躊躇することなく答えてくれた。

〈ちひろ〉に飲みに来ていた団体は人民党の中堅幹部たちだった。反骨の士として知られる瀬長亀次郎《せながかめじろう》に率いられる共産党系の政党が人民党だった。社大党――沖縄社会大衆党と連帯し、常に沖縄の反米、反戦、反基地、祖国復帰運動の中心にいるといっても過言ではない。土地柄で、沖縄の保守と革新の位置関係は大きく捻《ねじ》れている。沖縄では革新が強く、しかし、政権に近いところにいるために保守でもあるという矛盾がそこかしこに転がっている。沖縄の返還以降は、人民党は日本共産党との繋がりを強めていくだろう。監視を強化しなければならない政党だった。

だが、〈ちひろ〉に集まった人民党員たちは、政治の話はまったくしなかった。各自の職場の噂話と、下ネタ。気心の知れた店にいるということが普段のいかつい表情を取り払ったのだろう、大城がいることも忘れて大声で騒ぎ続けていた。

知念さんは女好きなのよ――夏子が何気なく呟いた言葉が大城の神経を捉えた。貧乏と色気、このふたつはスパイ獲得には欠かせない動機になる。大城の問いに、夏子は知っている情報をとめどなく吐き出した。知念は教職員会の幹部でもあるということ。妻はふたつ年上で、十七歳になる息子と十四歳の娘がいるということ。息子を東京の大学に行かせたがっていること。時間と金がある時には吉原に通いつめていること。吉原とはコザの沖縄人向けの売春街のことだった。もちろん、知念は自分の色遊びを同僚や党員にはひた隠しにしている。

午前一時過ぎに大城は勘定を支払い、中の町の路地に出て知念たちが出てくるのを待った。ここが東京なら、この時季の張り込みは辛い。だが、コザの街に吹きつける風はどこまでも穏やかで暖かかった。上着すら必要がない。近くに停めておいた車を〈ちひろ〉の正面に回した。昼間なら不自然でも、酔いが回ったこの時間に気にする人間はいないはずだ。彼我の差に思いを馳せながら、大城は待った。待つことには慣れていた。

一時半過ぎに動きがあった。知念がひとりで店を出てくる。沖縄の人間は宵っ張りだ。仕事が終われば一度帰宅して家族総出で晩飯を食べる。男たちはその後で繁華街に繰り出していく。宴がはじまるのは十時過ぎ。時には明け方近くまで飲むこともある。午前一時半というのは、いかにも中途半端な時間だった。

知念は満面の笑みを浮かべながら中の町を横切り、駐車場代わりにされている更地に停めてあった車に乗りこんだ。

飲酒運転——東京ならそれだけで脅しの材料にはなる。だが、地方に行けば飲んだ後で車で帰るのは普通のことだ。だいたい、大城自身も飲酒運転に当てはまる。

知念の車のあとをつけた。繁華街から遠ざかり、住宅街に向かっていく。自宅に帰るわけではない。ということであれば、行く先は妾宅《しょうたく》だろう。頬の筋肉が緩んでくるのを大城は自覚した。風が穏やかなだけではない。沖縄ではなにもかもが緩んでいる。尾行される可能性に思いが及ぶことなどないのだ。

知念の車の速度が落ちた。大城はヘッドライトを消した。暗い住宅街の細い路地を手探りするようにゆっくり進んでいく。一軒の集合住宅の前で知念の車が停まった。大城の尾行に気づいた様子もなく車を降り、知念はその集合住宅の中に姿を消した。

大城は充分に距離を置いて車を停め、エンジンを切った。窓を開けて耳を澄ます。気配に神経を集中させる。付近は静まりかえっていた。知念が再び姿を現すこともなかった。車を降り、知念の車に接近する。鍵をかけていないのは確認済みだった。

ハンカチで指先をつつみ、知念の車のドアを開けた。煙草の匂いが充満していて思わず噎《む》せそうになった。十年落ちの日本車だった。ハンドルは左についている。グラブボックスの中には車検証と石油スタンドの割引券が入っているだけだった。助手席に大判の茶封筒が無造作に置いてあった。中を改めると、復帰協――沖縄県祖国復帰協議会の書類が入っていた。今月末に復帰協が他団体と手を組んで開催する予定の『新しい沖縄をつくる国民集会』に関する議事目録と関係者の名簿だった。

「愚かさは罪だな」

ひとりごちながら大城は茶封筒を手にしたまま車を降りた。書類をなくしたことに気づいた知念はどうするか——おそらくなにもしない。自分の過ちを隠蔽しそしらぬ顔で活動を続けるだけだろう。

車を離れ集合住宅の入口に立った。〈サンライズハイツ〉という英語とカタカナが書かれた表札が誇らしげに掲げられている。外国人向けのアパートだが、沖縄の人間も何人か住んでいるようだった。おそらく、知念のような男が妾《めかけ》を住まわせるのに借りているのだろう。敷地の中に郵便受けがあったが住人の名前が書かれているものは数えるほどしかなかった。

今夜はここまでだ——大城は自分の車に戻った。書類の分析と〈サンライズハイツ〉の住人の調査は安室に任せればいい。鍵を捻るとエンジンは機嫌よさそうに息を吹き返した。沖縄に来た当初の苛立ちは消えている。大城は流行歌を口ずさみながら帰途についた。

書類を渡すと、安室は目を剝いた。どこで手に入れたのかとしつこく質問を放ち、大城が適当にはぐらかすと、感に堪えぬといった声で「凄いですね」と呟いた。非合法な捜査で手に入れたのだといったら、安室の目はさらに大きく見開かれただろう。

安室は昼前に戻ってきた。

「書類の方は、ぼくが今夜見やすいようにまとめ直してきます。それでいいですか？」

「ああ。それで、〈サンライズハイツ〉の方は？」

「あそこに住んでいる沖縄の人間は三人だけです」

安室は手にしていた書類を机の上に置いた。英語と日本語が並列して表記されている書類だった。おそらく住民票のようなものなのだろう。

「そのうちふたりは男——どうやら音楽関係の人間みたいですね」

「女の年は？」

大城の問いかけに、安室は書類に目を凝らした。

「二十八歳ですね。仲宗根貴代子《なかそねきよこ》。宜野湾《ぎのわん》の中学校の教員です」

「なるほど」

聖職者にして共産主義者が妻子のある身で外に女を作っている。それも自分と同じ聖職者。これはスキャンダルだ。証拠になるものを突きつければ、知念はすぐに転ぶだろう。〈ちひろ〉で盗み聞きした会話で知念の性格はほぼ摑んでいる。傲慢で強欲な見栄っ張りというところだ。標的としては打ってつけだった。

「仲宗根貴代子のことをもっと詳しく調べてくれ。それから、知念良繁《よししげ》という男のこともだ」

「知念良繁？　だれですか、それは？」

「仲宗根貴代子のイロだよ。ふたりとも、今朝おれがわたした書類の中に名前が載っているはずだ」

仲宗根貴代子の名前を確かめたわけではない。だが、名簿にその名が載っているだろうということには確信があった。

「じゃあ――」

「ふたりの密会の現場を写真に収めて知念をエスに仕立て上げるつもりだ」

「たった一晩でこれだけの情報を集めてきたんですか?」

安室の目には畏敬の色が濃く立ちこめていた。

「どこに行けばいいのか、だれに話を聞けばいいのかを知っていれば、これぐらいのことは簡単だ。それに知念に目をつけることができたのはただの偶然だ」

謙遜ではない。あまりにもあっけなく事が運ぶ現実に苦笑いさえ浮かんでくる。あるいは、おれはこの島全体に誑《たぶら》かされているんじゃないかというくだらない妄想さえ湧き起こる。

「他の人間を使うことができないんで、二、三日ぐらいかかりますが」

「それでかまわない。特に急いでるわけじゃないからな。ただ、器具を借り出してきてくれないか」

「器具ですか?」

「カメラだよ。隠し撮り用の高性能のやつ、琉球警察にもあるだろう?」

「わかりました。用意しておきます」

「それから、明日からしばらくは、ここに来るのは昼過ぎにしてくれ。夜は知念を尾行することになる。ここに帰ってきて寝るのは明け方になるだろうからな」

「だったら、それはぼくが——」

勢い込む安室を大城は目で制した。

「君には他にやらなきゃならないことがあるだろう。入手した書類の整理に諸見里への工作だ。おれに変な気を遣うなよ。お互いの仕事に専念していればいいんだ。ひいてはそれがおれのためになる」

「余計なことをいってすみません」

「やる気は大事だよ」

大城は安室の肩を叩いた。

「早速、これから知念と仲宗根のことを調べに行ってくれないか」

「大城さんは？」

「おれは平良という青年を見に行ってくるよ」

大城は上着に手を通した。気力が充実している。沖縄での生活も、向こうで想像していたよりは楽しくなりそうだった。

背の高いサトウキビの向こうで人影が揺らめいていた。平良の家はサトウキビの他に、米と野菜を作っているらしい。三つの人影は田圃で腰を屈《かが》めたまま長い作業を続けていた。田圃の向こうにはフェンスで隔てられた米軍基地がある。フェンスの奥に広がっているのは芝生が植えられたなだらかな丘で米軍関係者の家族がピクニックに興じている。鉈《なた》かなにかで断ち切られたような畑の地勢を見るまでもなく、フェンスの向こうの土地がもともとは平良家のものであったろうことは容易に想像がついた。銃剣とブルドーザー——アメリカ軍は武器で威嚇しながら沖縄の人間たちを追い立て、土地を強奪した。地形から推察すると、平良家が所有していた土地はかなりのものだったのだろう。富農といってもいい。それが、今では基地に囲まれた景色に埋没し零細な農家として細々と暮らしている。

安室の調べによると、高校時代までの平良は優秀な生徒だったらしい。学業とスポーツに秀で、クラスメートたちからの信頼も厚かった。教師は本土の大学へ行くことを勧めたが、家庭の事情がそれをゆるさず、平良は高校卒業と同時に家業に就いた。単に貧しいだけなら他に選択肢はあっただろう。だが、平良の両親は晩婚で高齢だった。狭いとはいえ、ふたりだけで畑を耕すには疲れすぎていた。

平良の米軍に対する怒りが手に取るようにわかる。こんな現実を生み出した世界に対する呪詛《じゅそ》が耳に直接響いてくるようだ。

大城は双眼鏡を目に当てた。ピントを調整して三つの人影を順に覗いていく。三人が三人とも見事に日焼けしていた。平良の両親の横顔には深く皺が刻まれ、長年の重労働の辛苦が染みついている。それに対し、平良の皮膚は両親の精気をすべて吸い取ったかのように艶やかな光を放っていた。細胞のひとつひとつにエネルギーが充満し、平良が身体を動かすごとに躍動する様子が双眼鏡を通してでも伝わってくる。平良は一心不乱に畑を耕していた。噴き出た汗が筋をつくり、顎の先で水滴となってぶら下がっている。彫りが深い顔立ちだった。眉も目も鼻も唇も、太い。意志の強さがそのまま表れたような顔つきで、本土の若者に見受けられるような脆弱《ぜいじゃく》さとは無縁だった。信念を持った人間の顔つきといえば聞こえはいいが、それは狂信と紙一重であるともいえた。

平良を落とすのは難しいだろう。だが、一度落としてしまえば能力の高いエスとして使いこなすことができる。

「隙があるとすれば、両親だろうな――」

双眼鏡を外しながら、大城は呟いた。平良の父親の動きがぎこちない。おそらく身体のあちこちにがたが来ているのだろう。働ける時間はそう長くはない。もし、父親が働けなくなったとしたら、平良は信念を選ぶだろうか。それとも、家族への愛情を選ぶだろうか。

たぶん、後者だ。ぴんと張りつめた横顔がすべてを物語っている。張りつめすぎているのだ。一定以上の負荷がかかれば、平良を支えているものはあっけなく断ち切られるだろう。強い意志を持っていたとしても、まだ修羅場を知らない若造にすぎない。

大城は双眼鏡を助手席に置いた。静かにアクセルを踏み、畑に立つ人影が振り返ることがないことを確認しながらその場を立ち去った。

＊

晩ご飯を一緒に食べようと古謝はいった。諸見里の話をしたすぐ後に。平良は諸見里の家に飛んでいった。

「古謝先生が、ぼくと食事を？」

諸見里は目を丸くした。

「ああ。おれと三人で。奥さんの手料理をご馳走《ちそう》してくれるって」

「だけど、塾生は他にもいるのに……いいのかい？　入ったばかりのぼくなんかが呼ばれても」

「古謝先生がいいといってるんだ。気にする必要なんかないさ」

「だったらいいけど……だけど、どうしてぼくなんだろう？」

「その理由は明日、先生に直接訊けばいい。とにかく、明日の夜は時間をあけておいてくれよ」

自分が興奮しているのはよくわかっていた。慎重に行動しなければならないということは理解しているが、やっと第一歩を踏み出すのだという高ぶった気持ちを抑えることは難しい。

「明日といわなくてもさ、夜はいつも暇だから」

平良の昂揚とは逆に、諸見里は寂しそうに答えた。

「どうした？　元気がないじゃないか。仕事、うまくいってないのか？」

「いや、そういうわけじゃないけど……こないだ、塾生のひとりに遊びに行かないかって誘われたんだけど、その日の朝の仕事がきつくて、筋肉痛が酷くてさ。断ったら、それからだれも誘ってくれなくなった」

自嘲の笑みが浮かんで消えた。もともと人付き合いがうまい方ではなかった。だからこそ、高校でも存在感が薄かったのだろう。そのくせ、寂しがり屋でもある。

「夜、暇だったらうちに遊びに来いよ。飯も食えるし。ひとりで晩飯を食うのは侘びしいだろう？」

「だけど、そんなの悪いよ」

「うちは貧乏だけど、百姓だからさ。食い物には困らないんだ。遠慮することないって。ただし、塾に行ってることは内緒にしておいてくれよ」

「ご両親は古謝先生の思想に賛同してないのかい？」

「賛同どころか、毛嫌いしてるよ。息子を誑かしてるとんでもない男だって」

平良は胡座をかいていた脚を組み直した。

「一応、一年半だけ、おれの好きにさせてくれるっていうことにはなってるんだけどさ」

「一年半？　じゃあ、来年になったら、君は塾を辞めるのかい？」

諸見里の顔に失望の色が浮かんでいた。そうじゃない——喉まで言葉が出かかった。

そうじゃない。一年半後には塾にいたくても塾自体がなくなってしまうんだ。だが、その言葉を告げる役は平良ではなく古謝でなければならなかった。平良は言葉を飲みこんだ。なにかがつかえたようで胸が重い。

「しょうがないさ。もう、親父の身体が思うように動かなくなってるんだ。畑仕事を長く続けるのは無理だと思う。おれが大黒柱にならなきゃ、うちは食っていけなくなる」

「でも、昼間働いて、夜、塾に通うのはできるだろう？」

「畑仕事はおまえが思ってるよりきついんだよ」

もどかしさを覚えながら、平良は吐き捨てるようにいった。

「ごめん。そんなつもりでいったんじゃ――」

「とにかくさ、明日になれば全部はっきりするから」

平良は腰をあげた。

「平良君、気分を害したんなら謝るよ」

「そんなんじゃないって。おまえが失望する気持ちもよくわかるからな。だけど、おれのことを判断するのは明日の夜まで待ってくれよ。頼む」

「それはいいけど」

「それから、うちに遊びに来る件もな。遠慮はしなくていいから。だれかが遊びに来れば、うちの親の気分転換にもなるし――」

「平良君」

玄関に向けていた足を平良はとめた。諸見里の声にはそれまでと違った響きがあった。

「なんだよ？」

「ありがとう。ぼく、これまで生きてきて、今が一番充実してる。賢秀塾にいると、おれは生きてるんだって実感できるんだ。そうなれたのも、全部平良君のおかげだ。別に、昔から仲が良かったわけでもないのに」

「なにいってるんだよ。おまえに信念があったから、賢秀塾にいるんだ。それだけのことじゃないか」

込みあげてくる気恥ずかしさに耐えながら、平良は諸見里の家を後にした。

食事に手をつけるのも忘れて諸見里は古謝の話に聞き入っていた。まるで、数週間前の平良と同じように。古謝もその時と同じ熱心さ、真摯さで諸見里と向き合っている。時の流れが速い。部屋の空気が古謝の発する熱で膨張している。

すべてを聞き終えてから、諸見里が躊躇いがちに口を開いた。

「施政権がやまとに移った後でも、うちなーの独立は可能なんじゃないですか？」

「それは無理だ。自民党政権のこれまでの沖縄に対する接し方を見てもそれは明らかだよ。あっという間に骨抜きにされて、ただ搾取されるだけの島、人民にされることは間違いない。うちなーんちゅの多くが、施政権がやまとに戻れば豊かな暮らしになると信じているならなおさらだ。目の前に美味しそうなご馳走を並べられたら、だれだってそれを食べたくなる。だが、それは禁断の果実のようなものだ。食べたら最後、逃げられなくなる。善人面をしたやまとの連中が押しかけてきて、すべてを強奪していく。その先に待っているのはアメリカーの支配となんら変わらない奴隷としての暮らしだけだ。そんなことに耐えられるか？　君は、東京で連中の本質を見てきたんだろう？」

諸見里が間髪を入れずにうなずいた。

「彼らは沖縄で金を儲けることしか考えていません」

「我々が真に我々らしくあるためには、うちなーんちゅによるうちなーんちゅのための国を作るしかないんだ。だが、我々には時間がない。無謀だとしても、我々の望みを、血を吐くほどの祖国愛を、燃えたぎる情熱をうちなーんちゅに理解してもらうためには、それしかない。たとえ道化と笑われたとしても、なにもせずに生きたまま腐っていくよりは、愛国の士として死んでいきたい。平良君はぼくの考えに賛同してくれた。助力を惜しまないと約束してくれた。君はどうだ？」

声だけを聞いていたなら、古謝が諸見里を恫喝していると人は思うだろう。熱い古謝の言葉は威嚇的で高圧的に聞こえる。だが、目を輝かせ、頬を紅潮させて一心に喋る古謝の顔を見ていると、すべての言葉が柔らかく耳に染みこんでくる。諸見里の耳にも、それは柔らかく染みこんでいっているはずだった。

「ぼくでよければ——」

諸見里はいった。平良は飛びあがりたいほどの歓喜を覚えた。ふたりが三人になった。

三人が四人になり、四人が五人になる。五人それぞれがひとりずつ同志をみつけてくれば、それは瞬《また》く間に十人になり、十人は二十人に、二十人は四十人に膨れあがっていく。古謝の考えていることは、決して夢物語などではない。古謝の考えに実体を与える役目を自分が果たしたのだ。古謝と諸見里の歓喜や昂揚に、自分の魂が呼応する。熱を持ち、膨らみ、破裂しそうになりながら均衡を保って細かく顫えている。

「ありがとう」

古謝が腰をあげ、食卓ごしに手を伸ばして諸見里の手を握った。古謝の目には涙が光っている。飾り気のない古謝の感情の発露に、多くの若者が胸打たれる。自分の感情を押し殺し、だれかにへつらい、社会の歪みから目を逸らして生きている大人たちを見ていればなおさらだ。

「先生、そんなことおっしゃらないでください。お礼をいいたいのはぼくの方です」

「ぼくはもう君の先生じゃない」

古謝がいった。諸見里は戸惑い、助けを求めるような視線を平良に向けてきた。平良は小さく首を振った——先生の話を最後まで聞け。

「我々は同志だ。もはや師でもなければ生徒でもない。志を共にする仲間だ」

厳《おごそ》かに告げる古謝の顔はどこまでも誇らしげだった。

諸見里を車に乗せて八重島に向かった。ポケットには古謝から預かった鍵が入っている。平良も諸見里も申し合わせたかのように無言のまま、車の正面に広がる闇を見つめていた。車がコザの市内に近づくと、闇は一旦町明かりに飲みこまれた。だが、八重島に近づくにつれて光の力は弱まり、闇が再び触手を伸ばしてくる。

「驚いたよ」

ヘッドライトの光線以外のすべてを闇が飲みこんですぐに、諸見里が口を開いた。

「そうだろうな」

「まさか、古謝先生と君があんなだいそれたことを企んでいたなんて……想像もつかなかったよ」

「まだだれも知らないいんだ。塾生もね。知っているのは先生とおれ、それにおまえだけだ」

「どうしてぼくなんだい？」

「おまえには揺るぎない信念があると思ったんだ。先生もそれを認めてくれた。そういうことだよ」

「だけど、他の塾生を差し置いてぼくなんかが——」

「そういうひねくれたことは口にするなよ。塾にいる時間が長いかどうかの問題じゃないってことはわかってるだろう？」

諸見里は答えずに横を向いた。窓ガラスに諸見里の照れたような顔が浮かびあがっている。ガラスの向こうにあるのは漆黒の闇だけだった。生い茂った樹木が町からの明かりを遮っている。

「ご両親に一年半だけ時間をくれと君がいった理由がやっとわかったよ。昨日は失礼なことをいって済まなかった」

「気にするなって。昨日はあれしかいえなかったから、誤解されてもしかたがないんだ」

「辛い選択をしたんだね」

諸見里がゆっくり首を巡らした。生真面目な光が浮かんだ目が平良の横顔を射抜いた。

「おれがいなくても、親父たちはなんとか生きていける。どうしようもなくなったら、土地を売ればいいんだ。だけど、今おれたちが立ち上がらなければ、世界は間違ったまま未来に進んでいく。そんなこと、おれには耐えられないよ」

「そうだよな……この島はぼくたちの島だ。他のだれのものでもない」

平良は目を凝らした。車は八重島の中に入っていたが、ヘッドライトの光芒《こうぼう》が伸びるだけの闇の中では、古謝に連れられて入ったあの店を見逃してしまいそうだった。

「ねえ、古謝先生はなにも教えてくれなかったけど、こんなところになにがあるんだい？」

「もうすぐわかるよ」

「まるで西部劇に出てくるゴーストタウンみたいだ。気味が悪い」

今では諸見里の口調は逆る情熱によるものではなく、不安を紛らわすためのものに変わっていた。確かに、真夜中に訪れたくなるような場所ではない。だが、だからこそ古謝は、いや、古謝にあれを託した人たちはここを選んだのだ。

見覚えのある朽ちた看板を見つけて平良は車を停めた。ヘッドライトを消すのは躊躇われたが、だれかに気づかれる危険を冒すわけにもいかない。エンジンを切ると、まったき闇が車を覆い尽くした。自分と諸見里の吐息すら闇に吸いこまれていく。なにも見えず、なにも聞こえず、自分の存在自体があやふやになっていく。まるで皮膚の表面から肉体が闇に同化し、形を失って溶け出していくかのようだ。存在するのは意識だけ。その意識すら拠《よ》って立つ場所を失ってふらふらと頼りなく揺らいでいる。

「た、平良君……」

諸見里の声が耳許《みみもと》で切実に響いた。手探りで懐中電灯を探し、スイッチを入れた。頼りない光が闇の中に浮かびあがった。圧倒的な密度を持つ闇を凌駕《りょうが》するにはあまりにも心許《こころもと》ない。しかし、それは希望の光にも似ていた。アメリカーややまとの傲岸に押し潰されそうになっているうちなーに灯る、一筋の希望の光だ。今はまだ頼りないが、いくつもの光が集まってやがては闇を駆逐する。そうでなければならない。

「降りよう」

諸見里に告げて、平良は車を降りた。闇が野放図にその図体を広げている。その密度は車の中にいたときよりはっきりと濃く、物理的な重みさえ伴って肩にのしかかってくる。闇と一緒にむっとするような樹木の香りが肌にまとわりついてくる。懐中電灯の明かりに無数の虫が集まってきた。ここは人外《じんがい》の場所だった。平良と諸見里こそが闖入者なのだ。古謝と一緒に来たときは興奮が先に立ってそこまでは気が回らなかった。今はもやもやとした恐怖が身体の内側に巣くっている。その恐怖が諸見里に伝染しているのだろう。あの時の平良と同じ興奮は諸見里にはなかった。

「行こう。あそこにあるんだ」

懐中電灯で廃屋と化したダンスクラブの入口を照らした。

「あんなところになにがあるんだよ？」

「おれたちの計画に必要なものさ」

諸見里に懐中電灯を持たせ、鍵を開けた。中に入ると闇がいくぶん薄まったような錯覚を覚えた。小動物たちが足元で蠢《うごめ》いている。気持ちの悪さは変わらなかった。

「あそこを照らして」

木箱があるあたりを指差した。懐中電灯の光線が左右にぶれながら移動し、最後に木箱を照らし出した。

「な、なにが入ってるの？」

「開けてみろよ」

諸見里は一瞬躊躇した。唾を飲みこむ音がやけに大きく響いた。やがて、諸見里は意を決したというように懐中電灯を平良に手渡し、慎重に木箱に近づいていった。一歩手前で足を止めおどおどした目つきで振り返る。

「いいから開けろよ。お化けが出てくるわけじゃない」

平良は笑みを浮かべて見せた。諸見里を落ち着かせてやりたかったのだが、この闇の中ではその笑みも見えはしないだろう。それでも、諸見里はこくりとうなずいて木箱に向き直った。蓋に両手をかけ、深呼吸をしてから持ち上げる。

「見えないよ」

箱を覗きこんでいる諸見里の脇に立ち、箱の中を電灯で照らした。諸見里が息を飲んだ。

「こ、これは?」

「見てのとおりさ。思想だけじゃ現実に対抗できない。これが、おれたちの武器だ」

「本物なのかい?」

「もちろん。古謝先生が知り合いから託されたんだ。去年のコザ騒動のこと覚えてるだろう?」

「うん……」

「偶然、同じ日に米軍基地を襲撃しようとした人たちがいるらしい」

「そんなの、新聞にも載ってなかったし、ニュースでも流れなかったよ」

「失敗して黙殺されたんだろうって先生はいってたよ。米軍にとっても、外に漏れて嬉しい話じゃないからね。その人たちの中に先生の知り合いがいて、万が一の時にとこれを託されたんだそうだ」

懐中電灯の明かりを受けて、銃器は黒光りする艶を放っていた。もはや闇は恐怖を増長させるものではなく、ただそこにあるものでしかなくなっていた。人を殺すために作られた機械の禍々《まがまが》しさが闇の深さを払拭してしまっている。

「さ、触ってみてもいいかな？」

諸見里は顫える声で訊いてきた。断る理由はなにもない。

「いいよ。ただし、引き金には触れるなよ」

平良の言葉が終わる前に、諸見里の手が伸びていた。手前にあった拳銃を握り、持ち上げる。

「本物だ……」

諸見里は呆けたように呟いた。

「返還式典が行われるその日に、おれたちはここにある武器を手にとって琉球政府を占拠するんだ。きっとすぐに鎮圧されるだろう。やまとの学生が相手にしてるのは警察だけど、おれたちは米兵が相手だ。みんな殺されるかもしれない」

「それでも、やる価値はあると君は信じてるんだね？」

諸見里の視線は銃に釘付《くぎづ》けになっていた。

「古謝先生もそう信じてる」

「ぼくも信じるよ。絶対にこの島をやまとに渡しちゃだめなんだ。今まで以上にないがしろにされて、搾取されるだけの日々が絶対にやってくる」

懐中電灯の明かりが諸見里の横顔を宙に浮かびあがった生首みたいに照らし出していた。

「ぼくは向こうにいたからよくわかるんだ。大和民族二十五年の悲願なんて嘘っぱちさ。だれも、沖縄のことなんか考えていなかった。だからこそ、二十五年も放り出されてきたんだ。自民党がやいのやいのいうから、みんなが沖縄返還をめでたいことだといってる。だけど、本当のところは、権力争いに利用されてるだけだ。どんな国の人間だって、国土が増えるとなれば喜ぶに決まってる。それだけのことなんだ」

「諸見里――」

「ぼくはあいつらと同じ国籍を持つ人間にはなりたくないよ、平良君。あいつらは他人の痛みを想像することができないんだ。見ているのはいつだって狭い世界だけで、自分だけが幸せならそれでいいと思ってる。そんなやつらと同じにされたくはない」

平良は諸見里の肩に手を置いた。発熱しているのかと思うほどの体温が伝わってくる。諸見里は銃を握りながら激昂《げっこう》していた。激情を吐き出していた。拳銃の表面に諸見里の顔が映りこんでいる。あの時――古謝にここに連れられてきたときの自分も同じような表情を浮かべていたのだろうか。

「おまえの気持ちはよくわかっている。今はまだ三人しかいないけど、決行の日までには十人以上の同志を集めたいんだ。おまえも協力してくれるだろう?」

「もちろんさ」

平良の視線と諸見里の視線が交錯した。諸見里の目が潤んでいる。悲しいからではないのはよくわかっていた。諸見里は赤ん坊をいたわるように、そっと銃を元に戻した。

「同志を集めよう」

蓋を閉めるのと同時に発せられた諸見里の声は、幽霊のように闇の中を漂って消えていった。

8

朝の六時にはサンライズハイツの前についていた。アパートの出入口がよく見える場所に車を停め、カメラを用意した。町のカメラ屋で買ってきた普通の一眼レフだ。盗撮用のカメラは安室が今夜持ってくることになっている。

七時を回ると、周囲に人が目立つようになってきたが、サンライズハイツに動きはなかった。住んでいるのは外国人かだれかに妾として囲われている若い女だけだ。普通の人間たちとは違って自堕落な眠りをいつまでも貪っていることができる。だが、仲宗根貴代子はそうはいかない。学校に向かうために、そろそろ部屋を出るはずだ。

大城の予想どおり、五分後に若い女がアパートから出てきた。カメラを目に当て、ピントを調節する。沖縄には珍しく、色の白い女だった。黒髪の毛先は背中の半ばまでに達している。背が高く、手足が長い。細身の身体を白いブラウスと黒いスカートで覆っている。寝起きのせいか表情は暗かった。南国の人間にありがちな開けっぴろげな開放感はなく、陰にこもった世間を拗《す》ねているような表情が顔に暗い影を与えている。知念がこの女に惹かれたのも、その辺を歩いている沖縄女にはない個性のせいだろう。

その女を仲宗根貴代子だと断定して、大城は立て続けにシャッターを切った。大枚をはたいて買った望遠レンズが女の顔を大写しで切り取っていく。左の唇の下に小さな黒子《ほくろ》があった。吊《つ》り上がり気味の目とは不釣り合いなそれが女に湿った艶《なま》めかしさを与えている。教員というよりは夜の住人といった方が相応《ふさわ》しい。それも、スナックやクラブのホステスではない。売春婦に通じる艶めかしさと暗さが女の表層を包み込む空気だった。男ならだれもが夢見る、柔らかくぬめった生殖器を持つ人形のような存在があるとしたら、それこそ目の前を通りすぎていく女だ。

女は脇目もふらずに歩いていく。大城はカメラを助手席に置いて、車を降りた。女の後をゆっくりついていく。細く長く華奢な体型のくせに、女の後ろ姿は柔らかな曲線を連想させた。ただ細いのではなく、必要な箇所にはそれなりの肉がついている。女の腰から目が離せなかった。四つん這いになった女の腰を抱える自分の姿が脳裏に浮かんだ。

女はバス停で足を止めた。バス待ちの列の最後尾に並び、物憂げに腕時計を眺めている。沖縄には鉄道がない。戦前はあったのだが、米軍がすべてを取り払ってしまった。庶民の足はバスが賄っている。大城は女の背後に立った。シャンプーと安物の香水の匂いが鼻をつく。思わず首を振りそうになった。この女に似合うのはそんな安物ではなく、外国産の高級な香水だ。埒《らち》もない考えが頭から離れない。ブラウスの襟から覗く首筋はしっとりと潤っているように見えた。女が黒革のハンドバッグを開き、定期入れを取りだした。

仲宗根貴代子——定期に書きこまれた名前が読めた。やはり間違いなかった。この女が仲宗根貴代子だ。夜な夜な知念に抱かれ、昼は教壇に立つ女だ。

バスがやってきて大城の妄想は強引に断ち切られた。動きだす列を尻目に、さりげなくその場を離れ、仲宗根貴代子がバスに乗りこむのを見送った。バスが視界から消えるのを待って来た道を戻った。車には乗らずカメラだけ持ち出して、サンライズハイツに足を踏み入れていく。仲宗根貴代子の部屋は二〇三号室だった。鍵は簡単なシリンダー錠。いつも持ち歩いているヘアピンを適当に折り曲げ、鍵穴に差し込んで捻っていると、そのうち鍵が外れた。手袋をはめ、ドアを開ける。仲宗根貴代子の身体から漂っていた安物の香水の匂いが玄関に充満していた。仲宗根貴代子はここで香水をふりかけ、部屋を出て行ったのだ。

ドアを閉め、しっかりと施錠し、部屋を探索した。六畳と四畳半の二間。床は板張りで、六畳の方に小さな台所がついている。六畳間には食器棚と小さな食卓、テレビ、冷蔵庫、古ぼけたソファ、それに仕事用の机がひとつあるだけだった。四畳半の部屋にはシングルベッドと洋ダンスが二棹《ふたさお》。ベッドの足元に電話が置いてあった。六畳間の机の抽斗《ひきだし》から開けはじめた。目を引くようなものは見当たらない。教材に文房具、生徒たちの学力や素行を書きとめた書類の束。吸いかけの煙草の箱にマッチ。マッチは〈ちひろ〉のものだった。知念が置いていったのだろう。期待していた住所録やメモのようなものは、あの黒革のハンドバッグに収められているのだろう。

四畳半に移動して、洋ダンスを開けた。観音開きの衣装掛けには地味な洋服が吊り下げられていた。明るい布地の服や、華やかなドレスは一着もない。質素で地味な女教師に相応しい洋服ばかりだが、あまりにも統一されすぎていて却って違和感を覚えるほどだった。ひとつの洋ダンスにつき四つついている抽斗には下着や細々としたものが丁寧に折り畳まれ、整然と並べられていた。下着も地味だ。白やベージュのものばかりで、まるで中年の堅い女の持ち物としか思えない。

最後の抽斗を開けて、大城は我が目を疑った。それまでの地味な下着類とは違って、そこには色とりどりの下着が収められていた。黒や赤、紫などのブラジャーやパンティ。どれもレースの飾りがついていて、肝心な部分を覆う役目を果たしそうにもないものばかりだった。どれもこれも外国製だろう。沖縄なら、こうした下着を売っている店を探すのに苦労することもないはずだ。

抽斗の底にコンドームの箱があった。

「なるほど、この抽斗の中身は知念用か」

コンドームの箱を押し潰したいという衝動を堪《こら》えながら、大城はひとりごちた。嫉妬が体内で野放図に暴れ回っている。いやらしい下着をつけた仲宗根貴代子を思う存分抱いている知念に対する怒りが神経を逆撫《さかな》でにする。

落ち着け。大城は目を閉じた。なにを血迷っている。絶世の美女というわけでもあるまいに。あの程度の女なら、東京にはごまんといるじゃないか。血管を流れる血液の音が聞こえるような気がする。血は高ぶり、荒れ狂い、血管を押し破りそうな勢いで流れている。股間が熱を持っていた。まるで高校生のように猛《たけ》っている。

違法に人の秘密を暴いているという状況が神経を高ぶらせているのだ。薄暗い他人の営みを覗き見しているという現実が欲望を増幅させているのだ。それだけだ。

大城は目を開いた。色とりどりの下着と網膜に焼きついたままの仲宗根貴代子の姿は相変わらず劣情を刺激する。だが、知念に対する嫉妬は消えていた。抽斗にカメラを向け、下着に囲まれるコンドームの箱を写真に撮った。六畳間に戻り、食器棚を改めた。抽斗の中で年賀状を輪ゴムで束ねたものを見つけた。父兄や同僚からの年賀状の中に、知念からのものや仲宗根貴代子の親族からのものと思えるものが混じっている。

知念のものと仲宗根姓の差出人の年賀状を抜き取って、大城は部屋を後にした。

自宅では安室が大城の帰りを待っていた。どこに行っていたのかと問い質《ただ》すこともなく、安室は勝手に喋りはじめた。

「とりあえず、知念良繁と仲宗根貴代子の周囲の評判を確認してきました。どちらも学校での評判は上々です。生徒や父兄からの信頼も厚いようです。ただし、知念の方は酒がすぎるんじゃないかと一部ではいわれているみたいです。女の方は悪い噂はなにも聞こえないですね。生徒たちにも親身に接しているようですし――」

「家族は?」

「仲宗根貴代子の実家は石垣島にあります。生活が苦しい中、なんとか一人娘を本島の大学に通わせたとかで、仲宗根貴代子は今でも給料の半分を実家に送っているそうです」

「なるほどな」

知念と仲宗根貴代子がくっついた理由が読めてきた。金を必要としている女と、若い肉体を必要としている男。教師の給料では月々の手当もたいしたものではないだろうが、家賃を払ってもらえるのなら、仲宗根貴代子も助かるだろう。

「知念の実家はなにをしてるんだ?」

「糸満《いとまん》の方で漁師をしているそうです。漁師といっても、漁船を何艘《そう》も所有している網元みたいなものですね。知念は次男なので家業は継げなかったようですが、実家から多少の援助は受けているようです。その金で同僚や活動家仲間と飲みに行って、人望をあげているという気配もなきにしもあらずですかね。知念と一緒にいればただ酒にありつけるとくっついている人間も多いようですから」

「よくそこまで調べたな」

安室が照れ笑いを浮かべた。謙遜しようと躍起になっているが、満更でもない顔がその努力を裏切っている。可愛いものだ。だれだってどんな職業に就いていようが、最初は上を目指してひたすらに努力する。自分の努力が認められれば有頂天にもなる。だが、公安警察官の場合は、その先に待っているのはひたすらに幻滅し続けるだけの世界だ。組織に幻滅し、仕事に幻滅し、監視対象の相手に幻滅し、自分に幻滅し、やがて摩耗していく。安室が屈託のない笑みを浮かべていられるのも、沖縄が日本に返還されるまでのことだろう。

「諸見里という若者の方はどうなっている？」

大城がそういった瞬間、安室の笑みは波で洗われたように消え去った。

「次の週末に飯を食う約束をしました。焦らずに、じっくりやっていこうと思っています」

「焦らず、じっくり、確実に、だ」

「はい。確実を期します」

「辛いだろうが、ここが踏ん張りどころだぞ」

安室がうなずいた。強張った顎が安室の胸中を語っている。諸見里と食事の約束を交わした日は眠れなかったのではないだろうか。

「おれは知念を足がかりにして、人民党に食いつこうと思っている。もちろん、そのうち社大党や全軍労なんかの組織の内部も詳しく調べるつもりだが、これは手始めだ。賢秀塾のことはとりあえず君に任せるからな」

「わかりました」

安室は反射的に敬礼しそうになって、なんとか思いとどまった。まだまだ若い。だが、その若さも遠からぬうちに失われていく。すべては失われていくのだ。若さも、誠実さも、信念も、夢も、希望も。

安室の顔を見ているのがいたたまれなくなって、大城は視線を逸らした。網膜に焼きついたままの仲宗根貴代子の後ろ姿は儚《はかな》く揺れて薄れていった。


知念は二日後に仲間と連れだって〈ちひろ〉にやって来た。大城は適当に切り上げ、勘定を支払った。夏子が寂しそうな表情を見せた。惚《ほ》れられたと自惚《うぬぼ》れるほどうぶではない。東京の匂いがする男ともっと話していたかったというだけのことだろう。そのままサンライズハイツに向かい、盗撮用のカメラを手にして車を降りた。

仲宗根貴代子が部屋にいることはすでに確認してある。サンライズハイツ二〇三号室のドアを正面から見据えることのできる場所も把握済みだ。路地を挟んだ向かいが煙草屋で、その屋根にのぼれば、カメラのレンズを二〇三号室の正面に向けることができる。身を伏せたままでいれば、だれかに見られる心配もない。もともと、夜半をすぎれば人通りが絶える場所だった。だからこそ、知念も愛人を住まわせる場所をここに選んだのだろう。

周囲を確認し、車の屋根を足がかりに煙草屋の外塀にのぼった。カメラのストラップを遊びが出ないように腰に巻きつけ、屋根の縁に両手をかける。懸垂の要領で身体を持ち上げ、屋根に寝ころんだ。木材が軋む音がしたが、住人や隣家の注意を引くほどでない。静かに腹這いになり、カメラを構えた。考えていたとおり、フレームに仲宗根貴代子の部屋のドアがぴたりと収まった。

大城は待った。待つことは苦痛ではない。公安警察官の仕事の大半が待つことに費やされる。待機の状態に陥りそうなときには、食生活さえ犠牲にすることも当たり前だった。大城は今日の昼食と晩飯を抜いていた。〈ちひろ〉でも泡盛に少し口をつけただけだ。それでも尿意を催したときのために、ビニール袋を用意してある。何時間でも待てるし、待つつもりだった。

仲宗根貴代子に対する劣情は時が経つにつれて薄れていった。ときおり、彼女の後ろ姿と刺激的な下着を思い起こすことはあったが、それで股間が猛るということはない。カメラを顔の横に置き、頭を空白にしていく。自分は一個の岩である。風が吹いても雨が降っても、岩は岩であり続ける。自分は耳を持つ岩である。音にだけ敏感に迅速に反応する。空白の頭に、そうした思惟《しい》を呪文のように送り込む。いつしか大城は岩になる。動かず、考えず、ただそこにあるものになる。〈サクラ〉で教わった技術ではない。

自分で考え、身につけたものだ。待つことに耐えるために。

やがて、空白の彼方《かなた》から静かな振動が伝わってくる。その振動を認識した瞬間、大城は岩から自分自身へと戻っていった。車のエンジン音だ。腕時計は午前一時十二分を指し示している。知念だ。間違いはない。

ゆっくりと近づいてくるエンジン音に耳を澄ませながら、大城はカメラをかまえた。ファインダーを覗き、仲宗根貴代子の部屋のドアにピントを合わせる。特注のレンズは星明かりを何倍にも増強し、充填された高感度フィルムに画像を焼きつけるのに充分な光度を確保してくれる。

ヘッドライトが道を切り裂き、知念の車が路地を曲がって姿を現した。この前の夜と同じ場所に車を停めて、知念が鼻歌まじりでサンライズハイツに向かう。

大城はシャッターを切った。中途半端に禿げあがった知念の特徴のある頭部が、フィルムに焼きつけられた人物が知念であることを証明してくれるだろう。

知念が二〇三号室の前に立ち、ドアをノックした。待ち構えていたというみたいにドアが開く。シャッターを切りながら、大城は絶句した。仲宗根貴代子が真っ赤な下着をつけただけの姿で知念を部屋に迎え入れていた。

＊

稲穂が風にたなびいている。田圃での作業の大半は終わった。あとは、台風前の収穫に向けて、稲穂の成長を見守ってやればいいだけだ。ほんの数ヶ月の間だけだが、農作業の負担が減り、賢秀塾や反米反基地の活動に埋没することができる。父母もこの時季にはうるさいことを口にすることもない。だが、だからといって活動にうつつを抜かしてばかりいるわけにもいかない。自然は予測がつかない。いつもより早い時期に台風がやってくれば丹念に植えた稲も壊滅の憂き目にあう。そうなった時のために、アルバイトをして金を貯めておかなければならない。平良が高校生の時までは、その役目は父母のものだった。基地に働きに出たり、漁師の収獲を手伝ったりして金を稼いでいた。だが、今や両親にはその気力、体力がない。

例年、平良はコザの大きな酒屋で集配の仕事を手伝っていた。オンボロでも車があればそうした仕事からあぶれることは少ない。だが、今年は違う仕事を探そうと思っていた。酒の集配では、出会える人間が限られてくる。飲食店で働く人間、家庭の主婦。どちらも、古謝の思想とは無縁の人間たちだ。もっと若い連中が集まるところに出入りする仕事が欲しかった。

そうは考えたものの、では具体的にどんな仕事を探せばいいのかとなると皆目見当がつかなかった。思いあまって諸見里に相談した。うってつけの仕事があると諸見里はいった。

「市場に出入りしてる水産加工業者がいるんだけど、沖縄大学の学生食堂に食材を納めているんだ。人手が足りないってぼやいていたよ。アルバイトをしたいといったら喜んで雇ってくれるんじゃないかな。平良君は自家用車を持ってるし。ぼくが口を利いてやろうか？」

諸見里と一緒に業者のところに赴き、その日のうちに採用が決まった。期間は六月いっぱいまで。月給は二十ドル。朝の配達と夕方の回収だけという仕事内容を考えれば、破格といってもいい値段だった。

「最近の若い人はこういう仕事嫌がるからね。かといって年を食ってる人間は工場の仕事だけで手一杯だ。明日から、よろしく頼むよ」

朝の六時に工場に出向き、荷物を満載した小型トラックに乗って沖縄大学へ行く。荷物を学生食堂に受け渡せば、夕方まですることがなかった。トラックは夕方の回収を済ませた後に戻せばいいことになっていた。

午前の空いた時間は、キャンパスをぶらついて潰した。家の事情がゆるさなかったが、できれば大学へは行きたかった。新しい知識を蓄え、自分を磨き、やがてはうちなーのために尽くす人間になりたい。本気でそう考えていた時期もあったのだ。キャンパスを闊歩《かっぽ》する学生たちは平良の目に眩しかった。若々しい闊達さと、ぎらついた野心がそこかしこに点在している。未来を夢見る者たちと、未来を憂える者たちが混在し、目に見えないエネルギーを生み出してキャンパスは活気に満ち溢れている。このエネルギーが独立に向けられれば——古謝の思想は決して突飛なものではない。南国の陽気に長い間支配され、争いを厭い、歌や踊りに喜びを見出《みいだ》し、とこしえの安楽を貪ってきたこの島に怒りが静かに満ち、悲しみが夜を覆い、行き場のない鬱屈が渦を巻いている。この島は長い眠りについていた休火山のようなものだ。いつか目覚め、噴火する。去年のコザ騒動はその前兆だ。地下深くで対流しているマグマは、あれしきの噴火では吐き出しきれない。いつか——そう遠くないいつか、この島は灼熱《しゃくねつ》の溶岩で埋め尽くされる。

昼飯前に一旦自宅に戻り、両親と昼食を共にする。食後に田圃の様子を見て回り、その後で大学に引き返す。両親にはアルバイトは夜遅くなることもあると嘘をついておいた。承認を取りつけたといっても、賢秀塾通いを両親が喜んでいるわけではない。嘘も方便、生活費を賄うために平良が遅くまで働いているのだと思えば、両親も気が休まるだろう。

アルバイトをしばらく続けて、平良はいつもキャンパスの片隅に集まってくる学生の集団に気づいた。いつも同じ顔が五人。他者の接近を拒絶するような冷たい空気をまとわせて、暗い目でなにかを話し合っている。声をかけた瞬間に逃げ去ってしまう警戒心の強い野良犬を、彼らの暗い目は思わせた。

自然にさりげなく、一日に少しずつ、平良は彼らに近づいていった。最初においた距離が十メートルなら、五日後には五メートル。初日は胡散《うさん》臭そうな目を平良に向けていた連中も、そのうち平良のことは気にかけなくなった。キャンパスにあるモニュメントや椰子《やし》の木と平良は同じなのだ。学生にしては年を食い、職員にしては若すぎるが、いつもキャンパスにいる男。非日常の風景も、続けて接していればいつか日常に取って代われる。

「だからさ、具体的にどうしようっていうんだよ？　おまえのいってることは理想論ばかりで現実と乖離《かいり》してるよ」

彼らの五メートル以内に近づいて、声がはっきりと聞き取れるようになった。

「じゃあ、訊くけど、おまえには具体的な案があるのか？　おまえこそ、人の意見に難癖つけてるだけじゃないか」

「いがみ合ってる場合じゃないだろう？　おれたちには時間がないんだ。二年後には日本政府がこの島を支配するんだぞ。その前になんとかしなきゃ」

「だからさ、具体的な方法を考えださないとどうにもならないだろう。どうやったら、もう一度コザ騒動を起こせるんだよ？　それも、コザだけじゃなくて、この島全体を巻き込むような騒動をさ。その方法が見つからなきゃ、なにをいったって無意味だ。そうだろう？」

彼らの会話は空虚だった。ただ、触れれば火傷《やけど》するような熱を持っているだけだ。コザ騒動に触発されて、自分たちも行動に出なければという焦燥に似た思いに駆られてここに集まっている。頭の中にあるのは理想のみで、現実に比した己の卑小さに頭を抱えている。まるで、古謝と出会う前の平良のように。

「わかってるのはひとつだけだ」

最後まで口を開かず、他の四人の言葉に耳を傾けていた若者が重々しい声を出した。

「おれたち五人だけじゃなにもできない。だれかがいいアイディアを思いついたとしても、五人でなにをやれっていうんだ？　この一週間、ずっと考えてきたんだ。おれたちは空虚な議論を交わしてるだけだ。まず、行動ありきだ。行動が思想を決定づける。おれたちがおれたちの理想に向かって動いているうちに、いいアイディアが浮かんでくる。おれはそう思う」

「仲間を集めようっていうのか？　こんな話、だれにも相手にされないっていってたのはおまえだろう、玻名城《はなしろ》」

「今でもそう思ってるよ。こんな話、だれも相手にしてくれない。鼻で笑われるのが落ちだ。それでも、やらなきゃだめだ。百人に笑われても、ひとりだけ笑わない人間を探すんだ。少しずつ仲間を増やしていって、そうすれば具体的な方法論も生まれてくる。どっちにしたって、ここでこうやってだらだら実りのない話を続けてたってしかたがないんだ」

平良はその場を離れた。そろそろ話し合いが終わる。議論に熱中していた学生たちも、平良の存在に目をとめるかもしれない。少し離れた椰子の木陰で足を止め、学生たちを見守った。学生たちは三々五々に散っていく。平良は玻名城と呼ばれた若者の後をつけた。

玻名城は脇目もふらず歩き、学内の大きな講堂に入っていった。すでに講義ははじまっているようだった。少し間を置いてから、平良は講堂に足を踏み入れた。優に三百人は座れそうな内部は半分以上の席が空いていた。講義の内容は国際政治学。玻名城は講堂の中央辺りにひとりで座っていた。真剣な眼差《まなざ》しを黒板の前に立ってだれにともなく語り続けている教授に向けている。

平良は少し距離を取って玻名城の左斜め後ろの席についた。ふたつ椅子を挟んで、長髪の学生が座っている。学生は退屈そうに欠伸《あくび》を噛み殺しながら、本土のマンガ週刊誌に目を通していた。

「ねえ、ちょっといいかな?」

平良は押し殺した声を学生にかけた。

「なんだよ?」

「あそこの彼、名前なんていうんだっけ?」

「彼?」

学生は疑いを差し挟むこともなく、怪訝そうな顔を平良の指差した方に向けた。

「ああ、玻名城か。玻名城政弘《まさひろ》。玻名城に用があるのかい?」

「いや。従兄弟《いとこ》の友達に似てるなと思ったんだけど、人違いだ。ありがとう」

咄嗟《とっさ》に嘘をついた。うまくない嘘だったが学生は気にする素振りも見せなかった。

「そりゃ、人違いだろうさ。玻名城は変人だからな」

「変人?」

「革マルも中核も拒絶して、汎東アジア革命戦線を組織するんだって寝ぼけたことを一、二年前に言っていたよ。台湾、韓国、そして沖縄。やまとに虐げられてきた民族が手と手を組んでやまとの帝国主義を粉砕するんだと。本土の革マルや中核派だってそこまで呆れたことは考えてないだろう？」

「なるほどね。汎東アジア革命戦線か。凄いことを考える」

「ただの妄想だよ」

「とにかく、ありがとう」

学生に礼をいい、目立たぬように席を立って講堂を出た。振り返ると、学生は相変わらずマンガを読み、玻名城は真剣に講義に耳を傾けている。どちらが変人に相応しいのだろう。頭を振りながら、まるでスパイのようだと自分の行動を振り返った。嘘をつき、他人の名前を訊きだした。自己嫌悪に陥ってもよさそうなものだったが、気分は昂揚していた。同志になりうるかもしれない候補を見つけたのだ。

気がつくと口笛を吹いていた。祖父が昔よく歌って聞かせてくれた、琉球の古い民謡だった。歌詞はすっかり忘れたが、旋律は耳にこびりついている。底抜けに明るい旋律だった。

学生名簿を閲覧し、玻名城政弘の住所を調べた。住んでいるのはコザの下宿で、実家は石垣島になっていた。本島で生まれ育った者より、離島から本島に来た者の方が琉球の文化に対する愛着は深い。本島はあまりにもアメリカーに毒されすぎていて、本来の自分を見失っている。玻名城は大学に入学するために来島し、その現状に激しく失望したのだろう。

玻名城の下宿の名前と住所を頭に叩き込み、平良はキャンパスを後にした。家には戻らず、諸見里の仕事場に向かった。ちょうど昼休みの直前で、諸見里は市場の裏手にある水飲み場で顔を洗っていた。

「昼飯、付き合わないか？」

「付き合いたいんだけどさ、ちょっと今は持ち合わせがないんだ。自分で弁当作って持ってきてるんだよ」

薄汚れた手拭いで顔をふきながら、諸見里はいった。顔がうっすらと赤らんでいる。金がないことが恥ずかしい、そう思う階級に諸見里は属していたのだということをあらためて思い知らされた。

「持ち合わせがないって、給料はどうしたんだよ。妻子持ちでもないし、ひとり暮らしなら充分なぐらいもらってるんだろう？」

「本さ」

「本？」

「古書を大量に買い込んじゃったんだ。琉球の歴史を学び直したいと思ってね。これが考えてたより高くついた。今月は侘びしく暮らさなきゃ、やっていけないんだ」

「本だけじゃないだろう？　レコードも買い漁ってるんじゃないのか？」

諸見里は降参したというように両手を挙げた。

「参った。平良君にはなんでも見透かされちゃうな。理性はだめだといってるんだけど、レコード店に行くと、ついアルバムに手が伸びるんだ。こんな散財してちゃ、そのうち破産するぞとは思ってるんだけど。とりあえず、食費を減らせば生きてはいけるかなって」

やはり諸見里は御曹司なのだ。古謝の思想に打たれ、革命を目指す熱情を持ちながら、それまでの暮らしぶりを変えることまでには思いが至らない。勘当される前は、欲しいものはなんでも買えるという環境にあったのだ。給料が足りなくなれば、親に仕送りを頼み、本を買い、レコードを買い、食事は外で済ませ、それでなにも困ることはない。その時の癖が消えずに残っている。

「少し考えた方がいいぞ。これまでみたいには行かないんだから。おまえの仕事は身体が資本なんだし、ちゃんと食わないと身体を壊す」

「これからは気をつけるよ」

諸見里は気のない返事をした。おそらく、また読みたい本、聴きたいレコードが目の前に現れれば、前後の見境もなく買ってしまうのだろう。

「弁当って、なにを作ってきたんだ?」

平良が問うと、諸見里はまた顔を赤らめた。

「たいしたものじゃないよ。平良君、昼ご飯食べて戻ってきなよ。なにか話があるんだろう？　昼ご飯を食べた後でも時間はあるからさ」

　弁当を見られるのを嫌がっている。その気配を察して、平良は身を引いた。自分で料理をしたことなどないはずの男が、金に窮して自分で弁当をこさえている。他人に見られるのが嫌だという気持ちは充分に理解できた。

「だったら、今、話を済ませてしまおう。また戻ってくるのは面倒だ。その後でゆっくり食べればいい」

「ぼくはそれでもかまわないけど」

　平良は周囲に視線を走らせた。昼休みを取るために人が集まってきていたが、ふたりに注意を向ける人間はいなかった。

「候補を見つけた」

　押し殺した声で囁いた。

「候補？　同志になれそうな男かい？　大学で見つけたの？」

「まだ、仲間にできるかどうかはわからない。これから調べてみようと思うんだけど、ひとりじゃ時間がかかる。昇、手伝ってくれないか？」

「ぼくが？　手伝うって……うん、いいよ。ぼくにできることがあればなんでもいってくれ」

　諸見里の目が輝きはじめた。少なくとも、古謝の思想に入れ込む諸見里の思いは本物なのだ。

「相手は沖大の学生なんだ。おれの周りには大学関係者がいないから……おまえの後輩か知り合いでだれかいないか？　沖大の学生なら一番いいんだけど」

「何人かいるよ。学生運動なんか関係ないってやつらばかりだけど」

「みんな金持ちの坊ちゃんか？」

諸見里は目を伏せた。長い睫毛《まつげ》が悲しげに揺れている。

「金持ちばかりってわけじゃないけど……」

「玻名城政弘っていう学生だ。咲く花じゃなくて、珍しい方の玻名城。人文学科の三回生。彼の評判をそれとなく聞いてまわってくれないかな」

「珍しい方の玻名城って、こういう字かい？」

諸見里はしゃがみ込み、小石を使って地面に字を書いた。

「そう。その玻名城だ」

「玻名城政弘ね。わかった、調べてみるよ」

「それとなく、だぞ」

「わかってるって。平良君はどうするの？」

「学外で彼がどんな連中と付き合ってるのか探ってみようと思ってる。ちらっと小耳に挟んだだけなんだけど、仲間と過激なことを話し合ってた。興味があるんだ」

「まるで公安みたいだね」

諸見里がゆっくり立ち上がった。手にしていた小石を投げては受け止めることを繰り返している。

「公安?」

「うん。東京でも、過激派を監視してる公安がキャンパスの内外をうろうろしてたもんだよ。あいつらふたつの班に分かれてるんだ。過激派の活動を監視する役目と、過激派のメンバーを割り出す役目にね。ぼくもたまに胡散臭い男に、だれそれのことを知ってるかって訊かれたことがあるよ」

「そいつが公安だったのか?」

「間違いないね。ノンポリの学生にさりげなく近づいて、目当ての学生の情報を訊きだしてるのさ。もちろん、ぼくはなにも喋らなかったけど……ぼくらがやろうとしてることも公安がやってることと中身は一緒だろう? 玻名城政弘のことを調べる。身辺調査だ。あんまり気分のいいものじゃない」

「公安とは目的が違うじゃないか」

平良は気色ばんだ。まるで自分のやり方を非難されているようだ。

「うん。どうしてもやらなきゃならないってことはわかってるんだ。なんだかんだいっても、琉球は東京に比べてのんびりしてるからね。琉球警察の公安だって、それほど切迫してあれこれ調べてるわけじゃないから、みんな気にもとめないんだろうけど……東京の嫌な記憶思い出しちゃって。ごめんよ。悪気があっていったわけじゃないんだ」

「だったらいいけど」

「玻名城政弘のことはちゃんと調べるよ。平良君こそ、彼を調べてること、気づかれないようにしなよ。だれだってこっそり自分のこと調べられてたって知ったら嫌な気持ちになるだろう？　せっかくの候補者なんだ。機嫌を損ねないようにしないとね」

「そのつもりだよ。じゃ、よろしく頼む。せっかくの昼休みなのに、時間を取らせてわるかったな。ゆっくり弁当を食う時間もないんじゃないか？」

「大丈夫だよ」

諸見里は微笑んだ。屈託のない笑顔は平良に対する信頼の証だった。

「そうだ。今夜、家に晩飯食べに来ないか？　どうせ、ろくなもの食べてないんだろう。精をつけて行けよ」

「ごめん。今日は先約があるんだ。ぼくが子供のころお世話になっていた人の息子さんが食事に誘ってくれてさ。久しぶりに会うから、楽しみにもしてるんだけど」

「お世話になってた人の息子？」

「うん。安室さんっていうんだけどね」

不安が両手を広げて平良の背中に張りついた。玻名城と同じように身辺調査されたことに、諸見里は気づいていない。もし、安室の口から平良のことが出れば、察しのいい諸見里のことだ。なぜ平良が安室に近づいたのかをすぐに理解するだろう。そうなったら、諸見里が平良に向ける笑みは曇るだろうか？

そんなことはない——平良は首を振った。諸見里はわかってくれるはずだ。平良はなすべき事をなしただけなのだから。

「それじゃ、明後日《あさって》の夜にでも、お袋になにか作らせて、それを持っておまえの家に行くよ」

「いいのかい？　なんだか悪いよ」

「気にするなって。前にもいったけど、食う物にだけは困ってないんだから、家は。じゃ、明日」

諸見里に手を振って、平良は歩き出した。トラックの運転席から諸見里のいた方向に視線を向けた。諸見里はお握りにかぶりついていた。海苔《のり》も巻かれていない、米だけのお握りを、飢えた野良犬のように食べている。よほど懐具合が寂しいのだろう。見てはいけないものを見たような気がして、平良はその光景から目を逸らした。父親の言葉がふいに甦《よみがえ》る。

戦争中は辛かった。家を追い出され、周りの者が次々と死んでいき、だけれど、なにより辛かったのは食う物がなかったことだ。

辛いだろうな、昇。

口の中で呟きながら、平良はトラックのアクセルを踏んだ。

9

終業を告げるチャイムが鳴り響いた。しんと静まりかえっていた校舎が、突然、生き生きとしはじめる。開けっ放しの窓から生徒たちの笑い声が漏れてきた。しばらくすると、帰宅する生徒たちが校庭に溢れだす。将来に不安を抱く必要がない若々しい顔が、大城の視界を横切って流れていく。その流れが途絶えると、グラウンドにユニフォーム姿の野球部員が姿を現した。学校を後にする教員たちの姿もちらほら見えはじめる。

知念は四時過ぎに姿を現した。同僚に笑顔を振りまきながら車に乗りこんだ。エンジンをかけようとして、助手席に置かれた見慣れぬ茶封筒に気づく。茶封筒の中身を見て凍りつく。中には破廉恥な下着姿の仲宗根貴代子と一緒にいる知念の写真が入っている。写真に添えたメモ——午後六時に国際通りの喫茶店〈珊瑚《さんご》〉で待っている。

知念は慌てて写真を封筒に戻し、四方に視線を走らせた。禿げあがった頭部が紅潮しているのが遠目からでもよくわかる。知念は車を降り、校舎に戻っていった。おそらく、仲宗根貴代子に連絡を取るつもりだろう。大城は待った。待つことには慣れている。

五分で知念は戻ってきた。脇目もふらずに車に乗りこみ、暖気もしないまま車を発進させた。

　後をつける。ついていくだけでよかった。知念は後方にはまったく注意を払っていない。頭の中は写真のことでいっぱいなのだ。自分の家には向かわず、軍用道路をひたすらに北上していく。宜野湾市に入ったところで脇道に逸れ、しばらく走ってからスピードを緩めはじめた。煙草屋の前に若い女が立っていた。仲宗根貴代子だった。知念の車は彼女を乗せて、またスピードを上げた。知念がなにかを喋り、仲宗根貴代子が首を振っているのが、車のガラス越しに見える。知念が茶封筒を渡した。仲宗根貴代子が写真を見て、知念と同じように凍りつく。知念は仲宗根貴代子を詰《なじ》っているようだったが、その声も彼女の耳には届いていないはずだ。やがて、自分を取り戻した仲宗根貴代子がなにかを語りはじめる。

　こんなのわたしは知らないわ——聞こえるはずのない声が聞こえる。仲宗根貴代子の声も聞いたことがないのに、大城の頭の中で、彼女は落ち着いた声で自分の無実を知念に訴えている。

　知念の車はサンライズハイツに向かっていた。そこで彼女を降ろし、那覇にとんぼ返りすれば六時には充分に間に合う計算だった。相変わらず、知念と仲宗根貴代子はいい争っている。知念にすれば、仲宗根貴代子の協力抜きであんな写真が撮れるはずがないというところなのだろう。

　サンライズハイツに向かう路地に知念の車が入っていったところで、大城は尾行をやめた。しばらく直進してから車をUターンさせた。途中で公衆電話を見つけ、〈珊瑚〉で待機している安室を電話口に呼んだ。

「知念は真っ直ぐ女に会いに行ったよ」

「普通は罠にはめられたと思いますよね」

「女を降ろして、すぐにそっちに向かう腹づもりだろう。おれはしばらく待ってから、女と接触する。そっちの準備はいいか？」

「準備万端です。隠しカメラを持った同僚が別の席についてくれていますから」

安室の声は弾んでいた。琉球警察に所属して以来、ほとんど初めてともいえる公安の調査活動に気を高ぶらせている。気負いは失敗に繋がりやすい。だが、若い警官には気負いも必要だ。仕事に慣れて行くにつれ、どんな汚れ仕事でも平然とこなせるようになっていくが、その心境に至るまでにはまだ紆余曲《うよきよくせつ》折がある。

隠しカメラは二重の保険だ。知念が仲宗根貴代子との写真による脅しを拒否したとしても、公安警察官と一緒にいるところを映した写真が加われば、それも危うくなる。反体制活動は理想と疑念の渦巻く世界だ。公安警察官と話をしていたという事実は、容易に公安警察官に協力しているという発想を産む。知念の退路を完全に断つのが目的だった。

「大胆かつ慎重にな」

「任せてください。きっちり落としてみせますから」

経験から、知念は簡単に落ちるという確信があった。だからこそ安室に任せることにしたのだ。

「よろしく頼むぞ」

再び車に乗りこみ、スピードを落としてサンライズハイツに向かった。知念の車は見当たらない。すでに那覇に向かって出発した後だった。アパートから少し離れた場所に車を停め、グラブボックスから写真の束が入った茶封筒を取りだした。封筒を脇にしっかり抱え車に鍵をかけると、溜息が漏れた。

知念を確保できれば、とりあえずの情報源は事足りる。それでも、仲宗根貴代子に接触を試みるのは、これもまた二重の保険をかける意味があると自分にいい聞かせてきた。知念の行動を仲宗根貴代子に見張らせる。

だが、本心ではそんなことは必要がないとわかっていた。知念のような男は一度落ちるとべったりとくっついてくる。こちらを裏切る可能性は限りなく低い。それなのに、仲宗根貴代子も確保したいというのは、結局は自らの欲望に突き動かされているに他ならない。

赤い下着姿の仲宗根貴代子が目に焼きついて離れない。赤い下着姿の仲宗根貴代子を組み伏せる妄想が頭にこびりついている。

監視対象とその近辺の人間に欲望を抱くことはきつく戒めてきた。その戒めが綻びつつある。東京から遠く離れているという油断か、あるいは沖縄のゆるやかに流れる時間と目映い太陽が感覚を狂わせるのか。

なんにせよ、安室には仲宗根貴代子も引き込むと宣言してしまった。言葉を弄して納得させたのだ。今さらやめるといえば、安室に疑念を抱かせることになる。

大城は力強くドアをノックした。少し間を置いて女の声が聞こえてくる。

「どなたですか？」

想像していたのより若干高い、乾いた声だった。逢瀬《おうせ》を盗み撮りした写真を見せられた直後のせいか、声に不安が滲んでいた。

「大城と申します。あなたと知念良繁さんのことでお伺いしたいことがありまして」

ドアの向こうで息を飲む気配が伝わってきた。仲宗根貴代子の胸に芽生えた不安と恐怖が手に取るようにわかる。

「中に入れていただけませんか、仲宗根先生。外で大声で話すようなことでもないと思うんですが」

わざと「先生」という言葉を強調した。なによりもスキャンダルを恐れるという意味では、聖職者もタレントと変わらない。田舎に行けば行くほどその傾向は強まっていく。

「知念さんなんて知りません」

「じゃあ、この写真をあなたの職場や実家に送ってもかまわないんですね？」

返事はなかった。息をひそめ、気配を殺せば大城が立ち去るとでも思っているのかもしれない。

「仲宗根先生、今から五つ数えます。その間にドアを開けてくれなければ、写真を送ってもいいんだと解釈して、わたしはここを去りますよ。いいですね？」

まだ返事はない。大城は微笑みを浮かべ、ゆっくり数をかぞえはじめた。

「一、二、三、四——」

鍵を外す音もせずに、唐突にドアが開いた。最初から施錠していなかったのだろう。

ドアの隙間から、暗いふたつの目が大城を睨みあげていた。

「仲宗根先生ですね？　お邪魔してもよろしいですか？」

「あなた、何者なの？」

「それをこれから説明したいんですよ」

茶封筒の中から一枚の写真を取りだし、ドアの隙間から差し込んだ。知念の車に置いたのと同じ写真だった。仲宗根貴代子は深い息を吐き出し、渋々といった仕種でドアを開けた。

「話が終わったらすぐに帰っていただけますか？　独身の女が部屋に男性を連れ込んだと思われると、すぐに噂になりますから」

「その点、知念さんとは上手にやっていたようですね」

仲宗根貴代子は唇を噛んで後ずさった。玄関口と部屋を遮るように立ち、怒りと憎悪に燃える目を大城に向けた。服装は青みがかった白のブラウスに灰色のスラックス。スリッパとスラックスの裾の間から覗いているのは素足だった。ブラウスの生地からかすかに透けて見えるブラジャーは肌色に近い。

「写真はそれだけじゃないんですよ。あなたが写真に目を通すのと、わたしが来訪の目的を喋り終えるには時間がかかります。中に入れてもらえませんか」

「なんなのよ？　なにが目的なの？」

「どうぞ」

大城は封筒ごと写真を手渡した。ネガがある限り、いくらでも焼き増しすることができる。写真はすべて、仲宗根貴代子にくれてやるつもりだった。

仲宗根貴代子は小刻みに顫える手で封筒を開けた。写真を見つめ、肩を落とした。知念に見せた写真には下着姿で知念を迎え入れている仲宗根貴代子の姿が写っていたが、今、彼女が手にしている写真には、知念に抱きつく彼女の姿が写っている。鮮明だとはいえないが、知り合いが見ればそこに写っているのが彼女だと認識できる程度にはよく撮れている。

「どうやって撮ったの？　この辺にはこんなふうに写真を撮れる場所なんてないわ」

「企業秘密です」

大城が話し終える前に、仲宗根貴代子は写真を引き裂きはじめた。

「何枚でも焼き増ししますよ。ご要望なら」

「なんのためにこんなことをするの？　わたしはただの中学校の教師よ。恐喝しようと思っても、お金なんかないわ」

神経質に写真を細かくちぎりながら仲宗根貴代子は呟くようにいった。

「恐喝といえば恐喝なのかもしれないが、目的は金じゃない」

「わたしを抱きたいの？」

「それも違う」

大城は薄笑いを浮かべた。抱きたい。淫《みだ》らな下着姿の目の前の女を、思う存分組み伏せたい。だが、足元を見透かされるとろくなことにはならないのもわかっている。向こうから抱いてくれといってくるように仕向けるのだ。徹底的に追いつめ、追い込み、感覚を麻痺《まひ》させさせながら。

「だったらなにが目的なの？　あなたは何者なの？」

「知念良繁の行動を報告してもらいたい。主に、教職員会や人民党の活動に関わる範囲で彼がなにをし、なにをやらないのか」

仲宗根貴代子の目が丸くなった。

「そんなの違法だわ。警察がこんなことをしていいと思ってるの？」

「だれが警察だといいましたか？　わたしの名前は大城一郎」

大城は免許証を見せた。

「琉球警察に問い合わせなさい。大城一郎という警官がいるかどうか」

「警察じゃなかったら、なんのために教職員会や人民党のことを知りたがるの？」

「ここは沖縄だ。いろいろあるでしょう。反戦、反基地活動に神経を尖《とが》らせる団体がね」

思わせぶりに微笑み、免許をしまう。こういう場合は相手に考えさせることが肝要だ。あれやこれやと思案を巡らし、結局結論は得られないまま、曖昧模糊とした疑惑だけが頭に残る。マイナスに働く想像力ほど始末に負えないものはない。疑心暗鬼に陥ったまま、人は神経を摩耗させていく。

「わたしが断ったら、この写真をばらまくつもり？」

「金のために身体を売るふしだらな女教師という見出しをつけてね」

仲宗根貴代子は唇を噛んだ。プライドと実利、屈辱と現実を天秤《てんびん》にかけている。

「もちろん、わたしの申し出を受けてくれるなら、報酬もお支払いしますよ」

「いくら？」

反射的に応じながら、仲宗根貴代子は頬を赤らめた。心の裡《うち》を見透かされたような気分になったのだろう。仲宗根貴代子は切実に金を必要としている。去年の台風の影響で、実家は貧困に喘《あえ》いでいる。

「月二十ドル。悪い話じゃないと思いますがね。知念のことを愛しているわけじゃないんでしょう？」

銀行員の平均月収が四十ドル。それを考えれば二十ドルは破格の申し出のはずだった。おそらく、仲宗根貴代子の月給の三分の二にはなるだろう。

「二十ドル……」

「知念はお喋りでしょう？　自分のしたこと、教職員会や人民党での自分の地位や活動を誇らしげにあなたに話しているはずだ」

「どうしてそんなことがわかるの？」

「こういう仕事に長く携わってると、ある種の人間のことならよくわかるようになる」

「わたしのことも？」

仲宗根貴代子は挑むような視線を大城に向けてきた。天秤はすでにどちらかに傾いている。傾くと同時に肝が据わったのだろう。もはや、動揺はどこにもなかった。

「君は知念ほど単純じゃなさそうだ」

自尊心をくすぐられた者が浮かべる特有の笑みが仲宗根貴代子の顔に広がった。

「今お金をもらえるなら、あなたの申し出を受けるわ」

「それはかまわないが、金を受け取ったら、もう引き返せない。わかっているんでしょうね？」

「どうせわたしのことも調べてあるんでしょう？　お金が必要なの。お金が稼げるならなんでもするわ。こここそ隠れてこんな写真なんか撮らずに、最初からお金を払うから協力してくれっていえばよかったのよ」

思わず笑みが浮かんだ。目の前の女は一筋縄ではいかない。だが、その方がやり甲斐がある。

「写真には別の目的があるんですよ」

「別の？」

「そう。知念を脅すために撮影したんです」

「だったら、わたしに接触することなんかないじゃない」

「ある種の人間のことはよくわかるといったでしょう。知念はなにかがあれば、すぐに我々を裏切ろうとする。そういう人間だ。だから、君に彼を見張っていてもらう必要がある」

「呆れたわね。そんな薄汚れた世界に住んで、楽しいの？」

大城は札入れを取りだし、ドル紙幣を数えて二十ドル分を仲宗根貴代子の手に押しつけた。

「これで君も我々の世界の住人だ。楽しんでくれるといいんだが」

仲宗根貴代子はドル紙幣をきつく握りしめた。まるで手を開けば羽が生えた札がどこかへ飛んでいってしまうと信じているかのように。

「報告は週に二日してもらう。特に変わったことがなくても、君が見たこと、知念が君に話したことを逐一報告してもらいたい。知念がここに来ない日の夜、わたしがここに来る」

「わたしからあなたに連絡する方法は？　急を要することがあるかもしれないでしょう」

「そうだな。最初の報告を聞きにくるまでに、それは考えておく」

「用が済んだのなら、帰ってくれないかしら」

「その金は明日にでも石垣に送金するのかな？」

仲宗根貴代子の顔から一切の表情が消えた。かつては貧困は恥でもなんでもなかった。だれもが貧しく、だれもが飢えていた。今では、貧困は悪徳と化しつつある。努力が足りないから貧しいままでいるのだ——高度経済成長が日本人の考えを変えた。それは遠くこの沖縄にまで波及しつつある。もともと貧しい土地を米軍に奪われ、さらに貧しくなっているというのに、人はだれかを差別することで安心を得ようとする。

「帰って」

平板な声が急に重くなった部屋の空気を顫わせた。

「どうしても金がいる時は遠慮なくいうといい。いつも応じられるかどうかはわからないが、できるだけのことはする」

「帰ってといったのよ」

肩をすくめるしかなかった。仲宗根貴代子はかたくなに心を閉ざしてしまった。両親のことに触れたのは完全な失敗だった。

「もし君のふしだらな姿が写った写真をご両親に送ったら、どうする？」

「あなたを殺してやるわ」

「そうだろうな」

大城は仲宗根貴代子に背を向けた。冷ややかな視線に背中の皮膚を射抜かれている。

振り返り、微笑んだ。

「おれを殺すことはできるかもしれないが、追い払うことはできない。覚えておくといい」

「早く出ていって」

どんな攻撃も皮肉も、怒り猛った仲宗根貴代子には通じそうもなかった。

＊

玻名城政弘はセンター通りのAサインバーでアルバイトをしていた。Aサインバーとは米兵相手の営業許可を持った店で、玻名城はそこで呼び込みのボーイをしているのだ。通りを歩く米兵たちに声をかけ、店のサービスを説明し、値段を伝える。ヌードショーが売り物のいかがわしいバーだった。玻名城が声をかける十人のうち四、五人は、玻名城の話に耳を傾け、鼻の下を伸ばして店の中に入っていく。おそらく、玻名城の英語力はかなりのものなのだろう。それとなくそばを通って耳を傾けてみたが「ティッツ」や「プッシー」という言葉を、玻名城は機関銃のようにまくしたてていた。どちらも乳房と女性器を意味する隠語だ。昼間は革命を語り、夜は淫らな英語を駆使して米兵たちに金を捨てさせる。米兵たちに語りかける玻名城の口もとには笑みが浮かんでいたが、目には軽蔑と倦怠《けんたい》の色が宿っていた。玻名城の鬱屈が手に取るようにわかる。

玻名城は夜の九時から午前一時までの時間で働いているようだった。そうやって学費と食費を稼いでいるのだろう。これだけアルバイトに時間を割かれていては学業に専念しろというのが無理だ。学問を修めたくて大学に入ったのに金がなく、金を稼ぐためには学問を犠牲にしなければならない。沖縄の矛盾を体現する基地勤務の人々と、玻名城は鬱屈という一点で結びついている。

一晩、玻名城の仕事ぶりを観察しただけでいたたまれなくなってくる。玻名城に燃えるような理想があったとしても、賢秀塾の活動に参加するには無理がある。玻名城は諦めた方がいいのかもしれない。

約束の夜、母親に作ってもらったフーチバジューシー——ヨモギの炊き込みご飯とチャンプルーを持って、平良は諸見里の家を訪れた。大きな音でかけられたハードロックの音響が古い家の柱を軋らせている。

「本当に食事持ってきてくれたんだ。ありがたいよ」

「冷めないうちに食おうぜ。おれもまだなんだ」

諸見里は箸を持っていなかった。洗ってはあるが使い古しの割り箸で、重箱に詰めたままの料理を食べた。

「久しぶりのまともな食事だろう。おれには遠慮しないでたくさん食えよ。うちのお袋、料理の腕は確かだから。昼間もお握りばっかりなんだろう?」

諸見里はジューシーを口いっぱいに詰め込みながら首を振った。

「それがさ、安室さんって人と飯を食うっていっただろう? ステーキ食べさせてもらって、ぼくがあんまりがっついてたからだろうけど、ちゃんと飯食べてるのかっていわれて、現状を正直に話したら、怒りながらお小遣いをくれたんだ」

「小遣い？」

「うん。五ドルだけど、大助かりさ。今日は昼飯、ターコライス二皿も食べた」

「おまえ、それじゃなんにもならないだろう。ちゃんと計画して金を使えよ」

「それはわかってるんだけどさ。腹一杯食えると思うと我慢できなくて。東京で勤めてたころは食は細かったんだけど、ほら、今の仕事肉体労働だろう。腹が減ってしょうがないんだ」

喋りながら、諸見里は料理を次々に口に運んでいく。確かに、食が細いどころの話ではない。諸見里の旺盛な食欲を眺めているうちに、平良の食欲が失《う》せていった。豚と一緒に食事を摂っているような感覚に冒されていく。

「なんだよ、もう食べないのかい？」

箸を置いた平良に諸見里は無遠慮な視線を向けてきた。

「ああ。残りはおまえが食えよ」

諸見里はにんまりと笑った。心の底からの嬉しそうな笑顔だった。この数日、どんな食生活を送ってきたのかがそれだけで想像できる。

「玻名城のことだけど、なにかわかったか？」

「うん。後輩に話を訊いてみたよ。みんな一様に変わり者だっていってた」

喋りながら、諸見里の箸がとまることはない。

「なんていうか、一匹狼《おおかみ》タイプらしいよ。ゼミでも滅多に他の学生と口を利かないらしいし、講義が終わるとすぐに姿を消す。ノンポリの学生のことは軽蔑してるみたいだけど、だからといって学生運動に身を投じてるわけでもないみたいだ。四、五人、仲のいい学生がいて、よくキャンパスで密談してるって」

「そんなことはわかってるんだよな。他になにかないのか？　玻名城の人となりがわかるようなのがさ」

「相手は一匹狼だよ。そう簡単に人となりがわかるんだったら、一匹狼とはいわれないだろう？」

「だったら、玻名城と仲のいい五人組から攻めればいいじゃないか」

「あ、そうだ」

諸見里は急に声を張りあげた。

「桃原《とうばる》っていうのが、その五人組のひとりで、英文学のゼミでぼくの後輩と一緒なんだよ。それで後輩にその桃原の話を訊いてみたら、すごく真面目なやつだっていってたな。正義感が強いタイプ。世の中の矛盾がゆるせなくって、関係ないのに国際政治学の講義に出席して、いつも教授に食ってかかってるそうだ」

「正義感が強いタイプ、か」

そういわれれば、キャンパスで見た玻名城たちの姿も容易に納得できる。世の中の乱れを正したいという願望と現実の間の溝にはまって身動きが取れなくなっている。古謝に出会うまでの平良や諸見里とほとんど同じだ。

「時々物騒なことを口にするけど、向こう見ずなわけじゃないらしいよ。親は小学校の教師だそうだよ。正義感が強いっていうのも、その辺に由来してるのかもね」

「もう少し詳しく調べないと、なんともいえないな。おれが見たところじゃ、その五人組のリーダー格が玻名城なんだ。まずは、玻名城を見極めたいんだけど」

「平良君、玻名城の行動を見張ってたんだろう？　どうだった？」

「大学が終わるとアルバイト。それだけだよ。実家が苦しいんだろう、学費も食費も自分で稼いでる」

「苦学生か……」

諸見里の箸がやっと止まった。自らを省みて、玻名城との差に思いを馳せているのだろう。

「じゃあ、近いうちにぼくが桃原ってやつに会って話を訊いてみるよ」

「会う？」

「うん。話を訊いた後輩に飯を奢ってくれって頼まれちゃってね。断れなくていいよって返事しちゃったんだ。その時、桃原も連れてくるよう、それとなく打診してみる」

「飯を奢るって、人に奢られてるおまえがいう言葉じゃないだろう」

「そうなんだけどさ、後輩にそういわれて、金がないからだめだとはいえないよ。大丈夫、もうすぐ給料日だし、しばらくは本とレコード買うの自重するからさ」

平良は溜息を押し殺し、諸見里の家の中を見渡した。前回訪れたときよりも、はっきりと本の数が増えている。増えた本はほとんどが古本で、背表紙からうかがえるのはどれも琉球史関係のものだということだった。脈絡はあるようでいてなく、ないようでいてある。いずれにせよ、欲しいものを見つけたら堪えられないというのが諸見里なのだ。自重するという言葉も、あまり意味をなしているとは思えなかった。

「なんでもいいけどさ、昇。飯だけはちゃんと食っておけよな。精をつけておかないと、いざっていうときに身体が動かなくなるぞ」

「わかってるよ。最近、腕立て伏せとかやってるんだよ。筋肉つけないと、あそこにある武器も扱えないと思ってね。そんなことよりさ、平良君、いろいろ調べてみたんだけど、やっぱり琉球とやまとは別の国だったんだよ。日琉同祖なんてでたらめもいいところさ——」

諸見里は熱く語りはじめた。平良は微笑みを浮かべながら耳を傾けた。どんな欠点があるにせよ、諸見里のこの熱さは心地よい。この熱さがあってこその志だ。平良にはそう思えてならなかった。

10

安室は満面の笑みを浮かべていた。頬がほんのりと赤らみ、双眸《そうぼう》は興奮に潤みがちだった。初めてのエスの獲得に誇らしい気持ちさえ抱いているようだった。

安室はまだ知らない。エスの獲得より運営が大変なのだということを。手練手管を駆使し、お互いの神経を磨《す》り減らし、やがてエスも運営者も自らを損なっていく。スパイを仕立てる方にもスパイになる方にも、待っているのは煉獄《れんごく》だけだ。自分を殺すか、それとも相手をただの駒だと見なす冷徹な視線を身につけるか。どちらにしろその時点でまともな人間ではなくなっている。

だからといって、それを安室に告げるつもりは大城にはさらさらなかった。だれもが通る道なのだ。だれもが独力で自らを守らなければならない。他人の経験やアドバイスはなんの役にも立たない。

「浮かれてばかりいないで、しっかり運営するんだぞ。あの手の男は隙を見つければ相手の足元を掬《すく》おうとする。従順を装って、チャンスをうかがってるんだ」

「肝に銘じておきます」

「エスと実際に会うときは、常に相手の生殺与奪の権はこちらが握っているんだということを確認させろ。従順でいる限り、いいことはあっても悪いことは起こらないと納得させるんだ。それを続けていれば、いずれは向こうから尻尾を振ってくるようになる。人間の心理というのはそういうものだ。犬を躾《しつけ》るのに似ている。常に威厳を持って、しかし、厳しすぎるのもだめだ。偽りでもいいから相手に愛情や同情を見せてやれ」

「はい」

「よし。じゃあ、早速知念には仕事をしてもらおう。人民党の党員名簿、それから、琉球政府、役所、教職員会、復帰協、なんでもいい、民主化運動に関わっている団体内の人民党シンパの名前を聞きだすんだ」

「時間がかかると思いますが」

安室の顔から笑みが消えかけていた。興奮が去り、仕事の中身に対する不安が見え隠れしはじめている。

「かまわん。先《ま》ず、名簿が最優先だ。党内の人間に疑われないよう、しっかりやるようにいっておけ。それから、沖縄返還協定に反対している団体の、今後の活動方針を探り出すように――」

「そんなにいっぺんにですか？」

「最初が肝心なんだ。これを乗り越えたら、知念は完全なエスになる。最初に厳しい試練を与えて、それを成し遂げるように誘導するんだ。不安だったら、おれが引き継ごうか？」

「そ、それには及びません。自分でやります」

「そうでなくちゃ、〈サクラ〉は務まらんからな。知念を運営しつつ、さらなる情報源の獲得を目指さなければならないんだ。のんびりしてる暇はないぞ」

「精進しますよ。期待してください」

安室は背筋を伸ばした。まるで選手宣誓をする甲子園球児のように。大城が睨まなければ敬礼までしそうな勢いだった。

「それで、すみません、警部、お願いがあるんですが……」

「なんだ？」

「少し、お金を貸していただけないでしょうか？　昨日、知念と酒を飲みまして……その他にも、あの諸見里に小遣いを渡しました」

「経費の出ない安月給の身には辛い、か？」

安室の日焼けした頬が見る間に赤らんでいく。笑い出しそうになったが、大城はそれをこらえた。安室にとっては笑い事ではない。いや、ほとんどの刑事にとっては懐具合がなにより勘案すべき一大事なのだ。どんな刑事であっても、自らの懐具合と相談しながら捜査を進めていくのが現実だ。優秀であればあるほど、懐から消えていく金額も大きくなっていく。

「とりあえず、これが活動費だ」

大城は自分の財布から米ドル紙幣を無造作に引き抜いた。四、五十ドルはあるだろう。沖縄の公務員の月給より少しばかり高い金額だった。

「こんなにお借りしても――」

「貸すんじゃない。それは活動経費として君が自由裁量で使っていい金だ」

「しかし――」

「もちろん、これは特別だ。おれは特別に沖縄に派遣された。だから、常時とは違って活動費を使うことがゆるされているのさ。おれがいなくなったら、君はまた経費なしの捜査をしなければならなくなる。そのことを肝に銘じて、金の使い道には慎重を期すように」

「わかりました」

それ以上の抗弁はせず、安室は札を自分の財布にしまった。恥じ入るような仕種は安室の若さを語っている。その若さもじきに失われていく。間違いなく損なわれていく。自分がそうであったように。多くの公安警察官がそうであるように。

「それから、警部、宮里警視がお会いになりたいといっておりますが」

「宮里警視が？　今日か？」

「はい。警部のお身体が空いているようなら、この後、署にお連れするようにと。突然で申し訳ないんですが、相手が警視ですから、自分には――」

「わかった。お誘いを受けようじゃないか」

安室の言葉を遮って、大城は微笑んだ。署で会おうというからには、宮里になにか思惑があると考えて間違いはないだろう。なにかが動きはじめている。長年の間に培われてきた勘がそう告げていた。


「わざわざ足を運んでもらって恐縮です」

宮里は恐縮そうな表情など一切見せずにそういった。

「警視殿からのお誘いを断ることができるほど人間ができてませんのでね」

「安室から簡単な報告は受けています。精力的に活動されてるようですね」

「それが仕事ですから」

宮里の執務室は質素だった。机と書類棚があるだけの部屋は、灰色に塗られた壁を含めて、宮里の心象風景を忠実に再現しているかのように思える。

「安室も興奮しているようだ。東京の優秀な公安警察官をお手本にできるんですからね」

「お世辞は勘弁してください。用件はなんでしょう？　まさか、世間話をするだけということはないでしょう？」

「昼食を一緒にどうかと思ってね。あなたに是非会いたいという人がいるんです。是非、紹介したい」

「何者ですか？」

「昼食は？」

眼鏡《めがね》の奥で宮里の目が冷え冷えとした光をたたえている。敵意ではない。こちらの腹の底を見透かそうとしているような目の色だった。

「お供しますよ」

「じゃあ、その時に相手が何者なのかも含めて紹介しましょう。そうそう、昨日、これが届いていました」

宮里は背広の内ポケットから速達印の押された封筒を取りだした。

「昨日届いた？」

「申し訳ない。昨日は多忙で安室に託すことができなかったんです」

封筒はしっかり糊付《のりづ》けされていた。だが、宮里が中身を確認したのは間違いないだろう。全財産をかけてもいい。大城は封筒の先端を破り、中の便箋を抜き出した。見覚えのある字が躍っている。山崎警視監の直筆だった。

『拝啓
貴君においてははるか南国の地で任務に励んでいることと思う。今後の君のさらなる活躍を、わたしも期待するところだ。
さて、ここで貴君に特別任務を与える。来たる四月二十日、門倉隆《かどくらたかし》という者が日本航空四一五便にて彼の地を訪れる予定になっている。貴君においては右人物の便宜をはかるようお願いしたい。右人物門倉某の意向を最大限尊重するよう期待する。右人物の滞沖予定は一週間。その間、貴君の任務は中断の憂き目を見るだろうが、特別任務がなににもまして優先する。この特別任務は鎌倉の希望に沿うものだということを肝に銘じてくれたまえ。

四月二十日に那覇空港にて右人物を出迎え、可及的速やかに右人物の意向に沿って行動するよう期待する。』


署名はなかった。だが、それが紛れもない辞令であることは確かだった。

「門倉隆、か。知っている名前ですか？」

便箋を封筒に詰め直しながら、大城は宮里に訊いた。

「さあ。その封書に書かれている人物ですか？　封書の内容がわからないのでは答えようがありませんな」

宮里はいけしゃあしゃあと嘘をついた。おそらく、今日の昼食もこの封筒が届いたせいで急遽《きゆうきよ》お膳立てされたのだろう。

門倉隆——どれだけ頭を捻っても、その名は記憶になかった。公安警察官がなにより
も重要視する能力は面識率と呼ばれるものだ。左翼、右翼、過激派——公安警察が監視対象とする団体、そこに所属するメンバーにシンパ、その名前と顔を脳裏に刻み込む。

一度見た顔、聞いた名前を忘れず、人ごみで見かけただけで名前を思い出す能力が面識率と呼ばれるものだ。大城の面識率は警視庁公安部でも高く評価されていた。だが、門倉隆の名前と顔は大城の脳には記憶されていない。

「何者でしょうかね、本当に」

大城は呟くようにいった。

「その人物の由来は書かれていないんですか？」

「書いてくるはずがないでしょう。あの人たちは——」

大城は人差し指を天井に向けた。

「秘密ごっこが大好きなんだ」

「我々も秘密ごっこは大好きだ。違いますか、警部？」

宮里の目は相も変わらず冷え冷えとした光をたたえている。大城はにやりと笑い、うなずいた。

「そうですね。みんな、ろくでもない秘密ごっこが大好きなんだ。中毒してるんでしょう」

安室もすぐに中毒していく。ぼんやりと安室の横顔を思い浮かべながら、大城は煙草をくわえた。

連れていかれたのはステーキレストランだった。客の大半はアメリカ人。黄色い顔はぽつりぽつりとしか見当たらなかった。

　宮里は混雑しているフロアを確かな足取りで横切っていく。何度もこの店を訪れていることを思わせる。沖縄のビフテキの値段がいかほどなのかはわからないが、警視とはいえ警官がおいそれと通えるほど廉価だということもないだろう。金門クラブ——沖縄のエリート集団の名前が大城の脳裏をゆっくり横切っていく。

　結局、宮里は店の一番奥にある個室に、店員の案内もなく入っていった。個室では宮里と同じ年頃の男がひとりで座っていた。男は眉をひそめて手帳に見入っていたが、宮里と大城が個室に入っていくと、手帳を閉じ、大仰な笑みを浮かべて腰をあげた。

「どうも、ようこそいらっしゃいました。わたし、當間義剛《とうまよしたけ》と申します。大城さんでいらっしゃいますね。どうぞ、こちらへ」

　大城は宮里の横顔に問うような視線を走らせた。宮里は涼しい顔をしていた。好きにしろということなのだろう。當間に促されるまま、大城は席についた。

「今日はご足労いただいて、誠に申し訳ありません。わたし、こういうものです」

　當間に手渡された名刺には、琉球観光代表取締役という肩書きが記されていた。

「琉球観光？」

「ええ。日本本土からアメリカまで、観光客を呼び込んで儲けさせてもらっています」

「旅行代理店ですか？」

「代理店とリゾート開発を兼務してるようなものですね。なにしろ、ここは小さな島だし、ひとつの業務で大儲けができるほど甘くはないものでして」

大城はもう一度宮里に視線を向けた。観光業者が東京から来た公安警察官になんの用があるというのか。

「好きなものを奢ってもらうといい。彼は経費を盛大に使うのが好きなんです」

「そのとおり。ビフテキもワインも、好きなだけ頼んでくださいな」

メニューを手渡そうとする當間に大城は首を振った。

「よくわからないので、お任せします」

當間の浅黒い顔に大きな笑みが広がった。

「それじゃ、ここで一番の肉を焼いてもらいましょうか。味は保証しますよ」

宮里はまったく口を開かない。まるで自分は透明人間だとでもいうかのように、気配さえ殺して座っている。當間がウェイターを呼んだ。やって来たウェイターは浅黒い肌の外国人で、當間は流暢《りゅうちょう》な英語を駆使して三人の食事を注文した。

「できるだけ早く持ってくるようにいいましたから。大城さんのお時間を無駄に使うわけにもいきませんしね」

「それで、當間さんの用件というのはなんなんですか？　観光業者がぼくのような職業の人間にどんな用事があるのか、ちょっとはかりかねているんですがね」

去っていくウェイターの背中を見ながら大城は口を開いた。當間の顔から笑みが消え、生真面目ともいえる表情が浮かんでいた。

「宮里とわたしはね、アメリカの助成金で向こうに留学したんですよ、一緒にね。カリフォルニア大学のバークレー校。わたしは経営を学んで、宮里は法律を学んだ。大変でしたよ、学生のための助成金だから、贅沢《ぜいたく》は一切ゆるされない。向こうに行くのも飛行機じゃなく船だし、着いたら着いたで節約生活が待っている。ただし、苦労した分、絆も深まるんですな。いってみれば、我々は同志なんです」

大城はテーブルに置いた手の指先で拍子を取った。昔話などに興味はない。知りたいのは、當間がなぜ自分に会いたがったのかということだけだ。門倉隆という人物に関係していることは間違いないが、わかっているのはそれだけだった。

「だから宮里は時々わたしに便宜を図ってくれるんです。発覚したら職権濫用と非難されるのを承知の上で。わかっていただけますか、大城さん？」

「わかりますよ、もちろん。人は規則だけで生きるにあらず、だ」

當間は笑った。さっきまでの開けっぴろげな笑みとは違い、どこかぎごちない不自然な笑みだった。

「わたしはね、もう十年近く前から日本返還を見込んで、沖縄西部の土地を少しずつ買い集めているんですよ。名前は明かせませんが、本土の大手企業と手を組んで。返還後にはそこに一大リゾートを作る。わたしの夢です」

「それで？」

「去年あたりから、それに横槍《よこやり》が入りはじめたんですよ。最初は見向きもしていなかったくせに、金になりそうだとわかった途端にね。困ったことに横槍を入れてきた連中には我々以上の資金力があり、おまけに権力の庇護《ひご》も受けている」

「負けそうなんですね？」

當間は苦々しげな表情でうなずいた。

「ええ。だからといって、指をくわえて見ているわけにはいかない。かなりの金を投資してるんです。それに、もう一度いいますが、この事業はわたしの夢なんですよ」

「わからないな」

大城は指でテーブルを叩くのをやめた。

「わたしは一介の警官ですよ。そんな規模の事業のことを話されてもなんの役にも立たない」

「あなたは一介の警官なんかじゃありませんよ。わたしの夢に横槍を入れてきた連中と深く関わっているじゃありませんか」

大城はもう一度宮里に視線を走らせた。宮里は無表情を保ったまま大城の視線を受け流し、コップに口をつけただけだった。

「なるほど。あなたの相手は日本政府、もしくは与党内の欲に目が眩《くら》んだ連中ですか」

「それに、巨大資本です。連中は沖縄を食い荒らそうと目の色を変えている」

「あなたもそういう意味では連中と同じなんじゃないですか？」

當間の顔つきが変わった。浅黒い頬に朱が差し、垂れ気味だった目尻が心持ち吊り上がる。

「大城さん、わたしはこう見えてもうちなーんちゅですよ。沖縄の文化習慣は熟知している。土着の信仰にもね。この島には触れちゃいかん場所がいくつもあるんです。神が宿るとされている神聖な場所がね。わたしはそういうところには一切手をつけずにリゾートを建設しようと思っているんです。しかし、本土の連中にとっちゃ、そんなのはくだらない迷信だ。根こそぎ土地をブルドーザーで掘り返してリゾートを作ろうとしている。そんなのゆるせるはずがないじゃないですか」

當間は唾を飛ばしながらまくしたてた。気の小さな人間なら、その勢いに萎縮してしまうだろう。當間のいうとおり、沖縄の土着信仰は本土などよりははるかに深く、民衆の間に根づいている。至る所に神々が住まうとされる聖なる土地があり、人々は折に触れてそこを訪れ、祈りを捧げる。聖なる場所を金の力で蹂躙《じゅうりん》すれば、住民は嘆き悲しむだろう。だが、それも束《つか》の間《ま》のことにすぎない。日常に飲みこまれ流されていけば人は神を気にする暇もなくなるのだ。當間は事業家としては感傷的にすぎた。

「あなたの気持ちは、わかりましたよ。しかし、そんな話をわたしにしてどうしようというんですか？　わたしがあなたの敵の身内だとしたら、なおさらだ」

當間は水の入ったコップに手を伸ばし、中身を一気に飲み干した。喉が渇いていたのだろうが、周囲を気にすることなくあれだけの声でまくしたてればそれも当然のことだった。當間はコップを置いて口を開こうとしたが、ビフテキを運んできたウェイターに阻まれた。恨めしそうな目で湯気を立てるビフテキを見つめ、気のない口調で「どうぞお食べください」といった。大城も宮里もフォークとナイフに手を伸ばすことはしなかった。

「門倉という男が沖縄に来ることになっているはずです」

ウェイターが去るのを待ちきれないというように當間はいった。

「東都リゾートという会社の部長ですよ。東都リゾートは聞いたことがありますか？」

大城はうなずいた。観光開発ではトップと目される大企業だ。宮里は素知らぬ顔でステーキ皿を見つめている。

「率直にお願いします。門倉が沖縄でだれと会い、なにをするのか、わたしに教えていただけませんか？」

「見返りはなんでしょう？」

大城は表情を動かさずにそういった。話が沖縄西部のリゾート開発に流れていったあたりから、當間の狙いは読めていた。今度は當間が宮里を見つめる番だった。

「頼みを率直にいったんだ。彼がなにを求めているのかも率直に訊いてみればいい」

宮里の声はどこまでも平板だった。その声は低く小さく、まるで地の底から湧き出てくる亡者のそれのようだった。

「大城さんの欲しいものはなんですか？　わたしにできることならなんでもさせていただきますよ」

「あなたと同じだ」

大城は呟くようにいい、ナイフを手に取った。ナイフの切っ先で肉をつついてみる。ステーキはすっかり冷めてしまっているようだった。

「なんですって？」

「あなたと同じでわたしも情報が欲しい、そういったんです」

「どんな情報を？」

「教職員会、復帰協、人民党、社大党、過激派学生、アメリカの動向、その他諸々。要するに、本土側が知りたがるであろう情報全般です」

「つまり、わたしに沖縄を売れ、と？」

「それほど大袈裟なことじゃありませんよ。いずれにせよ、沖縄の施政権は日本に戻されるんだ。返還前後には沖縄の社会は激動するでしょうが、いずれはそれも収まるでしょう。他に選択肢はないんですからね。我々はただ、施政権返還後の混乱をできるだけ抑えるために情報を必要としているだけです。故郷を裏切るとか裏切らないとかの問題じゃない。それをいうなら、日本復帰を切望したときから、うちなーんちゅがうちなーを裏切ったんだ。わたしはそう思っていますよ」

「しかし……」

當間は眉間に皺を寄せた。

「理屈ではなく心情的に抵抗があるのは理解できます。しかし、それはわたしも同じだ。

身内を裏切ってあなたに情報を提供しようとしてるんですから。ただ、わたしがあなたに情報を提供してもいいと考えたのは、クソ政治家どもの集金にはなんの興味もないからです。ただ、仕事を全うしたい。そのためにはあなたに協力した方がうまくいくと判断したんです。あなたの場合はどうですか？　ありもしない郷土幻想と夢を秤《はかり》にかければどちらに傾くのか、そういうことじゃないですか？　現実的判断というやつですよ」

「約束していただけますか、大城さん。たとえば、わたしの情報がもとでだれかが逮捕されたりすることはない、と」

「約束はできません」

大城はきっぱりと告げた。宮里がかすかな微笑みを浮かべているのが視界の隅に映った。

「わかりました。活動家系の方はわたしは疎いんだが、知り合いが何人かいます。そちらに当たってみますよ。もっとも、大城さんが気に入る情報を手に入れられるかどうかは、こちらも約束できませんが」

「それでかまいません。契約成立ですね」

大城はワイングラスに手を伸ばした。つられるように當間と宮里がグラスを掲げ、形ばかりの乾杯をした。だれの顔にも笑みは浮かんでいなかった。

「わたしの連絡先は宮里警視が知っています。連絡は交互にするということでいいですか？」

「も、もちろんです。大城さん、助かりました。本当にありがとうございます。さ、ビフテキ、召し上がってください。宮里も食えよ、高いんだからな、この肉は」

當間に促されて、大城と宮里は肉にナイフを入れた。肉は冷え、硬くなっていて血の味しかしなかった。


「見事な交渉術でしたね。部下に見習わせたいぐらいだ」

帰りの車中で宮里がいった。

「政府の息のかかった連中とやり合うには、當間さんじゃやわすぎるんじゃないですか?」

「それはわたしの関知したことじゃありません。當間がどうしてもあなたを紹介してくれというからしてやっただけのことです。確かに我々は同志みたいなものだが、だからといってそれぞれのやり方に口を出すほど親密な間柄というわけでもない」

宮里はリズミカルに車を操っていた。外見とは違い運動神経もそれなりにいいのだろう。宮里の外見に騙されてはいけない。冷徹な官僚の仮面の下で、宮里は単に一緒にアメリカに留学したというだけの人間に便宜をはかった。多くの人間と同様、宮里も複雑な人格を持った男なのだ。

「わたしを彼に引き合わせた理由はわかりますよ。當間さんのあの性格じゃ、よほど冷徹な人間じゃなければ頼み事を断れないでしょう。わからないのは、わたしに彼を引き合わせた理由ですかね」

「あなたの仕事のプラスになると考えたんです。當間は幅広い人脈を持っていますからね」

「わたしを沖縄から追い出したいんじゃなかったんですか?」

「あなたが無能な人間ならそうするところだ。しかし、敵に回すと極めて厄介な人間のようなのでね。懐柔することにしました。こういう理由はお気に召しませんか?」

「わたしは、當間さん以上にあなたがこの島を愛してるんじゃないかという気がしてきましたよ」

「当たらずとも遠からず、というところです。あなたが當間の話を聞いて、金の話にどういう興味を示すのか知りたかった。自分も儲け話に加わりたいと考えるのか、あるいは薄汚れた金に狂乱する連中に嫌悪を催すのか。あなたはどちらでもなかった。ただ、興味がないだけだ」

「金に興味のない人間なんていませんよ」

「ならどうして?」

宮里は車のスピードを落とし、道の右側に車体を寄せた。その脇をアメリカの軍用車輌が猛スピードで追い越していく。

「我が物顔ですね。當間さんにはああいいましたが、これを見ると、沖縄の人間がアメリカより日本に支配された方がまだましだと考える気持ちがよくわかりますよ」

「話をごまかさないでください。金が欲しいのなら、なぜ——」

「どう考えたって、わたしにまで金が回ってくるはずがないからですよ。ああいう連中のことはよく知っているんです。高級官僚や政治家たちのことです。ああいう連中は底無しの欲に突き動かされているんだ。権力を握るためにはなんだってするし、権力を手に入れるために一番手っ取り早いのは金を手に入れること。一銭だって他人にくれたりはしませんよ。その証拠に、わたしを沖縄に派遣するに当たってなんやかんやと理由を説明されましたが、リゾート開発とそこに生まれる金の話なんて一切されていません。連中にとっては、わたしなんかは将棋の駒にすぎないんです」

「極めて興味深い人間ですね、あなたは。そこまでわかっていてなおかつ、職務を全うしようとしている」

宮里はギアを落とし、アクセルを踏んだ。急激な加速が背中を背もたれに押しつける。宮里がギアをあげるにつれ、軍用車輌と車の距離が縮まっていく。

「いったじゃないですか。中毒してるんですよ」

「秘密ごっこに？」

「ええ。東京にいても、やらされるのは共産党や過激派の監視だけです。共産党なんて、今じゃただの政党にすぎないし、過激派にできることなどたかが知れている。沖縄は面白いですよ。社会がうねっている。民衆の気持ちは日々入れ替わる。なによりもここはまだ外国だ。秘密ごっこに中毒した人間には最高の現場です。おまけに、こっちの行動をいちいち監視するうるさい上司もいない」

「なるほど」

宮里は車の鼻面を挑発するように軍用車輛の後部に近づけていた。米兵が運転席から真っ赤に染まった顔を出し、なにかを激しく叫んでいる。

「もうひとつだけ聞かせてもらませんか。あなたはやまとーんちゅですか？　それともうちなーんちゅですか？　心情的に」

「やまとーんちゅですよ。間違いなく」

大城は答え、目を閉じた。

＊

相変わらずアルバイトは続けていたが、これはという学生を見つけることはできなかった。キャンパスの中をうろつくだけで、学生たちの会話の輪には加われないのだから、それも当然のような気がした。玻名城とそのグループを見つけることができたのは僥《ぎょう》倖《こう》にすぎないのだ。

平良は方針を変えた。変な思想に染まっていない学生をターゲットにと考えていたのだが、それでは埒があかない。時は容赦なく、残酷にすぎていく。これまでは賢秀塾に没頭するために活動家や組織との関わりには一線を引いてきたが、もはやそんな悠長なことをしている時間はなかった。幸い、賢秀塾には復帰協や原水禁といった組織に積極的に関与し、活動に身を投じている塾生が大勢いた。彼らに頼み込み、会合や集会に参加させてもらい、めぼしい人間を探すのだ。

　その旨を告げると、古謝は顔をしかめた。喜んでもらえると単純に考えていただけに、古謝の反応に平良は戸惑った。

「熱心に活動するのはいいけれど、君には年老いたご両親がいる。ご両親と一緒の時間を大切にするのも、息子としての務めだよ」

「でも、先生。ぼくたちには時間が——」

「それはわかっている。そのために君や諸見里君が寝る間も惜しんで奔走していることもわかっているんだよ。それでも、だ。ぼくは君にご両親をないがしろにするような若者にはなってほしくない。それは、琉球が長い間慈《いつく》しんできた文化をないがしろにすることに繋がるからだ。家族を愛し、慈しみ、それと同じように近隣の人間にも接する。その精神があったからこそ、この小さな島国でも長い平和を貪ることができたんだよ。やまとーんちゅがやって来て、彼らの悪しき慣習をこの島に持ちこんでも、我らうちなーんちゅは家族を大切にする心を忘れなかったんだ。琉球を守ろうという志を持つ君が、それを忘れてどうする？」

　古謝の言葉に反論したかった。だが、古謝の目に見つめられるとどうしても気勢を削《そ》がれてしまう。古謝の言葉が、気持ちが曲がっていないからだ。それに対する自分は理想の実現を最優先にするための屁理屈《へりくつ》を捏《こ》ねている。自分が間違っているわけではないという強い確信はある。それと同時に、古謝もまた正しいという思いが平良を苦しめる。

「だったら、ぼくはどうしたらいいんですか？」

泣き顔に近い表情が浮かんでいるのを自覚しながら平良はいった。途端に、古謝の表情が緩んでいく。

「焦らないことだ。急がずに歩きなさい。我らに理があるのなら、事は必ず成るんだよ。君の働きにはとても感謝している。責めているわけじゃないんだ。ただ、理想に傾けているのと同じ情熱や愛情を、君のご両親にも向けて欲しいといっているだけだ」

焦らず、急がずに歩け——そんなことができるはずはないと思いながら、平良にはうなずくしか術《すべ》がなかった。

「ぼくもいろいろと動いている。君たちだけに負担をかけるつもりはないからね」

古謝が笑った。古謝の笑顔を見るとほっとする。自分に兄がいればこうなのだろうか。兄というには年が離れすぎているが、平良はいつもそう思う。


塾生からべ平連の集会に参加しないかと打診されて、平良はコザへ車を走らせた。だれかが借りたアパートの一室に、今夜はアメリカーから来た活動家がやって来るという。普段よりも多いメンバーが集まるだろうとその塾生はいっていた。

少し道に迷ったが、なんとか約束の時間には間に合った。周りは住宅街というより畑の多い一画だったが、閑散とした光景には似つかわしくない熱気が溢れている。

アパートに案内されて、平良は絶句した。六畳と四畳半の二間のアパートに三十人以上の人間が集まっている。扇風機も意味をなさないその部屋は人いきれで呼吸もままならないほどだった。誰もが汗まみれになり、しかし、そんなことはまったく気にならないという真剣な表情を浮かべている。

部屋にいる全員の視線を集めているのは白人の男女だった。ふたりともヒッピーのような格好をしていた。男は長髪に顎鬚《あごひげ》を生やし、額にバンダナを巻いている。女も茶色く艶のない髪を腰まで伸ばし、ジーンズの上下を着て煙草を吹かしていた。ふたりとも胸に『Give peace a chance』と書かれた白いTシャツを着ていた。ふたりの横に通訳と思《おぼ》しき眼鏡をかけた男が座っていた。喋っているのはもっぱら女の方で、男は穏やかな笑みを浮かべて煙草を吸っている。

平良を案内してくれた塾生はいつの間にか部屋の中央に進み、わずかな隙間を確保してそこに腰をおろしていた。顔見知りもいない場所では塾生と同じことをする勇気も湧かない。平良は戸口に立って首を伸ばし、通訳の言葉に耳を傾けた。

「連帯は力を生みます。ひとりひとりの力は腐った権力に立ち向かうには弱すぎても、連帯すればそれに立ち向かう力を生むことができるのです。生まれた国も、肌や目の色も関係ない。平和を愛する、平和を望む気持ちで連帯すれば、わたしたちは何者にも打ち克《か》つことができるはずなのです」

どうやら、女はことさら目新しい話をしているようではなかった。反戦活動に身を投じた人間ならだれでも一度は考え、一度はだれかと議論を交わしたことのある話をしているだけだ。ここに集まった人間もべ平連の活動を論じるためというよりは、アメリカーから来た風変わりな白人を見るためといった方が近いのかもしれない。落胆を胸に秘めて、平良はそれでも女の言葉に身を傾けた。少なくとも、琉球の当面の敵であるアメリカーの内部に、自分たちと考え方を同じくする人間がいるという事実はなにがしかの勇気を与えてくれる。

「ちょっとすみません」

突然、耳許で声がした。訛りのない綺麗なやまと言葉だ。驚いて振り返ると、巨漢といっていい体軀《たいく》の男が困惑したような表情を浮かべて突っ立っていた。

「これじゃ、中には入れそうにないですね」

男はそうすれば自分の身体が小さくなるとでもいうように肩を竦《すく》ませた。

「そうですね。立錐《りっすい》の余地もないですから、中は」

「参ったな。わざわざやって来たのに」

「でも、それほどたいしたことを話してるわけじゃないですよ。白人の男女がふたりいて、連帯が生む力について話してるだけです」

「ああ、そうか。今日は彼らが到着した日なんだ。また、日付を間違えた」

「重要な会合は別の日に行われることになってるんですか？」

男の目つきが変わった。疑うというほどではないが、警戒するような光が浮かび、平良の全身を舐めまわすように見つめている。

「あ、すいません。平良といいます」

「ぼくは比嘉《ひが》です。比嘉剛《つよし》。平良さんはベ平連の活動は長いんですか？」

「ぼくは部外者ですよ。ベ平連の活動ってどんなものかと思って覗きに来たんですけど、こんな大変なことになってるとは思わなくて……どうぞ、場所変わりますから。ここの方がまだましです」

平良は身体を開き、比嘉に場所を譲った。比嘉は恐縮して頭を掻いた。戸口にいても部屋の中の熱気はむんむんと伝わってきているのに、比嘉は汗ひとつかいていなかった。

「そんな、悪いですよ」

「いいんです。出直そうかと思ってたところだから。この様子じゃ、話を聞くなんて場合じゃないですから。ちゃんとベ平連の活動に関わっている人が彼らの話に耳を傾けるべきです」

「いや、ぼくも彼らの話を聞きにきたわけじゃないし……平良さん、ここには車で来たんですか？」

「ええ」

「良かったら乗せてもらえませんかね。会合が終わった後でだれかの車に乗せてもらおうと考えてたんですけど、ちょっと、この身体でここにいるのは苦痛ですから」

「いいですよ」

平良はうなずいた。コザまで比嘉を送りがてら、べ平連の内情を聞くのも悪くはない。

「申し訳ないですけど、よろしくお願いします」

比嘉は頭を下げた。まるで軍人のようにきびきびとした仕種だった。

「どうぞ。車はこっちです。ポンコツですけど、我慢してください」

並んで歩きながら、平良は比嘉を観察した。確かに巨漢だ。身長は百八十五センチを超えているだろうか。体重も九十キロはありそうだった。歩き方はやはり軍人のように機械的で緩慢な印象は受けない。その体軀と仕種に比べて横顔は比較的幼かった。

「比嘉さんはコザの出身なんですか？」

「いえ、本土の千葉県です」

驚きが表情に出たのだろう、比嘉は慌てたように付け加えた。

「比嘉って名前を聞けば、だれだって沖縄の人間だと思いますよね。祖父の代に引っ越したんです」

「そうですか。どうぞ、乗ってください」

いつものことだが、ポンコツの車に他人を乗せることにかすかな羞恥《しゅうち》を覚えながら平良はドアを開けた。比嘉が乗りこむと、車体が大きく沈んだ。まるで比嘉の体重の重さに抗議しているかのようだ。エンジンをかけ、ギアを入れてアクセルを踏むと、車は渋々という感じで動きはじめた。

「べ平連の活動のために沖縄に来たんですか？」

「ベ平連のためだけというわけじゃないんですけど……失礼ですけど、平良さんのお仕事はなんですか？」

「百姓ですよ。親と一緒に畑を耕したり、稲を植えたりしてるんですよ」

「なにかの活動に参加してたりするんですか？」

「活動というか……ある私塾に通ってます」

「私塾？」

「賢秀塾っていうんですよ。沖縄に来て長いんだったら、名前ぐらいは耳にしたことがあるんじゃないですか。口さがないことをいう人も多いんですけど」

いつもと同じようにアクセルを踏んでも、いつもの半分ぐらいのスピードしか出なかった。

「ああ、聞いたことがあります。確か、沖縄は独立すべきだっていう思想の人が起こした塾ですよね？」

「そうです。おかしいですか？」

「どうしてそんなことというんですか？」

比嘉は不思議そうな表情を浮かべた。表情を作るのが苦手なのだろう。思ったことがすぐ顔に出るタイプなのだ。

「ほとんどの人が笑うから……琉球の独立なんて夢のまた夢だってね」

「だけど、もともと沖縄は日本とは違う国だったわけじゃないですか。あながち夢物語とも思わないけどな。日本だって、日米安保のおかげでいまだにアメリカの属国みたいなもんですよ。アメリカのくびきを離れたいなら、独立するっていうのも理論的にはおかしくないいんじゃないですか」

「だけど、現実が目の前に横たわっている。経済はどうするんだ？　国の防衛はどうするんだ？　そもそも、やまとやアメリカーが独立を認めるはずがない」

比嘉は腕を組んだ。

「そうか、あなたたちは沖縄のことを琉球、日本のことをやまとと呼ぶんだ。いいですね、それ」

「いい？」

「響きが全然違いますよ。ぼくはね、平良さん。実は数年前まではかちかちの右翼少年だったんです。たぶん、沖縄――琉球からやまとに移ったせいで、祖父や祖母にはコンプレックスがあったんだと思うんですけど、日本のためになにかをする人間になれ、日本のためになることを考えろって、そう言い聞かされて育ちましてね。高校を出てすぐに自衛隊に入隊しました」

「自衛隊ですか……」

驚きを飲みこんで、平良は唇を舐めた。まずい人間と関わってしまったと臍《ほぞ》を噛んだのだが、比嘉は悪びれることもなく話を続けている。

「四年いたんですよ。その四年の間にいろんなことに疑問を感じましてね。最初は官僚主義に嫌気が差して、やがてはアメリカの顔色ばかりをうかがっている軍隊――自衛隊は間違いなく軍隊ですから――というのはいったいなんだろうと思うようになり、日本とアメリカのあり方を見つめるようになって、これじゃやってられんと除隊したんです。一度疑問に思うと、もう日本やアメリカのでたらめさばかりが目につくようになって、反戦運動に身を投じたんです。ところが、元自衛官が反戦運動をしたいといっても、だれも信じてくれないんですよ。スパイじゃないかと疑われたりしてね。それでいい加減うんざりしていたときに、自分の出自は沖縄じゃないか、これはなんとしてでも沖縄に行かなければと、そう単純に考えて、去年、こちらに来たんです」

比嘉は饒舌《じょうぜつ》だった。箍《たが》が外れたように言葉を吐き出していた。

「日本と――やまとと違って琉球はいいですよね。やまとで遭ったような嫌な目には遭ったことがないです。元自衛官だといっても、すぐに受け入れてくれた。ぼく、琉球が好きになりましたよ。琉球のためなら、この島から血塗られた米軍基地をなくすためなら、なんでもしたいって、そう思ってるんです。今は主に、反戦ＧＩの脱走を補佐する仕事をしてるんですけどね。一度、賢秀塾にお邪魔してみてもいいですか？　是非、話を聞いてみたいな」

言葉の奔流に押し流されそうになりながら、平良はあることに気づいた。

「自衛官ってことは、武器の取り扱いには慣れているってことだよね？」

「ええ、一通りは。それがなにか？」

「いや、ふと思っただけ。それより、君の話をもう少し聞かせてよ」

平良は微笑んだ。

「ぼくの話といわれても……困ったな」

比嘉は照れたように頭を掻いた。

「脱走の補佐ってどんなことをするの?」

「たいしたことじゃないですよ。たとえば、沖縄のどこかの基地に脱走を考えているGIがいるとしますよね。彼はなんらかの手段でまず、べ平連と連絡を取るんです。するとべ平連が彼を脱走させて、日本を出国させるための作戦を練るんですね。ま、たいていは船を使うんですけど。ただし、基地を出てすぐに船に乗せるわけにはいかないんです。警戒が厳しいですから。しばらく、どこかに隠れていてほとぼりを冷ます必要がある。この国は白人や黒人がとても目立ちますから、だれかが彼らの身の回りの世話をしてやらなきゃならないんです。買い物に行ったり、食事を作ってやったり、話し相手になってあげたり。ぼくはそういうことをしてるんですよ」

「沖縄で?」

「沖縄は前線基地なので、少ないですよ。監視が厳しいからかな。大抵は横須賀《よこすか》辺りですよね。ぼくもこっちに来てからは暇な時間が多くて……平良さん、賢秀塾に今度連れていってもらえませんか。本気で頼みます」

比嘉が巨体を丸めた。平良はそんなことをする必要はないと伝えるために、比嘉の肩に手を置いた。分厚い筋肉の束を感じて思わず手を引っ込めそうになる。服の上から見ると柔らかい肉付きを想像してしまうが、実際の比嘉の身体は鍛え上げられたものだった。自衛隊でそうとう厳しい訓練に耐えたのだろう。

「いいよ、君の都合のいい日に連れていってあげるよ」

「ありがとうございます」

「自衛隊は陸上？」

「ええ、陸自です。馬鹿みたいなんですけど、兵隊になるなら歩兵だろうっていう思いこみがあって……あ、コザ十字路の辺りで降ろしてもらえれば、あとは歩いて帰れますんで」

　車はすでにコザの中心部に入りつつあった。ネオンのどぎつい明かりが道を照らし、繁華街へ向かう人々の姿がちらほらと見える。

「遠慮しなくてもいいよ。家まで送ってあげるから。どうせ、この後はぼくも家に戻るだけだからね」

　窓の外に視線を向けながら、平良はいった。頭の中では別のことを考えていた。比嘉を同志にすることができたら、銃の使い方を教えてもらえる。兵士としての訓練を受けて、思想だけでなく肉体的にも鍛えられた革命の闘士になれる。比嘉の人の良さそうな横顔が頼もしく見えてしかたがなかった。

「じゃあ、お言葉に甘えて……」

比嘉が自宅までの道順を説明しはじめた。どうやら吉原——売春街の裏手にある一軒家を借りているらしい。場所柄、家賃もかなり割安なはずだった。

狭い路地に車を乗り入れ坂を上った。エンジンが悲鳴をあげる。新車とまではいえないが、できれば新しい車を買いたかった。しかし貯金はほとんどなく、親に頼むことも憚られる。

「ぼくが重いから……すみませんね」

「気にすることはないよ。まだ走ってくれるのが不思議なぐらいのポンコツなんだ」

「あ、そこです。あそこの角の家」

比嘉は右手を突き出して路地の先を指差した。ころりと太い指だった。指の付け根の関節にタコができている。空手でもやっているのだろう。そういえば、最近では沖縄でも巻き藁《わら》を叩いている空手家の姿を見ることが珍しくなった。

「今日は本当にありがとうございました。初対面なのに、こんなにお世話になって」

車を停めると、比嘉は深々と頭を下げた。

「そんなに恐縮しなくてもいいよ。これが琉球のやり方なんだ。困っているときはお互い様。知り合いも他人もない。第一、おかげでぼくたちは知り合いになれたんだ。友達になるのもすぐ先のことさ。ちょっと待ってて……」

平良は胸ポケットからペンと手帳を抜いた。自宅の電話番号を書いたページを破り、比嘉に手渡した。

「ぼくの家の電話番号。いつでもいいから電話をかけて。昼間は家族総出で畑に出てるから繋がらないことも多いけど、夜ならだれかいるから」

「ありがとうございます。あの、ペンを貸してもらえますか？」

比嘉の大きな手にボールペンは小さすぎるように思えた。だが、比嘉は器用にペンを操り、几帳面《きちょうめん》な角張った数字を平良が書いた数字の下に書きこんでいく。書き終えると、紙を丁寧に二つ折りにし、折り目に何度も指を滑らせてから丁寧に引き裂いた。

「これ、家の大家さんの電話番号です。二軒となりなんですけど、機嫌がいいときは取り次いでくれますから」

「気むずかしい大家さんなのかい？」

「いえ。電話が多すぎるんですよ。ぼくだって、あんなにしょっちゅう電話を取り次がなきゃならないんなら嫌になりますね。それじゃ、今日はお世話になりました。電話しますから、塾に連れていってくれるっていう話、忘れないでくださいよ」

比嘉が車を降りると、車高が十センチは高くなったように感じた。平良は助手席側に身体を倒し、左手を比嘉に差し出した。比嘉はジーパンに掌を擦りつけてから、壊れ物を握るようにそっと平良の手を握ってきた。比嘉の手は熱かった。その熱さは比嘉の体内を流れている熱い血を感じさせ、平良を気遣う握手の仕方は比嘉の繊細な心を感じさせた。

「きっと、古謝先生も君のことを気に入ると思うな」

「古謝先生？　あ、賢秀塾の塾長ですね。そうかな。気に入ってもらえますかね？」

「間違いないよ。それじゃ、さようなら」

「あ、おやすみなさい」

平良はドアを閉め、車を発進させた。バックミラーに映る比嘉は敬礼をするように頭に片手をのせて車を見送っていた。

11

門倉隆は痩せた長身の男だった。こけた頬と切れ上がった目尻がビジネスマンというより、訓練を受けたある種のエキスパートのような雰囲気を作りあげている。年齢は三十代後半から四十代前半の間ならどれでも当てはまりそうだった。向こうである程度の説明を受けてきたのだろう、こちらから声をかけたわけでもないのに門倉は真っ直ぐ大城に向かって歩いてきた。

「大城さんですね？　お世話になります。門倉です」

「どうも、大城です」

門倉が差し出してきた右手を大城は無視した。試すつもりだったのだが、門倉は躊躇《ためら》うことなく差し出した右手を引っ込め、空港ロビーの外に目を向けた。おそらく、いつも部下にしてみせる態度なのだろう。この場のボスは自分なのだとさりげなく訴えるやり方だった。

「話に聞いてはいましたが、暑いですね。この時期でこれなら、真夏はどうなるんですか？」

「わたしもまだこっちに来て日が浅いんですよ。真夏は未体験です」

「ああ、そうでしたね。これは失礼しました」

門倉は小型のスーツケースとアタッシェケースを携えていた。

「とりあえず、ホテルに行きましょう。チェックインを済ませた後で、いろいろとお話を――」

「いや、その前にこの島の西の海岸沿いに車を走らせてもらえませんかね」

「西の海岸？　海を見てどうするんですか？　泳ぎに来たというわけでもなさそうだ」

「ここには仕事で来たんです。できれば、さっさと仕事を済ませたい。ご理解くださ い」

門倉は土地開発のことはおくびにも出さなかった。

「仕事、ね。わたしはなにも聞かされていないんですが、それは国のための仕事ですか？」

「もちろん。直接的にということはありませんが、間接的に日本のためになる仕事です」

「名刺をいただけませんか?」

そういうと、門倉がやっと正面から大城を見た。

「わたしに便宜をはかれといわれているはずです。名刺を受け取れとはいわれてないでしょう?」

「なるほど。黙って運転手役を務めていろと、そういうことですか。かしこまりました。どうぞ、車はこっちです」

大城は門倉に背を向けて歩き出した。門倉がついてくる気配はしばらく伝わってこなかった。スーツケースを自分で運ぶべきか、大城に運ばせるべきか迷っているのだろう。結局、大城に声をかけるタイミングを逸した門倉は不満を露わにして後を追ってきた。

「この件は東京に帰ったら報告することになりますよ」

「どうぞ、ご自由に。あなたに便宜をはかれとはいわれましたが、鞄をもってやれとはいわれてませんのでね」

大城は微笑みを浮かべたまま歩き続けた。


門倉は飽きることなく海岸線を眺めていた。ときおり口を開いて地名を訊ねてくる以外は、ほとんど無言を貫いていた。メモを取るわけでもなく、細い目をさらに細めて見たものを脳裏に焼きつけている。門倉自身がカメラと化しているかのようだった。

名護《なご》を通りすぎ、本部町に入ったところで門倉はカメラであることをやめ、口を開いた。

「この辺りは本部町になるのかな？　それとも今帰仁村《なきじんそん》だろうか？」

「本部ですよ。今帰仁はまだ先です」

「わかりました。ちょっと停めてください。席を移ります」

路肩に車を停めると、門倉は車を一旦降り、後部座席に乗り換えた。日本と違って沖縄の車は基本的に左ハンドルだった。助手席に座っていたのでは肝心の海の景色が見づらいからだろう。

「ここから先は、少しスピードを落としてゆっくり進んでください」

大城は命じられたとおり、できるだけスピードを殺して車を走らせた。南の島の海岸線といっても、砂浜が延々と続いているというわけではなかった。断崖の合間合間に短い砂浜が点在している。リゾートを作るのなら、できるだけ大きな砂浜があった方がいい。門倉はその確認をしているのだろう。

ぎらつく陽射しを受けて、翡翠《ひすい》の色をした海がうねり、宝石のように光を乱反射させている。小さな波頭はどれひとつとして同じ形のものはなく、でたらめに、しかしある種の調和を伴って海面を彩っていた。詩心のある者なら溜息を漏らしただろう。ロマンを求めて南の島を訪れた者なら目を輝かせただろう。だが、門倉は機械のような目を海岸線に向けているだけだった。

本部と今帰仁のちょうど境界あたりに、比較的広い砂浜が広がっていた。

「あそこで停めて」

予期していたとおり、砂浜は門倉の興味を惹いたようだった。車を停めると、門倉はそそくさと降り、ガードレールを跨《また》いで砂浜に足を踏み入れた。砂の感触を確かめ、鼻をうごめかせて海風を嗅ぎ、身体を反転させて陸上の景色に目を凝らす。やがて、満足したかのように何度もうなずきながら車に戻ってきた。

「お気に召しましたか？」

アクセルを踏みながら、大城は訊いた。

「美しい島ですね。ここが東京と同じ日本の一部だとは思えない」

「まだ日本のものじゃないですよ」

「そのうちなるんだ、同じことでしょう」

「わたしもここに土地を買えば、少しは楽な老後を送れますかね？」

ルームミラーに映る門倉の目がすっと細くなった。

「どういう意味だね？」

「東京の汚い空気の中で暮らすより、ここの方が長生きできるんじゃないかと思っただけですよ。実際、沖縄の人間の平均寿命は本土より長いはずですよ」

門倉の目尻がゆるんでいく。

「ああ、そうでしょうね。こういうところでのんびり暮らせれば長生きもするでしょう……しばらくこのまま走って、今帰仁村をすぎたら那覇に戻ってください」

「かしこまりました。今夜はどうします？　旨《うま》い郷土料理がご所望なら案内しますが」

「ホテルで食べます。電話で東京と打ち合わせしなければならないことが山ほどあって、遊んでいる暇はないんです」

「それはご愁傷様ですね」

返事はなかった。門倉はまた窓の外に視線を向け、カメラのような目で海岸線を見つめはじめていた。


門倉がベルボーイに先導されてエレベータに乗りこむのを確かめてから、大城はフロントの男に声をかけた。

「頼みたいことがあるんだが」

「なんでございましょう？」

男は沖縄の人間にしては肌が白かったが頭髪も眉も墨を塗ったかのように黒々としていた。

「今の客が部屋からかける電話の相手の番号を知りたいんだが」

「それは――」

言下に断ろうとする男の鼻先に、大城は二十ドル札を突きつけた。

「職務規程に違反することは承知してるし、恥知らずなことを頼んでいることもわかっている。だが、どうしても知らなければならないんだ」

「困ります、お客様」

男は首を振ったが、視線は札から離れなかった。高級ホテルでフロントの長のような仕事を任されていたとしても、本土に比べればかなり安い給料でこき使われているはずだ。金は喉から手が出るほど欲しいに違いない。

「君に迷惑をかけるようなことはしないと誓う。知ったことを口外することもない。約束するよ」

大城は男の目を見つめていった。偽りの誠実さを視線に込めて送りつける。男は大城と札を交互に見つめ、やがて小さく息を漏らした。敗北を認めたのだ。

「本当に約束してもらえるんですか?」

「もちろん。わたしは毎朝あの男を迎えに来る。その時に、かけた電話のリストを渡してもらいたい。君がフロントにいないときは、封筒に入れてだれかに預けてくれればいい」

男の手の中にドル紙幣を押しつけて、大城はフロントを離れた。後ろめたそうな顔をしている男に微笑んでみせ、ロビーにある公衆電話で當間の会社に電話をかけた。

「どうも、大城ですが。先日はご馳走様でした」

「ああ、これは大城さん。早速お電話をいただけて助かります」

思わず受話器を耳から引き剝がしたくなるような大声が応じてきた。當間は興奮している。門倉が今日那覇に到着する予定だったことは知っていたはずだ。

「東京の人間の件なんですがね、當間さん」

「はい、はい。どうなりました」

「到着してすぐ、ホテルにチェックインもせずに本部の方に視察に出ましたよ」

「ど、どの辺りでしょうか？」

大城は門倉が車から降り立った砂浜の特徴を説明した。かなり抽象的な説明だったのだが、當間にはそれで充分なようだった。

「やはり、あの辺りを狙っているんだな……くそ」

「當間さんもあの辺りの土地を買い占めているんですか？」

「買い占めるというほどじゃありません。数年前からこつこつと……連中があそこに目をつけているんだとしたら、急がないと。だけど、ゲンナマがねえ。おっと、大城さんに愚痴をこぼしても仕方がなかったですね。すみません。しかし、情報、大いに助かります。宮里に頭を下げた甲斐がありましたよ」

「わたしの方のお願いも忘れてもらっては困りますよ」

「ええ、もちろん。目下、いろいろと人に当たっている最中です。できるかぎりのことはするつもりなので、期待していてください」

「よろしく。また、なにかわかったら連絡を入れます」

大城は電話を切り、なにげなく振り返った。エレベータの一基が一階に下りてきてドアが開くところだった。反射的に顔を伏せ、エレベータから死角になる位置に移動した。だれかを監視下に置いているときの癖だ。偶然であったとしても顔を見られれば監視そのものが危うくなることが多々ある。

エレベータから吐き出された客の中に門倉の顔があった。門倉は真っ直ぐフロントに向かい、大城が賄賂を渡した男と話をしはじめた。男の額に汗が浮かんでいる。大城は舌打ちを堪えながら、ふたりの様子を観察した。男が地図を出し、門倉になにかを説明しだした。どうやら、場所を訊ねているらしい。

ふたりが話している間隙を縫って、大城はホテルを出た。待機していたタクシーに飛び乗り、ホテルを出たところで停めさせた。自分の車を使う愚は犯さない。不安げな表情を浮かべる運転手を無視して、ルームミラーを注視した。やがて門倉が現れ、別のタクシーに乗りこんだ。

「あのタクシーの後についていってくれ。充分に車間をあけてな」

タクシーの運転手は無言でアクセルを踏んだ。こういう状況には慣れているらしいのが意外だった。東京ならともかく、田舎でタクシーに尾行を命じれば、怪訝な顔をされるか、好奇心剝き出しの質問を浴びせられるかのどちらかが多い。ここは沖縄だ、日本ではない土地なのだ――大城は今さらながら考えをあらためた。米軍関係者、CIA辺りの諜報員が跳梁《ちょうりょう》していたとしても不思議ではない。

門倉の乗ったタクシーは海の方角を目指して走っていた。しばらくすると大通りを外れ、路地に入っていく。

「この辺りはなんというところなんだ?」

大城は運転手に訊ねた。

「辻《つじ》ですね。もっと先に行くと波之上《なみのうえ》になりますわ。多分、前のタクシーの行き先は料亭松原じゃないですかね。本土からの人を接待するのによく使われる郷土料理の料亭ですが」

運転手の見立ては当たっていた。十メートルほど先で門倉のタクシーが停まった。タクシーの上には「松原」と書かれた看板が灯っている。

「あのタクシーを追い越して、どこか公衆電話があるところで停めてくれ」

運転手はうなずいただけで声は発しなかった。料金を払い終えた門倉がタクシーを降り、料亭の暖簾《のれん》をくぐっていく。間違いなくこの料亭が門倉の目的地だ。しばらくは動かないだろう。

大城の乗ったタクシーは料亭の先の最初の角を右に折れた。目の前に比較的広い道が広がっている。その道をさらに右折したところでタクシーが停まった。

「そこに喫茶店があるでしょう。そこで電話を借りられますよ」

「ありがとう」

大城は金を払い、タクシーを降りた。喫茶店はジャズ喫茶だった。沖縄の人間とアメリカ人の客が半々ほど。大麻の匂いがこもっていたが、気にかける人間はいないようだった。電話を借り、那覇署のダイヤルを回した。安室に緊急連絡——辻の料亭松原まで、大至急来てくれ。電話に出た警官は、すぐに伝えると請け合った。店の人間がサンドイッチを切っていた。その匂いに誘われて胃が空腹を訴えた。切ないが、今は耐えるしかない。もう一度、那覇署に電話をかけ、安室に握り飯かサンドイッチを調達するよう頼んでくれと伝えた。料亭での会合ということになれば、最低でも二時間の張り込みになるだろう。空腹になればなるほど、集中力が途切れていくのは経験則で知っていた。

電話を借りた礼をいい、料亭まで歩いて戻った。料亭の前には別のタクシーが停まっており、ふたり連れの客が店に入っていく。門倉の相手はすでに到着しているのだろうか、あるいはこれからか。

大城は頭を振った。雑念はなにも意味をなさない。自分の目で見たもの、自分の耳で聞いたこと。それ以外に判断材料を求めてはいけない。間隔を置いて、料亭の前を何度も行き来した。その間にも次から次へと客がやって来る。料亭松原は人気の店のようだった。

三十分ほどで、安室がやって来た。料亭のかなり手前でタクシーから降り、辺りを見渡している。腕に紙袋を抱えていた。食べ物が入っているのだろう。胃が収縮し、生唾が湧いた。

門倉が料亭から出てきたのは九時を少し回った時刻だった。ほんのりと頬が赤らんでいるのは泡盛を飲んだせいだろう。門倉の背後から、スーツ姿のいかつい体つきをした男が現れた。

「だれだかわかるか？」

大城は安室に訊いた。安室は目を大きく見開いて男を凝視している。

「上原康助《うえはらこうすけ》です。沖縄自民党の幹部ですよ。立法院の議員です」

「本職は？」

「土建屋です。那覇でも最大手の……アシバー紛《まが》いの社員が多いので有名なんですが」

安室は興奮しているのか、言葉に沖縄方言が混じっているのにも気づいていない様子だった。アシバーとはもともとは遊び人を指す言葉だった。それが転じて、今ではやくざを指す言葉として使われている。

「まだ若いな」

「二代目なんですよ。社長が父親で、彼は副社長です」

本土から来た不動産屋と沖縄の土建屋の密会。當間が聞いたら死ぬほど喜ぶか、あるいは小便を漏らすほど怯えるか。上原が沖縄自民党の幹部なら、間違いなく背後には本土の自民党の影がちらついているはずだ。

黒塗りの車が現れ、門倉と上原が乗りこんでいく。このまま帰るのか、あるいは別の店で酒を飲み続けるのか。いずれにせよ、門倉に近づきすぎるのは危険だった。ふたりの会話の内容を知りたいという強い欲求はあったが、今夜は諦めるしかない。

「よし、ごくろうだったな」

大城は安室の肩を叩き、料亭に背を向けた。

「ちょっと待ってくださいよ、大城さん。上原と一緒にいる男はだれなんですか？」

「本土から来た不動産屋だ」

「どうして大城さんがあんな連中を張り込んでなきゃならなかったんですか？　不動産屋と土建屋が会うのは、なんの不思議でもないじゃないですか。これが大城さんの仕事とどう関係してるんです？」

安室は不満を露わにして追いかけてくる。大城はふいに立ち止まり、振り返った。

「宮里警視から、ある仕事を頼まれてる。それを引き受ける見返りに、便宜をはかってくれるというんでな。聞きたいことがあったら、宮里警視に訊くといい」

宮里の名前を出した途端、安室は口をつぐんだ。官僚主義は日本だけのお家芸ではない。

「また、明日会おう。そうだ、あの諸見里という若者の件はどうなってる？」

「近々また食事をすることになってます」

「うまくやれよ」

安室は答えなかった。途方に暮れたように天を仰ぐ。夜空は晴れ渡り、満天の星が煌《きら》めいていた。

＊

二日後に、比嘉から連絡が入った。次の週末は時間が空いているので是非、賢秀塾に連れていってもらいたい、と。平良は快諾した。

気分が昂揚していくのが手に取るようにわかる。比嘉から連絡があった翌日には、賢秀塾に顔を出し、古謝に報告した。比嘉は自衛隊出身なのだと告げると、古謝も我が意を得たりとばかりにうなずいた。

「是非、連れてきてください。すぐに同志に迎えるわけにはいかないけれど、様子を見て、信用できるようなら強い味方になってくれるかもしれません」

古謝の笑顔に接すると、気分はさらに昂揚していく。講義がある日だったが、古謝は始終上機嫌な様子で沖縄の歴史を、自分の信念を、あるべき沖縄の姿をいつも以上に雄弁に語った。講義は二時間続き、終わったあとではすべての塾生の目に感動の涙が浮かんでいた。

「凄かったね、今日の塾長。なにかが取り憑《つ》いてるみたいだった」

真後ろに座っていた諸見里が、平良の肩越しに身を乗り出してきた。

「うん。凄かった。いつも凄いと思うけど、今日は特に……」

「ちょっと話があるんだけど、いいかな？」

諸見里に促されて、平良は腰をあげた。古謝の周りに塾生たちが集まっている。今日の講義で受けた感動をそのままで終わらせたくはないのだろう。次々に言葉を発しては、古謝に返答を迫っている。自分もその輪の中に加わりたかった。だが、諸見里の話というのはおそらく、玻名城に関することだろう。自分の責任を果たさなければならない。それこそが、古謝を喜ばせることでもある。

「なんだい？」

古謝の家を出て、平良は諸見里と肩を並べた。

「この前話してた、玻名城って学生の件、ほら、玻名城の仲間とこんど飯を食おうってことになってるっていっただろう？」

「決まったのか？」

「急な話なんだけど、今日の夕方連絡があって、明日ならどうだろうって。みんな、明日はバイトが休みらしいんだよ」

「みんな？」

「そう。玻名城って男も来ることになった。みんな、賢秀塾のことは耳にしていて、一度話を聞いてみたかったんだってさ。平良君、明日の夜、時間ある？」

諸見里の横顔に、一瞬、卑屈な表情が浮かんだ。予定外の人数が集まることになって、内心焦っているのだろう。食事は諸見里が奢ることになっている。

「何人来るんだ？」

「向こうは三人だって」

「しょうがないな。へそくりを持っていくよ」

「へそくりなんてあるんだ？」

「バイトでもらった金。新しい車を買う頭金にするつもりで使わずに取っておいた」

「いいのかい、そのお金使っても」

表情だけではなく、諸見里の言葉も卑屈になっていく。平良は苛立ちを覚え、かすかに声を荒らげた。

「だって、昇、金がないんだろう？」

「うん……」

「こんなこと、古謝先生には頼めないし、こっちでなんとかするしかない」

「怒らないでよ、平良君」

「今度はなにを買ったんだ？」

「レコード……凄いんだよ、アメリカに戻る米兵がさ、大量のジャズレコードを業者に売ったんだって。沖縄や日本じゃまず手に入らないものがごろごろあったんだ」

「昇、いい加減にしろよ。そりゃ、ジャズは素敵かもしれないけど、革命にはなんの益にもならないだろう？」

「わかってるよ、ごめん。これを最後にするから——」

諸見里の言葉が嘘だということはわかっている。それでも、諸見里のことは憎めない。諸見里に対して怒りを維持し続けることは難しい。きっと、諸見里の育ちがいいからだ。

素直で、優しくて、そうした性質が諸見里の欠点を覆い隠してしまう。

「そんなにしょんぼりするなよ。わかってくれればいいんだから。それで、明日は何時にどこに行けばいいんだ？」

　諸見里は照れ笑いを浮かべた。

「とりあえず、国際通りの喫茶店で七時に。近くに安い居酒屋があるから、そこでと思ってるんだけど」

「コーヒー代もおれが持つのか？」

「いや、そこまでしてもらったら悪いよ。喫茶店ではぼくが持つ」

「大丈夫なのか？」

「うん、今週さえ乗り切れれば、来週には金策がつく予定になってるんだ。大丈夫だから、気にしないで」

　諸見里は朗らかにいって、空を仰いだ。すでに日は沈み、青みがかった闇が広がっている。無数の星々が夜の闇に抗うように煌めいていた。

　喫茶店には諸見里の他にふたりの学生の姿しかなかった。来ていないのは玻名城だ。玻名城は遅れて来るという。ふたりの学生は桃原賢治《けんじ》と喜久山《きくやま》好信《よしのぶ》と名乗った。

　とりあえず喫茶店を出て、近くの居酒屋で腰を落ち着け、島酒——泡盛で乾杯をして他愛ない世間話に興じているうちに、やっと玻名城が姿を現した。玻名城は平良たちが座っているテーブルの横で直立不動になり、遅れてきたことを謝った。バイトは休みのはずだったのだが、病人が出てこの時間まで代わりを務めていたのだという。

あらためて、玻名城を交えて乾杯をしなおし、平良と諸見里は自己紹介をした。

「賢秀塾って、どこまで真面目なんですか？」

泡盛を舐めながら、玻名城は単刀直入に訊いてきた。桃原と喜久山は遠慮がちだったが、玻名城は違う。底光りするような目の輝きが玻名城の切実な飢えを物語っていた。正義に対する飢え、理想に対する飢え、知識に対する飢えが玻名城を突き動かしている。

「どこまでって？」

応じたのは諸見里だった。

「沖縄の独立だとか、そういうことですよ。本気で独立できると考えてるんですか？」

桃原と喜久山は顔を見合わせていた。だが、玻名城はそれに気づく素振りも見せず、テーブルに身を乗り出してくる。

「ぼくたちは本気だよ」

平良は静かな声でいった。

「とてつもなく困難だということはわかってる。それでも、ぼくたちは本気なんだ」

「やまとやアメリカーがそんなことゆるすわけないじゃないですか」

「だからこそ、うちなーんちゅの団結が必要なんだ。沖縄の……琉球の人間すべてが独立を望めば、やまとやアメリカーがなにを考えようと独立は達成される。それがこの世界の理《ことわり》だろう」

すべては古謝からの受け売りだった。だが、他人の言葉であろうと、それが自分の口から放たれる限り、自分の思惟として形をなしていくのも事実だ。話さなければならない。語らなければならない。そうすることによって、古謝や平良たちの夢や理想は現実に接近していく。

「もし仮に独立できたとして、防衛のための軍事力や経済はどうするんですか？　沖縄にはそんな金、ないでしょう？」

「ぼくたちが理想とする琉球共和国は軍備を放棄する。スイスとは違う軍備を持たない永世中立国として、世界に平和を求める」

「しかし――」

反論しようと肩を怒らせる玻名城を平良は視線で押さえこんだ。

「それから、独立と同時に戦争被害の賠償を求めて国際法廷にやまととアメリカーを告訴する。賠償金は数十億円になるだろう。その金で経済を復興させるんだ」

「仮定論ばかりじゃないですか」

玻名城が詰め寄ってくる。今にも腰を浮かさんばかりの剣幕だった。さすがに桃原と喜久山が顔を青くさせて玻名城をとめにかかった。

「おい、政弘。喧嘩しに来たわけじゃないだろう。もうすぐ飯も来るしさ。話はゆっくり聞こうぜ」

「そんな悠長なこといってたら朝まで時間かかっちまうだろう？　明日の午前中はどうしても休めない講義があるんだよ」

「それはおまえの都合だろう？　平良さんたちにだって都合はあるんだから——」

「いいよ、大丈夫」

なおもいい募ろうとする桃原を遮って平良はいった。

「話をするために来てもらったんだ。ぼくらはこれで全然かまわないから」

穏やかだがきっぱりとした口調に、桃原と喜久山も矛を収めるしか方法がなくなったようだった。

「ほら見ろ」

玻名城は桃原と喜久山を鼻で笑い、再び真剣な眼差しを平良に向けた。ちょうど、注文していた料理が運ばれてきたが玻名城はかまわず口を開いた。

「話を戻しますけど、平良さんがいってること、全部仮定じゃないですか。そんな夢物語じゃ、だれもついてこないんじゃないですか？」

「夢を語ることを恐れていたら、理想の実現なんて絶対にかなわない」

これも古謝の口癖だった。

「現実にしがみついている人たちは夢を笑うけど、そういう人たちを現実から引き剝がすのも夢の持つ力だ。そうは思わないかい？　最初にいったけど、沖縄の独立はとても困難なことだというのはわかってるんだ。それでも、ぼくらは語る。君が笑おうとしている夢を、語り続ける。口をつぐんでいたらなにも変わらないから」

古謝が自分に乗り移っているかのようだ。普段なら口ごもってしまうような言葉も、いつも口にしている言葉のように淀みなく溢れてくる。平良の誠実さに怯《ひる》んだのか、玻名城は目を逸らし、泡盛を口に含んだ。

「確かに、理想を語るのは必要かもしれないけれど、現実を無視していたんじゃ話にならないでしょう?」

「無視なんかしてないよ。現実と対抗するための計画も練っている。まあ、これは部外者にはいえないことなんだけど」

「計画?」

「それより、君たちのことも話してよ」

諸見里が割って入ってきた。平良が口を滑らせたのを懸念したのだろう。平良自身も計画のことを口にしたのは早すぎたと後悔していたところだった。玻名城の気を逸らすために、泡盛に口をつけて喉を湿らせた。口の中はからからに乾いていた。

「賢秀塾に興味を持ったっていうことは、君たちも沖縄のやまと復帰には反対なのかい?」

「反対です。冗談じゃない」

口を開いたのは喜久山だった。玻名城は泡盛を片手に、料理に箸を伸ばしている。目はつまみに向けられていたが、心ここにあらずという風情だった。桃原と喜久山はこれまでの鬱憤を晴らすとばかりに、諸見里相手に言葉をまくしたてている。拙い言葉ばかりだが、その熱気だけは疑いようがない。放たれる言葉と同じように、酒や料理が消費されていく。財布の中身が気になり、そんな自分がいやになる。

さっきまで、あれほど熱く夢や理想を語っていたくせに、現実に気が向くと途端に卑屈になる。玻名城たちがどれだけ飲み食いしようがなんとかなるだけの金は持ってきた。ただ、それが失われていくのが嫌なだけだ。

「ちょっと失礼」

平良は腰をあげた。気分を変えたいということもあったが、いつの間にか膀胱《ぼうこう》がぱんぱんに膨れていた。トイレで用を足していると、だれかが続いて入ってきて、横の便器に放尿をはじめた。玻名城だった。

「さっきは、生意気なことばかりいってすみません。普段、大学で周りの人間と話してると苛々することが多くて、どうしても喧嘩腰な口調になっちゃう。おれの悪い癖です」

「そんなに気にしなくてもいいさ。ぼくもつい熱が入ったよ。久々の議論だったしね。それなりに楽しかった」

平良は陰茎をパンツの中に押し込み、ジーパンのチャックをあげた。玻名城の放尿はまだ続いている。便器に背を向け、手洗い台の蛇口を捻り、勢いよく迸る水の下に両手を差し出した。

「あの、さっきの話の続きなんですけど」

玻名城が首だけ後ろに向けて恥ずかしそうに口を開いた。

「なんだい？」

「平良さんは自分でいったこと、本気で信じているんですね？」

「ぼくもね、昔は君と同じだった」

「おれと？」

「現状が間違っていることはわかっている。それに苛立ちもしている。だけど、なにをどうしていいのかがわからない。賢秀塾のことを初めて聞いたとき、ぼくも笑ったよ。馬鹿な連中だ、沖縄の独立なんてできっこないってね」

すでに手を洗い終えていたが、この場を去ることはできなかった。平良はジーパンのポケットに両手を突っこみ、玻名城の放尿が終わるのを待った。

「それがどうして変わったんですか？」

「古謝先生の話を聞いたから。賢秀塾の塾長のね。たしかに、沖縄の独立なんて夢物語かもしれない。それでも、この人についていこうって。なんだか青春ドラマみたいで気恥ずかしいんだけど、それが嘘偽りのない事実。古謝先生に出会って、ぼくは変わったんだ」

「そんなに凄いんですか、古謝さんって？」

玻名城も放尿を終え、手を洗い始めた。

「会ってみればわかるよ」

「そうですか……あと、もうひとついいですか？」

「そうだね。どうせ、諸見里と桃原君たちは話に夢中でぼくたちがいないことになんか気づいちゃいないだろう。かまわないよ。この際だからなんでも訊いてくれ」

「計画ってなんですか？」

玻名城は腰を屈めて手を洗おうとしていたが、水は流れっぱなしだし、濡れた手が動くこともなかった。

「一度、賢秀塾に来てごらんよ。古謝先生の話を聞いてみて、やっぱり夢物語だと思ったら帰ればいい。そうじゃなく、夢を語ることにも意義があると君が感じたら、その時はすべてを話してあげられるかもしれないよ。別にもったいをつけてるわけじゃないんだ。悪いけど、計画についてはこれ以上は話せないんだ」

「行きます。塾に行きますよ。おれを古謝さんに紹介してくれますか？」

玻名城は唾を飛ばしながらいった。手を洗うことなど玻名城の頭からはすっかり消え去っているのだろう。

「かまわないけど、その前にひとつ訊かせてよ。君は今の沖縄をどう思ってる？　七二年以降の沖縄がどうなると思ってる？」

玻名城は唇を嚙んだ。急に思い出したというようにざっと手を洗い、濡れた手をジーパンになすりつける。

「おれたちは肥溜《こえだ》めに住んでるんです」

嚙んだ唇の隙間から絞り出すように、玻名城は言葉を紡いだ。

「やまととアメリカーがおれたちを肥溜めにたたき落としたんだ。施政権がやまとに返されたってなにも変わらない。なにかをしなけりゃ、おれたちは未来永劫《えいごう》この肥溜めの中で生きるしかない。そう思ってますよ」

玻名城は挑みかかるような目を平良に向けた。その目の中では、怒りと悔しさが劫火《ごうか》のように燃え上がっていた。

12

門倉は時間ぴったりにロビーに姿を現した。昨日とは違ったスーツにネクタイ。髪の毛は定規で測ったようにぴったりとポマードで撫でつけられている。右手には小型のボストンバッグがぶら下がっていた。

「おはようございます。今日は、海岸線をぐるりと一周してもらいたいんですが、時間はどれぐらいかかりますかね？」

「わたしもこの島をぐるりと回ったことはないんですが……昼飯の休憩を挟んでも、六、七時間というところでしょうかね。本当に行くんですか？」

「ところどころで立ち寄りたい場所ができるかもしれませんから、八時間と見ておいた方がいいでしょうね。ええ、行きますよ、本当に」

　門倉は八時間のドライブなど、どれほどのこともないという表情でぴしゃりといい放った。大城は頭を掻いた。まさか、運転手として丸一日拘束されるはめになるとは思ってもいなかった。そろそろ、仲宗根貴代子の本格的な運営をはじめようと思っていたのだが、しばらくは後回しになるかもしれない。今夜は安室が諸見里と接触する。大城はその様子を近くで観察するつもりだった。

「ホテルの料理は味気なかったでしょう？」

　ホテルの駐車場に向かいながら、大城はカマをかけた。

「ええ。ホテルで出される料理なんて、どこも一緒ですから。ただ、慣れてますからね。味は気にしません」

　門倉は臆面もなくしらを切る。

「今日もこの調子なら、ゆっくり沖縄の郷土料理を楽しむ暇もないですね」

「遊びに来たわけじゃなく、仕事に来てますからね。それじゃ、よろしくお願いします」

　大城がドアのロックを外すと、門倉は後部座席に乗りこんだ。すぐにバッグを開け、プロのカメラマンが使うような大仰なカメラを取りだした。

「今日は撮影もするんですか？」

「ええ。それも仕事の一部です。こう見えても、カメラの腕はいいんですよ」

門倉は満更でもなさそうな笑みを浮かべてカメラをかまえた。大城は気づかれないようにに軽く肩をすくめ、キーを回した。大城の気分に同調するかのように、エンジンは何度も咳き込み、黒煙を撒《ま》き散らして回転しはじめた。


沖縄の東側の海岸は、西に比べて見るべきものはない。南国と聞いてだれもが連想する砂浜はほとんど存在せず、景色も風光明媚《めいび》とはいい難い。沖縄を象徴する観光資源のほとんどは、島の西側に集中しているのが実態だ。

西側の海岸線を北上している時の門倉は大忙しだった。絶えず停車を求めては外に降り立ち、慣れた手つきで写真を撮りまくる。頬が紅潮しているのは興奮のせいなのだろう。景色に見とれるのではなく、頭の中で札びらが飛び交っているのだ。

しかし、門倉の興奮は本部半島を過ぎ、やんばると呼ばれる北部に進むにつれ失われていった。沖縄の北部には小高い山々と森が延々と続くだけだ。この小さな島にあってさえ、やんばるは貧しい地域なのだ。金の計算ができるものなどなにひとつ存在しない。

沖縄の人間は、沖縄は日本から差別されているという。だが、沖縄の内部にも差別は歴然として存在する。沖縄の人間は自らを「うちなーんちゅ」と称するが、そもそもうちなーというのは首里周辺を指す言葉だった。うちなーんちゅは北部やんばるの人間を差別し、離島の人間を差別してきた。

やんばるにはなにもない。門倉のたるんだ顔つきがその事実を補完している。

沖縄本島北端の辺戸《へど》岬で、再び門倉の目が輝きはじめた。切り立った断崖は隆起した珊瑚でできており、太平洋と東シナ海の荒波が打ち寄せる様は南国の景観とは思えないほど荒涼としている。水平線の遥《はる》か彼方には与論《よろん》島の島影が見え、その中間あたりに見えない国境線が引かれている。その国境線があるおかげで、辺戸岬は沖縄の日本復帰運動の重要な舞台として利用されてきた。

門倉は岬の周囲を十分ほど歩き回り、写真を撮った後で腹が減ったといった。観光客目当てのドライブインでうまくもない沖縄そばを啜《すす》りながら、このまま島の東側を回っても、見るべきものなどほとんどないということを大城は門倉に説明した。

「しかし、城もいくつかあるでしょう？」

「城なんていうから誤解するんです。あれはいってみればただの砦《とりで》ですよ。ひとつ見れば充分です」

「なるほどね……大城さん、ちょっと伺いますが、もし、この岬にホテルが建ったら、大城さん、ここに来ようと思いますか？」

大城は首を振った。

「砂浜があって泳げるというならともかく、ここの景色なんか十分も見ていれば飽きますよ。それも、車で数時間も走れば来ることができる。わたしだったら、もっと南国然とした場所に宿を取りますね」

「そうだろうな。ここはなんというか……植物相を無視すれば、まるで北海道のようだ」

「同感です。沖縄に来たという実感が持てない」

「沖縄本島がこういうところだとは、わたしも実際に来てみるまでは知りませんでしたよ」

「日本人の大半はそうです。気にすることはない」

門倉は大城の皮肉を聞き流して、そばを一気に啜った。

「じゃあ、行きましょうか」

大城は眉を吊り上げた。

「行くって?」

「最初の予定通り、東側をくだって那覇に戻ります」

「わたしの話を聞いてなかったんですか?」

「聞いてましたよ。しかし、これはわたしの仕事なんです」

「なるほど」

大城は肩をすくめた。門倉が一筋縄ではいかないことがこれでよくわかった。門倉は犬だが、ただの犬ではない。飼い主の命令に絶対的な忠誠を誓う犬なのだ。忠誠を誓っている相手は会社ではない。それがだれであろうと、必ず突き止めてやる。

門倉は先に席を立ってレジで支払いをはじめていた。大城は口笛を吹きながらその傍らを通りすぎ、車に乗りこんだ。

那覇に戻ってきたのは午後六時前だった。大城は門倉をホテルで降ろし、そのまま国際通りまで車を走らせた。適当な場所に車を停め、グラブボックスから書類を取りだした。今朝、ホテルのフロントで受け取った門倉の通話記録の写しだった。写しに目を通しながら、安室に教えられていた居酒屋に向かった。居酒屋はすいていた。細長い造りの店内には数えるほどの客しかいない。沖縄の人間は宵っ張りだ。この手の店が混み始めるのは午後九時を回ってからと相場が決まっている。

安室は一番奥のテーブル席を予約したといっていた。大城はそのひとつ手前のテーブルに入口に顔を向けて腰をおろした。ビールとつまみを適当に頼み、再び写しに目を通す。昨日一晩だけで、門倉は東京に十回電話をかけている。かけた電話番号は三件。ひとつの電話番号に五回。次の電話番号に四回。最後の電話番号に一回。通話時間は十分から一時間。

運ばれてきた瓶ビールを手酌でコップに注ぎ、中身を一気に飲み干して、大城は店の人間に電話を借りたいと告げた。

「東京へなんだけど、いくら置けばいいかな?」

「じゃあ、五十センでも置いてください」

沖縄の人間は英語を縮める癖がある。センというのはセントのことだった。大城はポケットの中からかき集めたコイン、一ドル分をカウンターに置いた。

「また、使わせてもらうかもしれないから」

そう告げながら、ダイヤルを回した。回線はすぐに繋がり、呼び出し音が鳴りはじめる。相手はすぐに電話に出た。

「もしもし。こちら警視庁公安総務課——」

「大城だ。高木《たかぎ》はいるか？」

相手を遮って、大城はいった。声に聞き覚えはあったが確かめることはしない。それは相手も同じだった。

「少々お待ちください」

それほど待たされることなく、高木が電話に出た。警視庁公安総務課勤務の巡査部長。大城の二年下の後輩だった。

「大城さん、なにやってるんですか？　急に姿を消したから、みんな噂してますよ」

「ろくでもない極秘任務だよ。おかげでおれは警部様だ」

「それも聞いてます。だからこその噂ですよ。大城はなにをやってるんだって」

「勝手にいわせておけ。それより頼みがあるんだが」

「なんでしょう？」

「電話番号の持ち主を特定してもらいたいんだ。番号は三つある。極秘だ。だれにも知られたくない」

「お茶の子さいさいです。どうぞ、電話番号、教えてください」

大城は三つの電話番号を高木に伝えた。

「一時間、時間をください。わかったら折り返し連絡を入れます」

「ああ、こっちの電話番号は――」

ダイヤルの中央に手書きで書かれた数字を読み上げると、高木が甲高い声を出した。

「沖縄の番号ですね。沖縄でなにやってるんですか？」

「極秘だ。もうちょっと頭を使え。そうすりゃおまえも今ごろは警部補だ」

「耳に痛い忠告承っておきます。偽名、いつものやつでいいですね――」

悪びれることのない高木の言葉を、大城は途中で遮った。

「いや、ここは沖縄だ。本土の人間だとは思われたくない。具志堅《ぐしけん》という名前で呼び出してくれ」

「かしこまりました。それじゃ、後ほど」

電話を切って、大城は席に戻った。つまみの皿がすでに並べられていた。島豆腐と呼ばれる固い豆腐の奴《やっこ》。らふてーと呼ばれる豚の角煮、それにくぶいりちーと呼ばれる昆布の炒め物。どれも味はまあまあだった。ビールを一本飲み干し、泡盛の水割りを注文したところで、若い男を連れた安室が姿を見せた。諸見里昇は育ちはいいが、どことなく落ち着きのない若者に見える。安室は大城に一度視線を走らせただけで、見事に他人を装って大城の背後の席に腰をおろした。大城の背中合わせに諸見里が座る。

「なんでも好きなもの頼めよ。相変わらず腹すかせてるんだろう?」

安室は沖縄方言で諸見里に語りかけていた。大城は顔をしかめた。簡単な方言なら理解できるが、会話の内容が複雑になれば聞き取る自信がない。安室にはいい含めておくべきだった。

やって来た店員に、諸見里は呆れるぐらいの量の料理を注文した。これでは、安室の安月給ではたまったものではないだろう。育ちがよいということは、他人の懐を慮《おもんぱか》る必要もなく育ったということだ。諸見里自身に悪気はないのだろうが、これでは間違いなくある種の人間からは疎まれる。エス候補としては理想的だった。

ふたりは他愛ない世間話をはじめたようだった。最近の暮らしぶり、諸見里の実家の様子、仕事に対する愚痴、沖縄への想い。諸見里はたらふく食い、たらふく飲んでいる。そのうち、酔いが回ってくるだろう。そこから先が、安室の腕の見せ所だった。

大城はちびちび泡盛を飲みながら、ふたりの会話に耳を傾けていた。すでに午後七時を回っていたが、相変わらず店内は閑散としている。三杯目の泡盛を頼んだところで店の電話が鳴った。

「具志堅さんという方はいらっしゃいますか?」

安室たちとの会話のせいで、沖縄方言に耳が馴染んでいた。大城は腰をあげ、受話器を受け取った。

「もしもし？」

「どうも、具志堅さんですか？　さっきの件ですが、わかりましたよ」

「勿体《もったい》ぶらずに早く教えろ。一応、これは国際電話なんだぞ」

「最初の電話番号ですが、これは東都リゾートという会社のものです。次からは驚きますよ。金田正治《かねだまさはる》の個人事務所と、首相の公設秘書の個人宅の電話番号になってます」

「なるほど、驚きだな」

「叱られることを承知で伺いますけどね、大城さん。いったい、なにをやってるんですか？」

「ありがとう。助かったよ」

大城は高木の問いかけを無視して電話を切った。席に戻り、頬杖をつく。金田正治というのは与党の金庫番と目されている大物政治家だった。表だって権力の頂点を目指すことはせず、裏で有力政治家たちに金をばらまき、強い影響力を党内に有している。その金田の個人事務所と鎌倉の御仁の公設秘書の自宅。門倉が忠誠を誓っているのは間違いなく、与党の重鎮に対してだ。金田も鎌倉の御仁も、沖縄を食い物にしようとしている。安い金で土地を買い漁り、大々的なリゾート計画をぶちあげて土地が値上がりしたら売り抜けるつもりなのだ。売国奴と罵っても、連中には馬の面に小便だろう。沖縄がどうなったところで連中の知ったことではない。

當間の顔が脳裏に浮かんだ。政府与党が相手では、いくら當間がバイタリティに溢れていたとしても勝ち目はない。當間は門倉が興味を示した辺りの土地をどれぐらい買い占めているのだろう。當間にできることといえば、その土地をできるだけ高い値段で東都リゾートに売りつけることぐらいだ。

大城は自分の預金残高に思いを馳せた。確かめたことはないが、せいぜい残っていたとして五十万というところだろう。それでは猫の額ほどの土地も買うことはできない。すべてを投げ出して金持ちになろうという夢は、夢見る前に消えてしまった。溜息をひとつ漏らし、背後の会話に再び神経を集中させた。

ちらりと背後を見ると、あれだけあった料理の皿がほとんど空になっていた。諸見里の呂律《ろれつ》も怪しくなっている。

「そういえばな、昇、おまえが変なところに出入りしてるって、お袋さんが心配してたぞ」

安室がそれとなく話題を変えた。大城が唸るほど見事なタイミングだった。

「変なところ？　どういうことですか？　賢秀塾のことをいわれてるんだったら心外だな。ぼくら、真面目に沖縄の独立について研究してるんですよ」

「賢秀塾？　沖縄の独立？　そりゃ昇、そんなところに入れ込んでるんだったら、お袋さんが心配するのも無理ないぞ。やめろやめろ、そんな馬鹿げたことに首を突っこむのは」

「馬鹿げたってのはなんですか？　なにも知らないくせに。安室先輩は今の沖縄になにも感じないんですか？　日米共同声明のでたらめな内容に怒りを感じないんですか？」

すでに諸見里の口にはブレーキがかからなくなっている。肝心要なことはさすがに理性が目覚めて抑えこむだろうが、それ以外のことは垂れ流しのように口から迸ってくるはずだ。諸見里の言葉の奔流の中から情報を取捨選択し、賢秀塾の活動の一部を再現していく。やがて、安室が自分が公安警察官だと告げるとき、それが重要な役目を果たすのだ。知らず知らずの内にとはいえ、諸見里は賢秀塾の内部情報を安室に話した。それを塾の仲間に伝えると脅せば、大抵の人間は気力が萎えてしまう。

安室は大丈夫だ。そう判断して大城は席を立った。勘定を支払い、店を出る。八時間に近いドライブで身体は疲弊していた。酔った頭で運転する気分ではない。流しのタクシーを捕まえ、乗りこんだ。

「どちらまで？」

「コザ」

自分で自分の声に驚きながら、大城は目を閉じた。そんなにもあの淫らな下着をつけた仲宗根貴代子を抱きたいのか。自嘲の笑みを浮かべながら、車の揺れに身を任せた。

サンライズハイツの近くに知念の車が停まっていた。仲宗根貴代子の部屋には明かりが灯っていた。妄想と嫉妬が酔いと一緒になって脳味噌をかき回す。

「くそ」

大城は知念の車を踵《かかと》で蹴り、踵《きびす》を返した。頭を冷やすために徒歩で中の町に向かう。〈ちひろ〉に辿り着いたときは、酔いはすっかり冷めていたが、妄想と嫉妬は頭の片隅にこびりついたままだった。

「いらっしゃいませ！」

威勢のいい声と共に夏子が駆け寄ってくる。客の入りは五分。夜が深まるのはこれからだ。大城はいつものようにカウンターの隅に腰を落ち着けた。

「しばらく顔を見せてくれなかったから、大城さん、他にいい店見つけたのかと思っちゃった」

「そんな暇はないよ。おれは夏子だけで手一杯だ」

「もう、東京の人って口説き文句が得意なんだから」

夏子が恥じらうように微笑んだ。妄想がどんどん広がっていく。知念に組み伏せられる仲宗根貴代子の肢体が瞼《まぶた》の裏から離れない。

「今夜、店が終わったあと、用事はあるのかい？」

大城はなげやりな気分になって、夏子にそう訊ねた。

＊

日曜の賢秀塾は普段より活気に満ちていた。新顔のせいだ。それが四人も集まったから、塾生たちが興奮している。玻名城と仲間の学生がふたり、それに比嘉が部屋の隅っこで窮屈そうに座っている。

「平良、いきなり四人も連れてくるなんて、どうしたんだよ？」

古顔の塾生が平良の耳許で囁いた。

「たまたまですよ。古謝先生の話を聞いてみたいっていう人たちと、たまたま先週知り合っただけで」

「諸見里といい、おまえひとりで五人も新しい塾生を捜してきたんだから、たいしたもんだよ」

「今日の四人はまだ塾生になるって決まったわけじゃないですよ」

「馬鹿」

古顔は破顔した。

「古謝先生の話を聞いたら、塾生になるに決まってる。今までだって、みんなそうだったろう？」

平良は声は出さず、ただうなずいた。古顔の塾生のいうとおりだ。たとえ、古謝の思想に百パーセント賛同できなかったとしても、古謝の熱い思いには多くの人間が、それも若ければ若いほど心を打たれる。まるで手品のようなそんな光景を平良はこれまでに何度も目撃してきたし、平良自身が古謝の手品に魅了された当事者でもある。

今日の古謝の講義は午後二時にはじまることになっていた。平良は一旦手洗いに立ち、また部屋に戻ってくると比嘉と玻名城の間に腰をおろした。

「第一印象はどんな感じ？」

　ふたりのどちらにともなく訊ねてみる。

「熱気がありますねえ」

　答えたのは比嘉だった。

「ベ平連の集会なんかと遜色ないですよ。なんだか、ここにいるだけで興奮してくる。いいなあ、こういうの」

「玻名城君は？」

「まだ、なんともいえません」

　玻名城は硬い表情を浮かべてそう答えた。比嘉が平良の目を見て肩をすくめた。玻名城が全身から発している頑ななにかが、比嘉にはよく理解できないようだった。平良はふたりのコントラストに唇を綻ばせた。これではまるで立場が逆だ。比嘉がうちなーんちゅで玻名城がやまとーんちゅのように見えてしまう。玻名城が身にまとっている暗さは沖縄とは縁遠いものだった。

　二時少し前に諸見里がやって来た。顔が青ざめ、目の下にはっきりそれとわかる隈《くま》ができている。

「酒臭いぞ、昇」

　斜め前の開いている空間に腰をおろした諸見里に平良はいった。

「ごめん、昨日、飲み過ぎちゃって」

「飲み過ぎたって、そんな金あるのかよ？」

「安室さんに奢ってもらったんだ。いくらでも飲め、食えっていわれて、つい調子に乗りすぎたよ」

安室の顔が脳裏に浮かんだ。その威圧感で後輩を恐れさせていた高校時代の面影が、青年になった今でも横顔に刻まれていた。厳しさは感じられても、穏やかさや優しさとは遠い顔つきだったように思う。そこまで後輩想いの男なのだろうか。たとえ、諸見里との縁が他の後輩とは違ったとしても、だ。それに、安室は警官だ。なにか魂胆があるのかもしれない。

「安室さんには――」

気をつけた方がいいぞといおうとしたその瞬間、ふすまが開いて古謝が姿を現した。平良は言葉を飲み込み、居住まいを正した。

「こんにちは、みんな。今日は、是非賢秀塾のことを知りたいという方々が見えられています。そこで、復習の意味も込めて、今日はもう一度、琉球共和国建国の理念について語りたいと思います」

古謝は一気にまくしたて、比嘉や玻名城たちの顔にゆっくりと視線を走らせた。一度微笑むと深く息を吸いこみ、頬をほんのりと赤らめて心の奥底で滾《たぎ》っている熱い言葉を迸らせはじめた。

古謝が語り終えたのはきっかり二時間後だった。古謝が語りはじめる前より部屋の気温がはっきりとあがっているのが感じられる。部屋にいるほとんどの人間が何度も聞かされている話のはずなのに、だれもが初めてそれを耳にしたときと同じかそれ以上の感動を覚えているようだった。

玻名城たちは呆然としていた。比嘉の目は潤んでいた。

「平良君、今日見えた方々を、後でぼくの部屋にご案内して。いろいろ訊きたいことがあるだろうから」

「わかりました。それじゃ、十分後にお伺いします」

平良が答えると、古謝は何度も小刻みにうなずきながら部屋を出て行った。

「君たち、時間は大丈夫？　古謝先生と話ができるんだけど」

玻名城はコザでアルバイトがあるはずだった。米兵が基地から出てくる土日は、特飲街の稼ぎ時だ。親族のだれかが死にでもしない限り、休むことはできないだろう。

「大丈夫です」

しかし、玻名城はそういった。

「でも、アルバイトは大丈夫？」

「馘《くび》になるかもしれないけど、それよりおれにはこっちの方が大切です。正直、驚きました。沖縄の独立だなんて、夢物語だと思ってたけど、先生の話を聞いてる内に、まったく不可能なことじゃないんだと思えてきた。中身の伴わない理想論を弄んでるだけじゃないんですね」

「この前もそういっただろう？　だから、ぼくや諸見里はここにいるんだから。よし、わかった。ぎりぎりまで先生と話をして、その後、ぼくが車でコザまで送ってあげるよ。アルバイトは何時から？」

「いちおう、六時から。でも、一時間ぐらいの遅刻ならなんとかなります」

「だったら大丈夫だろう。比嘉さんは？」

「ぼくのことでしたらおかまいなく。暇な人間ですから。予定なんてなんにもありませんよ」

「じゃあ、その時についでに比嘉さんも送っていくよ。それじゃ、行きましょうか。昇はどうする？」

「ぼくはちょっと……君らの話が終わるまで、ここで待ってるよ」

諸見里は本当に辛そうだった。古謝の感動的な講義も、酷い二日酔いを取り払ってはくれなかったらしい。青白い顔でうつむく諸見里をその場に残して、平良たちは部屋を出た。廊下を進んで古謝の書斎に向かう。

「失礼します」

「どうぞ、お入りなさい」

ふすまを開けると、背後の緊張が一気に高まっていく。平良は振り向き、玻名城たちを落ち着かせるために微笑んだ。

「鬼じゃないんだから、そんなに身構えなくても大丈夫。古謝先生は気さくな人だよ」

それで比嘉や他の連中の表情は緩んだが、玻名城は顔を強張らせたままだった。思い詰めるタイプの男なのだろう。平良は玻名城の肩を叩き、真っ先に部屋に入らせた。

「時間が来たら報《しら》せに来るから、じっくり話し合うといいよ」

「あれ、平良さんは？」

比嘉が驚きの声をあげた。

「せっかくの機会なのに、ぼくが邪魔しちゃ悪いから、古謝先生は今日に限り、君たちに独占させてやろうと思ってね。それじゃ」

平良は呆然とする男たちに背を向けて、元の部屋に戻った。塾生たちが三々五々帰り支度をはじめていたが、諸見里は座布団を枕にして畳の上に寝そべっていた。

「そんなになるほど飲むなんて、安室さんと話すの、そんなに楽しいのか？」

諸見里はちらりと目を開けたが、すぐにきつく目を閉じて寝返りを打った。

「楽しいっていうかさ、昔からの顔馴染みだから、話題に事欠かないんだよ。あの人は今なにをしてるだとか、あの家は今どうなってるとか。平良君も身に覚えあるだろう？　そういうのって話が弾むじゃないか。それに、安室さんは警官だけど、意外に考え方がさばけてて、政治談義にも付き合ってくれるしさ。昨日はそれで熱中して飲み過ぎちゃったよ」

「政治談義？　おまえ、まさか賢秀塾の琉球共和国建国の理念だとか、そんなことも話してるのか？」

「まさか。ただ、沖縄の現状は納得できない、日米共同声明はでたらめに尽きる、そんな話をしただけだよ。安室さんは日本返還賛成派だけど、ちゃんとこっちの話にも耳を傾けてくれるし」

「昔から安室さんとは仲が良かったんだっけ？　それにあの人、そんなに後輩想いの人だっけかな？」

「なにがいいたいんだよ、平良君？」

　諸見里が上半身を起こした。頭痛に襲われたのか、すぐに顔をしかめる。

「別に。ただ、安室さんが警官だってことが気になってさ。もしかすると、賢秀塾の内情を探ろうとしてるのかもしれないだろう」

「そんなのありっこないよ。そもそも安室さんは公安の警官じゃないし。ぼく、よくわかるんだよ。向こうで公安に目をつけられてたりしてたから、公安の匂いがわかるんだ。安室さんはそうじゃない。ただの生真面目な警察官さ」

　諸見里はもういいだろうというように手を振り、身体を反転させて座布団に顔を押しつけた。

「安室さんって警察でなにしてるんだっけ？」

「窃盗犯を追いかけ回してるって、そう聞いたけど」

　平良が聞いた話と同じだった。やっと刑事になれたけど窃盗を追い回す部署にいる、できれば殺人を捜査したい。安室はそういっていた。やはり、考えすぎだったのだろう。公安でもない警察官が賢秀塾に目をつけるはずがない。

「ねえ、平良君、考えすぎだよ。安室さんって昔から一本気で生真面目で、芝居ができるような人じゃないんだ。もしあの人がぼくたちに嘘をついててさ、本当は公安の警官で芝居を演じてるんだとしたら、ぼく、死んでもいいよ。そういう器用な人じゃないんだから」

「ああ、そうだな。考えすぎだろう。今日は比嘉君や玻名城君たちが来る日だったから神経質になりすぎてたのかもしれない」

「まだだれもぼくたちの計画のことは知らないんだよ、平良君」

諸見里は声を低めた。

「知ってるのは先生とぼくらだけだ。警察が嗅ぎつけるはずがないだろう」

「そうだな。悪かったよ、二日酔いなのに」

「本気で悪いと思ってるなら、十分でいいからさ、静かにしててくれない？」

「わかった」

平良は両手で髪の毛を掻きむしり、古謝の家の古びた天井を見あげた。

どうかしている。まったくどうかしている。諸見里のいうとおり、計画のことは三人しか知らないのだ。賢秀塾はある意味、ふりむんの集団だと思われている。ふりむんというのは愚か者を指す言葉だ。そんなところに警察が目をつけるはずがない。

溜息をつきながら視線を元に戻した。諸見里はすでに鼾《いびき》をかいて眠っていた。


車に乗りこんだ玻名城はむっつりと押し黙っていた。それとは正反対に、比嘉は嬉々としている。まるで躁《そう》と鬱の症状を抱えたふたりが同乗しているかのようだ。

「凄いね、古謝先生って。とんでもない理論家だよ。講義を聴いた直後は感動でなにかを考える余裕がなかったけど、あの部屋じゃちょっと意地の悪い質問もたくさんしてみたんですよ。だけど、全部切り返されました。なるほど、沖縄の独立は夢なんかじゃないんだ。ちゃんと大地を両足で踏んで支えることのできる理想だ。いや、参ったなあ」

比嘉の体重を受けて、ポンコツ車のエンジンが悲鳴をあげながら回転していた。燃料の減りもいつもより早い気がする。平良は自分の懐具合を考え、そんなことを考える自分を自嘲した。

「玻名城君の感想は？」

頰が赤らんでいるような気がして、慌てて助手席の玻名城に水を向けた。

「もっと早くに先生の話を聞きにきていれば良かった。自分の目で見たわけでも自分の耳で聞いたわけでもないのに、端《はな》から馬鹿にして相手にしようとしなかった自分が悔しいです」

「でも、遅すぎたわけじゃない。これから一緒に賢秀塾で勉強すれば、君のように熱意のある人なら、古謝先生の理念を百パーセント理解するのにそんなに時間はかからないと思うよ」

「だけど……」

玻名城はうつむいた。強く噛んでいるせいで唇が白く変色していた。

「どうしたの？」

「塾に参加したいですけど、月謝が払えません」

「ああ、そんなことか――」

平良はさらに自分を恥じた。自分などよりもっと切実に金を必要としている人間がいる。それに比べれば、自分は恵まれている。そのことをはっきりと認識すべきだ。

「そんなことっていいますけど、おれにとっては重要な問題ですよ」

玻名城が息巻いた。ルームミラーに映る比嘉が事の成り行きにおろおろしている。

「大丈夫。もう、古謝先生には話してあるから」

怪訝そうに首を傾げる玻名城に、平良は微笑んだ。

「君が苦学生だってこと、古謝先生には話してあるんだ。アルバイトで学費を払って生計も立ててるって。そしたら、先生、月謝はいらないって」

「でも……そんな――」

「いい話だなあ」

比嘉が身を乗り出してきた。

「古謝先生、最高じゃないですか、玻名城君。遠慮しちゃだめだ。一緒に、琉球独立のために戦おうよ」

比嘉が動くたびにハンドルを取られる。必死でハンドルにしがみつきながら、平良は玻名城の肩を叩いた。

「古謝先生はお金のために塾を開いたわけじゃないんだ。そりゃ、塾生の月謝で生活を立ててるわけだけど、先生がいいといったんだから、君が気にすることはないんだよ。というより、君がすべきなのは先生の意を汲《く》んで、必死で勉強することだと思うけどな」

「勉強ですか?」

玻名城は上目遣いに平良を見あげた。まるでなにかに縋《すが》ろうとしているかのようだった。

「そう。古謝先生の思想に耳を傾けて、よく理解して、自分の中に取り込んで、さらなる思想を発展させる。古謝先生があの塾でやろうとしていることはまさにそれだし、君がなにかを見出してくれるんなら、きっと先生は満足する」

「わかりました」

玻名城は視線を落として口を開いた。

「明日、もう一度先生のところに行って、直接お礼をいってきます」

「そうするのが一番いいと思うよ――」

平良は言葉を途中で切って、ハンドルを握る両手に力をこめた。また、比嘉が動いたのだろう。エンジンが悲鳴をあげ、ハンドルを左の方に取られそうになった。

「よし。これで玻名城君もぼくも、賢秀塾の塾生だ。よろしく頼むよ」

比嘉の大声が車内を圧した。平良はハンドルにしがみつきながら微笑んだ。視界の隅に玻名城の強張っていた顔がほころんでいくのが映っていた。

13

安室が知念から入手したという書類の束を持ってやって来た。

「教職員会と人民党の会員、党員名簿です。昨日、ひととおり目を通してみたんですけど――」

大城は名簿を受け取り、それぞれの表紙に目を走らせた。どちらも作成の日付は去年になっている。

「目を通してなにか感じたことは？」

「感じたことですか？　特にこれといって……」

安室は視線を虚《うつ》ろにさまよわせた。ただ目を通しただけで、そこからなにかを汲み取ろうとは思いもよらなかったのだろう。

「琉球警察の公安部が目を光らせている人間はこの名簿に載っているのか？」

「すみません。そこまではまだ確認してません」

「今夜中にやっておけ」

大城は名簿を突き返した。安室は目を白黒させてうつむいた。

「必ずやっておきます」

名簿はそれほど重要なものではない。知念が安室の命令に従ったということが肝要だ。これは、知念はこちら側に完全に立ったことを意味する。

「頼んでおいたもの、持ってきてくれたか？」

「はい、こちらに」

汚名を返上しようとでもいうように、安室は機敏な動作で背広の内ポケットに手を入れ、小型のテープレコーダーを取りだした。大城はそれを受け取り、いくつかのボタンを押して動作を確認した。警視庁の公安部なら無線式の盗聴器を使えるのだが、琉球警察にはそんな洒落《しゃれ》たものはない。この程度のもので我慢しなければならなかった。

「使い方はおわかりだと思いますが、テープは三十分録音できるだけだそうです」

「まあ、ないよりはましだな」

大城はレコーダーを背広の内ポケットに入れた。咳払いをしながら、背広の上からボタンを押す動作を繰り返す。最初のうちは手間取ったが、何度か繰り返すうちにスムーズにボタンを押せるようになった。

「テープの替えは？」

「この中に入っています」

安室は名簿と一緒に携えてきた茶封筒を指差した。

「とりあえず、五本持ってきました。もっと必要なら揃《そろ》えます」

「いや、そこまでの必要はないだろう。これで充分だ」

「なんに使うおつもりなんですか？」

「秘密だ」

大城は安室にウィンクし、外出の支度をはじめた。

「いいか、知念には細々とした指示を与えろ。最初はくだらないと思えるものでもいいから、とにかく情報を持ってこさせるんだ。それを繰り返しているうちに、知念はおまえの完璧なエスになる。抜き差しならなくしてやるんだ。一度や二度なら気の迷いだといっていい訳することもできる。だが、それが四度、五度と度重なっていけば、これはもう確信犯だ。仲間にいい訳はできない。おまえがいいというまでスパイの役目を続けなければならなくなる。そこまで、うまく追い込んでいくんだ」

「わかりました」

安室が大城に敬礼した。大城は肩をすくめ、安室に背を向けた。

門倉は昨夜も繰り返し東京に電話を入れていた。会社に二回。金田に四回。鎌倉の御仁の秘書に一回。通話時間はどれも十分前後。ここが東京なら、門倉の部屋の電話に盗聴器をつけるところだ。

ホテルのフロントから受け取った写しをグラブボックスに入れ、車から降りずに待っていると門倉が姿を現し、無言のまま後部座席に乗りこんできた。

「今日はどちらへ？」

「ここに行ってください」

門倉は座席越しに名刺を差し出してきた。名刺は上原康助のものだった。

「この、上原建設というところに行けばいいんですか？」

「そうです。それと大城さん、今日はわたしをそこに送り届けてくれたら、後はご自由になさっていて結構です」

「明日、東京にお帰りになるんですよね？　お見送りさせていただきますよ。飛行機は何時ですか？」

車を発進させながら大城は訊いた。上原と会うだけということはないはずだ。おそらく、東都リゾートに土地を売ってもいいという地主たちが集まってくるのだろう。みんな、上原がかき集めた連中だ。當間の悲しげな顔が脳裏に浮かんで消えた。

「正午ちょうどです。ホテルは何時に出発すればいいですかね？」

「九時半にお迎えにあがりますよ」

「じゃあ、それでお願いします」

「かしこまりました」

上原建設の住所は松山《まつやま》だった。国際通りから久茂地《くもじ》を抜ければ、その先が松山だ。所要時間は十分もかからない。大城は咳払いをしながらテープレコーダーの録音ボタンを押した。

「上原建設といえば沖縄でもかなり大手の建設会社ですよね？　門倉さんの仕事がうまく運ぶと、上原建設がこっちでの作業を請け負うことになるんですか？」

「まだなにも決まってないんですよ。今日はただ、話を伺いに行くだけです」

「話をね……その話がうまくまとまったら、わたしにも教えていただけませんかね？」

「なんのために？」

ルームミラーに映る門倉の目が細くなっていく。のっぺりとした顔に剃刀《かみそり》で切れ目をいれただけのように、どこまでも細く細く、目が閉じられていく。

「できれば、わたしも金儲けをしてみたいんですよ」

「あなたは信用できる方だとお聞きしていたんですが」

「もちろん、信用してくださって結構ですよ。仕事で手に入れた情報は決して口外しない。それが我々の暗黙のルールですから。ただ、できればおこぼれに与《あずか》りたい。そういっただけで、わたしの信用はがた落ちですか？」

大城は微笑みながらいった。門倉は目を細めたまま、じっと大城の肩を見つめている。

「いいえ。考えておきましょう。それでいいですか？」

「助かります」

久茂地と松山を分かつ大きな通りを横断して路地を右に折れると、左手前方にそれらしき建物が見えてきた。

「あれですね」

大城は車のスピードを落とし、上原建設の正面入口の前で停止させた。

「それでは、今日はこれで……」

門倉が車を降り、黙礼をして建物に足を向けた。途中で振り返り、大城が車を発進させるのを待った。大城は苦笑いを浮かべながらアクセルを踏んだ。ついでにレコーダーのテープを止める。ルームミラーに映る門倉が踵を返し、建物の中に姿を消していった。

数十メートル進んで路地を折れ、そこで車を停めた。車を降り、トランクを開け、中に入っていたものを抱えて運転席に戻った。カメラにサングラス、ハンチング帽、それとジャンパー。背広をジャンパーに着替え、帽子とサングラスをかけてルームミラーを覗いた。とりあえず、一見しただけではそれが大城だとは気づかれないはずだ。カメラは夜間撮影用の大振りなものは諦め、小型の盗撮用のものをジャンパーのポケットに入れた。着替えた背広をトランクに収め、鍵をかけて上原建設への道を戻っていく。途中、煙草屋を見つけ、煙草を買うついでに電話を借りた。

當間は会社にいた。

「どうしたんですか、大城さん？　なにか、進展がありましたか？」

「今、上原建設のそばにいるんですがね」

「上原建設？　まさか、東京から来たやつが上原建設に？」

「ええ。鼻の穴を膨らませて入っていきましたよ。たぶん、上原康助を交えて、本部あたりの地主たちと会合を開くんだと思いますよ。とりあえず、会合が終わるまでここで待って、集まった人間の写真を撮っておこうと考えてるんですが――」

「お願いします」

大城の言葉が完全に終わる前に、當間の声が伝わってきた。

「そこに集まってくる連中の身元がわかれば、なんとか切り崩していくことができる。お礼は弾みますから、大城さん、お願いします」

「わかりました。當間さん、今日の夜は空いてますか？」

「空けますよ」

「じゃあ、お言葉に甘えて晩飯をご馳走になろうかな。後でまた連絡を入れます。美味しいところを予約しておいてください。できれば、座敷があるところがいいですね。周りを気にせずに話ができるように」

「わかりました。じゃ、後で連絡お待ちしてます」

電話を切り、上原建設の周囲をぐるぐると歩いた。上原建設の正面玄関の斜向《はすむ》かいに喫茶店があった。窓が大きく、席から通りを見渡すことができる。距離はかなりあったが、大型のレンズを備えつけたカメラなら、相手に気づかれることなく写真を撮影できる。

一旦車に戻り、トランクから大振りのカメラを取りだして、大城は喫茶店に入った。窓際のテーブルに陣取り、メニューにあったターコライスとコーヒーを頼んでカメラのファインダーを覗く。フレームが上原建設の正面玄関を捉えた。これなら、はっきりと顔を識別できる写真が撮れる。

「ずいぶん立派なカメラですね。カメラマンかなにかですか?」

カウンターの中にいる店主が声をかけてきた。訛りの少ない標準語だった。

「ええ、アマチュアのね。本土から旅行を兼ねて、写真を撮ろうと思って。海や密林なんかはだれでも撮るから、わたしは那覇の街並みを撮りたくて。朝からあちこち歩いて疲れてね。ちょうどここを見つけた。時々、シャッターを切りますが、気にしないでください」

自分でも賞賛したくなるほど滑らかに嘘が舌の上を転がっていく。店主は何度かうなずいてから、写真はいいですよねと呟き、大城に対する興味をなくした。

大城はターコライスを時間をかけて食べ、コーヒーをゆっくり啜った。上原建設に動きはない。

コーヒーを二回お代わりし、膀胱がぱんぱんに膨れたころ、上原建設の正面玄関の前にタクシーが列を作った。しばらくすると、大勢の人間が姿を現した。総勢八名。門倉と上原康助もその中に含まれている。他の六人は黒ずんだ顔の中年から老年にかけての男たちだった。門倉がそのひとりずつと丁寧な握手を交わし、上原康助が満足そうに微笑んでいる。

大城はカメラを構え、窓越しにシャッターを切った。こちらに背を向けているふたりの顔は捉えられない。だが、他の四人の顔を見れば、當間はなにかを推測できるだろう。

シャッターを五度切り、あらかじめ用意しておいた勘定をカウンターに置いて、大城は店を出た。大振りのカメラは首からぶら下げ、ジャンパーのポケットから小型のカメラを取りだす。

門倉たちは相も変わらず上原建設の玄関で握手を交わしていた。そばに近寄っても、門倉の視線が大城を射ることはない。人だかりの脇を通りすぎ、路地を右に曲がりながら、大城は両手で覆ったカメラのレンズを門倉たちに向けた。山勘で角度を決め、素早くシャッターを押す。盗撮用に作られたカメラはほとんど音を立てずにフィルムに光景を焼きつけた。

街の写真屋を脅しすかして、フィルムを夕方までに現像させることを認めさせたあとで當間に電話を入れた。當間が指定したのは、先日、門倉と上原康助が密会していた料亭、松原だった。

待ち合わせの時間は七時。まだ、四時間近くある。大城は宜野湾に車を走らせた。仲宗根貴代子の学校の前で車を停め、彼女が姿を現すのを待つ。午後五時少し前に、仲宗根貴代子は校門に姿を現した。弛緩《しかん》した視線が通りを見渡し、大城の車に気づいて目が丸くなる。周囲の様子を気にしながらおずおずと近づいてきた。

「困ります、ここは――」

「今夜、君のアパートにお邪魔する。知念は来ない日だろう？」

仲宗根貴代子は答えなかった。虚ろな目を宙にさまよわせ、顎をきつく嚙んでいるせいで頰の筋肉が強張っている。

「十二時前には着けると思う。寝ないで待っていてくれ」

「困ります」

仲宗根貴代子の唇がわななきながら動いた。大城は彼女の横顔に視線を据えた。怯える人間をいたぶるのは抑えがたい快感だった。理性にいくら非難されてもやめることはできない。

「君が困るのはここで駄々を捏ねていたずらに時間を使って、生徒や同僚におれと一緒にいるところを見られることだ。違うかな？」

仲宗根貴代子は唇を嚙んだ。赤い唇が血の気を失って白くなっていく。

「家まで送ろうか？」

「結構です」

大城は笑った。仲宗根貴代子の唇はまだ色を失ったままだった。

「じゃあ、今夜」

窓を閉め、静かにアクセルを踏んだ。仲宗根貴代子は頑なに肩を強張らせ、車が走り去っていくのとは別の方向を見つめていた。


當間は悲しそうに目尻を下げ、写真に見入っていた。運ばれてきた料理はすでに冷め、ビールはすっかりぬるくなっている。評判の料亭ということだったが、東京の食事に慣れた大城の口には味付けが薄すぎた。刺身も、南の海の魚は締まりがない。當間が物思いに耽っている間に胃を満たしておこうと思ったのだが、いつの間にか箸がとまっていた。

「世も末だなあ……」

やがて、當間は写真をテーブルの上に放り投げた。

「このうちの三人はわたしに土地を売ってくれるって、前々から約束してるんですよ。もっとも口約束ですから拘束力はないんだけど……義理や人情を重んじて商売をする時代は終わったんですかね？」

「本土じゃ二十年前に終わってましたよ、そんな時代は」

「なるほど、相手は本土の大企業だ。大城さんはそうおっしゃりたいわけですか？」

當間はぬるいビールを口に含み、顔をしかめた。両手を思いきり叩きあわせて大きな音を出し、廊下を行き来している仲居の注意を促す。顔を出した仲居に、冷たいビールと怒ったような声で告げて、當間はやるせない表情に戻っていった。

「連中、いくら提示したんでしょうね？　坪当たり……うちの五割増しってところか。それじゃ、太刀打《たちう》ちできないな。今まで投資してきたものを連中になんとか売りつけて、それでとんとんがいいところですよ」

「その後も、本土の企業に沖縄を食いつぶされて、こっちの地場産業は壊滅状態ということにもなりかねない。とんとんどころか大損になるんじゃないですか」

「大城さんはきついことをいってくれますね。まあ、その通りなんですが。しかし、この調子でやられていったら、打つ手がない。こっちの資本や政治力は限られてますからね」

　失礼しますという沖縄方言が當間の語尾に重なって、静かに襖《ふすま》が開いた。お盆にビールの瓶を載せた仲居が座敷に入ってくる。仲居は當間と言葉を交わした。早口の沖縄方言は聞き取りにくかったが、料理が気に入らないのかと訊いているようだった。當間は不機嫌をあらわにして仲居を追い出し、よく冷えたビールを大城のコップに注ぎ足した。

「あきらめるんですか？」

　大城はビールには手を伸ばさなかった。すでに飲食への意欲は消えていた。

「あきらめたくはないですがね。さっきもいったように打つ手がない」

「そんなことはないでしょう。向こうは遣《や》らずぶったくりの手法で来てるんだ。沖縄の人間の心に訴えるような手を考えれば、なんとかなる可能性はあるんじゃないですか」

「たとえば？」

當間は身を乗り出してきた。霞《かすみ》がかかっていた目に光が宿っている。期待の光だ。

「新聞に情報を流してやればいい。こっちの新聞なら飛びつくでしょう。本土の大企業と上原建設の癒着だ。叩き甲斐はいくらでもある」

「しかし、それだと、あの辺りのリゾート開発のことがみんなにばれてしまう。だれもまだなにも知らないからこその美味しい商売なんですよ、あれは」

「だったら、情報を流すのは新聞じゃなく、別のところにすればいい」

「別のところ？」

當間はコップを握ったままだった。せっかく注いだ冷たいビールを飲むこともすっかり忘れて大城の言葉に神経を集中させている。

「沖縄にいるのは本土復帰大歓迎って人間ばかりじゃないでしょう？　返還が決まった後の日本政府の掌を返したような態度もあるし、原理主義者が増えてるんじゃないですか」

「原理主義者って、まさか、沖縄独立なんかを謳ってるおかしな連中のことじゃないでしょうね？」

「馬鹿と鋏《はさみ》は使いようっていうじゃないですか」

大城はビールを口に含み、喉を湿らせた。

「連中の感情をうまく煽《あお》ってやればいいんです。本土の企業が金にものをいわせて沖縄を食い物にしようとしている。恥知らずにもそれに乗って金儲けをしようということしか考えていないうちなーんちゅがいる」

「しかし——」

「名前を教えてやるといい」

當間を無視するように先を続けた。

「恥知らずのうちなーんちゅに天誅《てんちゅう》を。連中が勝手にやってくれますよ。何人かがそれで怖《お》じ気《け》づけば、少なくとも門倉の仕事は大幅に遅れることになる。都合のいいことに、こっちの人間は本土の人間に比べたらお人好《ひとよ》しだ。だれかが怪我《けが》をしたり、死人がでることはないでしょう」

當間はグラスを置き、腕を組んだ。大城の漠然とした話に形を与えようと必死になって考えている。原理主義者に心当たりがあるのだろう。ここから先は當間本人に考えさせてやればいい。そろそろ潮時だった。

「わたしの方の話はこんなところです。次は、當間さんの番ですよ」

「ああ、そうでした」

水を向けてやると、當間は慌てて姿勢を正し、脇に置いていた鞄を開け始めた。

「とりあえず、わたしの知り合いで、隠れ人民党シンパというか、そういう人たちのリストを作ってみました。それなりの商売をしてる人なんかもいるんで、大城さんのお役に立つかなと……」

當間の表情が一変していた。これまでの苦悩に満ちた顔が、卑屈なそれに変わっている。理由がどうであれ、人を売るという行為はその人間を確実に蝕《むしば》んでいく。

大城は書類を受け取り、目を通しはじめた。


仲宗根貴代子の部屋にはまだ明かりが灯っていた。カーテンに閉ざされた窓から漏れてくる光は弱々しく、彼女の心の裡《うち》を代弁しているかのようでもある。大城は車を停め、サンライズハイツの階段をのぼった。雨の気配はないが空気はじっとりと湿っている。呼吸が苦しいのは、しかし湿度のせいではない。大城ははっきりと自覚していた。

ドアをノックすると囁くような返事があった。鍵を外す音がし、おずおずといった感じでドアが開いた。顔を伏せた仲宗根貴代子が大城を迎え入れた。彼女は白いTシャツにベージュの綿ズボンを履いていた。Tシャツに透けて見えるのはこれも白のブラジャーだ。知念のために着る淫靡《いんび》な下着ではない。落胆とほのかな怒りが大城の内臓をかき回した。

「早く中に入って」

仲宗根貴代子が早口で促した。外の様子を気にしている。大城は無言で靴を脱ぎ、部屋に足を踏み入れた。仲宗根貴代子は明日の授業の予習をしていたらしく、蛍光灯が灯された机の上には英語の教科書が広げられていた。

「用件を済ませて早く帰ってください」

仲宗根貴代子は玄関のそばに立ったままそういった。大城は薄笑いを浮かべ、わざとらしい仕種で畳の上に腰をおろした。

「沖縄じゃ、客にお茶も出さずに帰すのが普通なのかな？」

「あなたはお客さんじゃありません」

仲宗根貴代子が一言喋るたびに、部屋の気温が低下していくような錯覚を大城は覚えた。ここまで頑なに拒絶されると、逆にやる気が増していく。

「じゃあ、そういうことにしておこうか。しかし、すぐに帰るわけにはいかない。いろいろと確認しておきたいことがあるんだ」

校門を出てきたところを摑まえた時と同じように、仲宗根貴代子はきつく唇を嚙んだ。歯の白さと色を失って白くなっていく唇の対比が淫猥《いんわい》だった。問題は本人にその自覚がないことだ。

「いつまでもそこに立ってないで、ここに座りなさい」

大城は自分の目の前にある折り畳み式の小さなテーブルを指先で叩いた。仲宗根貴代子が諦めたような溜息を漏らし、机を挟んだ向かいに腰をおろした。

「確認したいことって、なんですか？」

「知念とはいつからの仲なんだ？」

「そんなこと――」

「質問に答えなさい」

大城は押し殺した声を出した。仲宗根貴代子の頰が軽く痙攣《けいれん》する。

「二年ほど前からです」

「お金のため？　それとも純粋な恋愛感情？」

「お金のためです」

「正直でよろしい。知念がここに来るのは週に何度？」

「たいていは二度ぐらいですけど、一度のときもあれば、全然来ない時もあります」

「来ないのはどういう時？」

「仕事が忙しかったり、わたしが……」

仲宗根貴代子は顔を伏せた。

「生理の時か。知念はここに来ると、だいたい何時間ぐらいいることが多い？」

「二時間から三時間ぐらいです」

「ただ、やることをやって帰るだけか」

仲宗根貴代子が顔をあげた。頰が赤らんでいるが、それが恥ずかしさのせいなのか怒りのせいなのかはわからなかった。

「月々の手当は？」

「十ドルです」

「君と知念のことを知っている人間は？」

「いません――こんなことになんの意味があるんですか？」

仲宗根貴代子は少しだけ声の調子をあげた。おどおどした様子は消え、怒りの色がその目の奥にはっきりと見て取れる。

「意味はいろいろある。たとえば、立て続けに質問されてそれに答える内に、確実に君の口はよく回るようになっている。次の質問だ。君の周りで、君や知念と同じようなふしだらな関係になっている人間はいるか？」

ふしだらという言葉を強調して大城はいった。仲宗根貴代子の目の輝きが増していく。今では大城を恐れているだけではなく憎んでもいるのだろう。

「知りません」

「君は教職員会の活動に積極的に参加しているのか？」

「積極的とはいえません。でも、動員されればデモにでも集会にでも参加します」

「君は人民党員か？」

「違います」

「知念は人民党員だろう？　オルグされたりはしないのか？」

「あの人のわたしに対する目的はひとつだけですから。一度、その手の話をされたことがありますけど、はっきりと断りました」

「知念の他に、君の知り合いで人民党員、もしくは人民党のシンパはいるか？」

仲宗根貴代子は口を閉じ、大城の視線から逃れるように顔を伏せた。

「質問に答えて。故郷のご両親が君のふしだらな生活を知ることになるぞ。聖職に就いているくせに、売春婦同然のことを娘がしていると知ったら、ご両親はどうなる？」

「います。いるに決まってるでしょう？　人民党はれっきとした政党なんですから」

「では、君が知っている人民党員とシンパの名前を書いたリストを今週中に作っておいてくれ」

仲宗根貴代子は一瞬いい淀んだが、すぐに諦めてうなずいた。

「わかりました。やっておきます」

「それから、今後は教職員会の活動にも積極的に参加してもらいたい」

「なんのために？」

「おれのためだ。情報を集めてきてもらいたい」

「こんな辱めを受けて、その上スパイの真似事までしろというんですか？」

「君は金で自分の身体を売っている。そういう人間はとことんまでつけ込まれるものだ。いっておくが、おれは容赦はしない。おれのいうとおりにするか、知念とのことが公になって職を追われ、ご両親を悲しませることになるか、ふたつにひとつだ。信じた方がいい」

「悪魔に魅入られたも同じということね？」

「その通り。さすがに教員だ。飲み込みは早い」

大城の皮肉を仲宗根貴代子は受け流した。なにも聞こえなかったというように目を閉じ、深い呼吸を繰り返す。

「それと、これだ。使い方を教える」

大城は机の上に小型のレコーダーを置いた。

「なんですか、これ？」

「小型のテープレコーダーだ。知念が来た時にこれを使って君たちのやり取りを録音するんだ。特に、君たちが布団にくるまれている時に」

仲宗根貴代子の顔が一気に青ざめた。

「そんなこと——」

「君の考えなどどうでもいい。おれがやれといったらやるんだ。知念の首根っこをきっちり押さえておくために、どうしても必要だからな」

仲宗根貴代子は傍目《はため》にもそれとわかるほどはっきりと顫えていた。あまりの怒りと屈辱に言葉を失っている。大城はあらかじめ用意しておいた金をポケットから取りだした。

「二十ドルある。君の当座の活動費だ。好きに使っていい」

仲宗根貴代子の顫えがとまった。

＊

いたるところでストが行われている。端緒を作ったのはやはり全軍労だ。二月十日、三月二日、四月十四日と三回にわたる四十八時間ストを決行し、それに呼応するように各団体、労組がストを開始した。まるでストの大安売りだ。

「去年までに沖縄で行われていたストは、いってみれば、条件闘争、経済闘争がその主題だった。労働者の地位向上、不当解雇による金銭的損失への反抗……しかし、今のストは違う」

塾生の前で古謝は声を張りあげる。

「これは政治闘争です。米軍基地の撤去、大和政府による沖縄への自衛隊配備を完了させるための策略に対する反対闘争。うちなーんちゅは個人のためではなく、琉球全体のために戦いはじめている。先日の県労協による統一ストはその重大な転換点です。彼らが行ったのはゼネストだった。いいですか、みなさん、ゼネストです。ひとつの団体による単発的な反抗ではなく、いくつもの団体が流動的に絡み合って一斉にストに突入した。もはや、琉球はひとつの運命共同体となって、日米帝国主義に反旗を翻したのです。本土並みの返還などやはりでたらめだった。施政権が大和政府に売り渡されるだけで、七二年以降も現状は変わらない。みんながそのことに気がついたせいです」

古謝は言葉を切り、深く息を吸いこんだ。塾生たちは瞬《まばた》きをするのも忘れて古謝の言葉に全神経を集中させている。

「今が絶好の機会です。日琉同祖の欺瞞を白日のもとに晒《さら》し、琉球文化の独自性を訴え、うちなーんちゅに自らのなんたるかを思い出させる、これはまたとないチャンスだ。みなさん、賢秀塾に教職員会の方から、来たる二十八日に行われる県民総決起大会へ参加してくれという要請があり、ぼくはこれを受諾しました。『県民』という言葉には抵抗がある。『国民』とこそ呼ぶべきだ。しかし、今はそんな細事にこだわっている場合ではないと判断したのです。決起大会には多くの人民が集まります。その中に入り、共に戦い、我々の思想を説くのです。歯痒い反応しか得られないかもしれない。以前と同じように嘲笑されるかもしれない。それでも、自らの信ずるところを誠意を込めて説くのです。十人に笑われても、ひとりが賛同してくれるかもしれない。百人に無視されても、ひとりが振り向いてくれるかもしれない。ここにいるみなさんが、ひとり賛同者を見つけることができれば、賢秀塾の陣容は一気に倍になる。それがさらに倍になれば、人々が無視できない勢力になれる。琉球のため、我々琉球共和国民のため、今こそ、ひとりひとりが必死の力を振り絞って立ち上がる時です」

古謝は額にかかっていた前髪を後ろにかきあげた。それが、話は終わったという合図だった。普段なら、一斉に質問のための挙手がいたるところで見受けられるのだが、今日は違った。古参の塾生は小声で話し合い、新参者はぽかんとしている。いつもとは毛色が違う古謝の言葉にだれもが戸惑っているようだった。平良は立ち上がった。

「先生、お話の骨子はわかりました。具体的に、ぼくらはどうすればいいんですか？」

私語がやみ、視線が平良に集まった。

「そんなに難しく考えなくてもいいんですよ」

古謝は微笑みながらいった。穏やかな声音で、先ほどまでの異常な熱気は消えていた。

「大会に参加し、裏方の仕事を手伝いながらいろんな人たちと話すだけでいいんです。

といっても具体的にどうしたらいいのかわからない人も多いかな……ぼくが考えているのは、みなさんを四つの班に分けることです。それぞれの班にリーダーを選んで、そのリーダーたちの指示に従っていけばいい。リーダーになる人たちは、いちいちぼくの指示を仰がなくても独自の行動ができるはずですから」

「リーダーですか……」

「そう。まず、平良君、君です」

「ぼくが？」

驚く平良を尻目に、古謝は他に三人の名前をあげた。平良以外の三人は塾の古参で、年齢も三十歳前後だった。

「今名前を呼んだ四人は後でぼくの書斎に来てください。それでは、今日はここまでです」

古謝は腰をあげ、部屋を出て行った。諸見里が畳の上を這うようににじり寄ってくる。

「よ、班長」

「からかうなよ」

顔をしかめてみせながら、平良は一年前に思いを馳せた。同じ四月二十八日だ。那覇の与儀《よぎ》公園で『日米共同声明路線を粉砕し、完全復帰を要求する総決起大会』という長ったらしい名前がつけられた集会が行われた。知人に誘われて冷やかし気分で見に行ったのだが、その閑散としたありさまに気分が塞いだのだ。日米共同声明が発表される前までの四月二十八日は、大和復帰を熱望するうちなーんちゅたちの熱い思いが島中に溢れかえっていた。それを思い返すと、なおさら去年の集会の寂しさは身につまされた。今年はあれとは違うのだろうか？　もっと熱いなにかが渦巻くのだろうか？

「なに難しい顔してるのさ？」

諸見里が顔を覗きこんできた。

「なんでもないよ。責任の重さに緊張してるだけさ」

「そんなに難しく考えることないって先生もいってたじゃないか。だいじょうぶ、平良君ならちゃんと責任を全うできるさ」

「だったらいいけどね」

諸見里の他にも人の息づかいを感じて平良は視線を後ろに送った。比嘉と玻名城たちが、まるで自分たちの班長は平良で決まりだという顔をして座っていた。

結局、比嘉たちの思惑は当たっていた。古謝が平良に割り振った班員は、諸見里、比嘉、玻名城とその仲間たちだった。古謝からいわれた仕事は、集会に集まってくる人たちの誘導だ。他の三人の班長の目を盗んで古謝は平良に囁いた。

「どうして君の班がこのメンバーになったのかわかるね？」

平良は小さく素早くうなずいた。仲間を捜すためだ。今以上の同志を見つけるためだ。決起大会には二万人以上の人が集まると見込まれていると古謝はいった。二万人も集まるのなら、見込みのある人間が見つかる可能性も高い。

「それから、これは後で問題になると思うんだが、ビラを作って撒こうと思っているんだ」

古謝はさらに付け加えた。賢秀塾の思想、理念を謳ったビラを作り、それを撒く。「完全復帰」を旗印に掲げる集会で「琉球独立」を訴えるビラを撒くことは、おそらく他の人間たちの顰蹙《ひんしゅく》を買うだろう。だが、賢秀塾は人手を必要としていた。自分たちの理想を実現するために、その思想を理解し、賛同してくれる人間を大勢、それも短期間に集めなければならない。返還は来年に迫っている。

与儀公園は那覇の南部にある大きな公園だった。かつては周りになにもない荒涼とした場所だったが、今では新那覇病院や市民会館が周りに建ち、市民の憩いの場所として親しまれていた。

平良たちは朝の六時に諸見里の家に集合し、玻名城がどこかから調達してきたオンボロのトラックに乗って公園に向かった。公園の周囲には色とりどりの組合旗や幟《のぼり》がはためいている。大会が始まる前に、十日ほど前に辺戸岬を出発して東西に分かれて行進している四百人近い人たちが会場入りする予定になっていた。四月二十八日は返還闘争における琉球の記念日だった。長きに亘って人々はこの日、アメリカ占領による呪詛を発散させてきた。だが、このままではこれが最後の四月二十八日になる。やまとに施政権を返された後では、返還闘争そのものが無意味になるからだ。

「そうはさせるか……」

助手席で呟きながら、平良は手にしたビラに視線を落とした。

『祖国復帰などまやかしだ！　日米共同声明路線粉砕！　琉球人の手による琉球人のための国を！　琉球共和国を!!　手に手を取って帝国主義を打破しよう！　賢秀塾はあなたが立ち上がる日を待っている』

単純な言葉を並べただけの粗末なビラだ。三日前に沖縄大学でガリ版を借りて刷り上げた。魂がこもっていればいい——古謝の言葉に後押しを受けて、一気にしたためた文章がそこにある。

「とりあえず、腹ごしらえをしませんか？」

荷台に乗っていた比嘉から声がかかった。比嘉は心底空腹そうだった。公園に入り、芝生に腰をおろしてみんなで弁当を広げた。古謝の奥さんがわざわざみんなのために作ってくれた弁当だった。塾生全員の分を作ってくれたと聞いていた。料理を作るのも大変だったろうし、かかったお金も馬鹿にならないだろう。平良は古謝に感謝しながら米粒を頬張った。空は抜けるように青い。かつては視界一杯に広がっていた青空が、新しく建った建物のせいで狭く感じられる。

午前八時を過ぎたあたりから続々と人が集まってきた。平良たちは公園の外に陣取って、人々を入口の方に誘導した。はじめのうちはビラを撒くのが躊躇《ためら》われたが、あちこちでいろんな連中がビラを撒いているのを見て、気持ちに踏ん切りがついた。

「よろしくお願いします。よろしくお願いします」

ウチナーグチでそう告げながら、通りすぎていく人々にビラを撒いていく。公園に集った人間たちが思い思いのプラカードを立てていく。プラカードに書かれている言葉は様々だったが、復帰反対や琉球独立を訴えるものはなにひとつ見当たらなかった。

九時を過ぎると公園も公園の周辺も足の踏み場もないほどの混雑を呈するようになった。辺戸岬から行進を続けてきた連中も人の渦に飲みこまれ、瞬く間に姿が見えなくなる。

「ここにいてもこれ以上できることはないな。そろそろ、おれたちも中に入ろうか?」

平良は諸見里に告げた。この後は、平良と玻名城、諸見里と比嘉、それに残りの連中が組を作って公園内を移動してこれはと思った人間に手当たり次第に声をかけていく手筈になっていた。

「そうしよう。集会が始まったら、それどころじゃなくなるから」

平良たちは唇をきつく結んで、人ごみの中に飛び込んでいった。すぐに人の渦に飲みこまれ、分断される。玻名城とだけは離れないようにしながら、平良は辺りに目を配った。声をかけるべきは若い人間だ。理想に燃えることのできる世代だ。過激派はその対象から外さなければならないが、彼らは申し合わせたようにヘルメットとマスク姿だったから間違える可能性は低かった。

一時間の間に五人に声をかけた。五人が五人とも、平良たちが手にしているビラを一《いち》瞥《べつ》しただけで嘲笑に似た表情を浮かべて足早に去っていった。移動するのも困難な人ごみの中で、苛立ちと屈辱感が募っていく。

「畜生。みんななにも考えてやしない。日米共同声明粉砕って叫んでるくせに……やまとに支配されたって幸せにはなれないってわかってるくせに、頭っから琉球の独立を否定してるんだ。真面目に考えてみようともしない。頭に来ますよ」

玻名城が足元に唾を吐き棄《す》てた。

「しょうがないさ。みんな、教育が悪いんだ。古謝先生がいつもいってる。間違った教育ほど悪いものはない。子供たちは無条件で教師の説く思想を受け入れるから。一般的なうちなーんちゅのものの考え方って、要するに教職員会の思想を植え込まれただけなんだ。でも、一度それが植え込まれると、新しい考えを受け入れる余地がなくなる。古謝先生と出会う前のぼくもそうだったけどね」

「だけど、あんまりですよ」

「確かに。聞く耳も持ってくれないんだからな」

「あの学生風の男はどうですかね？　ひとりでこんなところに来るなんて、ちょっとは脈があるかもしれない」

玻名城の視線の先を平良は追った。革マル派の学生がビラを配っているすぐ横で、演壇に真っ直ぐな視線を向けている若者がいた。革マル派の言動にはまったく注意を向けていないし、連れがいる様子もない。

「よし、行ってみよう」

人ごみをかき分け、じりじりと若者のいる方向に向かっていく。その時、人ごみのどこかから声があがった。

「政弘、政弘だろう?」

名前を呼ばれた玻名城が足を止め、振り返る。確かに人ごみの中から玻名城を呼ぶ声は聞こえてくるのだが、声の主の姿は見当たらない。

「ここだ、ここ」

『自衛隊配備をゆるすな』と書かれたプラカードを押しのけて、大柄な男が手を振った。

「當間さん」

玻名城が素っ頓狂な声をあげた。知り合いであることは間違いないらしい。

「捜してたんだよ、政弘。ここなら絶対にいるだろうと思ってな」

玻名城が當間と呼んだ男は乱暴に人ごみを押しのけながら近づいてきた。押された人間が怒るのもお構いなしだった。

「すいません。前にバイトしてた店の社長なんです」

いい訳するように玻名城がいった。

「本職は建設屋なんだけど、副業でAサインバーも経営してるんですよ」

「なんだか大事な用があるみたいだな。ぼくはさっきの男に声をかけてくるから、君はあの人と話をすればいい」

「でもそれじゃ……」

「ぼくはあの男の近くにいるから、話が終わったら来てくれればいいよ。あの男にしたって、どうせ鼻で笑われるのが落ちさ」

近づいてくる當間の顔には地獄で仏にあったというような表情が浮かんでいた。必死になって玻名城を捜していたのだろうし、多分、重要な用事があるのだ。

「じゃあ、お言葉に甘えます」

律儀に頭を下げる玻名城をその場に残して、平良は踵を返した。若い男はさっきと同じ姿勢でその場にいた。

「すみません、ちょっといいですか？」

声をかけると男は驚いたような表情を浮かべた。

「ぼくですか？」

「ええ。いきなり声をかけてすみません。ぼく、賢秀塾というところのものなんですけど――」

「賢秀塾って、琉球独立を訴えてるところ？」

「そうです」

平良は用心深い声を出した。賢秀塾のことを前もって知っている人間が示す反応はふたつにひとつだ。嘲笑《あざわら》うか興味を示すか。前者である確率が圧倒的に高かった。

「さっき、別の人にビラをもらったんだけど、話を聞く前に人の流れに押し出されちゃって……ビラもぐしゃぐしゃになってちぎれちゃって。良かった。話を聞いてみたかったんですよ」

若者の白い歯がこぼれた。平良は溜めていた息を吐き出しながら若者にビラを手渡した。ちらりと背後を振り返る。玻名城と當間が額を寄せ合うようにして話しこんでいる姿が視界の隅に映っていた。

結局、収穫はあの若者ひとりだけだった。平良の説明を聞いた若者は、後日、賢秀塾に顔を出してみるといってくれた。演説者たちが演壇に登りはじめると、もはや平良の声に耳を傾けてくれる者はなく、時間が虚しく流れていくだけだった。最後の演説が終わると広場に集った集団は立法院までのデモ行進に移った。デモの流れから外れて、待ち合わせた場所に立っていると、諸見里たちが三々五々、姿を現した。

「どうだった?」

平良が声をかけると、諸見里は誇らしげな笑みを浮かべた。

「ふたりだけだけど、いい反応が戻ってきたよ。そっちは?」

「ひとりだけだ」

「ゼロよりいいじゃない。君たちは?」

諸見里は玻名城の仲間に声をかけた。反応は芳しくない。

「こんなにくたくたになるまで頑張って、たったの三人か。古謝先生、がっかりしますかね？」

　比嘉が天を仰いだ。一際大きい背中が小さく見える。

「そんなことはないさ。古謝先生はそんな人じゃない。さ、とりあえず、塾に戻ろう。ぼくらは三人だったけど、他の班はもっと成果をあげてるかもしれないしね」

　うなだれている連中を鼓舞しながら、平良はトラックを停めている空き地に向かった。来た時と同じように玻名城が運転席に座り、平良は助手席に乗りこんだ。他の連中は荷台だ。比嘉にだけは荷台の端ではなく中央にいるようにといってある。

「さっきの當間さんなんですけど」

　トラックが動きだすと、玻名城が口を開いた。

「建設屋の人だっけ？　あの人がどうしたの？」

「平良さん、後でおれと一緒にあの人に会いにいってもらえませんか？」

「どうして？」

「聞き捨てならないことを聞いたんです。力を貸してあげたくて。だけど、ぼくひとりじゃ心許ないし、信頼できる人にちゃんと話を聞いてもらいたいんですよ」

「ぼくを信頼してくれてるんだ？」

「当たり前じゃないですか」

　玻名城は怒ったようにいった。ハンドルを握る指の関節が白く変色していた。

「聞き捨てならないことって、いったいなんだい？」

「おれもまだ詳しくは知らないんですけど、やまとーんちゅが琉球を食い物にしようとしてるのに、金のためにそれに群がってるうちなーんちゅがいるって」

平良は首を傾げた。

「そういううちなーんちゅはたくさんいるよ。古謝先生にいわせれば、教職員会がその元凶だ……當間さんって人は、ぼくらにその話をしてなにをしようっていうのかな？」

「だから、それを訊きに行くんです」

玻名城は急にアクセルを踏んだ。ガタの来たエンジンが悲鳴をあげ、平良の背中が背もたれに押しつけられる。荷台でも、数人がバランスを崩しているようだった。

「後ろにも人が乗ってるんだ。もっと慎重に運転しろよ」

「すみません。ちょっと興奮しすぎですね。おれ、ダメなんです。やまとの連中がここで好き放題してると聞くと、頭に血がのぼって」

「落ち着いて状況を分析することも必要だよ」

「わかってます」

「それで、當間さんにはいつ会いに行けばいいの？」

「今夜、八時。晩飯を食いながらはどうだって」

「八時か……」

平良は呟いた。両親には晩飯は家で食べると告げていた。予定が変わったといえば、ふたりとも悲しげな顔をするだろう。しかし、今日は琉球にとって特別な日だ。両親も我慢してくれる。

「じゃあ、公衆電話があるところで停めてくれないか。家に電話をかけなきゃ」

「いいですよ」

玻名城はハンドルにしがみつくようにして運転していた。指の関節は相変わらず血の気を失っている。平良は目を閉じ、今日のことを思い返した。期待外れの決起大会だった。どんな不満や怒りを抱いていようと、だれもがやまとへの施政権返還を既成事実として受け止めている。遅すぎるのだろうか？　賢秀塾がやろうとしてることはすでに時機を失しているのだろうか？　不安が雨を降らす雲のように膨らんでいく。そんなことはない――無理矢理自分にいい聞かせて、平良は目を開けた。


分厚いビフテキがなかなか喉を通らない。嚙めば嚙むほど肉が膨れあがるような錯覚を覚える。もちろん、錯覚だ。牛肉は平良がこれまで食べたことがないほどの汁気を含んでいて、塩加減もソースの味も最高だった。食べづらいのは慣れないフォークとナイフを使っているのと、豪勢に飾り立てられたレストランの重々しい雰囲気のせいだった。當間の説明が終わろうとしていた。平良は赤ワインのグラスを摑んで、ワインと一緒に肉を飲み下した。

「とまあ、そういうわけだ。ゆるせないだろう？」

當間は玻名城に語りかけていた。平良に対しては刺身のつまのような扱いしかしてこない。當間と玻名城の皿は空になっていた。落ち着かないのはどうやら自分だけだ——平良は自嘲した。

「つまり、當間さんの金儲けのために力を貸せっていうんですか?」

「そうじゃないよ、政弘。そうじゃない。確かに、おれが自分の商売のためにやってるように聞こえるかもしれないが、それは間違いだ。どんな理想を掲げようがなにをしようが、人が生きていくには金がいる。だいたい、金ってのは世間に出回ってる額が限られてるんだ。限られた金なら、沖縄の中で回さなけりゃ、うちなーんちゅは干上がってしまう。本土の連中は沖縄の金を狙ってるんだ。それをだれかが阻止しなきゃならないからおれがやろうと思ってる。決して、私利私欲だけじゃないんだぞ、政弘」

當間は胡散臭いぐらい饒舌だった。ただ、大きく見開かれた目から発せられる強い力がその胡散臭さを薄めている。當間の話というのは要するにこういうことだった。當間は施政権の返還を睨んで、本部あたりに大がかりな観光施設を作ろうと目論《もくろ》んでいた。あの辺りの地主たちと話をつけ、土地を売ってもらう口約束を取りつけていたのに、やまとの大資本が横槍を入れてきた。當間に土地を売ると約束していた連中は金に目が眩み、やまとに土地を売ろうとしている。これは琉球に対する裏切りだ。

「おれは確かに金儲けのために商売をやっている。綺麗事だけじゃ片づかないことにも手を染めてきたし、それを隠すつもりもない。清廉潔白を旗印にしてたら、金を稼ぐことなんかできないんだからな。それでも——」

當間は言葉を切り、玻名城と平良の顔を交互に見つめた。

「それでも、おれはうちなーんちゅだ。おれが手がけていた計画を横取りされそうだからというんじゃなく、本土の連中が沖縄の資源を泥棒みたいに盗もうとしてるのに、目をつぶってることはできないんだよ」

「當間さんのおっしゃりたいことはだいたいわかりました。わからないのは、どうしてそんな話をぼくらにしたのかってことです」

平良はやっと口を開いた。玻名城が深く考え込むような仕種をしていたからだ。おそらく、本土の泥棒が琉球の金を盗もうとしているということに思いを巡らせているのだろう。

「平良君、君も政弘と同じような考え方をしてると思っていいんだね？」

「玻名城君と？」

「そう。沖縄を独立させたい。やまとの支配下に入るのなんて真っ平だ。そう思ってるんだろう？」

「そうです」

平良はきっぱりといった。そのために闘っている。そのためにいろいろなものを犠牲にしている。これだけは譲れない。

「なら、おれの話をどう思う？　本土の連中が沖縄をボロクズみたいに扱おうとしているという話だ。諸手をあげて本土に迎合して沖縄を売り渡そうとしている裏切り者たちのことだ」

「ゆるせませんよ」

「だったら、手伝ってくれ。土地を本土の資本に売り渡そうとしている連中を脅して欲しいんだ」

當間はまた玻名城の顔を覗きこんだ。玻名城の方が与《くみ》しやすいと考えているのだろう。

「脅す？　法律を犯せっていうんですか？」

玻名城が口を開く前に平良はいった。

「時間に余裕があれば、他の手を考えることもできるんだが……先週、本土から人が来た。上原建設と手を組んで、地主たちと顔合わせをして東京に帰っていったよ。次は金を持ってくるだろう。そうなったらお終《しま》いだ。だから、恥ずかしながらこんなお願いをしてるんだ、政弘。本土の連中に沖縄を渡したくないだろう？」

「當間さんに具体的な案はまだないんですよね？」

玻名城がいった。平良が恐れていたとおり、すっかりその気になっている。當間が自分の手を使わずに玻名城を捜していたのはこのためだ。理想と怒りに燃えた若者なら、大人が躊躇することでもやってのける。実際、平良自身もやまとの資本に土地を売ろうとしている連中には怒りを覚えている。

「まあ、そういうことに詳しいわけじゃないからな。でも簡単だと思うぞ。相手は百姓や漁師だ。うちなーんちゅだから気性もおとなしい。手荒いことはしなくても、ちょっと脅すだけで顫えあがる。売国奴に天誅を下すとか書いた手紙を送るのでもいい。おれがやろうとも思ったんだが、こういうのはそれを本気で信じてるやつが書かないと真実味が出ないんだ。わかるだろう？　それで通じないようだったら、畑を荒らしたり、網を切り裂いたり……要するにサボタージュだよ」

「罪もない人たちを脅すんですか？」

「罪はありますよ、平良さん」

平良の言葉に気色ばんだのは當間ではなく玻名城の方だった。

「金に目が眩んで、琉球をやまとに売り渡そうとしてるんですよ。罪の意識がないなら、植え付けてやらなきゃ」

「でも、ぼくらが馬鹿なことをして、古謝先生に迷惑がかかったら……」

「じゃあ、平良さんはこの場に古謝先生がいたらどうすると思います？」

平良は腕を組んだ。古謝なら、なんとかしなければというだろう。琉球の文化資産はなんとしてでも守らなければならないというのが古謝の考えだ。だが、當間が望んでいるやり方は嫌うはずだ。しかし――この話を古謝に伝えることはできない。ただでさえ忙しい人なのだ。古謝にはあの計画に専念していてほしい。あの計画に直接関係のないことで手を煩わせたくはなかった。

「今すぐ返事をしなきゃいけませんか？」

玻名城の問いには答えず、平良は當間に訊いた。

「できるだけ急いではもらいたいんだよ。君たちに断られたら、他の方法を考えなきゃならない。それも大急ぎでだ。あんまり時間がない」

「じゃあ、明日の夕方、連絡します」

「平良さん」

玻名城が不満そうな視線を向けてきた。

「比嘉君に話を聞いてもらおうと思う。彼なら、いい方法を考えてくれるかもしれない。やまとーんちゅに好き勝手をされたくないという気持ちは、ぼくも同じだよ。だけど、こういうことは慎重に考えなきゃ」

「古謝先生には？」

玻名城は當間に聞こえないよう、声を抑えて囁いた。

「報せない。君もなにもいうな」

「わかりました」

テーブルの上で組んでいる玻名城の指の関節が、トラックを運転していた時と同じように白くなっていた。興奮し、義憤に燃えると玻名城はそうなる。頭に刻み込んでおこう——平良はそう考えながら、残ったビフテキにナイフを入れた。

玻名城と別れた足で、平良はコザに向かった。比嘉と話をしたかった。玻名城は抜きで。彼がいると、興奮の渦に巻き込まれてしまう。比嘉は自分のアパートにいた。

「どうしたんですか、平良さん？」

比嘉は驚きながら、しかし穏やかな笑みを浮かべて迎え入れてくれる。當間たちとはウチナーグチで話していた。比嘉のヤマトグチが疲れた耳に心地よく響く。

14

電話のベルに叩き起こされて、大城は唸りながら布団から這いずり出た。目覚まし時計は午前八時ちょうどを指していた。仲宗根貴代子に対する妄想が頭にこびりついて離れず、それを忘れるために明け方まで酒に溺れた。胃がむかつき、頭が太い釘を打ち込まれたかのように痛む。受話器を持ち上げると頭痛に追い打ちをかけるような野太い声が聞こえてきた。當間だった。

「おはようございます。いやあ、大城さんのおかげで、なんとかなりそうですよ」

當間の言葉が頭の中で意味を成すのに時間がかかる。大城はもう一度呻《うめ》き、脱水症状を起こしてからからに干涸《ひから》びている口を開いた。

「なんのことです？」

「例の、向こうにつこうとしてる地主たちの件ですよ。わたしが声をかけた若い連中がサボタージュ工作に動いてくれまして、ついさっき、地主のひとりがわたしに土地を売ってくれると電話をくれまして」

少しずつ頭がはっきりとしてくる。頭痛は断続的に続いているが、考えをまとめることができるようになりはじめていた。

「若い連中というと？」

「わたしがコザで人にやらせてるAサインバーがあるんですが――」

Aサインバーというのは米兵相手に商売することを米軍から許可されたバーのことだった。かつてはAサインを取得できれば、それこそドラム缶に一杯のドル紙幣を一晩で稼ぐことができたという。

「前にそこでアルバイトをしていた学生が原理主義者でして、そいつに声をかけたんですよ。そうしたら、他にも仲間がいましてね。賢秀塾っていったかな。沖縄の独立を唱えてるところなんですが、そこのメンバーが手伝ってくれることになりまして」

はっきりと目が覚めた。賢秀塾――意識の片隅に辛うじて繋ぎとめられていた名前が生々しく浮かびあがってくる。

「昨日、連中が早速動いてくれましてね。地主たちの畑が荒らされて、琉球義勇軍と書かれたビラが置かれてたらしいんですよ」

「ちょっと待ってください、當間さん」

大城は電話機を摑んだまま立ち上がり、鴨居《かもい》にかけておいた背広から警察手帳を取りだした。

「昨日のその……畑荒らしに参加した若者たちの名前を教えていただけませんか」

「それはまた、どうして？」

「万が一警察の手が及びそうになった時に、保護するためにです。彼らの口から當間さんの名前が出るとまずいことになる」

顔をしかめながら手帳を開いた。安室が迎えに来る前に一風呂浴びたいところだったが、かなわぬ願いに終わりそうだ。

「そりゃそうですね……しかし、わたしはふたりしか知らないんですよ。調べておきますから――」

「いや、そのふたりの名前だけで結構。他はこちらで調べておきます。琉球義勇軍ですか？　彼らに余計な刺激は与えたくないので」

「そうですか、なら……ひとりは玻名城政弘。沖縄大学の学生です。もうひとりが平良。すみません、下の名前はわからないんです。こっちは玻名城より年上ですね。人が良さそうな、いかにもうちなーんちゅという顔つきで」

田圃で働いていた平良の顔を思い浮かべる。どこか思い詰めたような横顔は容易に思い出すことができた。

「わかりました。また、なにかあったらご連絡ください」

「大城さん、この件がうまくいったら、お礼は弾ませてもらいますから――」

「そんなことのために協力したわけじゃありませんよ。それじゃ」

大城は電話を切った。それだけで胃が不快に蠕動《ぜんどう》し、こめかみに鋭い痛みが走る。慌てて便所に駆け込み、胃の中のものを吐いた。黄色い胃液が出てくるだけだった。

琉球義勇軍が荒らしたという畑は、荒らされた痕跡もわからないぐらいに平和な光景を湛《たた》えて紺碧の海に臨んでいた。荒らされた畑は五つ。被害に遭った五軒の内三軒は警察に通報し、一軒はなにもせず、もう一軒が怯えて當間に連絡した。被害届を受理したといっても、畑が荒らされたぐらいのことでは刑事警察は動かない。制服警官がおためごかしの現場検証をやって帰っていったようだった。

「こんな畑荒らして、なんの意味があるんでしょうね?」

安室が不平を隠さずにいった。なんのためにここに来たのかはまだ告げていなかった。

「何事にも意味はあるさ」

鳥除《とりよ》けのかかしの一体に貼りつけられたビラが風に揺れていた。制服警官が見落としたものだろう。大城はかかしに近づき、ビラを手にした。

『琉球を売る裏切り者に天誅を。次はこの程度では済まない。　琉球義勇軍』

ガリ版でわら半紙に刷られた粗末なビラだった。字体も決して上手とはいえず、だがその幼稚な字が却ってこれを書いた者の意志の強さを表しているようにも読みとれる。

「琉球義勇軍?」

肩越しにビラを覗きこんだ安室が首を捻った。

「賢秀塾の跳ねっ返り連中だよ」

大城は身体を反転させて畑を見渡した。農作物が引き抜かれ、踏み砕かれ、ばら撒かれている。畑荒らしは徹底されているが、靴跡ひとつ見つからない。鍬《くわ》かなにかで自分たちが踏んだ土をならしながら逃走したのだろう。面白半分でやったというには念が入りすぎている。こうしたことに詳しい人間がメンバーに加わっているのだ。

これまでは成り行きに任せてきたが、賢秀塾に関する情報収集を急ぐ必要がある。人民党も社大党も教職員会も復帰協も単なる世間知らずの集まりだ。日本政府に牙を剝いても、その牙を使って嚙みついてくることはない。学生も同じだ。革マルや中核を名乗ってはいても、本土の過激派ほどの闘争心は持ち合わせていない。要するに、沖縄には日本政府や公安警察が常に目を光らせ、用心すべき対象はないのだ。彼らの言論は脅威かもしれないが、革命を標榜《ひょうぼう》する人間はだれもいない。暴力装置も有してはいない。権力者がなによりも恐れるのは暴力革命だが、沖縄にその可能性はない。あるとしたら、賢秀塾のような原理主義者の集団が腹をくくった時だ。

「賢秀塾が？　まさか――」

「諸見里といったかな？　彼の運営はどうなってる？」

「まだ釣り餌を撒いている段階です」

「急げ。連中の中にはプロもしくはそれに準ずる者がいるぞ」

「プロですか？」

安室はまなじりを吊り上げて大城の視線の先を追った。

「なにか気づいたことは、安室巡査？」

大城は口調を変えた。名前の下に階級をつけられると、大抵の警官は身が引き締まるものだ。それが上司からかけられた言葉ならなおさらだった。安室は背筋を伸ばし、真剣な眼差しで周囲の状況を再確認しようとしていた。

「足跡がありません。あるのは自分たちのと、制服警官のものぐらいです」

「そうだ。連中は足跡を消していった。ただの子供のお遊びでやってるんじゃない。少なくとも、警察が出てきた時にどうすればいいのかを考えるだけの頭はある」

「本土の過激派あたりが流れて来てるんでしょうか？」

「それはどうかな？　連中は向こうで暴れるので手一杯だろう。となると、足跡を消すことを賢秀塾の若造どもに教えたのがだれなのか、気になってくる」

「わかりました。諸見里のこと、急ぎます。もう、ぼくに奢ってもらうことを当然と思うようになってますから、釣り針を飲みこむのも時間の問題だと……」

「とにかく、急いでくれ」

「わかりました」

大城は手にしていたビラを丁寧に折り畳み、ズボンのポケットに押し込んだ。海からの風が一段と強まり、土埃が舞い上がった。

「賢秀塾か……」

呟きながら、畑を降りていく。後から安室が慌てながらついてきた。

大城は安室と別れ、家に戻った。門倉の通話記録を整理し、思案に耽り、やがて電話に手を伸ばす。

「山崎警視監にお繋ぎ願えますか？　こちらは大城警部です」

電話に出た相手に簡潔に告げ、煙草をくわえて待った。

「どうしたね、大城君？　君への指示は琉球警察を通してすることになっているはずだが……」

尊大な声が鼓膜を打った。

「すみません。沖縄の人間の耳には入れたくない話なので。今、お時間は大丈夫でしょうか？」

「五分後に会議がある。手短にな」

「門倉某のお守《も》りは無事終わりました。が、気になることがいくつかあります」

「なんだね？」

「門倉は執拗なくらい頻繁に東京に電話をかけていました。相手は東都リゾート。これは納得できます。納得できないのは以下の通話記録です。相手は金田正治の個人事務所。それと総理の秘書官の自宅です」

「そんなことを調べろといった覚えはないぞ」

尊大な声に不愉快な響きが混じりはじめていた。

「わたしは骨の髄まで公安警察官です。門倉某の態度がおかしかったので調べました。知ってしまったことを忘れることはできません」

「大城君……」

「あなたたちがなにを望んでいるのかはっきりいってください。ここにはなにもない。人民党？　教職員会？　過激派学生？　わたしにいわせてもらえれば、みんな子供です。短期的な脅威にはなり得るかもしれませんが、長期的にはただの烏合《うごう》の衆にすぎない。鎌倉で聞かされたたわごとにはうんざりです」

「大城君……」

山崎は戸惑っているようだった。警察庁長官の椅子を狙おうかというエリートが叩き上げの警部風情にこんな口の利き方をされることはないだろう。実際、大城には自分でも自分がなにをしたいのかがわからなかった。わかっているのは、このままだと仲宗根貴代子に対する劣情を抑えかねるということだけだ。なにかが必要だった。自分の職業意識、あるいは劣情以外の欲望を燃え立たせるなにかが必要だった。

「門倉は土地を調べていた。上原建設というこちらの大手建設会社となにかを企んでいる。そのなにかは子供だってわかる。まだ沖縄の施政権がアメリカにある内に土地を安く買って、施政権が日本に戻った時に大儲けするための投機です。それがどんなに薄汚れたやり方だとしても、わたしは咎《とが》めません。わたしは公安警察官であって、刑事警察とは縁がない。だが、いいように利用されるのだけはごめんです。あなたたちがなにを望んでいるのか、その望みのために自分は力を貸せるか、それがわからない限り、もう沖縄にいることはできません」

「勝手に職務を離れたら――」

「馘《くび》は覚悟です。そうなったら、借金をしてでもこっちの土地を買って、施政権返還の日を待ちます。死ぬまで充分に食っていけるでしょうからね」

溜息が聞こえてきた。この任務に抜擢《ばってき》する前に、山崎自らが大城のことを調べているはずだ。その中には上司による勤務評定も含まれているだろう――頑固者だということは弁《わきま》えているはずだ。

「大城君、君も年季の入った公安警察官ならわかっているはずだ。世の中には知らない方がいいこともある」

「わたしには知る権利があります」

大城は冷たい声でいい放った。

「また、職務を通じて知ったことは、決して外部に漏らさないという義務を背負っています――警視監殿。もう限界です。わたしを東京に戻すか、すべてを話すか。どちらかを選んでください。建前は聞きたくありません」

もう一度、大きな溜息が聞こえてきた。大城はくわえていた煙草に火をつけて待った。

五分しか時間がないと山崎はいったが、すでにその五分は過ぎ去ろうとしている。

「君に沖縄の情勢を調べてもらいたいというのは決して建前などではない。政府、ひいては首相自らの強い希望だ。これははき違えないでくれ」

大城は無言で煙を吐き出す。エリートたちの言葉遣いにはほとほとうんざりしていた。

「しかし、どうせ優秀な公安警察官を派遣するのなら、他の任務を当人にも内緒であてがえないかと打診してきた人物がいる。これは君の想像に任せる」

金田正治に違いない。大城はまた無言で煙草を吸った。

「政党の運営には金がかかる。選挙があるとなればなおさらだ。そこで件《くだん》の人物は沖縄で金を稼ぐことを考えた。門倉某はそのための斥候役《せっこうやく》だ。ただし、それは個人が私腹を肥やすための金ではない。大局に立って政治を運営するための資金調達だ。そこのところは勘違いしないでほしい。門倉某はそのための斥候だったんだよ」

でたらめだ。金田の噂は永田町《ながたちょう》の裏にまで轟《とどろ》いている。金の亡者。金のために政治家になった男。沖縄の土地を切り売りして稼ぐ金はその一部が与党の金庫に納められ、残りは金田と鎌倉の御仁の懐に流れ込む。鎌倉の御仁も、その任期は決まっている。三度与党総裁に選出されることはありえない。最高権力者の椅子を他人に明け渡しても、その影響力を維持するためには金がかかる。

要するに、金だ。金のための秘密任務なのだ。

「つまり、わたしの任務はその金稼ぎのための補佐ですか？　これからどんどん門倉のような連中がこっちにやって来るんでしょう？　彼らのために便宜をはかれ、彼らの役に立つ情報を収集しろ。そういうことですね？」

山崎の返事はなかった。苦虫を嚙みつぶしたような顔をしているのだろう。政治家どもに便宜をはかり、その見返りに警察庁長官の椅子を望んでいるのだ。

「わかりました、警視監殿。わたしは口を噤《つぐ》んで職務に励みます。ただし、少しばかり条件が……」

「なんだ？　昇格人事ならしばらくは無理だぞ。時機を見て、警視に――」

「そうじゃありません。本庁の公安の装備をこちらに送っていただきたい。琉球警察にはなにもないんです。あっても時代遅れの古いものだらけだ。これではまともな調査活動ができません。あとでリストを送りますので、大至急、用意してもらいたい」

「それはかまわんが――」

「もうひとつは経費の問題です。こちらではわたしは基本的にひとりで行動しています。どうしたって手が足りない。ひとりじゃ張り込みも尾行もできません。人を雇おうと思っています。そのためには――」

「いくら必要なんだ？」

「月、五百。ドルでお願いします」

「五百ドルだと!?　馬鹿をいうな」

山崎の声の調子が跳ねあがった。邦貨に直せば十八万円。ひとりの公安警察官に支給される経費の額としては前代未聞だろう。

「そんな金が警察のどこにあるというんだ」

「あなたたちが蓄えている裏金があるじゃないですか。それを使いたくないというのなら、件の人物に頼んでください。七二年が来れば、何億もの金が懐に入ってくるんだ。月五百ドルぐらいどうということもないでしょう」

「大城君、あまり調子に乗るなよ」

「命じられた任務を遂行するために必要なことをいわせていただいているだけです。無理だというなら結構。限られた範囲で努力しますが、成果には期待しないでください。わたしはひとりなんです。孤立無援でいる。そのことをお忘れないように。沖縄はまだ異国です」

しばしの沈黙の後、荒い鼻息と共に山崎の声が聞こえてきた。

「明日、もう一度電話をかけたまえ。その時までに経費の件については結論を出しておく。装備に関してはなんの問題もないだろう」

「ありがとうございます」

大城は電話を切り、時計を見た。五分どころか二十分近い時間が経過していた。耳の奥に、二月に鎌倉で会った男の声がよみがえってくる。国政を語りながら金儲けをもくろむ現実的な老人。

「よかろう」

大城は呟き、もう一度電話に手を伸ばした。回線が繋がるのを待つ。

「宮里警視をお願いしたいんですが」

電話に出た相手に大城は告げた。


「なぜそんな話をわたしに？」

大城が話している間、宮里はコーヒーカップを手にしたまま微動だにしなかった。今ではコーヒーに口をつけ、眉をひそめている。

「あなたがわたしと當間さんを引き合わせたからですよ」

「意味がよくわからないな」

「幼馴染みを助けるためにわたしを紹介したわけじゃないでしょう。その銀縁眼鏡の奥の冷めた目で、なにを考えているのかまではわからないですがね」

「わたしの考え方や立場はあとで話しましょう。それより知りたいのは、なんのつもりで今の話をあなたがわたしにしたのかということです。あなたは優秀な公安警察官だと聞いている。優秀だということは、ロボットになりきれる人間だということじゃないですか、公安の場合は？　自分の信念や思想より任務を優先させることができる。だからこそ、優秀だと賞賛される」

「ここの気候は人をおかしくする」

宮里は大城の言葉を受け流した。コーヒーカップを置き、身を乗り出してくる。

「それにあなたはやまとで育った。こちらに戻ってきてうちなーんちゅの血が目覚めたとでもおっしゃるんですか？」

「あなたに理由を話すつもりはない。個人的なものだからです。ただ、できることならやつらに一泡吹かせてやりたいとは思っている」

「ここの暑さに頭をやられたから？」

「多分。東京にいてこの情報を摑んだとしても、なにも考えなかっただろうとは思う。しかし、仮定の話などどうでもいい。わたしはここにいる。立派なお題目を聞かされたはいいが、それがでたらめだったことを知った。もしかすると沖縄の血がこの身体に流れているからなのかもしれない。珍しく義憤に駆られたのかもしれない。あるいは、この暑さに頭をやられたのかもしれない。理由はどうでもいい。わたしはここにいて、立腹している」

大城は口を閉じてアイスコーヒーを啜った。甘く苦い液体が口の中に広がっていく。宮里は冷たい視線を大城に当てていた。仲宗根貴代子に対する劣情が本質的な動機だと知ったら、宮里はどう反応するのだろう。軽蔑するか、共感するか——前者に決まっている。

宮里の視線が和らいだ。なにかを納得したか、無理矢理自分を納得させたのか、いずれにせよ、今までの敵対的な態度は消えていた。

「いいでしょう。今度はわたしの番ですね……わたしは、というかわたしとわたしの仲間も立腹してるんです。世の中の流れには逆らえない。沖縄の施政権は七二年に日本に返還される。それは仕方がない。それは受け入れよう。ただし——」

宮里は言葉を切り、再びコーヒーカップを手に取った。だが、口をつける素振りは見せない。

「ただし？」

「やまとーんちゅのやり方は腹立たしい。まるでやらずぶったくりだ。施政権の返還が決まるまではやれ沖縄県民の二十五年に亘る苦労がどうのこうの、民族の悲願だ、やれ戦後を終わらせなければならないだのと綺麗事を臆面もなく口にしておきながら、施政権返還が決まった途端掌を返す。沖縄は甘えている。沖縄だけが特別ではない。閣僚たちが仮面を被《かぶ》る必要はもうないんだとばかり、卑しい本音を口にしはじめる」

宮里の口調は次第に熱を帯びていった。仮面を外したのはやまとーんちゅではなく、宮里の方だった。

「本音を晒しただけならまだいい。我々はやまとーんちゅがどんな人種なのかはよくわかっている。自己中心的で傲慢で卑屈で狭隘《きょうあい》な視野しか持てない哀れな民族だ。うちなーんちゅはもっと哀れだとやまとーんちゅはいうだろうがね。だから、彼らがなんといおうと堪《こら》える覚悟はできている」

「だったら、なにを怒っているんです？」

「やまとーんちゅが沖縄を金のなる木としか見なしていないことに。おためごかしを口にして、その実、沖縄からいくらふんだくるかしか考えていないことに。どれだけ傲慢でもかまいはしない。どれだけ不遜な態度を取られてもいい。それで、沖縄が今の圧政から解放されて、豊かな暮らしを手に入れられるなら。しかし、現実はそうじゃない。やまとーんちゅは親切ごかしに沖縄にやってきて、沖縄の資源を横取りしていくだけだ。我々は今よりもっと貧しくなる。今よりずっと不幸になる。いつかうちなーんちゅであることの誇りを失い、やまとーんちゅに媚びへつらうことでしか生きていけなくなる」

宮里の演説が終わった。宮里は肩で息をし、恥ずかしそうに俯きながらコーヒーを口にした。

「あなたと仲間がとおっしゃいましたが、金門クラブのことですか?」

「金門クラブの一部、です。大方のメンバーは施政権返還を歓迎している。金儲けのチャンスだと思ってるんですよ、愚かにもね。奪われるだけだということがわかっていない」

「それに、あなたたちは自分たちの無力さを痛感している?」

「ええ。我々がなにを叫ぼうが、なにをどうしようが世の中の流れは変わらない。沖縄は日本に併合されて、うちなーんちゅは奴隷にされる。ただね、當間はなんとかそれに抗おうとしていた。動機が金儲けだったとしても、やまとーんちゅと同じ土俵に立って戦おうとしているんですよ、ドン・キホーテみたいに。だから、もし力になれるのならなってやりたかった。あなたを彼に紹介したのはそのためです」

大城は煙草を取りだし、口にくわえた。宮里が物欲しそうな目でそれを見た。大城が煙草の箱を差し出すと、宮里は悲しそうに首を振った。

「禁煙してるんです。女房が医者でしてね。毎晩、煙草の害を耳許で囁かれる」

「長生きしたいんですか？　百歳まで生きて、ぼろくずみたいになった沖縄をその日に焼きつけたい？」

大城は挑発するように笑った。

「いや」

「だったら、禁煙は家の中だけでしていればいい」

「それもそうだな」

宮里は煙草を口にくわえ、大城のマッチで火をつけた。

「さて、我々は情報を共有し、なおかつ同じ認識を持っていることを確認した。そういうことですね」

大城は煙を吐き出しながらいった。

「同じ認識？」

「そう。世の中の流れは変わらない。連中の持つ権力に対して、我々はどこまでも無力だ」

「だが、一泡吹かせるぐらいのことはできる？」

宮里も煙を吐き出した。

「あなたのお仲間に本部近辺の土地を買うようにお勧めしてください。後で、門倉が熱心に見て回っていた場所の地図を送ります。ひっそり、だれにも気づかれないように、少しずつ買っていくんです。名前を表に出したくないのなら、當間さんに資金援助するという形でもいい。金門クラブのメンバーならそれなりの金は稼いでいるんでしょう？」

「確かに。しかしその後は？　當間がどれだけ頑張っても、やまとの巨大資本に抵抗できるはずがない。やまとーんちゅに沖縄の土地を高く売りつけて、それで満足しろというのかな？」

「これは手始めです。いいですか、あなたとわたしは警察官だ。普通の人間にはできないことができる。普通の人間ではお目にかかれない情報をこの手に収めることができる。あなたの助力があれば、わたしはもっと広範囲に活動することができるようになる。きっとなにかが見つかりますよ。連中をせいぜい踊らせてやりませんか？」

宮里は煙草を吸い、まだ半分以上残っている吸い殻を灰皿に押しつけた。

「なるほど、我々はささやかな満足を得られるかもしれない。だが、あなたは？　あなたはなにを手にするんです？　もしかすると職を失うかもしれない危険を冒してまで、あなたはなにを手に入れたいというんですか？」

仲宗根貴代子への劣情から逃れられる。寝る間もないぐらいに立ち回り、肉体を酷使すれば犯罪まがいの手を使ってあの淫靡な肉体を手に入れろという悪魔の囁きから逃れることができる。脳味噌をとろかすようなこの暑さの中、自分を保つ自信がない。仕事がいる。それも、切実な喜びを持って取り組める仕事がいる。

大城は煙草を消した。宮里同様、半分も吸ってはいなかった。

「スリルですよ」

大城は答えた。

「ここは退屈にすぎる」

そう、沖縄を包んでいる空気はぬるま湯と同じだ。長く浸かっていると皮膚がふやけ、脳味噌が緩んでくる。だからこそ、仲宗根貴代子のことが脳裏から離れなくなる。東京にはそれこそ仲宗根貴代子など足元にも及ばぬような美女がごまんといる。だが、東京でそうした女たちに劣情を抱いたことはない。他に考えるべきこと、するべきことが多すぎてそこまで神経が回らない。だが、沖縄にいると時間が間延びする。暑さと淀んだ空気が神経を冒し、麻痺させていく。

「多分、暑さで頭がやられたというのが正解なんでしょう。それじゃいけませんか？」

「いいえ」

宮里はコーヒーカップの中身を一気に飲み干した。

＊

古謝の講義が終わると、玻名城が畳の上を這うようににじり寄ってきた。

「當間さんから連絡がありました」

他の塾生の顔色をうかがいながら玻名城は平良の耳に囁いた。

「一軒、當間さんに土地を売るって言ってきたそうです。他の四軒はだめだったみたいですけど、とりあえず収穫があったって」

「それはよかった」

平良は心臓が早鐘を打ちはじめるのを覚えた。あの夜の緊張が身体の神経を刺激する。比嘉に率いられ、比嘉の指示を受け、畑を荒らし、ビラを貼り、鍬で足跡を消しながら立ち去った。恐怖と不安と興奮が混じり合った感情は忘れがたく、その気になればいつだってありありと思い出すことができた。

ふと周りを見ると、あの夜の面子《メンツ》が集まってきていた——諸見里に比嘉、それに玻名城の学友たち。桃原賢治と喜久山好信だ。

「當間さんが警察関係の知り合いに探りを入れてみたらしいんだけど、とりあえず質《たち》の悪いいたずらだってことで真剣に捜査するつもりはなさそうだってさ」

玻名城の声に、諸見里が安堵するように肩の力を抜いた。

「よかった。いつ警察が来るかと気が気じゃなかったんだ、ぼく」

「警察なんか来ないですよ。証拠はなにひとつ残してないんだから」

比嘉が微笑みながらいう。比嘉は自衛隊に入る前は警察官になりたかったのだといった。だから、警察がすることはだいたいわかる、と。

「それでね、平良さん、當間さんがもっとやってくれないかって……」

「もっと？」

「うん。他にもやまとに土地を売ろうとしてる人たちはいるわけだし。一回やったぐらいじゃ、意味ないでしょう？」

「でも、何回も繰り返したら警察だってただのいたずらだとは見なさなくなるんじゃないのか？」

平良は比嘉に顔を向けた。大方の塾生は帰途につこうとしていて、部屋には数人が残っているだけだった。

「もちろん、何度もやってれば警察の警戒も今より厳しくなるでしょうけど……」

比嘉は腕を組み、大きな頭を傾けた。

「悪辣《あくらつ》な犯罪ってわけでもないし、つけいる隙は充分にあると思いますよ。あの辺りの巡邏《じゅんら》警官なんて、きっと重大な犯罪に関わったことなんてないでしょうし、本土の警察に比べたらのんびりしてますから」

「成果はあったわけじゃないですか。たった一軒だけど、やまとーんちゅに土地を売るのをやめた人が出たんです。残りの人たちはまだ半信半疑なのかもしれないし。一回きりで終わらせたら、意味ないですよ。二回、三回と琉球義勇軍の活動を続けていけば、その波紋も広がっていくとぼくは思います」

玻名城が勢いづいたように喋る。平良は周囲に視線を走らせた。玻名城は当然としても、比嘉も桃原も喜久山もやる気満々のようだった。不安そうな表情を浮かべているのは諸見里だけだった。

「昇、君はどう思う?」

「ぼくは……」

諸見里に玻名城たちの視線が集まった。諸見里はいい淀み、たじたじとしながら言葉を続けた。

「ぼくはみんなの意見に従うよ」

本当はやめたいくせに、諸見里にそれを口にする勇気はないようだった。

「わかった。じゃあ、続けよう。ただし、行動を起こすときはこの前以上に慎重に。古謝先生に迷惑をかけるわけにはいかない。それだけは肝に銘じておいてくれ。玻名城君、君は當間さんからやまとーんちゅに土地を売ろうとしている人たちの名簿かなにかをもらってきてくれないかな。それを元に、ぼくと比嘉さんで下見をして計画を練るから」

「わかりました。早速行ってきますよ」

玻名城は勢いよく答え、桃原と喜久山を従えて出ていった。

「血気盛んですね、玻名城君は」

比嘉がのんびりとした視線を三人の背中に向けた。

「スパイごっこを楽しんでるんでしょう。考えるより先に身体を動かしたいっていうクチ……というより、これまで考えることしかできなかった分、行動を起こせることに喜びを感じてるんだ。それより昇、いいのか？　いやだったら抜けてもいいんだぞ。無理強いできるようなことじゃないんだからさ」

「ぼくだけ除け者にするつもり？　そんなに気を遣わなくてもいいよ。怖いことは怖いけどさ……やるって決めたんだ。琉球のためにこの身を捧げる。参加するよ。絶対に」

「わかったよ。もう、二度と訊かない。そろそろぼくらも帰ろう。長居すると奥さんに悪いから」

平良たちは腰をあげた。すでに玻名城たちの姿はない。

「比嘉さんはどうする？　もし良かったらコザまで送るけど」

「いや、今夜は那覇で知り合いと会うことになってるんです。お構いなく。しかし、平良さんも板についてきましたね」

「なにが？」

「琉球義勇軍の指揮官。あの鼻っ柱の強い玻名城君も、まず平良さんに相談しに行きますからね。信頼されてる証拠ですよ」

比嘉は真顔だった。諸見里もうなずいている。

「そんなの柄じゃないよ。しかたないからやってるだけで……」

「指揮官っていうのはそういうものなんですよ。軍隊には士官候補生から出世していく連中もいますけど、兵士の信頼を勝ち得ないやつは淘汰《とうた》されていくんです。しかたなしでも責任を持ってやるべきことをやっていけば、兵隊はそれについてくる。いってみれば、古謝先生は司令官です。その下で指揮を執《と》るのが平良さんですよ」

「からかうのはやめろよ」

真顔の比嘉にそういって、平良はそそくさと靴を履いた。生暖かい風が古謝家の庭を吹き抜けていく。琉球共和国旗がその風にはためいていた。


空は分厚い雲に覆われていた。月光も星々の瞬きも遮られ、あたりはまったき闇に覆われている。聞こえてくるのは風に揺れる稲穂の音と、さざ波だけだった。各自が持った懐中電灯がその闇を切り裂いて、平良たちの足元を照らし出している。だれもが呼吸を押し殺し、毛穴という毛穴から極度の緊張を撒き散らしていた。

すぐ目の前で比嘉の巨軀が動きを止めた。

「大丈夫です。だれもいません」

比嘉が囁く。平良は真横にいた玻名城の肩を叩いた。極力声は出すなと事前に比嘉にいわれていた。意思の疎通は身振り手振り。前に畑を荒らしたときはすべてがうまく行かず、焦りだけが先に立ったものだ。玻名城がうなずき、桃原と喜久山を連れて、畑の方に移動していった。諸見里の懐中電灯が彼らの横顔を照らした。三人が三人とも、手拭いで顔の下半分を覆っている。それは平良たちも同じだった。

「じゃあ、ぼくらは向こうへ」

比嘉が巨軀に似合わない滑らかな動きで方向を変えた。時間を節約するために今回は二手に分かれる手筈になっていた。玻名城たちは前回と同じ場所を、平良たちは畑ではなくこの辺りの網元の所有する船や網に対する破壊工作を受け持つ。畦道を横切り、農道を渡って海に向かう。潮を含んだ重い風が身体にまとわりつく。潮風と呼吸に晒された手拭いが湿り、口もとが不快だった。

軍用道路を渡りきると、草が生えたなだらかな丘があり、その先が砂浜だった。海から引き上げられた船が闇をたわめている。まるで太古の時代の恐竜が惰眠を貪ってでもいるかのようだった。海に面して家が数軒建っていたが、どの家にも明かりはなく、人の寝静まった気配が濃厚に立ちこめている。

「ここは波の音があるから、少しぐらいなら口を利いても大丈夫です。諸見里さんはあの手前の船をお願いします。ぼくがこっち。平良さんは左手のあの船を。網を切り裂くだけにしてください。船を壊したりすると、警察も本腰を入れて調査をしはじめますから。網だけなら大丈夫」

「わかった」

平良は答えた。諸見里の声はない。暗闇の中でも、諸見里が恐怖に顫え、懸命に堪えているのがわかる。平良は諸見里の肩に手を置いた。顫えがやがてとまり、諸見里がうなずいた。

「行ってくるよ」

諸見里の言葉を合図に、平良と比嘉も自分の持ち場に向かった。畑では完全に闇と思えたものが、ここでは幾分様相を変えている。なによりも黒いのは海。雲に覆われた空がそれに続き、足元の砂浜はほんのりと白い。砂浜に足跡が刻まれているのはわかっていた。鍬は比嘉が持っている。撤退するときに砂を均《なら》せばいいだけのことだ。近くにだれもいないとわかっていても、呼吸が苦しく、手足が重くなっていく。平良はジーパンの尻ポケットからナイフを抜いた。比嘉がどこかから調達してきた安物の折り畳みナイフだった。安物だが刃は充分すぎるぐらいによく研いである。

船は遠目から見たよりも大きく感じられた。百姓の平良には大きさの目安がよく理解できなかったが、小舟と中型船の中間ぐらいの大きさだった。甲板の舳先《へさき》の方に丁寧に折り畳まれた網が置いてある。平良は船側に琉球義勇軍のビラを貼り付け、船をよじ登った。ナイフを握る掌が汗で濡れていた。ジーパンに掌を押しつけて汗を拭き取り、もう一度ナイフを握った。懐中電灯を足元に置いて左手を網に伸ばし、ナイフで切り裂いていく。

「だれだ？　そこでなにしてる？」

心臓が凍りついた。浴びせられた声はまごうことなきウチナーグチだった。懐中電灯を握って振り返る。甲板の中央にある船室から人影が出てこようとしていた。それもふたつ——膝から力が抜けそうになる。人がいることは想定していなかった。どうすればいいかも比嘉にはいわれていない。

「ここでなにしてるんだって訊いてるんだよ!?」

船室から出てきたのは若い男だった。懐中電灯の光線に顔をしかめ、掌をかざした。腕に覚えがあるのだろう。手拭いで覆面をしている平良を見ても、物怖じはしていなかった。

「おまえ、泥棒か？　こんな船、盗むものなんかなんにもねえぞ」

男がにじり寄ってくる。平良はナイフを落とした。ナイフを握っていてはどんな惨事が起こるか知れたものではない。だれかを傷つけるためにここにいるわけではない。しかし、男をなんとかしなければ、メンバー全員が危機に陥ってしまう。

男の目がナイフに吸い寄せられた。男に隙ができる。考える前に平良は跳んでいた。身体ごと男に体当たりし、懐中電灯を振り回す。男が呻きながら反撃してきた。男の手が顔に当たり、左の唇から頬にかけてが鈍く痺《しび》れた。男は筋肉質だったが、懐中電灯の一撃が効いたのか動きは鈍かった。平良は男の背後に回り、腰にしがみついて体重を浴びせた。男が足をもつれさせ、甲板に倒れ込む。身体のどこかをしたたかに打ちつけたのだろう、男は鈍い悲鳴をあげ、それっきり動かなくなった。

「おい、だいじょうぶか？」

平良は男の身体を揺さぶった。反応はないが、脈はあった。ただ、気絶しているだけのようだった。

凍りついていた心臓がなんの前触れもなしに動きだす。胃が収縮し、胃液が逆流する。平良は吐きながら立ち上がった。懐中電灯は電球が割れてしまったのか明かりが消えていた。暗闇に目を凝らすと、異変に気づいた比嘉が砂浜を走っているのが見えた。比嘉が来てくれればなんとかなる——気が抜けて、それと同時に全身の力も抜けていった。その場にくずおれそうになって、別の悲鳴が平良の耳に届いた。

まだ船室にだれかいる。

「だれだ？」

平良はナイフを拾いあげた。もう一度肉弾戦をするほどの気力がない。ナイフで脅して黙らせるしか方法がなかった。よろめきながら船室に近づき、目を細めた。船室の隅に若い娘が身を縮めて潜んでいた。

「助けて、お願い。だれにもなにもいわないから」

年の頃は二十歳《はたち》前後だろうか。長い髪を後ろで束ねている。着ているものは花柄のブラウスにスカート。おそらく、気絶している男とここで逢《あ》い引《び》きしていたのだろう。間の悪いときに、平良がやって来てしまったのだ。

「なにもしない。だから、こっちに来て」

「正嗣《まさつぐ》は？　殺したの？」

「気絶してるだけだよ。ぼくは……泥棒とかそういうんじゃない。絶対に危害は加えないから――」

娘が首を振った。だれかが船側をよじ登っている。比嘉に違いなかった。

「慌てないで。ぼくの仲間だから。お願いだから悲鳴をあげたりしないで。いいね？」

娘はうなずいた。顔が恐怖に歪み、目に涙が浮かんでいる。

「どうしました？」

比嘉の声がした。

「人がいたんだ。思わず殴ってしまった。悪いことをしたよ。ここにも女性がいる。今日はこのまま引き上げよう」

「平良さん、手拭いが……」

比嘉の言葉の意味がよく把握できなかった。手拭いがどうしたというのだろう――平良は顔に手を当て、そこにあるはずの手拭いがないことに気づいた。男と格闘した弾みで落ちてしまったのだろう。平良は慌てて娘を見た。比嘉の懐中電灯が娘を照らしている。娘の瞳には平良の顔がしっかりと映っていた。

朝刊にはなにも載っていなかった。昼のラジオのニュースが、ほんの少しだけ琉球義勇軍のことに触れた。畑が荒らされ、漁船の網が切られ、怪我人がひとり出た。平良の名前は報道されない。

結局、気絶した男と娘を縛りつけて船に置いたまま、平良たちは逃げ出した。平良の顔を見、比嘉が口にしてしまった平良の名前を聞いた娘をどうするか、それなりの議論は出たのだが、当然娘を殺すわけにもいかず、彼女が警察に平良のことを告げたら、すべての責任は自分で取ると断言して、その場を立ち去ったのだ。

朝から食欲がなかった。人の姿が視界に入るたびに、それが警察ではないかとびくつき、怯え、手元が疎《おろそ》かになる。数度父に叱咤《しった》されて、風邪をひいたようだと嘘をつき、家に戻った。夕刊が配達されるのが待ち遠しくもあり、恐ろしくもある。

三時過ぎに玻名城から電話があった。

「大丈夫ですか？」

「いつ警察が来るかと思ってなにも手につかないよ。自分がこんなに情けない人間だとは思わなかった」

「無理もないですよ。あんなこと、起こるはずじゃなかったんだから。あの……當間さんに昨日のこと話して、また警察に探り入れてもらったんです」

「なんていってた？」

「あの娘、警察にはなにも喋ってないみたいです」

「どうして？」

「理由はわかりません。ただ、手拭いで顔を隠していたので犯人の顔はわからないと警察には証言してるそうです。少しは気が休まりましたか？」

ほっとしたのは事実だった。だが、娘がなにを考えているのかがわからない。確かに、彼女は平良の顔を見ているのだ。

「彼女の名前、わかるかな?」

「さあ、そこまでは……でも、夕刊に載るんじゃないですか。とにかく、彼女が証言しなかったんだから、警察が平良さんを捜すこともないはずです。それだけ早くお伝えしたくて」

「あ、ありがとう。確かに、朝からご飯も喉を通らなかったんだ。晩飯はたくさん食える気がしてきたよ」

平良は電話を切り、親指でこめかみを押した。玻名城にはほっとしたと伝えたが、実際には不安がさらに募っていた。確かにあの娘に顔を見られている。名前も聞かれている。なのに、どうして警察になにも告げなかったのだろう? 考えれば考えるほど背筋が寒くなっていく。

三時になるのを待って、平良は家を出た。車を走らせて市内の煙草屋に向かう。配送されたばかりの夕刊が紐《ひも》で縛られて煙草屋の軒先に置かれていた。煙草屋のおばあに断りを入れて紐を解き、夕刊を一部抜き取って金を払った。家に戻るのが待ちきれず、車の中で新聞を開く。小さな記事だったが、見出しがすぐに目に飛び込んできた。

『本部で暴行事件
昨夜未明、数人の賊が本部近辺の畑と漁船を荒らし、偶然現場に居合わせた宮良《みやら》正嗣さん（二十五歳）が賊に暴行され、全治三日の軽傷を負った。宮良さんと一緒にいた名護市の島袋景子《しまぶくろけいこ》さん（二十二歳）は無事だった。島袋さんの証言によると、賊は四人から五人、全員手拭いで顔を覆っていたという。現場には「琉球義勇軍」を名乗るビラが残されており、名護警察署は数日前に起こった畑荒らしと関連があると見て捜査を進めている』

島袋景子という名に見覚えがあった。明確には思い出せないが、間違いなく知っている人間の名前だ。だれだっただろう——平良は霧に包まれた記憶の中に分け入った。二十二歳の若い娘と接点はない。人生のどこかですれ違っていたとしたらそれはずっと前のことだ。彼女が高校生のころ、あるいは中学生のころ——平良は顔をあげた。あれは七、八年も前になるだろうか。農閑期にアルバイトとしてコザの酒屋で集配の仕事に就いたことがある。ビールやウィスキーを特飲街のAサインバーに配達して空き瓶を回収してくる仕事だ。コザの照屋《てるや》という黒人兵たちが集まる特飲街の中に島袋テーラーという仕立屋があった。休日にお洒落を楽しもうとする黒人兵たちのために、注文に応じて服を仕立てるのだ。

島袋テーラーは中年の親父がひとりで切り盛りしていた。奥さんは何年か前に米兵に轢《ひ》き逃げされて死んだと聞かされていた。親父には娘がひとり。平良が照屋に配達に行くのは決まって夕方で、中学校から帰宅してくるその娘とはよく顔を合わせた。うちなーんちゅにしては色が白く、目鼻立ちがはっきりした美しい少女だった。彼女の名前が景子。

間違いない。あの漁船の中にいた娘は彼女だ。

平良は新聞を助手席に放り投げ、車を発進させた。コザに向けてハンドルを切った。

平良は気づかなかった。若い娘にとっての八年間はその容貌を劇的に変化させる。まだふっくらとしていた中学生の島袋景子と二十二歳の彼女との間には容易には認識できない溝がある。だが、二十歳を過ぎた男にとっての八年間はゆるやかに過ぎていく。八年前の平良と今の平良を見比べても、多少男臭くなったぐらいで容貌に大きな変化はない。

彼女は気づいていたはずだ。比嘉が平良の名前を口にするまでもなく、漁船で恋人を殴り倒した男が酒屋の配達をしていたあの男だとわかっていたはずだ。警察に平良のことを告げなかったのが、八年前、時に冗談をかわすぐらいだった男を牢屋に入れるのがいたたまれなかったからだとしたら、感謝と謝罪の言葉を告げなくてはならない。

渋滞にはまだ早い時間のせいか、コザには三十分で辿り着いた。市内を横切り、照屋の入口で車を停めた。照屋は細い一本道でその両側にAサインバーが林立している。あとはけばけばしい看板の間に埋もれて、仕立屋や床屋が営業をしているだけだ。夜になればどこからともなく黒人兵たちが現れ、白人兵どころかうちなーんちゅも立ち入ることを憚られるような異様な雰囲気が立ちこめるが、夕方の四時の照屋はただ閑散としているだけだった。

　島袋テーラーは平良の記憶にあるのと変わらぬ場所で営業していた。手書きの看板に小さく書かれた英語の文字まで変わっていない。店の中では平良の記憶より頭髪が後退した親父——島袋恭英《きようえい》がアイロンをかけていた。

「すみません」

　戸を開けながら声をかけた。島袋が顔をあげた。

「なんだね？　仕立ての注文かい？」

「いえ、あの……ぼく、七、八年前にこの辺りで酒の集配をやってたものなんですけど」

　島袋はずり落ちかけていた眼鏡を指で押さえながら平良の顔を無遠慮に眺めた。

「ああ、あんたか。覚えてるよ。確か、平良君といったかな。この辺りが一番栄えてた頃だ。Ａサインバーもうちら仕立て屋も床屋の連中もこの世の春を謳歌してたからなあ、よく覚えてるよ。あの頃は良かった。黒人兵たちも気前が良くてねえ。それが今じゃ余計な金はびた一文出さないとくる。世知辛い世の中さ」

　八年前といえば、琉球中の特飲街が潤っていた最後の時代だった。一晩でドラム缶一杯のドル紙幣を稼いだという連中がうじゃうじゃいて、米兵ばかりではなく、その金を目当てにしたうちなーんちゅも大勢特飲街に押しかけていた。ヴェトナム戦争の長期化が影を落とし、米兵たちの気質が荒れ、財布の紐が堅くなっていくのはそのしばらく後のことだった。

「で、なんの用だ、平良君？　また配送の仕事をはじめるのかね？」

「いえ、あの……景子さんはいらっしゃるかなと思いまして」

「うちの景子かい？　あれは高校を卒業すると同時に家を飛び出ていっちまったよ」

疑いの欠片《かけら》も示さずに、島袋は鷹揚に喋った。特飲街で長年暮らしているにもかかわらず、人を疑うということを知らないかのようだった。

「といいますと？」

「特飲街なんか嫌だと抜かしてね。名護にあるパイナップルの缶詰工場に仕事を見つけてそっちに行っちまったんだ。今じゃ、盆と正月にしか帰ってこないよ。景子になんの用だい？」

「ええ、それが──」

平良は唇を舐めた。車の中で考えておいた嘘だが、島袋のような人間を前にしてそれを口にするのは躊躇《ためら》われる。だが、本当のことを話すわけにもいかない。

「この前、那覇の銀行で窓口に並んでたら、たまたま後ろにいた若い子がぼくの名前を呼ぶんですよ。景子さんの同級生で、この辺りで昔何度か会ったことがあって、懐かしくてしばらく世間話して……その時に、今度景子さんも交えて食事でもしようかという話になりまして……」

「ああ、そういうことかい。今の若い子はコザに見切りをつけて那覇に出て行くからねえ。景子も給料が安くて大変みたいだから、平良君、美味しいものご馳走してやってくれんかね」

島袋ののんびりとした口調が平良の心に突き刺さった。これほど簡単に嘘を飲みこんでくれると、逆にそれが罪悪感を煽ることになる。

「ええ、そうします」

「ちょっと待ってくれよ」

島袋はチョッキの内側に手を入れ、小さなメモ帳と禿《ち》びた鉛筆を取りだした。客の寸法を書きこむためのものだ。鉛筆の芯を舐め、なにかをメモに書き付けていく。

「ほい。これが景子の住所と電話番号だ。電話はもちろん呼び出しで、昼間は仕事に出てるからほとんど繋がらないよ」

「ありがとうございます」

平良は紙片を受け取りながら深く頭を下げた。

「景子に会ったら、たまには父親に顔を見せてくれといっておいてくれんかね」

「わかりました。必ず伝えます」

平良はもう一度深々と頭を下げ、逃げるように店を出た。

名護についたのは午後五時まであと五分という時間だった。島袋が書いてくれたメモを頼りに景子の家を探し、見つけたのが五時二十分。安普請の共同住宅で、歩くたびに廊下がみしみしと軋んだ。ドアをノックしてみたが島袋景子からの応答はない。まだ仕事から戻ってきていないのだろう。平良は一旦車に戻り、島袋景子の帰宅を待った。

西の空が茜《あかね》色に燃えあがり、東の空が薄暮に沈もうとしていた。気の早い月が顔を出し、ぽつりぽつりと人家から明かりが漏れてくる。通りを行き交う人の顔は疲れに曇り、来年には悲願が成就するのだという喜びはどこにも感じられない。うちなーんちゅは疲弊している。この二十数年の米軍支配にくたびれ果てている。

時計の針が六時を回ったころ、道の左の方から若い娘がやって来た。ジーパンにTシャツという格好は、昨日とさほど変わらない。違うのは肘にハンドバッグの持ち手を引っかけていることぐらいだった。もちろんTシャツの柄は違うのだろうが、遠目からは判別できなかった。

島袋景子は迷う素振りも見せずに共同住宅の中に姿を消した。平良は十分待ち、車を降りた。廊下を軋ませながら進み、島袋景子の部屋のドアをノックする。

「はい、どちら様ですか？」

朗らかな声が聞こえてきた。平良は一瞬躊躇し、やがて口を開いた。

「平良です。昨日の夜のことを謝りたくて……」

「……平良さん？」

「ええ。昔、照屋で酒の配達をしていた平良です」

ドアのすぐ向こうに島袋景子の気配がした。薄いドア一枚を隔てて、平良と彼女は対《たい》峙《じ》している。

「おひとりですか？」

「ええ。ひとりです。心配なら外で待ってますから、出てきてもらえますか？　本当に、昨日のことを謝りたくて……」

「じゃあ、悪いけど待っててもらえます。着替えてから出ていきますから。あの、ここを出て道を右の方に少し行くと喫茶店があるんです。そこで待っててください」

島袋景子の気配が遠ざかっていく。

「わかりました。喫茶店で待ってます」

入口の方で廊下が軋む音がして、平良は早口で告げた。年配の男が好奇心を剝き出しにした視線を平良に向けながら自分の部屋に向かっていく。平良は冷や汗が噴き出るのを感じながら共同住宅を後にした。

喫茶店はすぐに見つかった。コーラを注文して、平良は椅子に深く腰を沈めた。警戒されるだろうと予想していたのに、島袋景子はあっさり平良と会うことを承諾した。彼女がなにを考えているのか、さっぱり見当がつかない。

運ばれてきたコーラに口をつけながら、平良は時計を覗きこんだ。もう賢秀塾の講義がはじまっている時間だ。風邪を引いたのでもないかぎり、古謝の講義を聴きに行かないのはこれが初めてだった。諸見里や玻名城たちは訝っているだろう。昨日のショックがまだ抜け切れていないのかと首を傾げているだろう。

コーラを飲み干しても、島袋景子はやって来なかった。三十分が過ぎて、体《てい》よく追い返されただけなのかと思いはじめた。当たり前だ。人が寝静まった夜更けに、手拭いで顔を隠して漁船の網を切る、そんな怪しいことをしている人間に、若い娘がおいそれと会ってくれるはずもない。今ごろは彼女の連絡を受けた警察がこの喫茶店に向かっているのかもしれない。

自分の愚かさに呆れながら、平良は腰をあげた。長居は無用だ。彼女に謝りたいという気持ちは変わらないが、仲間に迷惑をかけることはできない。

レジに向かって歩きかけたとき、窓の外に島袋景子が見えた。別人かと思うほど見違えていた。白のブラウスに黒のスカート、顔には入念な化粧が施されている。これなら、時間がかかったのもうなずけた。

「お待たせしました。待ちくたびれました？」

「いや……来てくれないのかと思ってね。昨日のことがあるし」

平良は慌てて席に戻り、咳払いを繰り返した。昨日の夜は気が動転していてそれどころではなかったが、島袋景子は美しかった。かすかな香水の匂いと一緒に、成熟した女の体臭が匂ってくる。目の前に座られると呼吸が苦しくなるほどだった。

「せっかく平良さんに会えるんだからと思って、着るものの組み合わせとか考えてたら遅くなっちゃって。ごめんなさい」

「着るものの組み合わせ？」

「うん。警察に平良さんのこと話さなかったら会いに来てくれるんじゃないかと思ってたけど、まさかこんなに早いとは思わなくて、ちょっと焦っちゃった」

島袋景子は屈託のない笑みを浮かべながら、カウンターの店員にアイスコーヒーを注文した。

「どういうことかな……よくわからないんだけど」

「昨日の夜は本当に怖かったの。だって、変な格好してる人が船によじ登ってきて、正嗣のこと殴り倒すんだもん。わたしも殺されるかと思った」

「申し訳ない。あれには訳があるんだ――」

「でも、手拭いが落ちた顔見て、わたし驚いちゃった」

島袋景子は平良の声など耳に入らないというように言葉を続けた。

「平良さんだったんだもの」

「暴漢がぼくだと、なにか違いがあるのかい？」

平良は呆気《あっけ》にとられながら訊いた。

「呆れた。やっぱりなにもわかってなかったんだわ」

島袋景子は大きな目をさらに剝いた。鼻の付け根に小皺が寄り、蓮《はす》っ葉《ぱ》な印象を強めていく。

「なにもって……」

「みんな話してたの、平良さんって絶対に鈍感だって。わたしはそんなことないっていいってたんだけど……」

彼女の言葉がうまく頭に入ってこなかった。言葉は通じるのに意味が取れない。まるで宇宙人かなにかと会話しているみたいだった。

「ねえ、平良さん、昔、クリスマスにわたしがプレゼントしたの覚えてる？」

平良は訝りながら記憶を探った。高校を卒業して以来、クリスマスとはほとんど無縁に過ごしてきた。両親はそうした行事には無頓着だったし、百姓仲間も農作業に追われてクリスマスを楽しむ余裕はなかった。

「覚えてないの？　手編みのマフラー――」

彼女の言葉で一気に霧が晴れた。配達の帰りに彼女に呼び止められ、紙袋を手渡されたのだ。彼女は怒ったような表情を浮かべ、平良の手に袋を押しつけると逃げるようにその場を去っていった。紙袋に入っていたのは編み目が不揃いな緑色のマフラーだった。それがクリスマスプレゼントだと気づいたのは酒屋に戻る途中で、彼女が唐突に自分にプレゼントをくれた理由も皆目見当がつかなかった。平良はその年の十二月いっぱいでアルバイトをやめ、それっきり彼女に会うことはなかった。緑色のマフラーもうちなーの冬には不釣り合いで、簞笥《たんす》の奥に放り込んだまますっかり忘れ去っていた。

「覚えてるよ、もちろん」

「嘘ばっかり。今思い出したっていう顔。ねえ、中学三年生の女の子が大人の男の人に手編みのマフラーをクリスマスにプレゼントするのって、凄く勇気のいることだったと思わない？」

平良はうなずいた。本音をいえば、そんなことなど考えたこともなかった。

「わたし、平良さんに憧れてたの。黙々と働いてる後ろ姿が素敵だなって……好きだったのよ」

「ぼくを？」

たまげながら平良は答えた。

「そうよ。なんとか気を惹こうと思っていろいろ話しかけたのに、平良さん、全然気づいてくれないんだもん。友達にはっぱをかけられて一生懸命マフラー編んで、それを渡して……いい加減気づいてくれるだろうと思ったら、平良さんはもう照屋には来なかった。酷いわ」

島袋景子は恨みがましい視線を平良に向けてきた。まるで針のむしろに座らされているようだった。平良は噴き出てきた汗を拭いた。

「そんなこと、全然……」

「本当に鈍感なのね。嫌になっちゃう。わたし、平良さんが勤めてた酒屋にも行ったのよ。平良さんの住んでるところ教えてもらおうと思って。なのに、中学生が色気づいてるんじゃないって説教されて……そんなことも知らなかったんでしょう？」

うなずく他なかった。平良は彼女から視線を逸らし、水を飲んだ。喉がからからに干上がっていた。

「ずっと平良さんのこと忘れなかったのよ。可愛い乙女心でしょう？　ずっと心に思っていた人が、あの晩、急に目の前に現れたの。最初はとても怖かったけど、手拭いの下の顔を見たら……だから警察にはいわなかったのよ。平良さんがなにしてるのかは知らないけど、わたしの大切な人だから。感謝してる？」

「あ、ああ。だから今日、こうして会いに来たんだよ。謝ろうと思って……新聞で、あの時の女性が君だって知ったんだ」

若くて美しい娘が自分を好きだと目の前で告白している。その事実についていけずに、平良はまた水を口に含んだ。どれだけ水を飲んでも渇きが癒されることはなかった。

「本当に感謝してるんだったら、証拠を見せてくれる？」

彼女は髪をかきあげた。その拍子に化粧の匂いが平良の鼻をくすぐった。数年前には感じることもなかった成熟した女の香りに平良はたじろいだ。

「証拠？」

「そう。証拠。今度の日曜日にわたしとデートして」

喉の渇きは癒えるどころかますます強まっていく。

「デート？　だって、君にはボーイフレンドがいるんだろう？」

「正嗣のことなら気にしなくていいの。自分勝手な子供みたいな男なんだから。そろそろ別れようと思ってたところなの。デートしてくれる？」

彼女はテーブルの上に身を乗り出してきた。口紅を塗った唇が艶《なま》めかしく輝いている。

「今度の日曜は、もう先約があるんだ」

平良は咄嗟に嘘をついた。

「じゃあ、警察に本当のこといってくる」

彼女が腰をあげた。はったりだとは思っても、確信は抱けなかった。自分の勝手な判断で賢秀塾の仲間を危険にさらすわけにはいかない。

「待って……わかったよ。日曜の予定、変えられるかどうか先方に聞いてみる」

「それだけじゃだめ。今、約束して。日曜日、何時に迎えに来てくれるの？」

溜息が漏れてきた。昔から女性をうまくあしらえた例《ため》しがない。

「どこに行きたいの？」

「那覇の映画館で見たい映画があるの。それから、素敵なレストランで食事して、ちょっとお酒も飲みたいな」

平良は懐に思いを馳せた。だれかに金を借りる必要がある。

「お金のことなら気にしないでね。わたし、割り勘で大丈夫だから。これでも、男の人の立場を考えて、ちゃんと尽くす女なのよ」

平良の考えを読みとったかのように彼女がいった。平良は頭を掻いた。

「わかった。二時に迎えに来るよ。映画、それで間に合うだろう？」

「うん。ありがとう。わたし、凄く嬉しい」

彼女が微笑んだ。屈託のない真心からの笑みで、中学生だったころの彼女を平良はありありと思い出した。

15

畑と漁船の被害はたいしたことはなかったが、負傷者が出たということで大掛かりな捜査がはじめられていた。制服警官が隊列をなして畑の遺留物を探し、私服の刑事たちが関係者に事情を訊いている。大城は車の中からその光景を眺めていた。

私服刑事たちから情報を集めていた安室が戻ってきた。警察手帳を広げながら助手席に乗りこんでくる。

「ガイ者は宮良正嗣と島袋景子。二十五歳と二十二歳です。船の中で逢い引きしている最中に犯人と出くわしたと証言していますね。殴られたのは男の方だけで、女は縛られただけです。犯人たちは手拭いで顔を隠していたということで、人相は判別できません」

「人数は？」

「四、五人ということしか……男の方は犯人のひとりと格闘した後気絶しています。女は犯人たちの声は聞いているようですが……」

「犯人たちの年格好もわからないのか？」

「ええ。気が動転していてなにも覚えていないと証言しているようですね」

大城は警察署でちらりと垣間見《かいまみ》た島袋景子の顔を脳裏に浮かべた。若いが気は強そうな娘だった。刑事たちへの受け答えもしっかりしていて、今どきの若い娘とは思えない芯の強さを匂わせていた。気が動転していたという証言には素直にうなずけない。自力で縄を解き、助けを求めたのも島袋景子なのだ。行動力に富み、状況把握能力にも長《た》けている。

なにかを隠しているのだ——公安警察官の勘がそう告げていた。

「連中、捜査はどうするつもりなんだ？」

大城は聞き込みを続けている私服刑事たちに顎をしゃくった。

「怪我人が出ているといっても、被害者は他人の船に無断であがりこんで乳繰りあっていた不良男女ですしね……マスコミの手前、人を駆り出してますが、二、三日捜査して進展がなかったらそれでうやむやにするつもりじゃないでしょうか。傷害を除けば、畑と網が荒らされただけですからね」

安室はボールペンの尻で頭を掻いた。目が退屈に淀んでいる。

「よし。那覇に戻るぞ」

大城はエンジンをかけ、ギアを一速に入れた。アクセルを踏むと、後輪が土埃を舞いあげた。

「しかし、琉球義勇軍っていうのはなにを考えてるんでしょうかね？　ただのいたずらにしちゃ度が過ぎるし、本気でなにかをしようと考えてるんなら、畑荒らしなんてちゃちすぎる」

「ただの畑荒らしだが、今回は怪我人が出た。そのうち死人が出るかもな」

「本当にそう思ってるんですか？」

大城は曖昧に首を振った。犯人は當間の集めた学生連中だ。証拠隠滅などやることにそつはないといっても、素人に毛が生えた程度の人間の集まりにすぎない。だが、素人だからこそ危険はつきまとう。昨日の件にしても、突然の目撃者にパニックに陥ったのだろう。宮良正嗣は軽い打撲を負っただけで済んだが、パニックが度を超せば、やりすぎてしまう可能性は否定できない。プロは抑制が利くが、素人はそうはいかないのだ。

當間に釘を刺しておく必要があった。

ルームミラーに畑の捜索を続ける警官隊が映りこんでいた。空は高く、抜けるように青い。空の青と大地の茶色との狭間《はざま》にあって、警官隊の姿はどこまでも異質だった。


秘書と名乗った中年の女に案内されて、大城は社長室に通された。當間はお茶を片手に電話をしているところだった。當間は目だけで謝りながら、大城に椅子を勧めた。電話の相手は取引先のようだった。秘書が持ってきたお茶に口をつけながら、大城は煙草をくわえた。當間の電話は終わろうとしていた。

「いや、すみません。ちょっと急な用件ができて」

電話を切るなり當間は声を張りあげた。

「しかし、おかげさまで、何人かの地主が弊社に土地を売るといってきてくれましたよ」

「その件ですけどね、當間さん、怪我人が出たことは知ってますか？」

「ええ。それが？」

當間は屈託のない笑みを浮かべていた。琉球義勇軍の活動が功を奏していることがよほど嬉しいのだろう。アイディア料を寄こせといえば、即座にドル紙幣を財布から抜き出しそうな勢いだった。

「あまりこういうことが続くと、いずれ警察も本腰を入れて捜査をしなければならなくなる。学生たちに釘を刺しておいてもらえませんか」

「そうですね。そりゃそうだ。いや、ついさっきね、その学生から電話がありまして……仲間のひとりが顔を見られてしまったと、かなり気を揉《も》んでまして。見ず知らずの人間に顔を見られたからって慌てるなといっておいたんですが、わたし軽く考えすぎてますか？」

「顔を見られた？」

「ええ。確か、若い男女がいたんですよね？　男と争ってる間に手拭いが落ちて、仲間のひとりがその女に顔を見られた、と。わたしね、大城さん、知り合いの警官に電話をかけて探りをいれてみたんですよ。そうしたら、女性の方は顔は見てないと証言してるっていうんで、ほっとしてたところなんですが」

「顔を見られたというのは確かなんですか？」

大城の剣幕に、當間は戸惑った表情を浮かべた。

「え、ええ。かなり慌てて電話をかけてきましたからね。見られたっていうのは間違いないと思うんですが、暗かったし、その女性も気が動転していたんでよく覚えてないんじゃないですか」

「そうかもしれない。ただし、その場合、なにかのきっかけで彼女が犯人の顔を思い出すこともある」

女は警察の取り調べに嘘をついた――疑惑が確信に変わった。なぜ嘘をついたのか、その理由を調べる必要がある。公安警察官の悲しい性《さが》だ。なにもかもを知らずにはいられない。

「そんなことになったら、なんとか手を打ちましょう」

大城は言った。

「いやあ、大城さんがいてくれて助かります。宮里には感謝してもしたりないなあ」

當間は悪びれるふうもなくそういって、向き合っている机の抽斗を開けた。綺麗に封をした封筒を取りだし、芝居がかった仕種でそれを大城に差し出した。

「これは？」

「とりあえずのお礼です」

生真面目な声で當間は答えた。大城が封筒を受け取るまでは一歩も引かないという固い決意がその表情から見て取れる。大城は溜息を漏らしながら封筒を受け取った。触れるまでもなく、中身が金であることはわかっていた。封を開け、中を覗く。二十ドル紙幣が十枚ほど入っていた。

「大金ですね」

「こんなもんじゃ足りませんよ、大城さんがしてくれていることに報いるにはね。例のリゾート開発がうまくいくようなら、その数十倍のお礼をしようと思ってます」

「これは賄賂ですよ。わかってますか？　わたしが賄賂を受け取るような警官に見えますか？」

「それは謝礼です」

當間はかたくなな声でそういった。

大城は車を出して平良清徳の家に向かった。田圃には年老いた両親の姿しか見えなかった。親思いの働き者の息子にしては不自然な光景だ。平良の家の庭に古ぼけたセダンが停まっている。厳しい陽射しに照らされた古い琉球風の農家は、そこだけ時が止まったように佇んでいた。眺めているだけで眠気に襲われそうになる。

家の中から電話のベルが聞こえてきた。ベルは四、五回鳴ったところでやんだ。それで、中に平良がいることを確認できた。大城は車を木陰に移動させた。窓を開け放っても蒸し暑い空気が流れ込んでくるだけだが、陽射しの下にいるよりはよほどましだった。シートを倒して横たわった。平良のセダンはエンジンをかけるときにけたたましい音をたてる。眠ってしまっても、平良の外出を見逃す恐れはなかった。

目を閉じる。すぐに瞼の裏に仲宗根貴代子の顔が浮かんだ。大城は自問した。なぜだ？　あの程度の女なら東京に戻ればごろごろしている。なぜ、あの女にこれほどまでに惹かれるのだろう？　夜が来るたびに自分に問うてきたことだった。回答が得られないことはわかっていても、繰り返し自問し続けることしかできなかった。

五分も経たないうちに汗が噴き出てきた。窓を閉め、エンジンをかける。アメリカ製の車にはエアコンがついていたが、気をつけていなければすぐにバッテリーが上がってしまう。それがわかっていても、この暑さにはかなわなかった。

ハンカチで汗を拭いていると、庭の方で人が動く気配があった。緩めていたネクタイを締め直し、大城はステアリングを握った。すぐにけたたましい音が鳴り響き、くたびれたエンジンが咳き込むのが聞こえてきた。セダンが盛大に排気ガスを撒き散らしながら庭から走り出てくる。平良に尾行を気にしている様子は見受けられなかった。充分な距離が開くのを待って、大城はアクセルを踏み込んだ。

平良は煙火屋で夕刊を買い、コザの照屋へ向かった。島袋テーラーという店に立ち寄り、店主としばらく話し込んだ。

おそらく島袋の実家なのだろう。彼女に顔を見られたのは平良なのだ。ふたりが顔見知りだから、彼女は嘘をついたのだ。

平良はテーラーを出ると、セダンを北上させた。

名護市内に入ると、セダンのスピードが極端に落ちた。どうやら平良は住所を確認しながら目的地を探しているようだった。こうなると、尾行には気を使う。平良の視線は前後左右に忙しなく動いている。同じ車が何度も視界に入れば、どんな素人でも不審に思うのだ。大城はさらに車間をあけ、平良の視界に入らぬよう細心の注意を払いながら運転を続けた。

古い木造の共同住宅の前でセダンが停まった。大城は五十メートルほど後方に車を停め、様子を見守った。平良が車から降り、共同住宅の中に姿を消した。後を追おうかと迷ったが、やめにした。中で平良に出くわす危険はできるだけ避けたかった。平良がすぐに建物から出てきて、大城の心配が杞憂《きゆう》ではなかったことを証明した。平良は車に乗りこみ、そのまま移動する気配を見せない。だれかを待っているのだ。

大城は地図を取りだし、付近の住所を確かめた。平良が見張っている共同住宅は島袋景子――昨夜の事件の目撃者の住所と一致する。やはり女は賊の顔を見ていたのだ。あの浜辺でいったいなにがあったのか――秘められた謎の核に近づいているという興奮に耐えきれず、大城は唇を舐めた。こういう展開になるのなら、待つことは苦痛ではない。いや、楽しみでさえある。

そのまま一時間が経過し、やがて島袋景子が姿を現した。いかにも仕事帰り風の疲弊した仕種で共同住宅の中に入っていく。平良はすぐには動かず、十分ほど待ってからその後を追っていった。

行動を急《せ》きたてる神経をなだめながら、大城はさらに待った。五分もしないうちに平良が出てくる。平良はあたりをきょろきょろ眺めながら、車には戻らず、道を先に進んでいく。数十メートル歩いたところで立ち止まり、喫茶店の看板が出ている建物の中に入っていった。

大城は車を降り、歩きはじめた。共同住宅を通りすぎ、喫茶店も一度通りすぎてから引き返す。ドアはガラス張りだったが、そこから中を監視するのは難しかった。自分も客として中に入るしかない。平良には本人に気づかれないように何度か近づいている。観察力が高い人間なら、いくら気をつけてもこちらの顔が脳裏に刻まれている可能性がある。いくら沖縄が小さな島だといっても、短期間に立て続けに同じ顔を見れば不審に思うだろう。平良は頭の良い若者に思えた。観察力もそれなりにあるだろう。だが、今は気が動転しているはずだ。

大城は意を決して喫茶店に飛び込んだ。

島袋景子はたっぷり三十分も平良を待たせてから姿を現した。帰宅したときと違い、入念に化粧をして着飾っている。まるで恋人と待ち合わせをしていたとでもいうようだった。平良はそんな彼女を驚きながら迎えた。平良の周りに空いている席が見つからず、大城はカウンターに近いふたり掛けの席に腰をおろしていた。ふたりの声は大城の耳には届かなかった。

それでも注意深くふたりの仕種を観察していれば、会話のおおよその内容を推察することはできる。ふたりは昔の知り合いだった。昨日、偶然に再会した。平良はなぜ警察に自分の顔を見たことを告げなかったのかを知りたがっていた。女は平良の気を惹こうとしきりにモーションをかけていた。平良は戸惑い、女の攻勢をゆるしている。負い目を感じているせいで強気に出られないのだ。

ふたりの年の差は五歳前後――現時点ではカップルとしては別に不釣り合いなわけではないが、五年も前ならそうもいかなかっただろう。二十歳前後の平良に中学生ぐらいの彼女が恋心を抱く。だが、平良はそれに気づかなかったのだ。そっちの方面では、平良はいかにも鈍感そうだった。

それが突然の、それも劇的な再会を果たした。女はこのチャンスをものにしようと必死になっていた。

小一時間ほどでふたりの会話は終わった。女は満足そうな笑みを浮かべ、平良は戸惑いを隠せずにいる。女の勢いに押されてしまったのは明白だった。

平良が代金を支払い、ふたりは並んで店を出た。女が平良の腕に自分の腕を絡めようとしていたが、平良は慌ててそれを振りほどいた。

「青春はいいな……」

大城は呟いた。平良の性格からして、今夜ふたりの間になにかが起きるとは考えにくい。おそらく、もっと一緒にいたいとねだる女を振りきって、平良は家に帰るだろう。願ったり叶ったりだった。ふたりが強く結びつく前に楔《くさび》を入れておけば、後々が楽になる。

さらに三十分ほど時間を潰して、大城は喫茶店を出た。路上に平良のセダンはなかった。共同住宅に足を向け、島袋景子の部屋のドアをノックした。

「はい？」

「夜分にすみません。警察の者ですが。ちょっとお伺いしたいことがありまして」

「警察？　知ってることは全部話しましたけど……」

「確認したいことがひとつあるんです。あけてくださいませんか」

安普請のドアの向こうで、島袋景子がこちらに近づいてくる気配がした。大城は警察手帳を取りだして、待った。香水の香りと一緒にドアが開いた。島袋景子はすでに化粧を落としていた。目尻に小皺ひとつない若々しい顔の前に、大城は警察手帳を突き出した。琉球警察のものとは違うが、それと気づく素人はほとんどいない。島袋景子の目が詳細を見て取る前に、大城は手帳をしまった。

「あがってもいいですか？」

「あの……ちょっと散らかってるんですけど」

「かまいません」

大城は強引にドアの向こうに身体を滑り込ませた。島袋景子は警察に嘘をついている。その罪悪感が彼女を怯ませている。

「確認したいことってなんですか？」

ドアを閉めながら彼女はいった。怯んでいるにせよ、生来の気の強さは隠せない。

「平良清徳さんのことです」

彼女は息を飲んだ。その隙を逃さずに畳みかける。

「昨日の賊のひとりが彼ですね。あなたは彼の顔を見たはずだ。なぜ嘘をついたんですか？」

彼女は答えなかった。右手を口に当て、人差し指の付け根の関節を噛みはじめた。落ち着きを失ったときに出る癖なのだろう。

「答えていただけませんか？　このままでは、偽証罪であなたを逮捕しなければならなくなる」

「偽証罪？　ちょっと待って。わたし、本当に見てないのよ」

「じゃあ、なぜさっきまで彼と会っていたんですか？」

「わたしのこと、監視してたの？」

「嘘をついてるのは明らかでしたからね。申し訳ありませんが、監視させてもらいました」

「酷いわ」

「警察に嘘をつく方がもっと酷い」

大城は声音を強め、目を細めた。露骨に威嚇することで彼女の虚勢を剝ぎ取るつもりだった。

「しょうがなかったのよ」

彼女はまた指の関節を嚙んだ。

「昨夜、彼の顔を見たんですね？」

「ええ」

「偽証したのは彼を庇《かば》いたかったから？」

「そうよ」

「彼との仲はずっと以前から？」

「違うわ。昨日、偶然会っただけなの。まさか、あんなことをする人が昔の知り合いだとは思わなかったわ」

「彼の仲間の顔は？」

「見てないわ。見たのは平良さんだけ」

次第に彼女の顔から余裕が失われていく。質問に答えることに追われているうちに、思考のスピードが追いつかなくなってくる。立て続けに質問を放つのは尋問のもっとも簡単なテクニックのひとつだった。

「どうして昔の知り合いだというだけの男を庇おうと思ったんですか?」

「好きだったのよ、昔。昨日、たまたま彼だってわかって、それで……」

「つまり、君は好きな男を警察に売ったわけだ」

大城はまた声音を変えた。冷たく、露骨に侮蔑するような声だ。島袋景子ははっとして身構えた。

「売る? だって、あなたに訊かれたから――」

「理由はどうあれ、君が平良清徳を警察に売ったという事実は変わらない。逮捕された彼が、理由を知ったらどう思うかな。ちょっと尋問されたぐらいで好きな男を警察に売る女だ。わたしなら軽蔑するね」

「しょうがないじゃない――」

「逮捕される人間に、しょうがないなんて理屈は通じないよ。請け合ってもいい。平良清徳は君を恨む。軽蔑する。せっかく恋人になれたかもしれないのに、君は自分の手でそれを棒に振ったんだ」

強気な眼差しは完全に陰をひそめ、血の気を失った肌が電球の光を浴びて陰影を作っていた。彼女は戸惑い、混乱し、大城の目的がわからずに怯えている。

「君は警察にも偽証した。これはたとえ、後になって本当のことを証言したとしても消えない罪だ。好きな男を刑務所に送るだけじゃなく、君自身も裁かれることになる」

嘘だった。だが、今の彼女にその嘘を見破る術《すべ》はない。

「嘘でしょう……」

「こんなことはしたくないんだが、最初に君が嘘をついたせいだ。諦めるんだね」

大城は手錠を取りだした。金属が放つ冷たい光は確実に彼女の恐怖と不安を煽っていく。

「手を出して。君を逮捕する」

「ちょっと待って。確かに嘘はついたけど、逮捕されるほど悪いことなの？」

「もちろん。偽証罪は重い罪だ」

「悪気はなかったのよ。それは刑事さんだってわかってくれるでしょう？」

「もちろん、わかるさ。だが、罪は罪だ。償わなきゃならない」

「お願い、見逃して」

「どうやって罪を償う？」

「え？」

彼女は眉を吊り上げた。大城の言葉に不安を感じながら希望を見出そうと真剣になっている。

「平良清徳は琉球義勇軍という組織に所属している。君もビラを見ただろう？」

「ええ……」

「我々は組織の全貌を解明したいと思ってる。それに協力してくれるなら、見逃してやってもいい」

「協力ってなにをすればいいの？」

「このままなにもなかったことにして、平良清徳との交際を深めていくんだ。そして、彼が話したこと、彼がしたことをわたしに報告して欲しい」

「そんな……平良さんを裏切るようなことはできないわ」

大城は苦笑しながら首を振った。

「君はもう、彼を裏切っている。いいかね、君が協力してくれないのなら、彼は即刻逮捕される。君も偽証罪で同様に、だ。だが、協力してくれれば平良の逮捕は先延ばしになる。君の協力から得る情報に重大な価値があれば、君と平良を免責することも可能になるんだ」

「免責って？」

「罪を問わないということだ」

「そんなことできるの？」

「できる。君次第だがね」

大城はまた声音を変えた。今度は若い娘の身を案じる大人の声。声だけでなく表情や仕種もいかようにも変えることができた。手品の種をたくさん持っていればいるほど、優秀な公安警察官になれるのだ。

「でも……無理よ。平良さんを騙すことなんてできないわ」

「黙っていればいいんだ。彼は頭のいい男だが、男女のことには鈍い。君が彼を好きだという気持ちを持ち続けていれば、必ずほだされるし、好きになった女性のことを疑ったりはしない。喫茶店ではいい雰囲気だったじゃないか。彼も君のことを憎からず想っているよ」

「本当にそう思う？」

暗かった表情が電気のスイッチを入れたかのようにぱっと輝いた。若い娘は気持ちの切り替えが早い。

「ああ。協力してくれるかな？　それが君たちふたりのためだ」

「わかった……やってみるわ」

「ありがとう」

大城は穏やかに微笑んだ。東京の過激派もこれぐらい可愛ければ、仕事もたやすくなるだろう。

「ねえ、本当に平良さんはわたしに気があると思う？」

「思うじゃない、事実だ。見ているだけでわかったよ」

大城の答えに、島袋景子は飛びあがって喜びを表現した。

＊

島袋景子が警察に自分の名前を告げなかった理由を話すと、諸見里たちは一様にどよめいた。壁際に置かれたスピーカーからは穏やかなジャズの旋律が流れている。

諸見里は楽しそうだった。これだけの客が家にやって来たのは初めてなのだろう。こまめに立ち働き、甲斐甲斐しくみんなの世話を焼いていた。

「なんとまあ……まるで小説か映画みたいな話ですね」

比嘉が天井を見あげながら呟いた。

「昔好きだった男が突然、手拭いで顔を隠した怪しい姿で目の前に現れた、か。今どき、テレビのメロドラマだってそんな脚本書きませんよ」

応じたのは玻名城だった。玻名城は湯呑みに泡盛を注いでちびちびと啜っていた。仲間内での宴のために、諸見里は大量の酒とつまみを用意していた。他人が自分の家にくることがよほど嬉しいのだろう。卓袱台《ちゃぶだい》の上に並べられた泡盛の酒瓶に混じって、バーボンのボトルが見えた。

「だけど、平良君、どうして気づかなかったんだよ？　向こうはすぐにわかったんだろう？」

だれよりも好奇心を剥き出しにしていたのは諸見里だった。

「わかりっこないよ。おれの記憶にあるのは中学生のあの娘なんだぜ。若い女の子って劇的に変わるだろう。向こうからいわれるまで、これっぽっちも気づかなかったよ」

「確かに。おれにも姪《めい》っ子がいるんだけど、この前まで小学生だったと思ってたのに、今はもう高校生で胸なんかこんなだよ」

桃原が女の胸の膨らみを手で真似て笑いを誘った。

「だけど、偶然とはいえ助かりましたね。もし、平良さんの名前が警察に割れてたら、ぼくらもここでのほほんとはしていられなかった」

「確かに。こうなってしまうと笑い話だけど、危機一髪だったことは間違いない。これからはもっと気をつけないと」

比嘉と玻名城が鼻を突きあわせるようにしていた。ふたりの言葉に諸見里が場違いな声をあげた。

「これから？　これからはって、まだ続けるつもりかい？」

「当たり前じゃないですか。ここでやめたら今までやって来たことが無駄になる」

玻名城が応じた。酒のせいで玻名城の顔は赤らんでいる。

「だけど、警察がこれだけ大々的に捜査をしてるんだし、当所の目的はある程度達成したんだろう？　警察に嗅ぎつけられないうちにやめた方がいいよ。ぼくらが一番しちゃいけないのは、古謝先生に迷惑をかけることなんだ。そうだろう、平良君？」

「昇のいうとおりだと思うな。當間さんっていう人の頼みはとりあえずやったわけだし、これ以上同じことを繰り返しても捕まる可能性が高くなるだけだ」

「だったら、なんのために琉球義勇軍を設立したんですか？　自分たちを犠牲にして琉球に理想郷を打ち立てるためじゃないですか」

玻名城の話は飛躍しすぎだった。畑を荒らすのにだれがやったかもわからないのでは格好がつかないと、ビラの原稿を作っているときに平良と玻名城で思いつきでつけたのが琉球義勇軍だ。設立の目的も、活動内容もなにもない空虚な軍隊だった。

「少し落ち着いた方がいいよ、玻名城君」

比嘉が玻名城の肩を叩いた。塾が終わった後、比嘉と玻名城は一緒に帰ることが多かった。どちらもコザまで戻らなければならないからだが、玻名城の酒癖の悪さは経験済みのようだ。それは桃原も喜久山も変わらない。困惑しているのは平良と諸見里だけだ。

「おれは落ち着いてるよ。ただ、諸見里さんが怖じ気づいてるみたいだから――」

「ぼくは怖じ気づいてなんかいないよ。ただ理屈を話してるだけだろう」

諸見里の頬も紅潮していた。お坊ちゃん育ちだけに侮辱には敏感なのだ。

「へえ……警察がどうとかこうとか、捕まるのが怖くて仕方がないっていうふうにしか聞こえませんでしたけどね」

「なんだと！」

諸見里が立ち上がった。玻名城もそれに応じようとしたが、比嘉に背後からがっちり押さえられて首を振ることしかできなかった。

「ふたりとも、いい加減にしろよ。喧嘩をしにきたわけじゃないだろう」

平良は声を荒らげた。自分でも驚くほど太くよく通る声が部屋の空気を顫わせた。玻名城が動くのをやめ、諸見里は鼻白んだ顔で腰をおろした。他の三人は啞然《あぜん》として平良を見つめていた。

「いっておくけど、喧嘩を売ってきたのは玻名城君だぜ。質の悪い酒乱だ。酒なんか用意するんじゃなかったよ」

酒乱という言葉に玻名城の頬がさらに紅潮した。飢えた野良犬のような顔つきになって口を開こうとした。比嘉の大きな手がその口を塞いだ。

「玻名城君、君が悪い。先に諸見里さんを侮辱したのは君の方だよ。これ以上暴言を吐くなら、酒乱といわれたって仕方ない。自分を取り戻すんだ。そうじゃなきゃ、ここから出て行くことだ。ここは諸見里さんの家なんだから」

玻名城の頬が、今度は見る間に青ざめていく。まるでリトマス試験紙のようだった。比嘉が様子をうかがいながら、そっと口から手を放した。玻名城は埃を払い落とすように身体を振り、ゆっくり時間をかけて立ち上がった。

「わかったよ。出ていけばいいんだろう。みんなで仲良く革命ごっこでもやってればいいさ」

足音を荒らげて出ていく玻名城の背中を、平良は口を開けて見つめるしかなかった。

玻名城が去った後の居間に白々しい空気が淀んでいた。

「いつもああなのかい？」

平良は桃原と喜久山に顔を向けた。

「まだそんなに飲んでないし、いつもああだってわけじゃないんだけど……なあ？」

桃原が口を開き、喜久山と顔を見合わせた。

「ええ。だけど、相手が自分と違う意見を口にするとすぐに怒りだす癖はあるんですよ。

酒が入ると特に。でも、悪気はないんです。酔いが醒《さ》めたら、自分のいったこと反省して、必ず謝りに来ますから」

「どうだかね……あんなに酒癖が悪いんじゃ、大事な話なんて怖くてとてもできないよ。どこでぼくたちの秘密を喋るか知れたもんじゃない」

喜久山の言葉を諸見里は一笑に付した。しばらくは機嫌が直りそうにない。

「待ってくださいよ。玻名城は自分の酒癖の悪いの、知ってるんです」

桃原が腰を浮かした。

「だから、普段は飲まないようにしてるんですよ、あいつ。今夜はここだから……仲間と一緒だから酒に手を伸ばしたんです。少しは気持ちを汲んでやってくださいよ」

「昇、もういいだろう」

平良はふたりの会話に割って入った。

「玻名城君とは、近いうちにおれがちゃんと話し合うから」

「わかったよ。平良君に任せる。君がリーダーだからさ」

諸見里はふて腐れたままそういい、酒を口に含んだ。桃原も喜久山も納得した表情を浮かべているわけではない。比嘉だけが困惑して居心地が悪そうにしていた。グループ内に亀裂が入りはじめている。早急に手を打つ必要があった。

「昇、ちょっと話がある。来いよ」

「なんだよ?」

「いいから来いよ――すぐに戻ってくるから。適当に酒飲んで話でもしててよ」

比嘉たちにそう告げ、平良は諸見里を誘って居間を出た。薄暗い廊下で諸見里に向き直り、小声で囁いた。

「たしかに玻名城の酒癖は悪いが、おまえももうちょっと大人びた態度を取れよ。向こうはまだ学生なんだぞ」

「学生だろうと酒乱だろうと、侮辱されて黙ってるわけにはいかないよ。立場が同じだったら、平良君だってそうだろう？」

「あんなのは侮辱とはいわない。子供のたわごとだ。頼むよ、昇。玻名城は確かに酒癖は悪いけど、それ以外のことはちゃんとしてるだろう？　ぼくたちのことだってちゃんと立ててくれる。今ここでおまえと玻名城が仲違いなんかしたら、困ったことになるんだ。彼はおれたちの計画を知ってるんだからな。大人になってくれ。もちろん、玻名城にもおれからちゃんといっておく。な？　明日か明後日、塾で玻名城に会ったら、昇の方から話しかけてくれ」

諸見里は神妙な顔つきになっていた。自分が子供じみた振る舞いをしたことはわかっているのだ。

「そんなに回りくどくいわなくてもいいよ、平良君。命令してくれればいいんだ。玻名城に謝ってこいって。さっきもいっただろう？　リーダーは君なんだ。君の命令なら従うよ。畑荒らしのことだって、君が続けようというなら参加する。でも、玻名城君はぼくらのリーダーじゃない。それだけははっきりさせてよ」

「わかったよ」

「ぼくの方からはもういうことはないから。とりあえず、桃原君たちと話してくるよ。一応、彼らも玻名城組だからぼくに含むところがあるだろうからね」

居間に戻りかけた諸見里の手を平良は摑んだ。

「待てよ、話はまだ終わってないんだ」

「まだあるの？」

「別の話だよ。今日用意した酒とかつまみとか、かなり豪勢だけど、金、どうしたんだ？」

「またその話か……」

諸見里は苦笑を浮かべた。

「大丈夫、レコードや本に馬鹿みたいに金を注ぎこむのはやめたから。自分の懐具合はちゃんと知ってるよ。家にこんなに人が来るの初めてだから、嬉しくなってちょっと奮発しただけだよ。心配しなくても大丈夫だってば」

「だったらいいんだ。ちょっと気になっただけだから。必要があれば、みんなからカンパさせてもいいんだぞ」

「だから大丈夫だって。平良君は本当に心配性だな……だからリーダーに向いてるのかもしれないけどね。あんまりふたりでこそこそ話してるとみんなもいい気はしないだろうから、もう戻ろうよ」

「ああ、そうしよう」

諸見里は滑るような足取りで廊下を戻っていった。明かりが暗くても気にしてはいない。平良は足元に視線を向けながら後を追った。足元が覚束ない。まるで暗闇の中で道を見失ったような気がしていた。


日曜の賢秀塾は午前十時からはじまって正午で終わりを告げる。それまで熱い口調で声を張りあげていた古謝がちらりと柱時計を見た。そろそろ講義も終わりの時間だった。平良のすぐ目の前では玻名城と諸見里が肩を並べていた。あの夜の反目などまるでなかったかのようだ。ふたりはあの翌日、別々にお互いに和解したと平良の元に報告しに来た。

古謝の講義が終わると、平良は仲間にそそくさと別れを告げて塾を出た。島袋景子と待ち合わせた時間まであまり間がない。車を飛ばしてぎりぎり間に合うかどうかというところだった。

エンジンをかけると、燃料計の針が満タンを指した。普段は必要な分だけしかガソリンは買わないのだが、今日はなにが起こるかわからない。デート代も含めて馬鹿にならない出費だった。

「なにしてるんだろうな、おれ」

アクセルを踏みながら平良は呟いた。なぜか、胸が高鳴っている。混んでいる大きな道は避け、狭い路地を縫って那覇の街を横切った。なんとか車を停める場所を見つけたのが約束の時間の五分過ぎで、そこから待ち合わせ場所までさらに五分かかった。それでも、平良は焦るふうもなく歩いていく。

待ち合わせ場所に島袋景子の姿はなかった。沖縄の時間の流れ方は他とは違う。待ち合わせ時間に三十分遅れても非難されることはない。映画の上映時間に間に合わなくても、それはそれでしかたのないことなのだ。平良は待ち合わせ場所近くの電信柱に背中を預けて彼女が来るのを待った。そこは日陰になっていて、いくぶん暑さを和らげることができた。通行人を見守るのにもすぐに飽きて、目を閉じた。途端に身体が熱気に包まれた。五感のひとつを閉じただけで、他の触覚が鋭敏になっていく。通行人の話し声や足音、空気にこもる油の匂い、自分の唾液の味、肌を嬲《なぶ》る暖かい風——そうしたものを心地よく感じる自分がいた。

「平良さん！」

自分を呼ぶ声に目を開けた。反射的に腕時計に目を落とすと、思っていたより長い時間が過ぎていた。

「平良さん！」

右手の方から島袋景子が手を振りながら近づいてくる。平良は目を疑った。彼女は原色をふんだんに使った花柄のワンピースを着ていた。スカートの丈は下着が見えそうなぐらいに短い。否が応でも人目を引く出で立《い》ち《た》で、行きすぎる通行人が必ず振り返って小気味よく左右に動く彼女の尻とそこから伸びた長い脚に見入っていた。

「お待たせ。長いこと待った？」

彼女は平良の前で立ち止まり、白い歯を見せて微笑んだ。

「そうでもない。だけど、映画はもうはじまっちゃったかな」

「じゃあ、映画は今度にしよう。とりあえず、暑いから冷たいものでも飲みたいな」

島袋景子は平良の腕に自分の腕を絡ませてきた。その仕種があまりに自然で、平良は腕を振りほどくきっかけを失った。

「あっちにクリームソーダの美味しいお店があるのよ。那覇に来るたびに必ず寄るの。アイスクリームの味が違うのよ」

島袋景子に引きずられるようにして平良は歩きはじめた。通行人の目が気になって頬が赤らんでいく。

「昨日から胸がどきどきして眠れなかったの。平良さんは？」

「ぼくは別に……それより島袋さん――」

「景子って呼んで」

「景子さん……」

彼女は深く息を吐き出し、平良の肩に頬を押しつけてきた。通行人の視線がますます集まってくる。

「なに？　清徳さん」

「こんなふうに歩いてるところ、君の彼に見られたらまずいだろう？」

「ああ、そんなこと。清徳は気にしなくていいの。あいつとはもう別れたから」

会って五分も経たないうちに、平良さんが清徳に変わっていた。名前を呼び捨てにされるのはかまわないが、彼女のペースで押し切られるのが癪《しゃく》だった。だが、たしなめようにも肘に押しつけられる乳房の柔らかさがそれを押しとどめてしまう。

酒に酔って仲間と連れだってコザの吉原に繰り出したのは忘年会の後だ。それ以来、女性の肌には触れていない。誘われても、金がないことを口実に断り続けていた。

「別れたって……」

「他に好きな男ができたっていったの。そうしたら、しょうがないなって。元々大恋愛で付き合ってたっていうわけじゃないの。周りに年相応の人がいなくて、それで……ふしだらな女だと思う？　わたしのこと嫌いになりそう？」

島袋景子が不安そうに平良を見あげた。その顔に残るあどけなさを見て取って、平良は慌てた。男を挑発するような服装とそのあどけなさはあまりにバランスが崩れていた。

「そんなことはないよ」

「よかった……あ、ここ。うちなーんちゅよりアメリカーが多い店だけど、いい？」

アメリカ風の入口に設《しつら》えた喫茶店を島袋景子は指差した。普段なら絶対に入ることはないような店だったが、うちなーんちゅにじろじろ見られるよりはアメリカーの方がよっぽどましだった。

「かまわないよ」

「クリームソーダ、本当に美味しいんだから」

店はすいていた。米軍関係者と思える白人の家族が一組、奥の席に陣取っているだけだった。天井からぶら下がった巨大な扇風機がゆっくり回転していた。若い連中には評判がいいのだろう。

平良たちは入口に近い席に腰をおろした。彼女はクリームソーダを、平良はコーラを注文した。

「クリームソーダ注文しないの？　本当に美味しいのよ」

「甘いものは苦手なんだ」

「コーラだって甘いじゃない」

「そりゃそうだけどさ……」

「でもいい。清徳とこうしてデートしてるんだもの」

彼女は両手で頬杖《ほおづえ》を突き、微笑みながら平良を見つめた。間が持てずに平良は煙草をくわえた。どうして若い娘に真っ直ぐ見つめられただけで鼓動が速まるのだろう。別に恋をしているわけではない。それでも、明らかに男のものとは違う彼女の身体から発せられる香りはかぐわしかった。

「まさか再会できるなんて思ってもいなかったの。清徳、わたしのことなんか思い出しもしなかったでしょう？」

「うん、そうだね」

煙を吐き出しながら平良は答えた。彼女がなにを求めているのかがわからない。

「いつも夢見てたのよ。ある日、清徳が花束を抱えてやって来て、どうしてもわたしのことが忘れられなかった、付き合ってくれって告白するの。そこまで都合良くはいかなかったけど、清徳がこうして目の前にいる。凄く幸せ」

平良はつけたばかりの煙草を灰皿に押しつけた。顔が火照っている。こっちは年上なんだぞと自分にいい聞かせてみても、狼狽《ろうばい》は収まらない。恋愛に関しては彼女の方が経験豊富なのに決まっている。平良はうぶもいいところだった。

クリームソーダとコーラが運ばれてきた。島袋景子はストローの包み紙を破り、ソーダとアイスクリームをかき混ぜた。平良はコップに直接口をつけてコーラを飲んだ。いつの間にか喉がからからに渇いていた。

「ねえ、ひとつ訊いてもいい？」

彼女がいった。

「なんだい？」

「どうしてあんなことしてるの？」

平良はコップを置いた。ありがたい質問ではないが、彼女にじっと見つめられているよりはましだった。

「あんなことって？」

「琉球義勇軍だっけ？　お百姓さんの畑荒らしたり、漁師の網を破ったり。あんなことしてなんの意味があるの？」

「悪戯《いたずら》目的であんなことをしてるわけじゃない。ぼくらにはぼくらなりの理由がある。だけど、君には話せないよ。ぼくひとりの問題じゃないんだ。仲間に迷惑がかかるようなことは一切話せない。それだけはわかってくれないかな」

彼女はクリームソーダをストローで啜り、顔を輝かせた。

「やっぱりここのクリームソーダが一番美味しいわ」

女の心理がわかったためしがない。これまでもそうだったし、これからもそうなのだろう。古謝に訊けばなにかを教えてもらえるだろうか——そう考えて平良は首を振った。古謝がその道に詳しいとは思えない。諸見里も比嘉もだめだろう。玻名城は恋人を作ることより政治談義に夢中だ。仲間内で相談できそうなのは桃原と喜久山しかいなかった。

「清徳がわたしのことどう思ってるかはわからないけど、わたし、ずっと清徳のこと想ってきたの。清徳のことならなんでも知りたくって。ごめんなさい。もう、清徳が困るような質問はしないから」

彼女はクリームソーダを啜り続けている。目だけが生真面目な光を帯びていた。

「ありがとう」

平良は頭を下げた。本心から出た言葉だった。

喫茶店を出た後は買い物に付き合わされた。何軒もの店を回り、念入りに品定めした末に彼女が買ったのは一足の靴と一着のスカートだった。どちらも値段は安かった。安月給で働いている若い娘の精一杯の楽しみという風情が漂っていて、彼女に対する好感度が増していく。

一緒にいる間、彼女の口がとまることはなかった。平良と会えなくなったあとのこと、今の暮らしぶり、家族のこと、友達のこと、好きな食べ物や飲み物にタレントのこと——平良が訊いたわけでもないのに彼女は語り続け、買い物が終わる頃には平良は彼女のすべてを知っているような気になっていた。

話すだけではない。彼女は常に平良に触れていたがった。手を繋ぎ、腕を絡め、脇腹や胸を平良に押しつける。彼女のそうした態度にはじめは平良も戸惑っていたが、いつしか慣れ、自然に受け入れるようになっていた。

確かに饒舌で奔放だったが、彼女は愛くるしかった。拒絶することは難しい。どんな堅物でも彼女の開けっぴろげな態度には心を開くだろう。

買い物の後は食事だった。

「なにが食べたい?」

平良はおそるおそる訊いた。万が一のことを思って多少の貯金を下ろしてあった。だが、できることならその金に手をつけたくはなかった。

「てびちーが食べたい」

彼女は答えた。豚の脚を柔らかくなるまで煮こんだ郷土料理だ。

「そんなものでいいのかい？」

「うん。ひとりの晩ご飯だとポーク炒めとかオムライスとかそんなものばかりになるから、たまにはそういうのがいいかなと思って。素敵なレストランで奢ってもらうのは、清徳と景子が本当の恋人になる時まで取っておくから。お金貯めておいてね」

彼女は鼻を上に突きあげるようにして平良を見あげた。不敵であり、愛らしくもある。

「そうだな。お金、貯めておくよ」

「やった！」

彼女は拳を突きあげた。

「清徳、わたしとまた会う気があるってことだよね？　今日だけじゃないってことだよね？」

平良の返事も待たずに彼女は奇声をあげ、踊るような足取りで平良の周りを歩きはじめた。

シフトノブに置いた手の上に島袋景子の手が被さってきた。彼女の掌はかすかに汗ばんでいた。彼女はビールで酔っていた。それほど酒は強くはないらしい。平良は最初の乾杯に付き合っただけで、酒は口にしなかった。彼女を名護まで送らなければならないからだ。飲酒運転には大らかな土地柄だが、事故を起こすことは避けたかった。彼女のためでもあり、琉球義勇軍の仲間のためでもあった。どんなことから捜査の手が伸びてこないとも限らない。革命のために立ち上がるその日まで、行動は慎重にすると決めたのだ。

「この車、昔見たことがあるわ」

平良の手を握ったまま彼女がいった。後続の車のヘッドライトが彼女を闇に浮かびあがらせていた。

「そうだっけ？」

「一度、酒屋さんの車が故障したからって、この車で配達に来たことがあったわ。この前見て懐かしくて涙が出そうになった。まだこの車に乗ってるんだって思って」

まるで記憶になかった。だが、彼女がいうのならそういう事実もあったのだろう。照屋に配達に出かけていたあの日々のことを鮮明に覚えているのは平良ではなく彼女だ。

「貧乏だからね。車を買い換える余裕がないんだ」

「貧乏でもなんでもいい。わたしは清徳が好きよ」

応じるべき言葉を見つけられずに、平良は唇を結んだ。自分の経験不足が呪わしい。これではまるで高校生だ。

前方に名護の街明かりが見えてきた。その一帯だけ朧《おぼろ》な光を帯びて周囲の闇を睥睨《へいげい》している。上空を米軍の戦闘機が飛び交い、夜の静寂を引き裂いていく。

「沖縄がやまとに返還されたら米軍基地はなくなるって会社の人がいってたけど、本当かな？」

空を見あげながら彼女が訊いてきた。平良は重々しく首を振った。

「なくならないよ。日米共同声明にちゃんとなくならないと書いてある。ぼくらうちなーんちゅはやまとーんちゅに騙されてるんだ。それもすぐにわかるような嘘に踊らされてる」

「じゃあ、どうやったら基地はなくなるの？」

「世界を変えなきゃだめだ」

「じゃあ、清徳は世界を変えるために頑張ってるのね……」

思わず助手席に顔を向けた。彼女はなにを知っているのだろう？　なぜ自分に近づいてきたのだろう？　疑問が一気に押し寄せ、頭の中で渦を巻く。

だが、彼女は平良の疑念に気づく様子もなく、背もたれに身体を預けて目を閉じようとしていた。ビールのせいで赤らんだ頰が彼女を年より幼く見せている。中学生の時と同じように、彼女は無防備で純粋だった。ミニスカートの裾が乱れ、脚の付け根が見えそうになっていたとしても、彼女はすっかり安心して眠ろうとしていた。

横にいるのが平良だからだ。他のだれでもなく、平良と一緒に小さな空間に閉じこめられているから、彼女は安らかな眠りにつこうとしている。酔っているからではない。右手に重ねられていた彼女の手から力が抜けて落ちた。平良は身を屈めてその手を握りなおした。島袋景子は安らかな寝息を立てていた。

16

安室の顔は血の気を失っていた。よく日焼けした肌が粘土のようになっている。

「しっかりしろ。そんな顔色じゃ簡単に釣り上げられる獲物にも逃げられるぞ」

「すみません。なんだか緊張しちゃって」

安室の喉仏が隆起した。唾を飲みこむにも苦労している。

「人民党や復帰協の重鎮をエスに仕立て上げるというわけじゃないんだぞ。たかだか革命ごっこに浮かれているガキだ。それも本土の過激派に比べれば屁みたいなものだ。落ち着いてかかればなんていうことはない」

「わかってます」

「今日は中止するか……」

安室の肩が強張った。勢いをつけて振り向き、大城に懇願する。

「やらせてください。せっかくの機会なんです」

「失敗はゆるされないんだ。今のおまえを見ていると、とても成功するとは思えない

「やります。やらせてください」

「だったらおれが満足できるような態度を取ってみろ」

安室はフロントガラスを睨んだ。ガラスに映っている自分を見つめながら深呼吸を繰り返す。やがて、吊り上がっていた目尻が下がり、顔に血の気が戻ってきた。

「これでいいですか？」

声はまだかすかに顫えていた。だが、今日の相手が安室のわずかな変化に気づく可能性は低かった。

「いいだろう。いってこい。まずい状況になったら、おれが助《すけ》っ人《と》に行く」

「わかりました……」

安室は車を降り、道路を渡って向かい側の喫茶店に入っていった。大城は腕時計に視線を走らせた。七時五分。待ち合わせの時間は七時だが、おそらく、諸見里昇がやって来るのは七時半近くだろう。それが沖縄に流れる時間だ。

「着席しました」

ダッシュボードに取りつけた受信機から安室のひび割れた声が流れてきた。雑音が混じっているが声ははっきりと聞き取れる。東京から送られてきた機材のひとつだった。日本にある盗聴器としては最高の性能を誇っている。周波数を微調整していると、安室がビールを注文する声が聞こえてきた。

「すみません、今の聞こえましたか？」

雑音のせいで声に含まれる感情までは拾えない。だが、安室の心情は簡単に察することができる。

「いいさ」

大城は呟いた。

「飲み過ぎなければ、酒は助けになる」

大城の声は安室には届かない。一方通行の通信だから、盗聴器を身につけている者も、受信している者も神経質になる。

大城は煙草をくわえた。車内に染みついたニコチンの匂いと煙草の煙が束になって襲いかかってくる。煙草を吸わない人間なら吐き気を覚えるかもしれないが、大城にはそれが心地よかった。

七時二十五分に諸見里が姿を現した。雑踏の中で頭ひとつ抜け出ている。諸見里はうちなーんちゅにしては背が高く、線が細かった。東京では目立たないものが、ここでは嫌でも目につくようになっている。

諸見里は辺りの様子に気をくばるでもなく無造作に喫茶店の中に消えていった。大城は受信機のボリュームをあげた。

「お待たせしました」

雑音をかき分けるように諸見里の声が聞こえた。声は小さいが聞き取ることは可能だった。諸見里はまったく悪びれていなかった。

「よく来たな、昇。座れよ」

安室の声はまだ固い。だが、ビールのおかげでかなりほぐれている。

「なに飲む？」

「じゃあ、コーラをお願いします」

「そんなのでいいのか？　ビールでもなんでも好きなものを飲んでいいんだぞ」

「コーラで大丈夫です」

受信機に近づけていた耳を大城は遠ざけた。これだけ感度が良ければ離れていてもふたりの会話は充分に聞き取れる。米兵たちが集まる一画で買い求めておいたサンドイッチを包みから取りだして、大城はかぶりついた。安室たちは世間話をしていた。お互いの家族のこと、仕事のこと、昔馴染みのこと、そして世相について。諸見里は沖縄返還に関する日本政府の姿勢を熱っぽく批判した。安室は生返事でそれに応じている。

「ところでな、昇、今日は大事な話があるんだ」

二十分ほど経ったところで、安室がおもむろに口調を変えた。

「なんですか？」

雑音の向こうに諸見里の戸惑いが見え隠れしている。

「今度、配置換えで部署が変わることになったんだ。新しい背広を買ったり、先輩たちに挨拶したりしなきゃならんかったりで急に懐が苦しくなってな。おまえに貸してた金、悪いけど返してもらえないかな」

一瞬の間があって、諸見里の声が聞こえてくる。はっきりそれとわかるほどに、諸見里の声は波打っていた。

「い、いつまでにですか？」

安室が諸見里に貸した金は二十ドル。一般的なサラリーマンの月給のほぼ半分に匹敵する。諸見里の月給は三十ドルだと調べがついている。すぐに返せる金額ではなかった。

「そうだな。すぐに返せといってもおまえにも都合があるだろうから、来週でどうだ。悪いとは思うんだが、それがぎりぎりだな。来週の月曜に返してもらえれば、おれもなんとかなる」

「ちょ、ちょっと待ってください。給料日、再来週なんです。それまで待ってもらえたら――」

「待てないからいってるんだよ、昇。今までは黙っていたけどな……おまえが可哀想《かわいそう》でさ、なんとかしてやりたいと思っても、警察官なんていうのは安月給でこき使われてるんだ。おまえに貸した金、実は他人に借りて賄ったんだよ。おれの金だっていうんなら、再来週でも来月でも待てるんだけど……」

「人に借りた金をぼくに貸してくれたんですか？」

「見ていられなかったんだよ。ガリガリに痩せちゃって……親父さんに詫《わ》びをいれればすぐにいい暮らしに戻れるのに、それをしないおまえの根性も気に入ってな。無理いって人に頭を下げた」

「そんなことまでしてくれてたんですか……」

「お袋を悲しませたくもなかったしな。今でも毎日みたいに、昇ぼっちゃんはひもじい思いしてないかっておれに訊くぐらいなんだ」

店が混み合ってきたのか、安室たちの周囲がざわついていた。大城は新しい煙草をくわえて受信機に顔を近づけた。すでに灰皿は吸い殻で一杯になっていた。

「すみません。そんなことまでしてもらってるとは知らないで……」

「いいんだよ。おれが好きでやったことだからな。ただ、金は返してもらわなきゃならないんだ、昇」

「すみません」

諸見里の声が一際大きく顫えた。

「再来週まで待ってもらえればなんとかなるんですけど」

「おれが金を貸したとき、おまえ、いつでも返すっていったろう？」

安室が嵩《かさ》にかかりはじめた。喋っているうちに緊張も解けたのだろう。声は滑らかで張りがあった。

「だけどあれは、三ドルとか五ドルの話で……それぐらいだったらいつでも返せますけど、二十ドルなんて……」

「その三ドル、五ドルが積もりに積もって二十ドルになったんだよ。おれはすぐに返してもらえると思ってたんだ。困ったな……」

「すみません」

「おまえ、すみませんしかいえないのか？」

諸見里の返事はなかった。ひょろりとした身体を縮めているのだろう。

「しょうがないな。だったら親父さんに金貸してもらえよ。二十ドルぐらいわけないだろう」

「それはだめです。勘弁してください」

「おれのことより自分の意地が大事なのか？　まあ、おまえは昔からそうだったけどな」

「そういうことじゃなくて……来週までになんとかしますから、父のところへは――」

「どうにもならないから再来週まで待ってくれっていったんだろう？　できないことをできるなんていうなよ、昇。そっちの方が卑劣だぞ」

「卑劣……」

諸見里が唾を飲みこむ音が聞こえたような気がした。もちろん、幻聴だった。

「すぐに返せるからといっておれに金を無心して、いざおれが困ってるから返してくれというと言葉を濁す。親父さんのところに行けばすぐに作れる金なのに、いやだという。挙げ句に必ず破るとわかってる約束をしようとする。おまえがそんな卑劣な男だとは思わなかったよ。おれのお袋も悲しむだろうな」

安室はマニュアル通りに諸見里を追い込んでいた。とことんまで追いつめて逃げ場をなくし、やがて態度を一変させて手を差し伸べてやる。海千山千の活動家ならいざ知らず、子供に毛の生えたような若造なら、それで一気にかたがつく。

「金はない。おれの苦境を救うために誠意を尽くしてくれるつもりもない。がっかりだよ、昇」

「お、お金はありませんけど、それ以外のことだったらなんでもします。誠意がないなんて……そんなんじゃないんです」

浮かびあがる笑みを必死に押し殺している安室の顔が脳裏に浮かんだ。諸見里に今の台詞《せりふ》をいわせるために圧力をかけ続けていたのだ。大城は短くなった煙草を消し、新しい煙草をくわえた。ニコチンの刺激で舌の表面がざらついていた。

「なんでもする？　そんな言葉、滅多なことで口にするなよ」

そのまま陥落させてしまいたいという欲求を、安室はなんとか堪えていた。急《せ》いてはことをし損じる――何度もいい聞かせた言葉が安室の脳裏を支配しているのだ。

「お金を借りて返せないのはぼくが悪いんです。だったら、他のことで安室さんに恩返しするしかないから……」

諸見里の声には力がない。すっかり打ちのめされ、意気消沈している。

「そんな顔するなよ……おれだってこんな状況にならなかったら、すぐに金を返してくれなんてことはいわなかったんだ……」

「来週までに二十ドル用立てないとまずいんですか？」

「ああ。課長に借りてるんだ。うるさい人でな。怒らせると、おれの出世に響いてくる。来週までに金を返さないと、おれはきっと一生ヒラ警官のままだ」

「そんな……」

沈黙が降りた。安室は無言を貫くことで諸見里の良心に責め苦を与えている。見極めどころが肝心だった。足の踏み出しどころを間違えれば、諸見里が実家に行くといいだすかもしれない。

「ちょっと待てよ……」

絶妙のタイミングで安室が口を開いた。

「おまえ、確か賢秀塾とかいうところに通ってたよな？」

「それがなにか？」

諸見里が身構える。しかし、一度崩れてしまった壁は、二度と同じ堅牢《けんろう》さを持つことができないものだ。

「うん……いいにくいんだけど、そこに集まってくる連中のことを少し教えてもらえないか。そうすれば、借りた金の返済を少し待ってもらえるかもしれないんだ」

諸見里の返事はない。

「その課長も今度異動になるんだ。公安部に。賢秀塾ってのは小耳に挟んだことがあるんだけど、琉球独立を謳ってるんだろう？　そういうところの情報を少しでも渡してやれば、いい手土産《てみやげ》になると思ってさ」

「ぼくに仲間を売れっていうんですか?」

諸見里の声は強張っていた。安室がそれを笑い飛ばす。

「馬鹿だな。映画の見すぎだよ。スパイになれとかそんなことをいってるわけじゃない。だいたい、賢秀塾みたいな小さな団体が大それたことをするだなんてだれも思っちゃいないさ。ただ、二十ドルの返済を待ってもらうのに、なにか代わりになるものが必要だっていうだけの話だよ。賢秀塾にはこれこれこういう人間が参加しているようです、特に問題はありません——そう報告するだけでも、課長にはいい手土産になる。だれかが賢秀塾のことでなにかいい出しても、あそこは大丈夫だっていいきれるんだからな。さっき、なんでもするといっただろう?　言葉尻をとらえるつもりはないけど、おれのためにそれぐらいのことしてくれるつもりもないか?」

諸見里の応答はない。他の客たちのざわめきがスピーカーから流れてくるだけだった。

大城は待った。安室も待っていた。諸見里は葛藤している。安室と賢秀塾を天秤にかけている。安室の誘い水から目を離せなくなっている。

「本当にそれだけのことでいいんですか?」

「そう。全員とはいわない。賢秀塾に積極的に参加してる主要メンバー、そうだな、十人ぐらいの名前と住所、それに勤め先を教えてくれればいい。そうすれば、二十ドルは多分、半年ぐらいは待ってもらえる」

「わかりました……」

諸見里がいった。大城は微笑みながら煙草を灰皿に押しつけた。

諸見里は軽い気持ちで安室の申し出を受け入れた。たいしたことはない。ただ、名前を教えるだけだ。賢秀塾に迷惑はかからないし、それどころか今後、警察に目をつけられることもなくなる。だから、これは仲間を売ったことにはならない。仲間のためになる——そうした理論を構築して、借金から逃れようとした。

諸見里は気がついていない。これは最初の一歩だ。一度情報を売り渡せば、それが弱みになる。仲間に知られたくなければと脅され、さらなる情報を求められ、さらなる弱みを握られていく。

蟻《あり》地獄だ。そこから這い出るには強靭《きょうじん》な意志が必要だが、諸見里にそれがあるとは思えない。

今日この日のことを、諸見里は死ぬまで忘れないだろう。


安室と諸見里は喫茶店を出て、近くの居酒屋に河岸《かし》を変えた。安室はもう大丈夫だと判断して、大城は車を発進させた。

今夜は仲宗根貴代子の部屋に知念が来る予定になっていた。昼間、仲宗根貴代子が学校に行っている間に部屋に忍び込み、寝室に盗聴器をしかけておいた。盗聴器が発する電波は半径百メートルの範囲内でしか受信できない。今夜盗聴するつもりはなかったが、盗聴器の設置場所が正しかったかどうか確認するのも悪くはなかった。

本格的な夏が沖縄を支配下に収めようとしていた。窓を全開にしてアクセルを踏んでも、生暖かい風が吹きつけてくるだけだった。乾く間もなく汗が衣服を濡らし、不快感を増長させる。日が沈んでも気温は変わらず、湿った空気が淀んでいく。アメリカ製の馬鹿でかいだけのエンジンが放射する熱も加わって、運転席はまるで灼熱地獄のようだった。コザに着いたときには、運転席の模造革も汗でべっとりと濡れていた。

知念は十二時前にやって来た。いつもと同じ場所に車を停め、徒歩でサンライズハイツに向かっていく。黒い下着姿の仲宗根貴代子がドアを開け、ふたりは部屋の中に消えていく。

受信機のスイッチを入れた。雑音が流れてくるだけだった。ふたりはまだ居間にいるのだろう。大城は煙草を取りだし、舌打ちした。残っているのは一本だけだった。買い置きはない。雑音に耳を傾けながら、最後の一本を根元まで吸い尽くした。吸い殻を窓の外に投げ捨てた途端、また無性に煙草が吸いたくなった。買いに行こうにも煙草屋は閉まっている。自分の迂闊《うかつ》さを呪うしかなかった。空気は湿り、淀んでいる。汗がとめどもなく流れ、苛立ちを増長させていった。

苛立ちを飼い慣らそうと四苦八苦していると、やがて受信機からふたりの声が聞こえてきた。会話ではない。お互いを貪る獣のような声が聞こえてくるだけだ。雑音が混じっている分、臨場感があった。衣擦《きぬず》れの音が入るようになり、仲宗根貴代子の呼吸音が大きくなっていく。

大城の脳裏に仲宗根貴代子の痴態が浮かんだ。彼女は下着をはだけ、乳房を知念に与えている。頬は紅潮し、眉間には苦痛に耐えているのかと見まがう皺が寄っている。もちろん苦痛を訴えているわけではない。押し寄せてくる快感に耐えているのだ。

「くそっ」

大城は首筋の汗を手で拭った。拭うそばから汗が噴き出てくる。

仲宗根貴代子の一際甲高い声が受信機のスピーカーを顫わせた。

貫かれた——考える前にわかってしまう。脳裏に浮かぶ仲宗根貴代子は脚を大きく広げ、知念を迎え入れていた。知念の禿《は》げあがった後頭部が腰の動きに合わせて揺れる。

「くそっ」

大城はまた吐き捨てた。知念に対する嫉妬と煙草への渇望が強まっていく。それに同調するように仲宗根貴代子の喘ぎ声が高くなっていく。

「貴代子——」

知念の声がした。興奮に酔い、声の輪郭があやふやになっていた。

「貴代子——」

知念の声に呼応するように仲宗根貴代子が喘ぐ。知念に突かれるたびに、仲宗根貴代子は悩ましい悲鳴をあげる。

「くそっ、くそっ、くそっ」

大城は右手をハンドルに叩きつけた。汗が飛び散ってダッシュボードのプラスチックを濡らした。

「貴代子、貴代子、貴代子――」

知念が譫言《うわごと》のように仲宗根貴代子の名前を呼び続ける。あまりにも早い絶頂に向かっている。

「貴代子っ」

知念の声と仲宗根貴代子の小さな悲鳴が交錯した。後に聞こえてくるのは荒い呼吸だけだった。

脳裏に浮かぶ仲宗根貴代子は顔を歪めていた。これからという時に達してしまった知念に対する侮蔑を隠そうと必死になっている。

大城は灰皿に手を伸ばした。なるべく長い吸い殻を選り分け、吸い口についた灰を落として口にくわえた。煙草は苦いだけだった。

「良かったぞ、貴代子。おまえは本当にいい女だ」

知念の満足そうな声が受信機から流れてきた。仲宗根貴代子の返事は聞こえない。雑音の奥でふたりが服を着ている様子がうかがえた。

「来週はちょっと重要な会合があるから来れんと思う。寂しいか？」

「そうね……寂しいわ」

仲宗根貴代子の声は物憂げに響いた。

「夏休みに入ったら、もっと可愛がってやるからな。それまで我慢しておけ。これ——今月の分だ」

しばし声が途絶えた。大城は苦いだけの煙草を車の外に放り投げた。空気が湿っているせいか、煙草はすぐに消えてしまう。

「少し多いわ」

「また新しい下着を買っておけ。飛び切りいやらしいやつをな」

「買いに行くのも恥ずかしいのよ」

「恥ずかしがりながらいやらしい下着を買ってるおまえを想像するのも乙なもんだぞ」

「変態」

「馬鹿いえ」

ふたりの声が遠ざかっていった。居間に移動したのだろう。それっきり声は聞こえなくなった。大城は腕時計を見た。

「十分もかかってないな」

瞬きを繰り返しながら呟いた。汗が目に入ってくる。淀んだ空気が肌にまとわりつき、汗を絞り出そうとしているかのようだった。涼しい風に身体を晒したかった。煙草が吸いたかった。なによりも、仲宗根貴代子を組み敷きたかった。

十分ほどで知念が姿を現した。仲宗根貴代子に見送られて、鼻の下を伸ばしている。にやけた顔のまま車に乗りこみ、辺りに注意を払うこともなく走り去った。

大城は目を閉じた。汗腺から汗が噴き出、肌を伝わっていく感触が五感のすべてを支配する。なにも聞こえず、匂いも嗅げず、ただなすすべもなく汗に支配されている己を感じるだけだ。大城は不快という観念と苛立ちの塊だった。それに汗と嫉妬がからみつき、塊を押し潰そうとしているのだ。

「くそっ」

もう一度ハンドルを叩き、車を降りた。足は自然とサンライズハイツに向かっていった。

ドアをノックする。

「どうしたの？　忘れ物？」

「おれだ。大城だ」

大城が答えると息を飲む気配が伝わってきた。

「なんの用？」

用心深い声が忍び寄るように聞こえてくる。

「少し話をしたい。今帰ったばかりの男についてだ」

「もう遅いわ。明日にして」

「じゃあ、写真をご両親に送ることにするよ」

「待って――」

ドアが開いた。仲宗根貴代子はTシャツとジーパンに着替えていた。Tシャツの下に透けて見えるのは黒い下着ではなかった。失望が大城を襲った。なにかを期待していたわけではない。だが、なにも期待していなかったわけでもない。身勝手な欲望だとはわかっていても、それをコントロールすることは不可能だった。

許可も待たずに大城は部屋に上がりこんだ。仲宗根貴代子は腰に両手をあてがって大城を見つめていた。無言の抗議——無駄だとわかっていながら足掻くことをやめられない。そういう意味で、大城と仲宗根貴代子は双子のようだ。

「話ってなんですか?」

「知念がここに来てから帰るまで、三十分もかかっていない」

大城は振り返った。知念に弄ばれる彼女の痴態が脳裏に甦った。知念を自分に置き換えるのはたやすかった。

「それがなんだっていうのよ?」

「おれが頼んだ仕事をちゃんとこなしているのかと疑問に思ってね」

「やってるわ」

「そうか——」

大城は仲宗根貴代子に歩み寄った。身体が触れる直前で足を止め、威嚇するように見下ろした。

「知念は来週、なにかの会合に出席する予定だそうだ。どういう会合だ?」

彼女は目を逸らした。

「教職員会の会合よ」

「教職員会の来週の予定にそんな会合は入っていない」

大城は仲宗根貴代子の顎に指をかけ、正面を向かせた。彼女は挑戦的に目を光らせている。

「だったらなによ?」

「ただで金をくれてやったわけじゃない。単なる親切で君の私生活をご両親に黙っているわけでもない」

「これからはちゃんとやるわ」

彼女は手を振り払おうとしたが、大城はゆるさなかった。さらに力をこめると、彼女の顔が苦痛に歪みはじめた。車の中で耐えていた苛立ちが加虐心に転じていくのを大城ははっきりと感じた。ブレーキをかけなければ自分が最後の一線を踏み越えてしまうのは確実だった。だが、ブレーキを踏むべき足は床に張りついたまま動かない。

「痛いわ。放して」

彼女が懇願した。大城はブレーキをかけることを断念した。彼女が弱みを見せれば見せるほど、加虐心は加速するように膨らんでいく。

「着替えてこい」

大城は歯の隙間から絞り出すようにいった。

「着替えるって……どこかに出かけるの?」

ではない。

「知念のために用意した下着に着替えてくるんだ」

彼女の目が侮蔑と憎悪の光を宿した。口もとがわなわなと顫えているのは痛みのせい

「知念はすぐに射精した。あれだけじゃ、君も満足できないだろう」

「盗聴してるのね？」

彼女が暴れ出した。大城の顔に爪を立てようと両腕を振り回す。大城は彼女の頬を遠慮なしに張った。鈍い音を立て、彼女が床に転がった。

「最初におれを虚仮《こけ》にしようとしたのはおまえの方だ。なにもいわさんぞ」

「けだもの！」

頬を押さえながら彼女は身を起こした。憎悪と侮蔑に彩られた目が爛々《らんらん》と輝いている。獣じみているのは彼女の方だった。

「シャワーを浴びて、着替えてくるんだ。下手《へた》なことは考えるな。これはただの脅しじゃない」

大城は静かに命じた。自分の声だとは思えないほど冷たい声だった。

シャワーにやけに時間をかけている。せめてもの抵抗のつもりなのだろう。大城は食器棚に飾ってあるスカッチの封を開け、コップに注いだ。テレビの上に置いてあったアメリカ製の煙草を見つけ火をつけた。いずれも知念のために用意してあるものだろう。

扇風機のおかげで汗は引いていた。衣服は濡れたままだがもう不快さを感じることもない。

スカッチは穏やかに舌と喉を潤し、煙草は独特の風味で鼻を刺激した。スカッチの酔いに身を委ね、頭の中で仲宗根貴代子を蹂躙《じゅうりん》していると時間のことも気にならなくなる。

最初の一杯を飲み干した時、風呂場から聞こえてくる水の音がとまった。彼女は時間をかけて身体を拭くだろう。さらに時間をかけて下着を身につけるだろう。

大城は微笑みながら二杯目を注いだ。ネクタイを外し、上着と共に椅子にかけた。二杯目は時間をかけて飲み干した。台所の奥にある風呂場のドアが静かに開いた。仲宗根貴代子はバスタオルを身体に巻きつけていた。ブラジャーの赤い肩紐がなければバスタオルの下に下着をつけているとは思えない。

「タオルが邪魔だ」

大城は三杯目を注いだ。

「あなた警察官なんでしょう？　こんなことをして恥ずかしくないの？」

「生徒に道徳を説くべき教師が金で性を売っている。恥ずかしくないのか？」

スカッチを舐めながら大城は笑った。聖人などどこにもいない。公安警察に配属されて数年でそれを実感した。だれもが汚れている。だれもがなにかに毒されている。

仲宗根貴代子は唇を噛んだ。赤い唇の歯が当たっている部分だけが血の気を失っていく。

「タオルが邪魔だ」

大城はもう一度いった。彼女が顔をあげ、一瞬顔を歪めてからバスタオルを外した。初めて見たときと同じ、あの赤い下着が大城の目を灼いた。アルコールの酔いが醒め、別の種類の酩酊《めいてい》感が大城を冒していく。

「こっちに来るんだ」

「いわれたことはこれからちゃんと守るわ。だから――」

「こっちに来いといったんだ」

大城は声を荒らげた。彼女は諦めの表情を浮かべ、ふて腐れたように近づいてきた。大城は彼女の乳房に手を伸ばした。ナイロンの手触りとその下の肉感に目眩を覚えそうになった。彼女は身体を強張らせ、なにも感じまいと目を閉じていた。大城は我慢強く、ゆっくりと胸を揉みしだいた。ナイロンの下で乳首がかたくしこってくるのを感じた。

「お願い。もう一度考え直して」

彼女がいった。閉じたままの目尻に涙の粒が浮かんでいた。

「考えたさ。何度も何度もな」

大城は彼女を抱き寄せ、首筋に舌を這わせた。

「考え直す時間はいくらでもあった。だが、もう手遅れだ」

彼女が啜り泣きはじめた。悲しみと屈辱に顫える肌の感触を確かめながら、大城は柔らかな肉体を床に押し倒した。

＊

「平良君、ちょっといいですか？」

講義を終えた直後に、古謝が平良を見つめた。

「ええ、かまいませんけど」

「じゃあ、書斎に来てください」

古謝の表情はいつもと変わりなかった。なんだろうと首を傾げながら、平良は古謝の後についていった。書斎の扉を閉めた瞬間、古謝の表情が引き締まった。

「どうしたんですか、先生？」

「これに見覚えはありませんか？」

古謝は平良の顔を正面から見据えたまま、懐から丁寧に折り畳まれた茶色い紙を取りだした。平良はそれを受け取り、開いた。心臓が止まりそうになる。平良たちが作った琉球義勇軍のビラだった。

「これがなにか？」

平静を装いながら平良は訊いた。古謝は探るような視線を向けている。

「見覚えはないんですか？」

「ええ」

良心の痛みを覚えながら平良は嘘を続けた。古謝に真実を告げることは憚られる。

「座ってください」

古謝は床に敷きっぱなしになっている座布団を指差した。戸惑いが顔に表れている。

平良は躊躇《ためら》いがちに腰をおろした。

「それはたまたま手に入れたんです。本部の方で畑や船が荒らされたという事件、君も新聞かテレビで知っているでしょう？」

「ええ。確か、琉球義勇軍と名乗る連中が犯行現場にビラを置いていったんですよね。これがそうなんですか？」

「そうです……そこに書かれている文章を読んで、すぐに君のことが頭に浮かびました。文章にも癖というものがある。もしかしたら、君が書いたんじゃないかと思って」

冷や汗が背中を伝い降りた。文章のことなど気に留めたこともない。古謝にわかるのなら、他の人間にもわかる可能性がある。なにをするにしても、もっと慎重に行動すべきだったのだ。

「ぼくじゃありません」

表情が顔に出ないように願いながら、平良は首を振った。

「だったらいいんです」

古謝が破顔する。子供のように無邪気な笑顔だ。古謝は人を疑うことを知らない。そこにつけ込んでいる自分が嫌でしょうがなかった。

「すみません。君のことを疑ったりして」

　頭を下げようとする古謝を、平良は慌てて止めた。

「いいんです、そんなこと。やめてくださいよ、先生」

「いや、こうしたことはきちんとけじめをつけないと。ぼくは自分勝手な思いこみで君の名誉を傷つけたんだから——」

「傷つけられたなんて思っちゃいません。先生、お願いですからやめてください」

「そうですか……平良君がそこまでいうなら」

　古謝は語尾を濁し、腰をおろした。悄然《しょうぜん》とした顔でうつむき、手にした書物の背を指先で擦《こす》りあげていた。まるで子供だ。古謝を見ていると自然と笑みが浮かんでくる。

「先生、本当に気にしないでくださいよ」

「ええ……でも、琉球義勇軍なんてね、そんな活動をしそうなのは賢秀塾の人間しかいないんじゃないかと思ってね」

「なにか行動を起こしたいという気持ちはあるし、いくつか誘いがあることも事実です。だけど、先生の計画のために我慢してるっていうのが本当です。ぼくだけじゃないですよ。他の同志も同じ気持ちのはずです」

「そうですか……どうです、今集まっている他に、だれかこれといった人間は？」

　平良は首を振った。折に触れいろんな場所に出かけてはいるのだが、めぼしい人間にぶち当たることはほとんどなかった。

「やはり厳しいですか。しかたがない。焦らず、気長に構えましょう」

「だけど先生――」

「そう」

古謝が平良の言葉を継いだ。

「時間はそれほど残されてるわけではない。ぼくも君らにすべてを任せてのほほんとしているわけじゃないんですよ。もう少ししたら、琉球政府内部の詳細な見取り図が手に入ることになっています」

「見取り図？　どうやって手に入れるんですか？」

古謝が笑った。

「ぼくはこう見えても人望があるんですよ、平良君。古謝は琉球独立だなんて馬鹿なことをいっているが、それ以外はいいやつだから目をつぶってやろうってね。基本的にうちなーんちゅはお人好しだ。そこにつけ込んでいるようで気は重くなるんですが、自分が信じる大義のためならなんでもするつもりですから」

古謝は照れたように頭を掻いた。だが、自分たち若者にはない冷徹な行動力を見せつけられて、平良はただ呆然とするしかなかった。

「見取り図が手に入ったら、計画の詳細を煮詰めていこうと思っています。比嘉君は大丈夫でしょうか？」

「比嘉ですか……大丈夫だと思います。ぼくたちが考えていることを具体的に話したことはまだないんですが、頭のいい男ですから、薄々感づいてるとは思います」

比嘉は感づき、そして賛同しているはずだ。だからこそ、義勇軍の犯罪行為にも積極的に関わってくれている。比嘉との間に暗黙の了解といったものが流れているのを強く感じることができる。

「そこをはっきりさせてください。ちゃんと膝を突きあわせて話をして、彼の意志を確かめるんです。軍事的な経験があるのは彼だけですから……今のところね、彼の協力があるのとないのとでは計画に大きな違いが出てくる。平良君ひとりでは荷が重いというのなら、ぼくが直接話をしてもいいですから」

「大丈夫です。ぼくが話しておきます」

「ゼネストも近づいてますからね、もう数人シンパを獲得できればいいんですが」

古謝は呟くようにいった。施政権返還の調印が六月に予定され、それに断固反対を唱える各団体が手を結んで五月十九日に大規模なゼネストを打つことになっていた。新聞やテレビの報道を見るまでもなく、おそらくそれは琉球史上でも最大規模のストになるのは明らかで、老若男女、ありとあらゆる階級、階層の人間がストに参加してくる。琉球の独立を唱える賢秀塾は、塾本体としては不参加の態度を取っているが、ストへ参加するかどうかは塾生個々人の判断に任されていた。玻名城たちは同志を獲得するのだと意気込んでいる。

「頑張りますよ。あのゼネストは日米共同声明の欺瞞を暴くのに格好の舞台です。ぼくたちの信義に賛同してくれる若者が大勢いるはずです」

「そうだね。未来を担う若者たちを信じなければなにもはじまらない」

古謝はまた微笑んだ。未来をだれよりも信じているのは古謝なのだ。そうでなければ道化と笑われながら、地道に塾の活動を続けていくことなどできはしない。今は、ドン・キホーテが嘲笑われる時代なのだ。

「比嘉君にはできるだけ早く話をしておきます。それじゃ、失礼します」

平良は頭を下げ、腰をあげた。

夜毎《よごと》、景子から電話がかかってくる。真っ先に電話に出るのは母で、母はおくての息子にガールフレンドができたと早合点していつも笑みを押し隠しながら受話器を渡す。父はなんの反応も示さない。それでも、孫ができるかもしれないという可能性を喜んでいることはよくわかった。ふたりとも、夜の九時が近づいてくるとそわそわしだす。たいてい、九時前後に景子から電話がかかってくるからだ。

「今度の土日、デートできるといいなと思ってるんだけど」

景子はいきなりそういった。はにかみとは無縁の女性なのだ。

「ごめん、二日とも約束が入ってるんだ」

平良は両親の気配を気にしながら声を低めた。次の土日は比嘉と行動を共にすることになっている。十六日の日曜日にコザで反戦ＧＩによる本格的な反戦集会が開かれることになっていて、比嘉はその手伝いで忙殺されていた。前日の土曜に最終的な打ち合わせがあり、その後なら平良と話をする時間が作れるといわれている。もちろん、反戦集会に参加することも比嘉に勧められ、平良は快諾していた。

「他の女と会うんじゃないの？」

「そんなことはないよ」

「じゃあ、男友達と？　土日に男だけで遊ぶなんて馬鹿みたい」

「遊ぶわけじゃないよ。日曜にコザで反戦集会が開かれるんだけど、それの手伝いに駆り出されてるんだ」

一瞬間があって、景子は甲高い声をあげた。

「ビラを見たわ。たしか、反戦ＧＩが何十人も集まるのよね。わたしも見てみたいな」

意外な言葉だった。景子はいかにも個人主義的な女性で、復帰闘争や反戦闘争に興味があるようには見えなかった。

「君が？」

「そうよ。悪い？　デモとかは苦手だけど、反戦集会ってなんだか格好いい響きがあるじゃない。アメリカーもたくさん来るんでしょう？　清徳、わたしも連れていってよ。ちゃんとお手伝いとかもするから」

平良は苦笑した。なるほど、景子の興味が反戦集会に向いていてもおかしくはない。

「じゃあ、日曜ならどう？　土曜は集会の前日でみんなぴりぴりしてるし、夜遅くまでかかるから」

「それでも行きたいな。もし問題があるようなら、わたし隅っこの方でおとなしくしてるし……清徳のこと、もっと知りたいの。わたしといるとき以外はどんな顔してるのかとか、どんな人たちと付き合ってるのかとか、どんなふうに笑ったり怒ったりするのかとか……迷惑かもしれないけど、知りたいの。邪魔は絶対にしないから」

景子がいいだしたら絶対に後に引かないということはわかっていた。そして、景子の強引なアプローチを、決して自分が嫌がっていないことにも気づいていた。

「土曜の会合が終わった後で、ちょっと人と大事な話をしなければならないんだ。申し訳ないけど、そこには君を連れていけないんだよ。だから、土曜はやめにして日曜――」

「それでもいいの。清徳の邪魔は絶対にしない。集まりが終わったら、だれかの車に乗せてもらって帰るか、実家に帰るから」

「集会の方はともかく、打ち合わせなんてつまらないよ」

「それでもいいっていってるじゃない」

景子が癇癪《かんしゃく》を破裂させた。他人に対して下手に出ることなど滅多にない――若くて美しい娘の特権だ。

「なによ、さっきから偉そうに。わたしがこんなにお願いしてるのに、清徳はわたしのことなんかどうでもいいんでしょう？」

「そんなことはいってないよ。ぼくはただ——」

「連れていって。お願い。本当は一分でも一秒でもいいから清徳のそばにいたいの。それだけなの」

一転してしおらしい声が流れてくる。それが景子のやり口なのだとわかっていても、胸の内に温かいものが流れてくるのをとめることはできなかった。

「わかったよ。じゃあ、土曜の午後五時、コザ十字路で待ち合わせようか」

「ありがとう」

「相手がぼくだけなら遅れてもかまわないけど、他にも人が待ってるからね。時間厳守。十分でも遅れたら置いていくぞ」

「意地悪。いいわ。絶対に遅刻なんかしないから」

景子は拗ねた口調でいった。だが、声が弾むのまでは抑えきれていない。自分が景子に好意を抱いているのはわかっていた。だが、それが恋愛感情に発展するのかどうかはわからなかった。平良にわかっているのは、人に恋されるというのは決して悪いものではないということだけだった。

景子は時間きっかりに十字路に姿を現した。おそらく、早いうちから実家で待機していたのだろう。照屋の特飲街とコザ十字路は目と鼻の先だった。挨拶もそこそこに景子を車に乗せ、平良は沖縄べ平連が借りているアパートに向かった。緊張しているのか、景子の顔はかすかに青ざめ、口数が少なかった。

「そんなに緊張しなくてもいいよ。集まってるのはみんな、普通の若者だからさ」

「だけど、アメリカーもたくさん来てるんでしょう?」

「もちろん」

「昨日、職場の友達に聞いたんだけど、反戦GIはみんな麻薬をやってるんだって」

平良は曖昧に首を振っただけで答えなかった。確かに、反戦GIのいるところには常に大麻の香りがつきまとっている。アメリカでは麻薬の摂取は権力に反抗するための一種のファッションと化している。

「清徳もやるの?」

「一度もやったことはないし、これからもやらないよ。景子はやったことがあるのかい?」

「昔、大麻をちょっとだけ。だって、家が照屋にあるんだもん」

平良は今度ははっきりとうなずいた。照屋でも、センター通りやゲート通りといった白人兵が群がる特飲街でも、大麻やヘロインは路上に溢れている。昔はだれもがこっそりと麻薬をやっていたのだが、ヴェトナム戦争が激化するに連れてそれが普通の光景に変わってしまったのだ。反戦GIは権力に反抗するために、普通のGIたちは戦場の恐怖を忘れるために、麻薬に手を出していく。

「そこだよ」

平良は前方に見える外国風の建物を指差した。コザが希《まれ》に見る繁栄を謳歌していたころに建てられた米軍関係者用のアパートだ。六〇年代後半からコザにもヴェトナム戦争の悪い影がさすようになり、店子《たなこ》も年々減っているらしい。

アパート近くの路上に車を停め、景子と一緒に車を降りた。アパートの前には人だかりができていた。平良の到着を待っていたのだろう、その人だかりから比嘉が巨体を揺すりながら歩いてきた。

「あの人、清徳と一緒にいた人ね。顔は見なかったけど、体つきでわかる」

景子が囁いた。平良は心臓が凍りつくような感覚を覚えた。そこまでは考えていなかったのだ。自分の浮かれた気分が、仲間たちを危険に晒すかもしれない。

「大丈夫。清徳のことだって警察には黙ってたんだから。他の人たちのことも口が裂けたっていわないわよ」

「そうしてくれると助かるよ……こんばんは、比嘉君」

「どうも、平良さん」

比嘉は顔一杯に笑みを浮かべていた。平良の視界を巨体が塞いで、人だかりが見えなくなった。

「こちらは？」

比嘉は笑顔を景子に向けた。

「島袋景子さん。反戦活動に興味があるそうなんだ」

「初めまして、景子です」

景子が媚びるような笑みを浮かべながら右手を差し出した。比嘉はその手をそっと握りながら意味ありげな視線を平良に向けた。頬が熱くなって、平良はその視線を避《よ》けた。

「ようこそ。君みたいな若い人は大歓迎。とりあえず見学していって、ぼくたちの主張に賛同できたら、是非活動にも参加してください」

比嘉は如才なくそういった。

「清徳がそうしろっていったら考えてみます」

景子の答えに、比嘉は右の眉毛を吊り上げた。ますます頬が熱くなっていく。できることならこの場から逃げ出したかった。

「平良さんはいい男です。滅多にいないから、逃がさないようにしないと」

「もちろん」

とりあえず、比嘉も景子を気に入ってくれたようだった。平良はほっとして肩から力を抜いた。

「そろそろ会合が始まる時間だろう?」

「そうですね。ちょっと人が集まりすぎて座る場所もないですけど、我慢してくださいね」

比嘉に先導されて、平良と景子は人だかりのど真ん中をすり抜けた。部屋は人いきれでむっとしていた。比嘉と初めて会ったときも同じだったことを平良は思い出した。全軍労や復帰協は大人たちの集まりだが、べ平連に集まってくる人間は若者も多い。若者の無軌道なエネルギーが捌《は》け口を求めて暴れ回っている。それに大麻の煙が加わって、部屋の空気は息をするのも憚られるほどに濁っていた。部屋の中央に反戦ＧＩが五人、車座になって座り、その周りをうちなーんちゅたちが取り囲んでいた。

比嘉と景子が話しこんでいた。景子が部屋にいる人間を指差し、比嘉がそれに答えている。景子の目は輝いていた。景子がこれほど熱を入れるとは平良の想像を遥かに超えていた。

反戦集会の打ち合わせといっても、部屋の空気は和やかだった。ＧＩたちは大麻に酔って表情を弛緩させ、その周囲を取り囲んでいる連中も穏やかに談笑している。部屋の隅にべ平連の幹部と思しき連中が四、五人固まって硬い表情で話し合っていたが、それにしてもどこか気が抜けている。これは打ち合わせというより前夜祭なのだ。

景子のことが気がかりだったが、比嘉に任せて平良は狭い室内を縫うように移動した。賢秀塾に誘える人材を見つけたかったのだ。だが、その努力は徒労に終わった。べ平連のメンバーはともかく、他の若者たちは映画や洋楽のことを話しているだけで、反戦に興味はあっても琉球の独立など考えたこともないだろう。ＧＩを囲んで大麻に酔い、反戦を語るのと同じ情熱で洋楽を語る。要するに、これはファッションなのだ。

平良は溜息を漏らしながら、比嘉と景子の元に戻った。

「今夜はずっとこんな調子なのかい？」

ょう」

「ええ。集会の準備はほとんど整ってるんで。だから、来ても面白くないといったでし

比嘉は済まなさそうに肩をすぼめた。

「それはいいんだ。比嘉君と話をしたかっただけで、ここに寄ったのはついでだから」

「じゃあ、行きますか？」

「いいのかい？」

「義理はもう果たしましたからね」

「君はどうする？」

平良は景子に訊いた。

「清徳が帰るなら、わたしも帰るわ」

「それじゃあ、照屋まで送っていくよ」

景子は不満そうな表情を浮かべたが、素直に帰り支度をはじめた。邪魔にならないように部屋を出、湿った空気を肺に送り込みながら車に乗りこんだ。比嘉が乗ると、サスペンションが悲鳴をあげるように軋んだ。

「どこに行くの？」

景子が口を開いた。下心を隠しきれていない。

「照屋だよ。そういっただろう？」

平良は無愛想に答えた。

「ふたりの話が終わるまで待っててもいい？」

「約束したじゃないか」

比嘉を八重島に連れていくつもりでいた。いくらなんでも、あそこに景子を連れていくわけにはいかない。

「ごめんなさい」

ルームミラーに映る比嘉がおろおろしながら平良たちの会話を聞いていた。


「良かったんですか、彼女をあのまま帰して。寂しそうでしたが……」

後ろを振り返りながら比嘉がいった。照屋の入口に立った景子が手を振っていた。

「いいんです。今日は比嘉さんと話をする用事があるといったのに、それでもいいからって押しかけてきたんですから。それより、彼女となにを話してたんです？」

「好奇心旺盛な娘さんですね。あそこに集まってる人たちのこと、いろいろ訊かれましたよ」

「そんなことに興味があるとは思わなかったなあ」

好奇心が強いという比嘉の指摘にはうなずけるものがあった。景子はなんでも訊きたがる。

「それで、平良さん、お話ってなんですか？」

照屋の黒人街が背後に消え、やがてゲート通りが前方に見えてくる。こちらは白人兵たちの溜まり場だった。白人が照屋に、黒人がゲート通りやセンター通りに姿を現せば、血の雨が降ることになる。

「とりあえず、見てもらいたいものがあるんですよ。話はそれからということでいいですか?」

「ええ、ぼくはかまいませんが……どこへ向かってるんです?」

「比嘉さん、八重島に行ったことはないでしょう?」

「八重島ですか?」

「コザにできた最初の特飲街です。五〇年代に栄えてたんですけど、度重なるコンディション・グリーンの発動でいつしか寂れてしまって。今では廃墟《はいきょ》と化してるんですけどね」

うちなーんちゅが圧政に抗議するたびに、米軍はコンディション・グリーンを発動して経済的に琉球社会に制裁を加えた。コンディション・グリーンが発動されれば、米兵の基地の外への移動を制限される。米兵が落としていくドルで暮らしていたうちなーんちゅには生死に関わるといっても過言ではないものだったのだ。

「その廃墟になにがあるんですか?」

「焦らないで。ついてからのお楽しみです」

胡屋《ごや》十字路を右折し、センター通りを左手に見ながら車を走らせた。比嘉の体重に喘ぎながらでも、車はなんとか走っている。

「コザに来て半年になりますけど、こちら側にはほとんど足を運ばないですからね」

　繁華街の目映い明かりとは無縁の住宅街に差しかかると、比嘉が嘆息した。周囲に広がるのは背の低い一軒家と畑ばかりで、人の気配もほとんど感じられなかった。

「ここで暮らしてる人間以外には無縁の場所ですからね。昼間は子供たちの遊び場になってるんですけど、八重島には魔物が出るという噂があって夜は近寄る人もいません」

「ますます謎だなあ。そんなところになにがあるんだろう？」

　民家や農家を通りすぎると、その先はただ闇が広がっているだけだった。平良はスピードを落とし、ヘッドライトを頼りに慎重に車を走らせた。

「ここでなにを？」

　車を停めると、比嘉が窓の外に細めた目を向けた。相変わらず廃墟と化した八重島は漆黒の闇に覆われて、確かに魔物が潜んでいるような禍々しさを醸し出している。

「見せたいものがあるんです」

　平良は懐中電灯を手にして車を降りた。鍵は古謝から借り受けている。諸見里を案内した夜のことを思い出しながら、鍵を開け、重い扉を開けてかつてのダンスクラブに足を踏み入れた。

「米軍の荷物じゃないですか」

　明かりを木箱に当てると、比嘉がよく通る声でいった。壁に張りついて眠っていた虫たちが飛び交いはじめた。

「中身はなんだと思います？」

比嘉に語りかけながら、平良は木箱の蓋を開けた。比嘉がゆっくり近づいてくる。闇の中では比嘉の巨体が明かりの下より強い存在感を持っていた。

「これは……」

懐中電灯の光を受けて鈍く輝く銃器に、比嘉は目を瞠《みは》らせた。慣れた手つきで拳銃を取り上げ、銃身を引いて中を覗きこむ。平良の手にその銃は大きすぎたが、比嘉の手にはちょうど良い大きさに見えた。

「本物だ……」

「どうしてこんなところにこんなものがあるのかは、後でゆっくり説明します。お願いしたいのは、これの使い方をぼくらに教えてくれないかっていうことです」

「平良さん……」

薄闇の中、比嘉の表情が強張っていくのがわかった。平良は口早にまくしたてる。

「薄々気づいていたとは思いますけど、古謝先生とぼくらはある計画を胸に秘めてます」

「なにをするつもりなんですか？」

「クーデターです」

平良は木箱の中に視線を落としながらそういった。

17

「これが賢秀塾の主なメンバーのリストです」

安室は数枚の書類を大城の目の前に置いた。得意げに顎を上に向けていた。

「そうか……」

大城は欠伸を噛み殺し、うなじを掻いた。安室が不満そうに鼻を鳴らした。

「そうかって……それだけですか？」

「塾のメンバーなど、こっちがその気になればいつだって調べることができるんだ。重要なのは、諸見里が君に仲間を売ったという一点だけだ。少しずつ、搾り取る情報の量を増やしていくんだ。いずれ、琉球義勇軍にたどり着くし、連中がなにを企んでいるかもわかってくる」

「はい……ですが――」

「褒めてもらいたいのか？」

神経がささくれ立っていることを自覚しながら、大城は安室を睨んだ。仲宗根貴代子を抱いた夜以来、神経が休まることはない。嬌声《きょうせい》をあげながら冷めた目で大城を見る彼女の顔が脳裏から離れない。身体だけではなく心まで屈服させたかったのに、それが叶わなかったという屈辱感が胃の底に淀んでいる。安室に八つ当たりしているのは承知しているが、抑えることができなかった。

「そんなつもりではありません」

「これは最初の一歩だ。おまえの真価が問われるのはこの先なんだぞ」

「わかっています」

「ならいい」

「もうすぐ復帰協のゼネストですが、琉球警察で入手している情報をまとめておきました」

「ご苦労」

安室が別の書類を鞄から取りだした。大城はざっと目を通したが、内容は頭を通過していくだけだった。結局、施政権は返還される。その前後に混乱は起こるだろうが、結局は落ち着くべきところに収斂《しゅうれん》されていくだけなのだ。沖縄は本土と同じように支配されるだろう。復帰闘争は姿を消し、反基地、反戦運動も飼い慣らされていく。大城が足を棒にして情報を集めたところで、いずれ無駄足に終わるだけだ。結局、大城を沖縄に送り込んだ連中の頭にあるのは金のことだけなのだ。

やる気が失せていた。無力感が身体を覆い、気怠《けだる》さが頭の中に染みこんでいく。南国の陽気のせいだけではない。なにかが失われつつあることに大城は気づいていた。このままでは怠惰に押し潰されてしまう。だが、そこから抜け出すためのきっかけが摑めない。気を抜くと、仲宗根貴代子の裸体に意識が飛ぶ。彼女をどうやって弄ぶか、そのことばかり考えている。

「それから、宮里警視が連絡を欲しいと」

「彼が？　なにか用か？」

「さあ。自分は用件を伝えるようにいわれただけですから」

「わかった」

「今日はどうしますか？」

「もうすぐ反戦集会だろう。それに関する情報を集めておいてくれ。おれは警視に電話するよ」

「わかりました」

安室は踵を返した。背中に不満が貼りついたままだった。その背中に冷ややかな視線を向けながら、大城は電話に手を伸ばした。宮里はすぐに捕まった。

「連絡が欲しいと聞いたんですが」

「近々お時間をいただけませんか。ご相談したいことがありまして」

「電話じゃ話せないようなことなのでしょうか？」

「ええ。個人的な件なので」

「わたしなら、いつでもかまいません。そちらの都合に合わせます」

「なら、今日の昼飯はどうですか？　奢ります」

「どこへ行けば？」

「そうですね……士官クラブに行ったことはありますか？」

「いいえ、ありません」

「じゃあ、そこで十二時に」

宮里はそそくさと告げて電話を切った。


宮里から連絡がいっていたらしく、身分証を見せるとすんなりと基地の中に入ることができた。ただし、案内役が運転するジープに乗らなければならなかった。キャンプ瑞《ず》慶覧《けらん》は七千平方メートルを超える広大な敷地を誇っていた。案内役がいなければ、士官クラブには夜になってもたどり着けないだろう。高等弁務官が鎮座する陸軍総司令部があるだけに、ものものしい空気が地面すれすれに淀んでいた。

士官クラブはすいていた。ただでさえ広い室内が体育館のように思えるほどだった。少ないながらもテーブルについて談笑しているのは白人ばかりで、黄色い肌の闖入者に射すような視線が集中した。大城はその視線ひとつひとつに睨み返し、宮里が座っているテーブルに足を進めた。

「人種差別の巣窟ですね、ここは」

腰をおろしながら大城は口を開いた。ことさらに声をひそめる必要も感じない。沖縄に何年いたとしても、ここの連中は片言の日本語も理解できないだろう。

「大城さんなら大丈夫だと思ってここにしたんです。ここなら機密保持は万全ですから」

「機密ってなんの機密です？」

宮里は曖昧な笑みを浮かべて、ウェイターに手を振った。ウェイターは浅黒い肌をしていた。おそらくフィリピン人なのだろう。

「なにを食べます？」

「サンドイッチとコーラ」

「それじゃ、クラブハウス・サンドイッチを注文しましょう」

にこやかな笑みを浮かべて近づいてきたウェイターに、宮里は流暢《りゅうちょう》な英語で話しかけた。

「さすがは金門クラブというところですかな、今の英語は？」

立ち去るウェイターの背中を見つめながら大城はいった。

「留学する前から英語はできましたよ。まあ、あっちに行って発音がうまくなったことは否定しませんが……実は、その金門クラブ絡みでひとつ、情報を耳にしましてね」

「どんな情報でしょう？」

大城は水の入ったコップに手を伸ばした。気もそぞろという風情で水を飲む。宮里の思惑を計りかねていたが、それを表情に出したりはしなかった。

「メンバーのひとりに早稲田卒の男がいまして……早稲田を卒業した後にサンフランシスコに留学したんですが。早稲田の同期に外務省に入省したのがいるそうで」

「もちろん、日本の外務省のことですね？」

「他にどこがあります？」

宮里は微笑んだ。自信に満ち溢れた表情を浮かべているが、眼鏡の奥の双眸は闇よりも黒く沈んでいた。

「一月ほど前に仕事で本土に渡り、ついでに同窓会にも顔を出してきたんだそうですが、その外務省の男というのが、役人には珍しく男気があるそうで、怒りまくっていたらしいんですよ」

「なにに対して怒っていたんです？」

「そう焦らないでください。順を追って話しますから」

宮里の視線が大城の背後に泳いだ。フィリピン人のウェイターがサンドイッチとコーラを運んでくるところだった。

「日本語なんかわからないでしょう。先を続けてください。心配ならウチナーグチでもかまわないですから」

「そこまでする必要はないでしょう」

宮里はウェイターに笑顔を向けた。ポケットに手を入れ、チップ用の小銭を取りだしている。

「彼が怒っていたのは日米両政府に対してですよ。あいつらは質《たち》の悪いペテン師だと、そういっていたそうです」

「確かにそいつのいうとおりでしょう。日本やアメリカに限らず、政府ってのはペテンを働くものだ」

「同窓会が終わった後、うちのメンバーはその役人を二次会に誘ったんです。そこでペテンの内容を聞きだした」

宮里は大城の皮肉を無視して言葉を続けた。大城もそれ以上、茶化すつもりはなくなっていた。

「それで？　ペテンの中身とはなんなんです？」

「密約があるんだそうです」

「密約？」

「ええ。沖縄の施政権を日本に返還するにあたって、アメリカが被る経済的損害を日本政府が補塡。土地やら公共施設やらなんやらを、日本国民と沖縄県民には内緒で買い上げるというんです」

「連中のやりそうなことだな」

大城はサンドイッチに手を伸ばした。パンはかさつき、ハムは干涸び、野菜は萎《しな》びていた。パンが口蓋に張りついて、コーラがなければ飲み下せなかった。口を動かしながら先を促した。

「いくらですか？」

「四百万ドルだそうです」

口の中のものを吐き出しそうになった。日本円にすると十五億弱。日本の国家予算が十五兆円前後。コンマ数パーセントといってもとんでもない金額だ。そのすべてが税金からちょろまかされる。密約にしたのも無理もない。これが公になれば、沖縄だけでなく、日本全土に暴動の嵐が吹き荒れるだろう。

「事実なんですか？」

「裏は取れませんよ、もちろん。しかし、わたしは真実だと思います」

「国民の血税をちょろまかしておいて、自分たちはさらに沖縄の土地を買い占めてぼろ儲けしようという肚《はら》か……政治家の貪欲というのも空恐ろしいですね」

「感想はそれだけですか？」

宮里はそういってサンドイッチを手に取った。紙でできた作り物だとでもいうような目でサンドイッチを見つめていた。

「どうしてわたしにその話をしたんですか？」

「黙っていられなかったんです」

「うちなーんちゅとしてゆるせなくなった、か。だとしても、話す相手は他にもいるでしょう」

「沖縄で？　だれに？　その辺を歩いている主婦にでも話しますか？　目を丸くされる

のがおちだ。琉球政府のだれかに話しますか？　とんでもない大問題に発展する。施政権返還の話も立ち消えになるかもしれない」

「そうすればいいじゃないですか」

宮里は苦しそうに首を振った。

「わたしは……アメリカ支配よりは日本支配を選びます。施政権返還はつつがなく終わって欲しい」

「だが、四百万ドルで沖縄をアメリカから買うというからくりはゆるせない。矛盾してる」

「わかってます。だからこそ、あなたに話をしている。あなたも矛盾の塊だから」

「わたしにどうしろと？」

「わかりません」

宮里は少女のような仕種でサンドイッチを頬張った。大城はサンドイッチを皿に戻した。食欲はすっかり失せていた。サンドイッチがまずいせいではない。これよりも酷いものを張り込みの時は食べている。

「四百万ドルか……」

大城はひとりごちた。コーラを飲み干し、煙草をくわえた。

「その話を聞いているのはあなただけですか？　それとも、金門クラブのメンバーも？」

宮里が首を振った。

「わたしだけです。さすがに、だれかれかまわず話すのは気が引けたんでしょう」

「もう一度訊きますが、どうしたいんですか？」

大城は煙草の煙を吐き出した。煙草は苦いだけだった。

「一泡吹かせてやることはできませんか？」

「だれに？」

宮里の目が光った。

「海の向こうの連中に。この二十五年間、なにもしなかった連中に。口先だけで生きている連中に。我々の苦しみを金に換えることしか考えられない連中に」

宮里の声は呪文のように沈鬱に響いた。その言葉の裏になにかがあるとは考えにくい。宮里は義憤に駆られたのだ。エリートとはいっても、それは沖縄に限られた話でしかない。施政権返還後、宮里は本土からやってくるキャリアたちに蹂躙されるだろう。だれかに忠義を立てる必要もない。

「難しいでしょうね」

「ええ。琉球警察にいたんじゃなにもできない。かといって、新しい職を探すのもしんどい。東京の公安から来た大城さんなら、なにかいい案がないかと思ったんですが」

「相手は権力者です。一泡吹かせるといっても、掌を引っ掻いてやるぐらいのことしかできない。もちろん、できたとしての話ですが」

「それでいいんです。気持ちの問題ですから」

「確約はできないが……考えておきましょう。なにかいい案が浮かんだら連絡します。今日のところは答えられるのはそれぐらいですね」

「充分です。やはり、あなたに話して良かった……」

「どうして？」

「手洗いに行って鏡を覗いてくるといい。表情というものが一切消えてますよ、大城さん。あなたも連中の傍若無人ぶりに腹を立てているんだ」

大城は宮里の眼鏡を凝視した。レンズに自分の顔が映りこんでいる。確かに、表情を失った人形のような顔だった。

「いや、腹を立てているわけじゃない。わたしは公安警察官です。これより薄汚いことはいやというほど目にしている」

「じゃあ、なんなんです？」

「わかりません」

大城は首を振った。四百万ドルで売られた島――新聞の見出しのような文字が頭の中で飛び交っていた。

宮里と別れた足で那覇に戻り、安室を呼び出した。安室は一時間の猶予を乞うた。大城はもちろん、ゆるした。

安室の到着を待ちながら、賢秀塾塾生の名簿に目を通した。学生がメインだが、農民や漁師、それに教員まで混じっている。多彩な顔触れだった。琉球の独立を夢見るナイーヴな男たち。大城は顔に笑みが浮かぶのを抑えきれなかった。

電話が鳴った。大城は物憂げに腰をあげ、受話器に手を伸ばした。

「大城君かね？　山崎だが」

山崎警視監は勿体ぶった口調でいった。

「どうしたんですか？　警視監直々にお電話とは」

「今月十九日のゼネストに関する君の報告書を読んだんだがね、少し大袈裟すぎるんじゃないのかね」

「東京にいればそう思うのかもしれませんが……」

「しかし、いくつかの労組はゼネストへの参加を見送るという方針を打ち立てているし、復帰協、全軍労に苛立っている県民が大勢いると――」

「それはほんの一部です」

大城は苛立ちを押し殺しながら答えた。

「日米共同声明に対する不安や怒りというものが、そちらにいるだけじゃわからないんですよ。ぼくはこちらに情報網を確立しつつあるんです。報告書にも書いたように、十万人規模のストになる可能性は高い。みんな怒ってるんですよ、日本政府の闇討ちみたいなやり口に」

沖縄の復帰闘争は日米共同声明以降、大きな変遷を繰り返している。最初は復帰そのものを望む運動だったが、それが条件闘争に変わり、経済闘争に変わり、今では政治闘争と化している。だれもが負け戦だということはわかっている。口では違うことをいっても、心の底では認めざるを得ないのだ。負け戦だからこそ、死に物狂いで闘おうとしている。それが、本土の人間には理解できていない。

「だが……来月には調印式があるんだぞ。沖縄でそんなことが起こったら、せっかくの調印式のイメージが台無しになる」

「いいですか。あの報告書は二週間前に作成したものです。その間に、返還協定交渉の中間報告があった。覚えていますか？」

「ああ」

　山崎の声は歯切れが悪かった。日本政府の中間報告は沖縄の人間には不興を買った。なにもかもが曖昧な説明しかされず、また、政府の人間が沖縄に来て報告することさえされなかった。うちなーんちゅはそれを自分たちに対する挑発だと受け取っていた。

「あの中間報告のせいで、わたしの予想は上方修正しなければならなくなりましたよ。こっちには怒りと不満が渦巻いているんです」

「なんとかならんかな」

「なにか手を打てというなら、なぜもっと早く連絡してくれなかったんですか？　この二週間、なにをしてたんですか？」

　答えは聞くまでもない。放っておかれたのだ。警察トップも政治家たちも、施政権返還後の利権をどうするかを考えるので頭が一杯になっている。

「わかっているだろうが、こちらも忙しいんだ。できるだけ早く検討したかったが……すまんが、大城君、ゼネスト後の沖縄の反動分子の行動予測を、早急にまとめて送ってくれんかね」

「しばらくはなにも起こりませんよ」

「なんだって？」

「沖縄は静かになるはずです」

山崎の息づかいが荒くなっていた。

「わたしをからかっているのか？　それほど大規模かつ計画的なゼネストの後で、なにも起こらんと君はいうのか？」

「こちらの人間は熱しやすく冷めやすいんですよ。二十五年以上の鬱憤が溜まっていますからね、ガスはすぐに溜まって爆発する。しかし、本土の人間とは違って、爆発は長くは続かないんです」

おそらくは気候のせいなのだ。頭に血をのぼらせていなくても人は生きていける。辛いことや悲しいことがあっても、歌い、踊ることで鬱屈を紛らわせ、また明日からの辛い日々を生きていくという暮らしを、沖縄の人間は数百年に亘って送ってきた。たったの数十年で、彼らの遺伝子に刻み込まれた記憶が消えるはずもない。

「またガスが充満するまでに時間がかかるというのかね？　そんなことが……」

「みんな、これが負け戦だということはわかってるんです。それだけに、ゼネストでは死に物狂いで闘うでしょう。しかし、その反動で、ゼネストの後は茫然《ぼうぜん》自失の状態に陥るはずです」

「君の分析が正しいのならいいんだが」

「警視監はなんのためにわたしを沖縄に送ったんですか？　わたしの能力を信頼してくれたからでしょう」

「確かに君のいうとおりだな。いや、失言だった。ゆるしてくれ」

山崎の声が遠のいていく。もう、訊きたいことはないのだろう。

「警視監、ひとつお伺いしてもよろしいですか？」

「なんだね？」

「ひとつ気になる情報が引っかかりまして。沖縄の施政権返還に関して、日米両政府の間に密約があると――」

「その情報はどこから入ってきたんだ？」

反応が速すぎた。声が硬すぎた。宮里の摑んだネタは本物だったのだ。

「とあるアメリカ人です。軍の高官ですから、名前は明かせません」

大城はでまかせを口にした。

「君は米軍内にもコネを作ったのか？」

「それがわたしの仕事です」

「例の人物の件では行き違いがあったが、君を沖縄に送ったのは正解だったな。しかし、密約うんぬんはガセネタだろう。政府が国民に黙ってそんなことをするはずがない」

恥知らずもいいところだった。だが、警察官僚というのはえてしてそんなものだった。目に入るのは権力の高みへと続く道と保身の方法だけ。今さらそれを責めたてたところで益はない。

「そうですか……なら、この線を追うのはやめにしておきます。もし本当の話なら、情報の漏洩《ろうえい》を抑えなければと思っていたんですが」

「それがいいだろう……それじゃ、また。ああ、そうだ。連絡は遅れたが、君の報告にはちゃんと目を通させてある。ふて腐れたりはせんでくれよ」

「心配無用です」

大城は電話を切った。背中の肌が粟立《あわだ》ち、胃に不快感があった。

四百万ドルで売られた島——またぞろ、新聞の見出しのような文字が頭の中を飛び交いはじめた。

＊

賢秀塾に続々と塾生たちが集まりはじめた。だれもが緊張を露わにしていた。五月十九日——明日は未曽有《みぞう》の規模のゼネストが予定されている。今夜はその前夜集会が沖縄各地で開催されることになっていた。元々、賢秀塾では個人としてゼネストに参加することになっていたが、昨日、古謝がその方針を変更するといい出したのだ。興奮に頬を紅潮させ、目を潤ませた古謝の姿は脳裏に刻み込まれている。

「諸君、そろそろ我々の思想を行動に移すべきだと思う。我々の存在を琉球中に訴えるんだ。ゼネストには賢秀塾、いや、琉球共和国党として参加しよう。我々の理想を、思いを、うちなーんちゅに知らしめるんだ」

塾生たちは一瞬静まり返り、やがてかしましく声を張りあげはじめた。古謝の言葉に賛同する者、時期尚早ではないかと訝る者。しかし、賛同の声が圧倒的に多かったことは否めない。だれもがその時を望んでいたのだ。いや、長い間不安に怯えていたといった方がいいのかもしれない。古謝の思想に共鳴しつつ、しかし、琉球の独立など夢のまた夢なのではないかという不安に怯え、他者の白い目に怯えながら塾に通っていた。その不安と決別できる。たとえ琉球独立が惨めな失敗に終わったとしても、そのために闘ったという事実は残されるのだ。

古謝家の庭の一画で歓声があがった。塾生のだれかが屋根にのぼり、共和国旗を取り外していた。旗を振りながら、集会場に向かうのだ。横断幕や手書きの旗を持っている塾生が大勢いた。

琉球共和国党。琉球の独立を。日米帝国主義を打倒せよ。汎アジア革命を成就しよう。アジア諸国と団結して独立を勝ち取ろう。

すべて、古謝の口から放たれ、塾生たちの中で育まれていった言葉だった。

塾生たちをかき分けるようにして、諸見里と玻名城がやって来た。玻名城の目は興奮に輝いている。諸見里の目は虚ろだった。

「いよいよですね。興奮するなあ」

玻名城は歌うような声でいった。

「だけど、門前払い食らわされるのが落ちなんじゃないのかな。今回のゼネストは日米共同声明に対するものだろう？　施政権返還に反対してるわけじゃないんだし」

諸見里の声は周囲の狂騒から隔絶されていた。

「それはわかっていて、先生は決断したんだろう。無駄でもいいじゃないか。どうしたんだよ、昇。最近、元気がないぞ」

「うん、ちょっと身体の具合が悪くて。でも、気にしないで。ちょっとおかしいってだけで、酷いわけじゃないんだ」

「ちゃんと飯食ってるのか？」

諸見里のこめかみが痙攣した。

「うん、食べてるよ」

諸見里は急によそよそしい態度になって目を逸らした。なにかがおかしい——平良は問いつめようと口を開きかけたが、塾生たちの大声に思いとどまった。

古謝が塾生の前に姿を現した。琉球の古い民族衣装に身を包み、目を煌々《こうこう》と輝かせて庭の中央に進んでくる。古謝の後ろに従っている人間がいた。数は十人前後だろうか。

みな、塾生より年上だった。スーツを着た者もいれば、アロハシャツにジーパン姿の中年もいた。

「その人たちはだれですか？」

塾生の中から声があがった。古謝は背後を見やり、また正面を向いた。

「我々のシンパの方々です。仕事や都合があって賢秀塾の活動には参加できないが、琉球共和国の夢を共にする人たちです。今日のことを知って、駆けつけてくれました。初対面であろうとなんであろうと、この方々もまた、我らの同志です」

拍手と歓声があがった。平良は拳を握った。身体全体が細かく顫えている。自分たちだけではない——その思いが昂揚感に拍車をかけている。

「他にもいたんだ」

玻名城が呟いた。諸見里は目を剝いて男たちを凝視していた。

共和国旗を持った塾生がその傍らに駆け寄った。古謝は旗にちらりと視線を走らせ、平良に声をかけてきた。

「平良君、旗を持って先導してください」

「ぼくがですか？」

「早く」

普段の古謝以上にその声には断固とした響きがあった。平良は慌てて駆けだし、塾生から旗を受け取った。顫えはまだとまらない。旗がゆらゆらと揺れて顔にまとわりついてくる。それを嫌って、平良は旗を高々と掲げた。再び拍手と歓声が沸き起こった。古謝が平良の隣に進み出てきて、塾生たちを制した。

「諸君、今宵は琉球にとって記念すべき夜となります。百年に亘る占領、搾取、差別の歴史から我らが故郷を解放すべく、同志たちがここに集った。諸君、我らの進む道は茨《いばら》の道だ。事を成就するには幾千、幾万の障害が立ちはだかっている。それでも、我らは進むのだ」

塾生たちが古謝の言葉に応じた。夜気が顫え、街灯に群がっていた虫たちが四方に散った。

「行きましょう！」

古謝のものものしい声が再び響き渡り、塾生たちは移動を開始した。

集会場になっている与儀公園には大勢の人間が集まっていた。公園の入口にテントが立ててあり、復帰協の人間と思しき連中が腕を組んで出入りする人間を見張っていた。ゼネストに反対する右派や右翼に妨害されるのを嫌っているのだろう。

平良たちが近づいていくと、男たちは目を細め、旗や横断幕に書かれている文字を読んで目を剝いた。

「な、なんだね、君たちは？」

一番年配の、髪の毛が真っ白な男が近づいてきた。

「琉球共和国党と申します」

古謝が胸を張って答えた。

「党員一同、明日のゼネストに参加したく、馳せ参じました」

「琉球共和国党？　そんな政党、聞いたこともないが……」

白髪の男の周りに人が集まってくる。

「琉球共和国軍っていうのが去年、騒ぎを起こしたじゃないですか。それと関わりのある連中だとまずいですよ」

だれかの発言に、男たちがざわめいた。男が口にしたのは、昨年、沖縄を震撼《しんかん》させたテロ組織の名前だった。彼らは銃器を駆使して、米兵やアメリカ人を殺した。米軍と琉球警察が合同で大々的な捜査を展開したが、結局組織を摘発するまでにはいたらず、琉球共和国軍を名乗る組織のテロ活動も、コザでの暴動事件と前後して消えていったのだ。

「我々はテロとはなんの関係もない」

古謝がいい放った。

「我々は真面目な市民であり、日米共同声明、ひいては、アメリカに強奪された施政権を日本に返すことにも反対する。沖縄の、いや、琉球の独立を目指す団体です」

「独立だって？」

白髪の男が顔をしかめた。

「こっちは冗談やなにかでゼネストを打とうというんじゃないんだよ。冷やかしなら帰ってくれ」

とりつく島もない。また身体が顫えはじめるのを平良は感じた。昂揚のせいではない。怒りと屈辱のせいだった。

「冷やかしなんかじゃありません。我々は真剣に琉球の独立を目指しているんです」

「いいから帰った、帰った。こっちは忙しいし、右翼のような連中が明日のゼネストに対する襲撃を計画しているという情報もある。頭のおかしい連中と付き合っている暇はないんだ」

「ふざけるな!!」

一際甲高い声が背後からあがった。振り返るまでもない、玻名城の叫びだ。

「琉球はかつて独立国だった。その姿を再び取り戻そうというのに、頭がおかしいだと？　おかしいのはそっちだろう」

「独立なんてできるわけがないだろう」

玻名城の挑発に、白髪の男の後ろに立った男が応じた。背広に身を包んでいるが、まだ若い男だ。

「アメリカーややまとが独立をゆるすはずがないだろう。よしんば独立したとして、食っていけるはずがない。今だって、基地によりかかって生きているんだ。日本政府の後押しがなければ、うちなーんちゅは飢え死にするしかないんだよ」

背広の男の目は血走っていた。どこかで見たことがある——そう思い、すぐに男のことを思い出した。二年ほど前まで賢秀塾にいた男だ。石川《いしかわ》かどこかで小学校の教員をしているはずだった。琉球独立の夢に燃え、やがて現実に打ちのめされて塾を去っていった。古謝の考えを強く否定するのは、いつだって無関係の人間より、かつて古謝の思想に共鳴した者だった。

「ゼネストに参加したいという人間を復帰協は拒否するのか!?」

また塾生の叫びがあがった。それがきっかけになって、塾生たちは団結して抗議の声をあげはじめた。男たちがその迫力に気圧《けお》されて後ずさっていく。古謝が動かないので、塾生たちもその場で声を張りあげるだけだった。古謝は寂しそうな顔をして、ただそこに立っていた。

そのうち、広場の方から人が大勢やって来た。おそらく、だれかが救援を求めたのだろう。このままでは集会に参加することはおろか、対立したままこの場を去らねばならなくなってしまう。

「先生、どうしたらいいんですか?」

いても立ってもいられなくなって、平良は訊いた。ここまで行進してくる間は風にたなびいていた旗が力なく萎れていた。

「なにもしなくていいんだよ、平良君。我々はここにいる。ここにいて自分たちの意志を表明している。今はそれで充分だ」

「でも——」

また、広場から数人がやって来た。その中のひとりが、まっすぐ古謝のところに向かってくる。

「やっぱり君か。相変わらず人騒がせな男だな」

男は見下すような視線を古謝に向けた。古謝より優に頭ひとつ背が高く、古謝よりずっと痩せていた。ふたりが顔見知りなのは明らかだったが、険悪な空気がふたりの間に蔓延していた。

「集会に参加しに来ただけなんだが」

古謝は男の視線をまともに見返していた。いつの間にか、塾生たちも男たちも口を止め、ふたりのやり取りに聞き入っている。

「なんのために？　明日のゼネストは日米共同声明に反対するためのものだが、施政権返還にまで反対しているわけじゃない。君はあれだろう？　例によって、沖縄の独立だなんだのというたわごとで若者を誑《たぶら》かしているんだろう？　ここに君の居場所はないぞ」

「うちなーんちゅとして、やまとーんちゅに抗議するために駆けつけたんだ」

「迷惑だといってるんだ。帰ってくれ。集会の邪魔をするというのなら、警察を呼んで排除してもらうぞ」

男の顔が歪みはじめた。憎悪と呼んでもいいような感情を露わにして古謝に詰め寄ってくる。古謝は動じずに口を開いた。

「ぼくの思想をたわごとだと断じるなら、それほど恐れる必要もないだろう」

「恐れてなどいない。迷惑だといっているだけだ。さ、大事にならないうちに帰ってくれ。この集会や明日のゼネストは、君らのおままごととは違って、沖縄にとってなによりも大切なことなんだ」

「なにをいってるんだ!? 本当に大切なことを見失ってるくせに、偉そうな口を利くな！」

　叫んだのはまた玻名城だった。塾生たちがそれに呼応して口々に叫びはじめた。

「これでもただ参加しに来ただけというつもりか？」

　男の声は怒声に飲みこまれたが、平良の耳にははっきりと届いた。男は古謝に対する憎しみを隠す努力を放棄していた。他人に聞かれる恐れがないからだ。その憎しみの激しさに驚いて、平良は咄嗟に古謝の横顔をうかがった。古謝は平然としていた。

「君のその物言いが火をつけたんだよ」

　古謝の声は落ち着いていた。声質が低い分、男の声のように怒声に飲みこまれることもない。

「責任転嫁するつもりか？」

「君とはいくら話しても平行線を辿るだけだな」

　古謝はそういい、いきなり振り返った。

「諸君、もう充分だ!!」

古謝の身体が倍ほどに膨れたような錯覚を覚えた。その大音声は塾生たちの金切り声を包みこみ、押し潰していく。

「我々は争うためにここに来たわけじゃない。我々の敵はやまとであり、アメリカーである。うちなーんちゅ同士がいがみ合ってどうする」

塾生たちは口を閉じ、戸惑いの表情を古謝に向けた。玻名城だけがただひとり、怒りに満ち溢れた目で古謝の背後の男たちを睨んでいた。

「騒ぎを起こすことが目的ではない。それでは無知な右翼の連中となにひとつ変わらない。今日のところは帰ります」

「先生――」

思わず声が出た。賢秀塾が最初の一歩を踏み出す記念すべき夜のはずだったのに、すべてが急転直下、崩壊しようとしている。それが耐えがたかった。

「いいんです、平良君。我々は我々のやり方で闘っていくしかない」

「あの人は何者なんですか？」

古謝は答えなかった。

「さあ、回れ右して帰りましょう。それが不満だという人は、塾をやめてもらって結構です」

古謝の声はかたくなだった。そのかたくなさは一切の拒絶を拒んでいるように響いた。この場を立ち去ることに不満を覚える者も、その響きには逆らえない。平良は玻名城を見つめた。玻名城は頰を紅潮させ、鼻の穴を膨らませて古謝の背後を睨みつけていたが、口はしっかりと閉じていた。

「さあ」

古謝が促した。古謝と一緒にやって来たシンパたちがまず、その言葉に従った。萎れるのでもなく、かといって挑発的な態度を取るのでもなく、ごく自然な振る舞いで集会場に背を向け、歩きはじめる。そうなれば、塾生たちも従うしかなかった。塾生たちは回れ右をし、波が引くように移動しはじめた。玻名城だけがひとり、その流れに抗っている。

「玻名城君」

古謝の鋭い一喝が玻名城に放たれた。玻名城は悔しそうに空を見上げ、やがて、引き上げる塾生たちの中に混じっていった。古謝が一度頷き、大股で歩きはじめた。男たちがじっとその背中を見つめている。平良はすこし遅れて古謝の後を追った。

「先生、あの男は何者なんですか？」

「あの男？　ああ、宮城《みやぎ》君ですか。大学の同窓生ですよ」

「大学って、慶應ですか？」

「そう。彼も昔はやまと嫌いだったんですが……」

古謝は残念そうに首を振った。

「なにか確執があるんですか？」

「そりゃ、意見が違うんだから、いろいろとね」

古謝の声は歯切れが悪い。触れられたくないのだと察し、平良は口を閉じた。歩きながら振り返る。宮城という男がじっとりと湿った視線で古謝を睨み続けていた。

「宮城なんというんですか？」

我慢しきれずに平良は訊いた。

「宮城章吉《しょうきち》です。今は、沖縄大学で英文学を教えているんだっけかな。復帰協でもかなり重要な役職に就いているはずです」

古謝の低い声は、塾生たちのざわめきに飲みこまれ、あっという間に消えてしまった。

玻名城の目は据わっていた。両脇の桃原と喜久山が居心地悪そうにしている。他の客や店の人間が近くを通るたびに、玻名城は険のある視線を飛ばしていた。

「いい加減にしろよ」

いたたまれなくなって、平良は玻名城を諌《いさ》めた。

「他の人間に咎はないだろう？」

「わかってますよ。ただ、むしゃくしゃしてどうしようもないんです」

目が据わっているだけでなく、呂律も怪しくなっていた。この居酒屋に入ってまだ一時間も経ってはいないし、酒だって二、三杯口にしただけだ。玻名城の鬱屈は凄まじい。

「あそこで暴れれば良かったとでもいうのかい？　冗談じゃない」

「そうだよ」

諸見里が口を挟んできた。

「あいつら、琉球共和国軍のこと話してたじゃないか。義勇軍と関係づけられるんじゃないかと思って冷や冷やしてたよ。あそこを離れた先生の決断は正しかったんだよ」

「だけど、あんなふうに馬鹿にされて、みんな、悔しくないんですか!?」

「白い目で見られるのは慣れっこじゃないか。なにをそんなに怒ってるんだ？　君の我《わ》が儘《まま》で塾全体を振り回すわけにはいかないんだぞ」

「どうしてみんな怒らないのかって訊いてるんですよ？　金玉ついてるんでしょう？」

平良は諸見里と目を見合わせた。お互いに首を振る。こんなふうに酔ってしまった玻名城と議論をするのは時間の無駄以外のなにものでもない。

「じゃあ、玻名城君の金玉、どれだけのものか確かめさせてもらいましょうか」

黙ってビールを啜っていた比嘉が呟くようにいった。

「おれの金玉を確かめる？　なんだよ、おれと喧嘩するってのかい？」

玻名城の言葉に、比嘉は笑って応じた。玻名城が逆立ちしても、比嘉に格闘でかなうわけがないのだ。

「喧嘩してストレスを発散したいならいつでも相手しますけどね、そうじゃないんです」

「だったらなんだよ？」

比嘉は太い首を曲げて平良を見た。それにつられて玻名城が平良を睨む。こんな状態の玻名城に話が通じるかどうか迷ったが、平良は口を開いた。

「玻名城君、妙な声をあげたりするなよ」

低い声で囁きかける。玻名城は目を剝いた。

「おれがなんだって――」

その口を喜久山が塞いだ。

「いい加減にしろよ。こんな調子が続くんなら、おれたちもおまえを見捨てるぞ」

喜久山や桃原の意見には耳を傾けることができるらしい。玻名城は憤懣《ふんまん》やるかたないという空気を露骨に滲ませながら、それでも口を閉じた。

「比嘉君に軍事訓練を施してもらおうと思ってる」

「軍事訓練？」

玻名城は甲高い声をあげかけて、慌てて声音を抑えた。一瞬のうちに紅潮していた頰が元の色に戻った。

「そう。実は古謝先生が入手した武器や弾薬をある場所に隠してあるんだ。でも、いくら武器が手元にあるといったって、ぼくらはそれをどう使えばいいかわからないし、その時にどう行動すればいいかわからない。そうだろう？　だから、今のうちに準備をしておくんだ。この調子でいくと、同志が数多く揃うとは思えないんだ。少数精鋭でいくしかないいんなら、ぼくらは軍人としての訓練を受けておく必要がある」

平良は言葉を切った。だれも口を開かない。いや、指先ひとつ動かさない。比嘉がビールを啜る音が聞こえてくるだけだった。

「なにか、意見はない？」

自分の言葉が通じていないのではないかという不安を覚えて、平良はいった。

「軍事訓練って、銃を撃ったりもするんですか？」

最初に口を開いたのは桃原だった。比嘉が首を振った。

「無人島にでも行かない限り、実射訓練は無理でしょう。弾薬も豊富にあるわけじゃないし……やんばるの森の中に入っていって、基本的な訓練をしていこうとは思ってますが」

「実際に撃つ訓練してなけりゃ、いざという時、どうにもならないんじゃないのかい？」

玻名城がいった。呂律はしっかりしてきたが、言葉遣いはぞんざいなままだ。

「琉球政府の建物の中に突入するんでしょう？　だったら、何十メートルも先の的に当てる必要はない。銃の動かし方、撃ち方を覚えておけばだいじょうぶだと踏んでるんですがね」

「でも、やっぱり撃ってみる必要はあるんじゃゃ――」

しつこく食い下がる玻名城を、諸見里の声が押し潰した。

「軍事訓練って、実際にはどんなことをするんですか？」

「まずは基礎体力の訓練ですかね」

比嘉は他の五人の肉体に視線を走らせた。諸見里は肉体労働、平良は農業に従事しているおかげで腕の筋肉が張りつめているが、玻名城たち学生組はひょろりと細長い手足をしていた。

「格闘や実戦の訓練はその後ということになります。実際に使うだろう装備を背負って、指揮官の命令通りに行動する訓練、敵と遭遇したときのための訓練……最初はそんなところですかね」

「比嘉君は簡単そうにいうけど、かなりきつい訓練なんだろう？」

「本当の軍隊なら、だいたい鬼軍曹なんていうのがいて新兵は徹底的にしごかれますけど、ぼくは性格的にそういうのは苦手でして……まあ、きついとは思いますけど、死にたいと思うようなことはないですよ」

「実際の軍隊なら、死にたいと思うのかい？」

「ぼく、五回ぐらい死のうと思いましたよ。またしごかれるなら、死んだ方がましだって」

諸見里と桃原が顔を見合わせた。玻名城は食い入るような目で比嘉を見つめ、喜久山は心ここにあらずという表情を浮かべ、焦点の合わない目を空中にさまよわせている。

「それで、みんなに相談なんだが――」

平良はいった。

「これからは、できるだけ土日は空けてほしいんだ。訓練のために使いたいからさ。玻名城君、バイトは大丈夫かな？」

特飲街で働いている人間が土日に休みを取ることは難しい。なんといっても一週間で一番の稼ぎ時なのだ。

「なんとかします」

玻名城はむっつりした声で答えた。言葉遣いも酔う前に戻っている。軍事訓練という現実的な目標を与えられて、鬱屈に別れを告げたのだろう。もしかすると、頭の中で銃を構え、あの場にいた男たち——宮城たちを撃ち殺す様を想像しているのかもしれない。玻名城はそう思わせるなにかを内に秘めている。

「他のみんなは？」

諸見里と桃原、喜久山はお互いの顔を見つめ合い、すぐにうなずいた。

「ぼくらはいいけどさ、平良君、君こそ大丈夫なのかい？　農作業には土曜日曜なんて関係ないだろう？　それに……」

諸見里が語尾を濁した。

「それにってなんだよ？」

「悪気はないんだけどさ……週末はデートで忙しいんじゃないかと思って」

景子のことはすっかり忘れていた。賢秀塾の初めての公の行動と軍事訓練——心はすっかりそちらに傾き、他のことは遮断されていた。確かに諸見里のいうとおりだ。週末にいつも会えないとなると、景子は駄々を捏ねだすだろう。しかし、自分がいい出した手前、悩む姿を見せることはできなかった。

「大丈夫だよ」

「だったらいいんだけどさ」

平良がきつい視線を向けると、諸見里はなにかを恐れるように顔の向きを変えた。ここ数日、諸見里はなにかに怯えているように見えた。おそらく、事態が本格的に動きだしたことに不安を覚えているのだろう。

「それじゃ、早速ですけど、来週からはじめましょうか。平良さんの車と、ぼくが友達から借りるやつと、二台に分乗して行きます。これ、汚い字ですけど、用意してもらいたいものを書いておきました」

比嘉は懐から折り畳んだ紙を取りだし、配りはじめた。その巨軀からは想像もつかないような几帳面な小さな字がぎっしりと書きこまれている。メモの内容は多岐に亘っていた。運動靴や水筒といったものは理解できるが、コンパスや麻縄、機械油といったものはなんのために使うのかさえわからない。

「こんなものがどうして必要なんだい？」

平良は訊いた。

「その時になればわかります」

比嘉は曖昧に応じるだけだった。

「どうしても用意できないというものがあったら、無理をすることはないですから。ただ、水筒や軍手なんかは必ず用意してください」

だれもがメモを読むのに夢中だったが、そのうち唸ったり、冗談をいいあったりしはじめた。まるで遠足の前夜だ。持っていくお菓子の相談をしているように見える。

「ところで平良さん、明日のゼネスト、賢秀塾はどうするんですかね？　古謝先生はなにもおっしゃらなかったですが」

比嘉が巨体を傾けて囁いた。

「あからさまに参加を拒否されたんだから、塾というか琉球共和国党として参加することはないだろう。先生がなにもいわなかったってことは、個々人で判断しろっていうことだと思う。ぼくはあちこちに顔を出してビラを撒くつもりだよ」

賢秀塾としてゼネストに参加する前提で、塾の思想をアピールするためのビラを大量に作ってある。その内容はゼネストに向けてのもので、明日配らなければ意味のないごみクズと化してしまう。ビラの制作に携わったひとりとして、それだけはなんとしてでも避けたかった。

「じゃあ、ぼくも手伝いますよ」

「べ平連の方はいいのかい？」

「かまいません」

「おれたちも行きますよ」

玻名城がメモから顔をあげた。

「よし。じゃあ、明日の八時に塾に集合してくれ。ぼくの車でビラを運んで、ばら撒こう」

平良はいい、比嘉のメモに目を落とした。ナイフ——なぜかその文字だけが、禍々しさを伴って目に飛び込んできた。

18

どこの穴蔵に隠れていたのかと訝るほどの人の群れが道路を埋め尽くしていた。幟や横断幕は色とりどりに翻り、シュプレヒコールが津波のようにどよめいている。

沖縄に来てから、ストや集会は日常茶飯事のように目にしてきたが、これほどの規模のものは初めてだった。ハーメルンの笛吹きに引率されて死の床へと向かう子供たちのように、群衆はなにかに導かれて一定の方向に進んでいく。どの顔にも怒りと不満が色濃く滲んでいる。二十五年にも及ぶ苦難の時をないがしろにされた恨みが澱《おり》のように淀み、島全体を覆っているかのようだった。老若男女——小学生ですら、日米共同声明粉砕と書かれた鉢巻きを巻いて行進に参加している。まさしく島ぐるみの抗議行動だった。

大城はその様子を人の流れから離れたところに立って漫然と眺めていた。背後に人が立つ気配に振り返ると、安室が群衆を見つめていた。

「どうだ？」

「手配は済みました。上司には説明を求められたんですが、大城警部のいうように、宮里警視からの指令だと伝えると、なんとか……しかし、上原建設なんかを監視して、いったいなにを摑もうというんですか？」

上原建設を二十四時間の監視対象下に置くことは、昨日の内に安室に指示してあった。抵抗があることも想定済みだ。宮里が黙認するだろうことはわかっていた。

安室は同じ質問を昨日もぶつけてきた。よほど気になるのだろう。

「口外するな。東京からの指示だ」

「東京から？」

安室の表情が歪む。自分の家の庭を荒らされたような気分になるのだろう。

「それ以上のことはいえん。不満があるだろうがな。どんな態勢になってるんだ？」

「常時、ふたりの公安警察官が上原建設を監視します。出入りする人間の写真を撮って、その写真を元に身元を割り出す係が、これもふたり。いまは宮里警視の名前で静かにしてますが、そのうち騒ぎ出しますよ」

「そうなったら、名前だけじゃなく、宮里警視直々に説得してもらうだけだ」

「宮里警視も東京からの指示に納得してるんですか？」

「来年には、東京もくそもなくなるんだぞ。警察庁から大挙して人が押し寄せてきて、君ら地元の警官は東京から来たキャリアの命令に従わなきゃならなくなる。宮里も同じだ。今から媚びを売っておいても損はない。今だって、出向と称して東京からたくさん来てるだろう？」

「みんな、女遊びにうつつを抜かしてますよ」

安室は本土から来た警官に対する侮蔑を隠そうともしていなかった。

「沖縄の女は安くて綺麗だからな」

「大城さん――」

「冗談だよ。そうかっかするな。今日はこの後はどうなってるんだ？」

「見回りです。学生の過激派がなにか企んでるという情報があって、そっちに駆り出されてるんです」

「じゃあ、こんなところで油を売ってるわけにはいかんな。ま、沖縄の過激派なんかなにもできんのだろうが」

「本土からも人が入り込んできてるんです。一応、うちはピリピリしてますよ」

「義勇軍の方の調査はどうなってる？」

「暗礁に乗り上げてますよ。まあ、人が殴られはしましたけど、大きな被害が出てるわけでもないですからね。共和国軍との関連を考えていたものもいたようですが、繋がりはないでしょう……」

「共和国軍？」

大城は眉をひそめた。

「え、ええ。知りませんでしたか？　去年、沖縄でもテロが相次ぎまして、主に米軍関係者が数人、殺されています。琉球共和国軍というのが犯行声明を出していたんですが、去年の暮れからはすっかり音沙汰がなくなっています」

「初耳だぞ。現場に行ったときも、おまえはなにもいわなかった」

大城の剣幕に安室が後ずさった。

「共和国軍と義勇軍ですから脳裏をよぎったことは確かなんですけど、畑荒らしとは結びつけられなくて……重要でしたか？」

「重要かそうじゃないかはおれが判断する。それで、その共和国軍というのは主に、どんなテロを起こしたんだ？」

記憶の襞《ひだ》にかすかな情報が引っかかっていた。本土の新聞に小さな記事が載っていた。米兵や米軍関係者が殺され、琉球共和国軍を名乗る団体が犯行声明を出した――情報はそれだけだ。沖縄で米兵が数人殺されようが、本土の人間の注意を引くことはできない。それでも、テロが起こったという事実は大城の心を駆り立てる。それが公安警察官の性だった。

「ですから、殺人です」

大城の意気込みに、安室は戸惑っていた。

「主に、拳銃による射殺です。希に刺殺もあったと思いますが……」

「調査は公安がやったんだな？」

「テロ事件ですから……米兵が殺されたということもあって、公安部と米軍のＣＩＤが協力しあったと聞いています」

「捜査関係の書類を残らずかき集めて持ってきてくれ」

「しかし……関係があるとは思えませんよ」

大城は安室に向かって顔を突き出した。安室を睨みながら、一言ずつ吐き捨てるようにいった。

「義勇軍との関係なんてどうでもいい。テロルを実践した組織があって、こっちの警察はなにも解明していないし、犯人はおそらくのうのうと暮らしている。おれが興味を持っているのはそのことだけだ」

「わかりました」

踵を返そうとする安室を大城は呼び止めた。

「今日中だ。夜までに書類を持ってくるんだ」

「しかし、ぼくは仕事が――」

「パトロールなんて公安警察官がやる仕事じゃない。これを最優先でやれ」

「は、はい」

「いいか、安室、今後はどんなにくだらないと思えることでもいい、なにか引っかかることがあったら必ずおれに教えるんだ」

「わかりました。では、書類を揃えてきます」

安室は回れ右をし、尻を引っぱたかれたかのような勢いで走り去っていった。

大城はまた行進に向き直った。人の群れは途切れることなく続いている。あの群れの中に分け入り、拡声器を使って日本政府が四百万ドルで沖縄をアメリカから買い取ったのだと叫ぶとどうなるだろうと想像した。数万に膨れあがった民衆の怒りを一点に誘導したら——大城は首を振った。望んでいるのはそんなことではない。

「なら……」

大城はひとりごちながら踵を返した。

「おまえはなにがしたいんだ？」

心の奥底から内なる声が聞こえてきたような気がした。だが、その声はあまりにか細く、群衆の怒号に飲みこまれて消えてしまった。

仲宗根貴代子はキャンプ瑞慶覧のピケに参加していた。主婦たちが作る握り飯や汁物を配って歩いている。割烹着《かっぽうぎ》姿が意外と似合っていた。細身の身体が却って強調され、そこはかとない色気を漂わせている。

大城はピケ隊員の振りをして彼女に近づいていった。大城に気づいた彼女は眉をひそめた。


「こんなところまで来て、なんの用？」

「割烹着を着てていい女だと思ってね。すぐに君だと気づいた。いつでも男を誘ってる」

「ふざけないで。迷惑よ。帰って。あなたにいわれたことはちゃんとやってるわ」

彼女は周りの視線を気にして怯えていた。普段は強気な表情が曇っていくのを見守るのは加虐的な官能を刺激される。人を虐《いじ》める者の心理というのは往々にして同じだ。相手が怯えれば怯えるほど支配欲が高まり、その欲望は止めどを知らずに膨れあがっていく。大城は自分の破廉恥な感情を楽しんでいた。

「だれもおれたちのことを気にしたりしてはいないさ。それとも、知念が近くにいるのか？」

「あの人は嘉手納に駆り出されてるわ。早く行って。あなたとのことはだれにも知られたくないのよ」

「君を見ていると、いても立ってもいられなくなるんだ。あの夜のことを思い出してね」

「最低な男ね」

彼女は大城を睨んだ。顔の皮膚を突き破りかねないほどきつい視線だ。弱気な表情もいいが、やはり彼女にはこれが似合う。強い眼差しを屈服させることにこそ、醍醐味《だいごみ》がある。だからこそ、モラルを逸脱してまでも彼女を抱いたのだ。

「今夜、君の部屋に行く」

「いやよ」

「なら、ここで写真をばら撒こうか？」

彼女の視線が怯んだ。本気でそんなことはしまいと思いながら、不安を払拭できずにいる。笑いの発作が襲いかかってきた。大城は意志の力で笑いを抑えた。黙って彼女の応対を待つ。やがて、彼女が力なく肩を顫わせた。

「後始末がいろいろあるから、部屋に戻るのは遅くなるわ」

「遅くなるんだったら、今夜は泊めてもらおうか。その方が長い時間楽しめる」

笑いを抑えるのは限界だった。大城はにやつきながらいった。彼女が唇を嚙んだ。

「どこまで人をいたぶれば気が済むの？」

「君が屈服するまでだ」

「そんなことあり得ないわ」

「そうか……だったら、君がどこまで耐えられるか試してみようじゃないか」

「人でなし」

短く語尾を顫わせて、彼女は吐き捨てた。そのまま踵を返し、遠ざかっていく。固く強張ったその後ろ姿を、大城はいつまでも眺めていた。

夜の七時になって、安室が書類を届けにやって来た。早く書類に目を通したくて冷たく応対したが、安室はなにかをいいたげにもじもじしていた。

「どうした?」

「この後、賢秀塾のエスと会ってきます」

「それはご苦労だな。少しずつ手綱を締めていくんだ。そうすれば、あいつは君のいいなりになる」

「本人に会ってないんで、まだ確認は取れてないんですが……昨日、前夜集会で一悶《ひともん》着《ちゃく》あったという話が耳に入ってきまして」

「一悶着?」

大城は受け取った書類に目を落としながら鸚鵡返《おうむがえ》しに訊いた。書類は予想外に嵩がある。琉球共和国軍に対して、琉球警察が本気で捜査をしたという証拠だった。

「賢秀塾が琉球共和国党を名乗って現れたとか」

大城は反射的に顔をあげた。

「共和国党?」

「ええ。賢秀塾ではなく、共和国党としてゼネストに参加したいといってきたそうです。主催者は断ったそうで、そこで——」

「一悶着が起こったというわけか。派手な揉め事があったのか?」

「いえ」

安室は首を振った。

「塾長の古謝が塾生を説得しておとなしく帰ったそうです」

共和国軍と共和国党――ふたつの文字列が頭の中で飛び交っている。耳にしたばかりの琉球共和国軍と共和国軍を思わせる政党名を古謝が口にした。偶然か？　いや、公安警察官を長年やっていると偶然などは信じられなくなる。この世に出現する出来事には、必ずどこかでだれかの作為が働いているのだ。ふたつの名前には必ず関連がある。

「君のエスに、賢秀塾がなぜ共和国党という名称を選んだのか訊いておけ。もし、古謝の独断で決まったということなら、その理由を探り出させるんだ」

「なんとかしてみます」

安室が敬礼した。心と肉体に、大城が実質上の上司だということが染みついてきたらしい。

「よろしく頼む。明日、報告してくれ」

「何時にお伺いしましょうか？」

八時と答えかけて、大城はいい淀んだ。今夜は仲宗根貴代子との一戦が待ち受けている。彼女の抵抗ぶりを思う存分楽しむつもりだった。明日、寝不足でいるのは確実だろう。

「十時でいいか？　今夜はこの書類と首っ引きだから、寝るのは遅くなる」

「わかりました」

安室は再び敬礼し、きびきびとした動作で回れ右をした。そのまま振り返らずに立ち去った。

大城は居間に戻り、書類を広げた。食事を摂るのも忘れ、書類を読むことに没頭していく。琉球共和国軍による最初の被害者はトーマス・マクガバン陸軍伍長《ごちょう》。知花《ちばな》の弾薬庫勤務で、週末の休暇中にコザの路上で射殺された。現場には四十五口径の空薬莢《からやっきょう》とガリ版刷りの犯行声明文が残されていた。琉球警察も軍警察も、当時はこの犯行声明にさほどの注意は払っていなかったらしい。学生の過激派はいたが、本格的なテロ活動を行う組織が沖縄にあるとは信じられなかったのだ。犯行声明文も、単なるいたずらか目くらましに使われたのだろうと書類を書いた捜査官は推測していた。

だが、その推測はすぐに崩れ去る。第二の被害者が出たのだ。殺されたのはロバート・コクラン。アメリカ中央情報局の出先機関で働いていた男だが、これもマクガバン伍長とほぼ同じ手口で、那覇市内松山の外国人住宅の近くで射殺された。現場に残されていたのも、同じく空薬莢と犯行声明文だ。軍警察の捜査により、現場に残された空薬莢と最初の殺害に使われた空薬莢は別の拳銃から発射されたものだということがわかっていた。コクランがＣＩＡ関係者だということが判明して、捜査陣営は色めき立った。犯行声明文にもコクランがＣＩＡであることをほのめかす一文があったからだ。琉球共和国軍を名乗る組織は実在するのかもしれないし、実在するのだとしたらとんでもない情報網を抱えていることになる。コクランは表向きは民間に委託された通訳として来沖《らいおき》していた。彼がCIAであることは一部の人間にしか知らされていなかった。共和国軍は、そのコクランの隠《かく》れ蓑《みの》を見破ったのだ。

しかし、懸命の捜査にも関わらず、琉球警察とCID（軍刑事捜査部）は共和国軍の影さえ踏むことができなかった。ありとあらゆる人員を動員し、うちなーんちゅの情報提供者にはっぱをかけても、ガセネタしか集まってこない。そうこうしているうちに、第三、第四の被害者が出てくる。やがて、琉球警察は共和国軍を少数精鋭で構成された団結力の非常に強い武装集団と位置づける。隠蔽された情報、殺人の手際のよさ——本土の過激派の存在が話し合われ、しかし、沖縄に上陸した過激派の存在が否定される。軍人、もしくは自衛官の関与も取り沙汰され捜査が進められたが結果は芳しいものではなかった。刑事たちがなんの進展もない捜査に倦《う》んでいく様子が書類に書かれた筆致からも如実に伝わってくる。

結局、共和国軍による被害者は九人に上った。被害者はコクランを除くと、すべて軍人だったが、肌の色や所属部署に一貫性はなかった。一兵卒から下士官、将校まで階級もばらばらだ。九人目のマーク・ロス陸軍曹長の殺害後、共和国軍はぱたりと活動を中止し、その姿を消してしまっていた。

大城は書類から目を上げた。眼精疲労のせいで視界がぼやけている。

「そんなことがあり得るか？」

目をこすりながらひとりごちた。この狭い島で他者にまったく気づかれることなくテロを実行する組織——まともに考えればあり得ない。人の口に戸は立てられないのだ。情報は必ず漏洩する。捜査陣がなにも摑めなかったというのは、捜しどころを間違えたということだ。あるいは——共和国軍という組織が、既存の組織とはまったく違った形態を取っていたということだ。

テロ組織は主義主張を同じくする人間たちが組織する。テロ組織は自らの思想を声高に主張する。なんのためのテロなのか、この世界のなにが気に入らないのか。

大城は書類の間に挟まれていた共和国軍の犯行声明文に目を落とした。わら半紙にガリ版で刷られただけのものだった。すべての声明文に目を通し、首を振る。それらしいことが書かれている。被害者たちがなぜテロの標的とされたのかも熱気に満ちた文章で書かれている。だが、行間は空虚だった。テロに走るしかなかった者たちが必ず抱えている内面の狂気が感じられない。声明文はどこまでも冷静で、論理に則《のっと》っている。共和国軍には思想などなかったのかもしれない。テロのためのテロを実行するために組織された集団なのかもしれない。あるいは——。

大城は唸りながら伸びをした。思考が堂々巡りをはじめようとしている。このままではいくら考えたところで結論には達しないだろう。わかっていることはただひとつ。

被害者はコクランを除き、すべて軍人。コクランにこそ意味があるのだ。

共和国軍はそれが夢か幻だったとでもいうように姿を消した。これだけ見事にテロを成功させていた組織が単純に解散するわけはない。アメリカーがなにかを知っているはずだ。

　大城は電話に手を伸ばした。

「もしもし」

　宮里はくたびれた声で電話に出た。

「わたしです。ちょっと頼みがあるんですが」

「大城さんの頼みなら……」

「ＣＩＤの人間かＣＩＡの人間に会わせてもらえませんかね」

「なんのために？」

　宮里は警戒心を露わにして問い返してきた。

「共和国軍のことを知りたくて……これだけのテロが起きていたとはまったく知らなかった。さすがに、これに目をつぶることは公安警察官としてはできかねます」

「あれはもう終わった事件ですよ。共和国軍はもう、半年以上姿を見せていません」

「だが、組織の実体が解明されたわけでもないし、だれかが逮捕されたわけでもない。連中はまだこの島にいる。あるいはアメリカ側に抹殺されたかのどちらかです。わたしとしては、それを確かめたい」

「……いいでしょう」

　短い沈黙の後で、宮里の静かな声が返ってきた。

「向こうに打診してみます」

「明日の午前中に連絡をください。わたしはこれから出かけてくる」

「どちらへ？」

「野暮用ですよ」

大城は電話を切り、仲宗根貴代子を訪ねるために身支度を整えはじめた。ネクタイを締め直していると、切ったばかりの電話が鳴りはじめた。

「はい」

大城は受話器を握りしめ、低い声で出た。

「わたしです。島袋景子……」

島袋景子は今にも泣き出しそうな声で名乗った。

「どうした？」

「あの……連絡が遅くなったんですけど、この前、平良さんと一緒に反戦集会の前夜祭に顔を出してきて……そこにいた人たちの名前聞いてきたから、大城さん、興味あるかなと思って電話したんですけど」

普段いい慣れていない口調のせいで、島袋景子の声は聞き取りにくかった。

「よし、聞かせてもらおう」

「あの……本当に平良さんには迷惑がかからないんですよね？」

「約束しただろう」

わざと突き放すように答えた。島袋景子のようなタイプにはその方が効果があることは経験上わかっている。

「それじゃ……」

島袋景子が口にする名前を、大城は脳裏のメモに刻み込んだ。本土から来たべ平連メンバーの名前も混じっていた。東京はこの情報を喜んで受け取るだろう。沖縄の人間に関しては、後で安室に裏を取らせればいい。

「集会には最後まで参加していたのか？」

「いいえ。平良さん、仲間と一緒にすぐに出ていったから……わたしはもうしばらくいたかったんだけど」

「仲間？」

「比嘉さんっていうんですけど。凄く大きな人で……知ってます？」

比嘉剛──安室が諸見里に提出させた名簿に載っていた名前だった。

「いいや。どんな男だ？」

「お祖父さんの代で本土に渡ったらしいんですけど……沖縄をなんとかしたくて戻ってきたんですって」

「本土ではなにをやってたのかな？」

「自衛隊にいたって聞きましたけど──」

「それは本当か？」

さっき目を通したばかりの書類の内容が頭の中で渦を巻きはじめた。捜査陣は軍人か自衛官が共和国軍に関与しているのではないかと疑っていたのだ。

「ええ、そう聞いたんですけど、なにか問題ありますか？」

「いや。いいんだ。ご苦労だった。引き続き、目を光らせていてくれ。そのうち、また会おう。その時に、金を渡す」

「ありがとうございます。じゃ、また電話しますから」

会話を打ち切れることにほっとしたのか、金の話に舌なめずりしたのか、島袋景子は朗らかにいって電話を切った。

「自衛官か……」

大城は受話器を握ったまま呟いた。

＊

「景子ちゃんから電話だよ」

自分の部屋で比嘉のメモに書かれてあったものを整理していると、母親のウチナーグチが軽やかに踊るように響いてきた。景子からの電話はこのところ毎晩のようにかかってくる。いつの間にか仲が良くなったようで、平良に取り次ぐ前に母は数分間の景子とのお喋りを電話口で楽しむようになっていた。

居間では父がひとりで晩酌を楽しんでいた。ラジオから流れてくる島民謡に耳を傾け、鼻声で調子を取りながら左右に首を振っている。機嫌は上々のようだった。母は台所で父のつまみをこしらえていた。

「いい子だね、景子ちゃんは。はきはきしていて、物怖じしなくて。おまえは内気なところがあるからちょうどいいんじゃないのかい？」

からかいとも真剣な物言いとも判断がつかない声で母が振り向いた。その顔つきからすると、どうやら真剣なようだった。平良は母の言葉を無視することに決め、受話器を手に取った。

「もしもし」

「ねえ、清徳、明後日の日曜、海に行かない？　高校時代の友達が集まって遊ぼうっていうことになってるんだけど、わたしのボーイフレンドだって清徳のこと紹介したいんだ。清徳のこと覚えてる子もいるから、きっとびっくりすると思うし」

景子の声は遊びに出かけた子供のように弾んでいた。良心の痛みを感じながら、平良は努めて平静に応じた。

「ごめん。今度の土日は先約があるんだ」

「先約ってだれと？」

途端に景子は不機嫌になる。感情を抑えるということを知らない娘だった。もっとも、母の態度から見る限り、それは平良に対してだけ向けられている。

「塾の仲間と。やんばるにキャンプに行くのさ。ずっと前から決まってたんだ」

「キャンプ？　わたしも行きたいな」

予想外の返事に平良は落ち着きを失った。

「だ、だめだよ。男だけのキャンプなんだから」

「だけど、清徳の友達ならわたしに変なことしたりしないでしょう？」

「男だけの話っていうのもあるんだよ。女の子が入ってくると緊張するやつも出てくるし。特に、君みたいな可愛い女の子だとなおさら――」

「清徳、わたしのこと心配してくれてるの？」

景子の気分は夏の夕方の天気のようにころころと変わる。晴れていたと思えばすぐに雲が広がり、やがて土砂降りの雨になる。しかし、その雨も長くは続かず、やがてまた青空が広がっていくのだ。

「もちろんだよ」

平良はほっとしていった。本当のことを口にできるのはなによりも気が楽だった。

「嬉しい。じゃあ、キャンプに行くのはゆるしてあげる。その代わり、再来週の土日はわたしのために空けておいてくれる？」

再来週も比嘉たちと訓練に行くことになっている。だが、これ以上景子の気持ちを無下にすることはできなかった。

「日曜の夜になってもいいかな？　そろそろ農作業の方も忙しくなってくるから……」

「仕事があるなら、我が儘いっちゃいけないよね。うん、日曜の夜でいいわ。でも、キャンプだと、明日、明後日は清徳の声聞けないんだね」

「日曜の夜には帰ってるから」

「じゃあ、電話するから、キャンプのこと詳しく話してくれる？　うるさい女だって思うかもしれないけど、清徳のことなんでも知りたいの」

「いいよ」

それ以外の言葉を見つけられず、平良はいった。

「じゃあ、日曜日の夜、楽しみにしてるから。清徳、大好きよ」

不意をついて放たれた愛の言葉に、平良の心臓は激しく脈打った。景子は迷うことなく、一直線に平良の懐に飛び込んでくる。自分はどうなのだろう？　景子に好意を抱いていることは確かだ。だが、景子のようにはっきりと好きだといいきれるだけの自信がない。

「……聞いてる、清徳？」

「うん。聞いてるよ」

「なにもいうことはないの？」

「父さんが近くにいるんだ」

平良は口もとを手で押さえて囁いた。

「つまんないの……いいわ。今度会ったときにいわせてみせるから。じゃあ、おやすみなさい、清徳」

「おやすみ」

電話を切り、おそるおそる振り返る。父がじっと平良を見つめていた。今のやり取りに気づかれたのだろうか——平良は頬が熱くなるのを感じた。

「なに？」

「明日からキャンプに行くといってたな？　わしは聞いておらんぞ」

「一昨日、母さんにいったよ」

平良は台所に顔を向けた。母は知らんぷりを決めこんでいる。おそらく、父に告げる時機を逸していたのだろう。平良がキャンプのことを告げたときも母は乗り気ではなかった。父の怒りを買うことが怖かったのだ。

「この忙しい時期に、遊び呆けてる暇はないぞ」

父は顔をしかめた。ラジオから流れてくる軽快な音階が虚しく聞こえるような表情だった。

「だから、今週はいつもの倍働いた。月曜からも頑張るよ」

「百姓仕事は会社勤めと同じようにはいかん。その日その日の天候によってやることが変わってくるんだ。それぐらい、もうおまえだって心得てるだろう」

「どうしても行かなきゃならないから、行くんだよ。ぼくが遊びにかまけて仕事をさぼるような人間じゃないことは、父さんだってわかってるだろう？」

父の気持ちは痛いほどわかっていた。だが、これだけは譲ることはできない。自分の理想を実現するための第一歩なのだ。

「たまには生き抜きぐらいさせてやりなさいよ、あなた」

台所から母が助け船を出してくれた。だが、父の表情は変わらなかった。

「ゼネストの時に、変な団体が押しかけてきたっていう噂を聞いたが、まさか、おまえも関わってるんじゃないだろうな？　沖縄の独立がどうとかこうとか……そんなことに関わるために仕事をさぼるというなら、ゆるさんぞ」

「キャンプに行くだけだよ」

平良は吐き捨てるようにいって、父に背を向けた。父親に対してぞんざいな口を利きたくはない。だが、これ以上議論をするともっと酷いことをいってしまいそうだった。

「清徳！」

父の声が銃弾のように背中に突き刺さってくる。平良は顔をしかめ、逃げるように自分の部屋に向かっていった。

なぜ危機感を抱かないのだろう？　やまとが支配権を握れば幸せになれると、なぜ無条件に信用できるのだろう？

年配の者たちはいう──アメリカーに蹂躙されるのはもう懲り懲りだ。

だが、アメリカーの前はやまとに支配され、奴隷のような扱いを受けていたのだ。やまともアメリカーも変わらない。なぜ、そんな簡単なことがうちなーんちゅにはわからないのだろう。

平良は乱暴に部屋の戸を閉めた。父たちの属する世界と自分が属する世界が遮断される。溜息をひとつ漏らし、平良は荷造りに戻った。

梢《こずえ》の間から差し込んでくる陽射しは光線銃から放たれたビームのように剝き出しの皮膚を容赦なく焙った。鬱蒼《うっそう》とした森が作る木陰はひんやりとしているが、日光が陰を引き裂いている部分は、今にも燃え上がりそうなほどに空気が熱せられている。陰と陽という二元論では表現できそうもない落差がそこにはあった。ときおり、轟音が空を駆け抜ける。米軍の戦闘機が奏でる狂想曲だ。

平良は汗を拭いながらコンパスを覗きこんだ。方角はあっている。だが、森が深すぎて自分の感覚が信じられなくなってくる。右を見ても左を見ても、前を見ても後ろを見ても、そこにあるのは濃い緑を宿した森だけだ。余りにも濃い緑は群れをなし、寄り集まって闇に近い漆黒を生み出す。その漆黒の奥で、禍々しい何かが蠢いているような錯覚すら覚えてしまう。

「あとどれぐらいですかね？」

玻名城がいった。玻名城は水筒に手を伸ばしていた。

「あんまり飲み過ぎない方がいいぞ。この調子だと、最低でも二時間はかかりそうだ」

平良は地図を覗きながら答えた。

「そんなに？」

玻名城は天を仰ぎ、水筒にかけていた手を放した。

「他の連中もこんな感じですかね？」

「さあね……他の連中より、自分たちのことを心配しなくちゃ。このままじゃ、森の中で迷子になりかねないよ」

平良は地図を手にしたままコンパスが示す方角に足を向けた。玻名城の表情から余裕が失われている。自分も同じだろう。二時間前は、こんなことが訓練になるのかと憤りさえ感じていたのに。

比嘉が出した指示は呆気ないぐらい簡単なものだった。ふたり一組に班別され、地図を手渡された。地図には現在地と目的地に印が打ってあった。その距離二十キロ。比嘉の指示は目的地まで徒歩でたどり着けというものだった。

だれの顔にも拍子抜けした表情が浮かんでいた。もっと過酷な、いや、実戦的な訓練を想像していたのだ。それが、まるでピクニックにでも行ってこいといわれたような気がして、比嘉の真意を測りかねた。

比嘉にだれよりも反発したのは玻名城だった。こんなことをするために、わざわざバイトを休んだわけじゃない、もっとためになることを教えてくれ――詰め寄る玻名城に、比嘉は笑みを浮かべたまま答えた。

「目的地にたどり着いた後でも、今と同じ元気があったら、次からは君のいうとおりにしますよ」

比嘉の微笑みには凄みが感じられた。さすがの玻名城もそれ以上の反論はできず、舌打ちしながら歩き出すしかなかったのだ。最初に森に分け入ったのは平良たち。他の連中は別の地点から森に入ることになっていた。諸見里と桃原、比嘉と喜久山。

森に入って三十分も経たないうちに、これがピクニックなどではないことがわかってきた。方向感覚を失わせる緑の壁と道なき道は歩く速度を鈍らせ、体力だけでなく精神力さえも消耗させていく。自分の居場所に確信が持てないことが、これほどまでに人を疲弊させるとは想像したこともなかった。平良も玻名城も、地図の正しい読み方さえ知らないのだ。地図とコンパスを見比べ、歩行速度から移動距離を類推し、おっかなびっくり前進するしかない。

全身は汗にまみれ、喉がひりつくように渇く。はじめのうちは水筒の中身をがぶ飲みしていたが、残りが少なくなってきていることに気づいて渇きには目をつぶるようになった。何事も計算してからでなくては行動に移せない。それを理解することがこの訓練の目的なのかもしれない。

玻名城が平良を追い越していった。どんなときでも主導権を握っていなければ気が済まないのだ。森に入ってからのわずかな時間で、玻名城の人となりが今まで以上に理解できるようになっていた。

「喜久山はついてますよね」

玻名城がいう。

「比嘉さんと一緒なら、これほど苦労することもない。もう、目的地に着いてますかね？」

「それはどうだろう。喜久山君にも苦労を味わわせないと訓練の意味がないからね。比嘉君は一緒にいるだけで、進む方角とかの判断は喜久山君に任せてるんじゃないかな」

「だとしたら、喜久山も苦しんでるわけだ」

玻名城の乾いた笑いが風に乗って森の中を駆け抜けていく。声に驚いた野鳥や虫が羽音を立てて緑の闇の中から飛び出してくる。黒い鳥が一羽、もの凄い速度で玻名城の鼻先をかすめ、玻名城が短い悲鳴をあげて姿を消した。

「玻名城君！」

平良は慌てて駆け寄った。玻名城は茂みの中に倒れていた。左の足首を押さえ、苦痛の呻きをあげている。草に覆われた窪《くぼ》みに足を取られて転倒したのだ。

「大丈夫かい？」

玻名城を抱え起こしながら平良は訊いた。

「くそっ、あの鳥の野郎……」

玻名城は鳥を罵りながら顔をしかめた。

「足は？　折れてるだろうか？」

平良は唇を舐めた。もし骨折しているのなら大変なことになる。玻名城をここに残して助けを呼びに行く他はない。それにしたところで相当な時間がかかる。

「いえ……捻ったただけのようです。これならなんとか——」

平良の肩を借りて、玻名城はなんとか立ち上がった。まず、右足ひとつで立ち、おそるおそる左足を地面につける。途端に悲鳴をあげてうずくまった。かなり強く挫いているのだ。

「ちょっと待って」

平良はリュックサックを地面に降ろした。比嘉から渡されたリストには軟膏《なんこう》と包帯も含まれていた。軟膏はともかく包帯とは大袈裟だと思っていたのだが、浅はかにすぎたようだ。比嘉はなにもかもを見通してあのリストを作成したに違いない。

「足首を固定させるから、ちょっと動かないで」

玻名城のズック靴と靴下を脱がせ、患部に軟膏を塗って包帯を巻いていく。確かに折れてはいないようだが、足首は腫れはじめていた。緩みが出ないように包帯を引っ張ると、その度に玻名城が呻いた。

「少し緩めようか？」

「いや、そのままで。歩けるようにしてください」

そういって、玻名城は唇を噛んだ。顔一杯に大粒の汗が浮かんでいる。負けん気だけが今の玻名城を支えていた。

「よし、これでどうだ？　さっきよりはましになったかな？」

包帯の上から苦労して靴下と靴を履かせ、平良は玻名城の肩を叩いた。もう一度手を貸して、玻名城を立ち上がらせる。玻名城は荒い息をしながら、両足で立った。

「なんとかいけそうです。すみません、迷惑かけて」

　端整な横顔に悔しさが滲んでいた。

「無理はしなくていい。辛くなったら遠慮しないでいうんだ。明日もあるんだから……」

「大丈夫です」

　吐き捨てるようにいって、玻名城は歩きはじめた。三歩あるいて立ち止まり、肩で大きく息をする。辛そうではあったが、その背中ははっきりと平良の助力を拒んでいた。

「そっちは西だ。ぼくたちは北に向かうんだぞ」

　有無をいわせず玻名城の左腕を取り、自分の肩にまわして体重を支えてやった。

「意地を張るな。ぼくたちはチームなんだ。君が勝手なことをすると、迷惑だ」

「……すみません」

　玻名城は必死になって涙を堪えていた。平良は玻名城の横顔から視線を逸らし、しっかりと前を見据えて歩きはじめた。到着は一番最後になるだろう。それでも投げ出さず、玻名城と一緒にゴールする。玻名城をこれ以上傷つけないためにも、なにがなんでもやり遂げてやる。

　風が吹き抜け、梢がざわめいた。まるで平良たちを嘲笑っているかのようだった。

　すっかり日が暮れ、方角を完全に見失った。星の位置を確かめようにも天蓋は樹木に覆われ、ところどころから月光が差し込んでくるだけだった。濃い緑は純粋な漆黒と化し、平良たちを食らいつくそうと四方から迫ってくる。頼れるのは懐中電灯の明かりだけだったが、それもいつまで電池が持ってくれるかの保証はない。玻名城の負担を取り除くために彼の分のリュックサックも平良が運んでいた。リュックをふたつ背負うことはできないので、玻名城の分は胸にぶら下げている。ふたつのリュックの重みが肩に食い込んで、今では痛みを覚えるようになっていた。

玻名城が足を止めた。喘ぎに近い呼吸を繰り返し、その場にくずおれるように倒れ込んだ。懐中電灯で顔を照らすと、雨に打たれたように濡れていた。唇も血の気を失って紫に変色している。

平良は水筒を玻名城に手渡した。

「少し休憩しよう。それを飲んで、体力回復に専念するんだ」

「置いていってください。平良さんひとりで行動した方が早い。助けを呼びに行ってくださいよ。おれはここで待ってるから」

「だめだ」

平良はぴしゃりといった。

「ふたりで一緒に行くんだ」

玻名城は一瞬表情を歪めたが、やがて小さく首を振り、水筒を傾けて水を飲みはじめた。玻名城の水筒はとうの昔に空になっている。残りの水もわずかしか残っていない。

しかし、水よりも気になるのは現在地だ。コンパスを頼りに正確に北を目指しているつもりだが、正しく北に向かっているということを示してくれるものがなにもない。二十キロの道程の三分の二は走破したはずだが、それも類推にすぎず、あとどれだけの距離を玻名城を担いで歩かなければならないのか、想像もつかないのだ。

動揺を悟られないように表情を引き締め、地図を覗きこむ。現在地が特定できない以上、なんの意味もない行為だということは理解していても地図に頼ろうとする自分が哀れだった。

信じるしかないのだ。自分たちは北に向かっている、必ずゴールにたどり着くと信じて、遮二無二でも前進するしか選択肢はない。そう、信じればことは成る。いつか、自分たちの理想をあまねく沖縄中に広めるためにも、信じ続けなければならない。

「お腹《なか》は減ってないかい？　乾パンとポークの缶詰しかないけど――」

平良の問いかけに、玻名城は力なく首を振った。痛みを堪えて歩くことに集中しすぎて、食べ物も受け付けられなくなっているらしい。良くない兆候だった。

平良は地図と首っ引きになるのをやめて、玻名城の隣に腰をおろした。ハブに対する恐怖はとうの昔に失せていた。懐中電灯を消すと、まったき闇が視界を塗り潰した。月も雲に隠れているのだろう。なにひとつ見えぬ真の闇の中で、お互いの息づかいだけが大きく聞こえていた。

「バイト休むの、大変だったろう？　土日は特飲街の稼ぎ時だもんな」

「特飲街のバイトはやめました。おれたちは学生だから時間はどうにでもなるけど、平良さんや諸見里さんは働いてるんだし、自由になる時間は限られてる。だったら、おれたちがふたりに合わせせないとと思って」

横を向いても玻名城の表情は見えない。懐中電灯の明かりに目が慣れていたせいだ。反対に、闇に目が慣れていた玻名城には平良の顔が見えているようだった。

「やめたって、それじゃあ……」

「當間さんに、別のバイト斡旋《あっせん》してもらったんですよ。給料、特飲街のバイトより安いけど、時間の融通が利くんで」

「當間さんか……あれからどう？　ぼくたちがやったこと、あの人のためになったのかな？」

「風向きが変わってきたって喜んでましたよ。本音は琉球義勇軍にもっと活動してもらいたいみたいだけど……無理はいえないってわかってくれてるみたいですね。胡散臭いところもあるけど、根はいい人なんですよ」

玻名城の表情が緩むのが伝わってきた。目は見えなくても、他の五感でなにかを感じ取ることはできる。兵隊たちに過酷な訓練が課されるのは、そうした感覚に磨きをかけるためなのかもしれない。比嘉の目的もそこにあるのだろうか……。

とりとめのないことを考えていると、火薬の匂いが鼻をくすぐった。玻名城がマッチを擦り、煙草に火をつけていた。

「ゴールするまで吸わないと決めてたんですけど……平良さん、今日は本当にありがとうございます。おれ、なにがあっても平良さんについていきます」

「大袈裟なことというなよ。ぼくが自分で勝手に決めたんだ。なにがなんでもふたりで行くんだって。君が気にすることはないさ。立場が逆だったら、君だって同じことをしてくれただろう？」

　話しているうちに顔が熱くなってきた。なんと青臭い言葉を口にしているのだろう。今どき陳腐な青春映画でも聞けないような台詞だ。だが、深い森に閉ざされた漆黒の中にいると、気恥ずかしい言葉が持つ熱い響きに縋《すが》りたくなってくる。

「もちろんですよ。おれだって……」

　玻名城も同じ感覚に囚《とら》われているようだった。頼れるものが他にいないという状況は、人間同士の絆を強くする。たとえそれが一瞬だけの虚ろなものであったとしても、縋れるものがあるのなら縋ってしまう。

「今夜はここで野宿かな……」

「それは無理ですよ。ハブがいるんじゃないですか、この辺りは。比嘉さんもいっていたでしょう。ハブにだけは気をつけろって」

　突然、玻名城はなにかに怯えたように周囲に落ち着きのない視線を這わせはじめた。ここまでの道中、ハブの姿は見ていない。だが、本島南部、あるいは宮古のような島で育った人間には、やんばるの森とハブは切っても切り離せない関係として頭に刻み込まれている。

「ハブって夜行性でしたっけ？」

「そのはずだよ。攻撃性も強い。だけど、特別な理由がない限り襲ってきたりはしない――」

平良は口を閉じた。声に紛れて、草木を踏みしだくような音がかすかに聞こえた。

「どうしたんですか、平良さん？　ハブ、いるんですか？」

「静かに」

平良は人差し指を唇に当て、耳を澄ました。玻名城が息を飲み、前方の一点を見つめている。また、聞こえた。間違いない。近くになにものかがいる。

「なんですか、今の音？」

玻名城の腕が伸びてきて、平良の肩に触れた。

「ハブじゃないよ」

平良は立ち上がった。目を凝らすと、数十メートル先で左右に揺れる光が見えてきた。懐中電灯の明かりだ。心配した比嘉が探しに来てくれたのだ。

「比嘉君！　ここだ」

平良が叫ぶと明かりの動きがとまった。

「比嘉さん？　本当に？」

玻名城がゆっくり腰をあげた。その瞬間だけ、足首の痛みも遠のいているようだ。

「平良さん？」

明かりの向こうから野太い比嘉の声が響いてきた。

「ここだよ、比嘉君。玻名城君が足を怪我して身動きが取れなかったんだ」

平良は玻名城と抱き合い、腹の底から声を出した。


日の出と共に叩き起こされた。昨日の強行軍と地面の上に寝たことで、あちこちの筋肉が悲鳴をあげ、関節が強張っていた。

顔をしかめながらテントを畳み、それぞれが持ち寄った握り飯を胃に詰め込んだ。玻名城は多少足を引きずっているが、痛みを訴えることなく動いている。

「足はもういいのかい？」

握り飯を頬張りながら、平良は訊いた。

「ええ。比嘉さんが包帯を巻き直してくれて……そうしたら、なんだか調子がいいんですよ。体重をかけるとまだ痛むけど、昨日ほどじゃない」

「自衛隊じゃ包帯の巻き方も習うのかい？」

比嘉に水を向けた。比嘉はすでに食事を終え、煙草をくゆらせていた。

「ええ。簡単な応急手当ぐらいできないと、戦友を見殺しにすることになりますから……さて、と。食事が終わったら、早速訓練に移りますか」

比嘉が何気なく呟いた途端、他の人間が顔をしかめた。本音をいえば、このまま家に戻ってさらなる眠りを貪りたいのだ。

「今日はなにをするの？」

諸見里が眠たげな声で問いかけた。

「基礎体力訓練ですよ。午前中はしごきますよ。午後からは銃の撃ち方とナイフの使い方を勉強してもらいます」

比嘉の精一杯の思いやりなのだろう。銃という言葉を耳にした途端、学生三人の顔つきが変わった。銃を手にできるなら、どんなしごきにでも耐えてやるという決意がうかがえる。

「基礎体力訓練って？　まさか、昨日みたいにまた延々と歩かされるんじゃないだろうね？」

諸見里の顔が青ざめはじめていた。

「最初はそのつもりだったんですが……玻名城君が足を怪我してしまったんで予定変更です。みんな、荷物を前に出してください」

比嘉の声は柔らかかったが、断固とした響きを伴っていた。全員が比嘉の言葉に倣《なら》い、リュックサックを目の前に移動させた。どこから持ち運んできたのか、比嘉は拳大の石をいくつも用意していた。それを各自のリュックサックの中に無造作に放り込んでいく。

「なんの真似ですか？」

桃原が我慢できずに口を開いた。

「それを背負って」

全員のリュックに石を詰め終えて、比嘉がいった。ぽかんとしている仲間を尻目に、平良はリュックを担いだ。肩紐が肩にずしりと食い込んでくる。リュックは尋常な重さではなかった。

「これは……」

「それを背負ったまま、匍匐《ほふく》前進です。そうだな、あの木の根元まで」

比嘉は百メートルほど先の大きなイタジイの木を指差した。肩に掛かる重みを考えると、気の遠くなるような距離に思えた。

「ハブに気をつけて。もし、近くにハブがいることに気づいたら動くのを止めて、そっと手をあげてぼくに知らせてください。いいですね？　じゃあ、まず、見本を見せますから」

比嘉はいきなり腹這いになった。両腕と膝から下の足だけを動かして前進していく。巨大なガマガエルを連想させる動きだったが、巨体に似合わぬ俊敏さだった。瞬く間に十メートルほどを移動して、比嘉は立ち上がった。

「じゃあ、みんな、横一列に腹這いになってください。ぼくがやったように匍匐前進をするんです。前もっていっておきますが、見た目からは想像できないぐらい苦しいですからね。肘や膝が擦りむけることは覚悟しておいてください」

平良を含む五人は、渋々腹這いの姿勢を取った。それだけでリュックが背中を圧迫し、呼吸が苦しくなる。だれかの舌打ちが聞こえた。横を見ると、諸見里が唇を尖らせている。痩せた諸見里にはリュックの重さはまさしく苦痛だろう。

「それじゃ、前進、はじめ！」

比嘉の大音声が森の静寂を破った。真っ先に動きだしたのは玻名城だった。桃原と喜久山がそれに負けじと遮二無二這っていく。平良は自分の体力を考え、慌てることなく前進をはじめた。石を詰められたリュックが左右にずれ、すぐに重心が崩れる。比嘉のいうとおり、思ったより簡単ではない。すぐに腕と足の筋肉が張り、息があがった。目標のイタジイはなかなか近づいてこない。振り返ると、比嘉が腕組みをしてみんなを見守っていた。まだ、五メートルも進んでいなかった。

平良は溜息を漏らし、自分にいい聞かせた——振り返るな、前だけを見続けろ。先陣争いをしていた学生たちの前に進む速度が明らかに落ちていた。諸見里はマイペースで進んでいる。見習うべきは諸見里だった。

昼飯を食べても、失われた活力が戻ってくることはなかった。疲労が足先にまで溜まっていて、指を動かすことも億劫《おっくう》でしかたがない。普段使い慣れていない筋肉が熱を持ち、喉が干涸びる。イタジイの根元に背中を預け、樹木を見上げていると、あっという間に睡魔に意識を薙《な》ぎ払われてしまいそうだった。

「それじゃ、みなさんお待ちかねの……」

比嘉が自分のリュックに手を突っ込みながらいった。とりとめのない会話を交わしていた学生たちが口を閉じた。さすがに体力では若い者にはかなわない。平良も諸見里も、口を開く気力すら失っていたのだ。

比嘉が取りだしたのは拳銃だった。八重島の廃屋の中ではくすんで見えたが、木々の間から差し込む日光を受けて、比嘉の手の中の拳銃は禍々しい黒い光を発していた。

「撃たせてもらえるのかい？」

玻名城が囁くようにいった。その目は拳銃の光に吸い寄せられている。

「残念ながら」

比嘉は首を振った。

「銃声を他人に聞かれるわけにはいかないので。弾丸は抜いて、撃ち方だけ覚えてもらいます」

「そんなの、実際に撃ってみなきゃわからないんじゃないですか？」

「あなたは実際に人を殺したいんですか？」

比嘉は細い目で玻名城を見据えた。

「古謝先生はあなたたちを人殺しにしたくて、沖縄の独立を訴えてるわけじゃないと思いますよ。武器は使う。でも流血はできるだけ避ける。ぼくは、古謝先生のそんなところに惹かれて、こうして教師役を買って出てるんです。古謝先生には内緒ですけど。実弾訓練をしなくても、古謝先生の目的には充分です」

比嘉の正論に、玻名城は口ごもった。もともとはっきりとした理由があったわけではないのだ。実弾を撃ってみたいから比嘉に食ってかかった。玻名城に理はない。

「ところで、その銃、どうやって持ち出してきたの？　八重島のあそこは、古謝先生が持ってる鍵がないと開けられないだろう？」

諸見里が質問を発した。

「これはあそこから持ち出して来た銃じゃないんです」

比嘉は思わせぶりにいった。

「じゃあ、どこから……」

「反戦ＧＩから格安で譲ってもらったんです」

「大丈夫なのかい？　犯罪だろう？」

「罪をおかすことを恐れていて、革命が成就できますか？」

比嘉は笑いながらいい、拳銃を両手で構えた。

「よく見ててください。構え方と撃ち方を説明しますから」

平良は相変わらず木の幹にもたれかかりながら、銃の持ち方を説明する比嘉をぼんやりと眺めた。思考しようとする意志がわかない。目に映る光景が頭蓋骨を素通りしていくようなぼんやりとした感覚があるだけだった。

「だれか持ってみますか？」

実演を終えた比嘉がいい、玻名城たちが先を争うように彼の周りに群がった。諸見里でさえ、物珍しげな目をして学生たちと行動を共にしていた。玻名城の日焼けした手が銃を握り、陽射しにかざす。黒光りする銃はまるで黒いダイヤモンドのようだった。

比嘉の指導のもと、四人が順番に銃に触れ、構え、引き金を引いた。最後の喜久山が銃を返すと、比嘉が平良に顔を向けた。

「平良さんもどうぞ」

声に促されて、平良は重い腰をあげた。少し休めばなんとかなると思っていたのだが、倦怠感は居座ったまま消える様子を見せなかった。辛い時期の農作業の後でさえ、これほどの疲労を覚えたことはない。

「さあ――」

銃を渡された。鋼鉄の重みが手首にかかり、落とすまいと銃把を強く握った瞬間、なにかが体内を駆け抜けた。疲労も倦怠感も嘘のように消えている。銃の重みと冷たさだけが平良と世界を繫いでいる。

「両手で銃をしっかり握って、肘を軽く曲げて両腕を前に突き出して」

耳に入ってくる比嘉の声すら現実味を失っていた。銃から目を逸らすことができない。

「平良さん」

再度比嘉に促されて、平良は銃を構えた。疲労と重みのせいで銃を持つ手が顫える。

「少し腰を落として……肩の力を抜いて。両目をしっかり開いて、照星と照門が直線になるように覗いて」

銃を数メートル先にあるイタジイに向け、照星を覗きこんだ。途端に腕の顫えがとまった。いや、銃が腕の顫えをとめたのだ。照星を覗きこんだ瞬間、銃は命を得、強い力を伴って平良を支配しようとしはじめている。

錯覚だ——そう思いながら、しかし、身体を動かすことができなかった。

「右手の親指で撃鉄を起こして。指はまた元に戻すんです」

比嘉の声は催眠術師の暗示のように響く。平良は撃鉄を起こした。銃の持つ力がさらに強く伝わってくる。その圧倒的な力感に目眩を覚えそうだった。

「引き金に人差し指をかけて、そっと引いてください」

比嘉にいわれるまま、引き金をそっと引いた。指の腹に思いの外強い圧力がかかり、ある瞬間、その圧力が消えた。撃鉄が冷たく乾いた音を立てながら強く撃針を叩く。起こるはずのない衝撃に対する畏れと、射精に似た快感が立て続けに襲いかかってきた。

「意外と簡単でしょう？　もちろん、これには実弾は入ってませんが、基本は同じです。きちんと構えて、狙って、撃つ。空の銃でも何度も同じことを繰り返して練習すれば、本番でも落ち着いて行動できるようになります」

比嘉が手を差し出してきた。銃を返さなければならない。それがわかっているのに、できなかった。十本の指が銃把に絡みついて離れない。まるで手と銃が癒着してしまったかのようだった。玻名城たちは好き勝手に喋っていたが、比嘉だけが平良の異変に気づいたようだった。軽く唇を曲げ、わかったというように頷きながら平良の指を一本ずつ銃から剝がしていく。

「人を殺すために作られた道具です。それを忘れないように」

比嘉が囁き、平良は大きく頷いた。銃が手から離れた途端、また耐えがたい疲労が身体を覆っていった。

19

島袋景子からの報告によると、比嘉という元自衛官を含む賢秀塾の一部のメンバーが沖縄本島北部の森の中でキャンプをしたらしい。どんなキャンプを楽しんだのかは知らないが、戻ってきた平良清徳はすっかり疲弊していたと島袋景子は報告した。バーベキューや野宿を楽しんでいたわけではないのだ。

大城は頭の中のメモ帳に、賢秀塾のキャンプを調べることと刻み込んだ。

島袋景子との電話を終えると、服を着替えて外に出た。沖縄で着ることはあるまいと思っていた一張羅の背広だ。宮里から今日会う相手は服装にうるさい男だと聞いていた。

十歩も歩かないうちに、ワイシャツの内側がじっとりと湿ってきた。大通りに出てタクシーを拾い、コザに向かう。ＣＩＤの捜査官はコザのセンター通りにあるビフテキ屋がお気に入りらしい。ビフテキ屋に到着すると、先に席についている宮里の姿が見えた。沖縄人とは思えない時間の感覚だ。CIDの姿はない。そちらの方が当たり前なのだ。

「相変わらずですね」

席につきながら、大城は皮肉めいた口調でいった。

「どれぐらい前から？」

「十分前です。いいたいことはわかりますよ。うちなーんちゅらしくない。このせいで煙たがられることもある」

「それなのに、どうして？」

「やまとで散々嫌味をいわれたことがありましてね……それ以来、時間厳守を自分に戒めてるんです」

「なるほど……」

注文を取りに来たウェイターにビールを頼み、大城は煙草をくわえた。レストランには香辛料と人工甘味料の匂いが強く立ちこめている。

「それに、大城さんも早めに着くと思っていました。CIDの人間は必ず遅れてきます」

立ち去っていくウェイターの背中を見つめながら宮里がいった。

「つまり？」

「どうしていまさら共和国軍のことを調べるんですか？」

「電話で話したでしょう？」

宮里は目を細めながら首を振った。

「あれでは不十分です。周りに人がいたので、あの時は深く訊きませんでしたが……」

「琉球義勇軍と関連があるのかどうか調べたいんですよ」

「しかし、あんな畑荒らしと……」

「それから、賢秀塾という沖縄独立を訴えている団体が、沖縄共和国党を名乗ってゼネストに参加しようとした。こっちとの関係も探りたい」

宮里が眼鏡を外し、大城を凝視しながらレンズを磨いた。

「賢秀塾が？　初耳です。あそこは確か、塾生のほとんどが学生か若者で――」

「ゼネストの前夜集会に押しかけた時は、いい大人もかなり混じっていたそうです」

「どうやってそんな情報を？」

「安室君ですよ。彼は優秀な公安警察官になれる資質を持っている。上司はそれに気づいていないか、彼を使いこなせる能力がないかのどちらかだ」

「英才教育を受けさせている価値があるわけですね」

「英才教育？　そのつもりでわたしに押しつけたんですか？」

「本土から優秀な公安警察官が来ると聞いていたので。他の人間は違う考えで安室君をあなたの担当にしたんだと思いますがね……しかし、あなたにだけ情報を伝えるというのは問題だな」

「だれも彼に指示を出さないし、訊かないからです」

宮里は頷いた。眼鏡をかけながら大城の肩越しに視線を飛ばす。

「ビールが来ましたよ。とりあえず、乾杯しましょう」

宮里の目の前に置かれているのは琥珀《こはく》色の液体が入った小さなコップだった。

「ウィスキーのストレートですか？　見た目によらず、酒が強いんですね」

「これでもうちなーんちゅですから」

ウェイターが置いたコップを大城は握った。皮膚が張りつきそうなほど冷えている。

宮里が掲げたコップにコップを合わせ、ビールを飲んだ。宮里はウィスキーを一気に口の中に放り込み、ウェイターに頷いた。

「どうせなら、ボトルで頼んだらどうです？　わたしも、これが終わったら切り替えますよ」

「それじゃ、アーリー・タイムスを一本、持ってきてくれ——」

宮里は口をつぐむ。ウェイターが立ち去るのを待って、再び口を開く。

「それじゃあ、安室君から共和国軍に関しての情報がある程度は入っているんですね？」

「調査報告書を見させてもらいました。安室君を責めないでください。わたしが命令したので、彼はそれに従っただけです」

「わかっています。それじゃあ、報告書に載っていないことをお話ししておきましょうか——」

「なにかあるんですか？」

大城は身を乗り出した。自分でもなぜ共和国軍というテロ集団のことがこんなにも気になるのかはわからない。ただ、その名を耳にすると胸騒ぎがとまらなくなるのだ。

「報告書からは削除されているはずですが、共和国軍の名を騙《かた》った事件が二件ほど起こりました」

「模倣犯？」

「ええ。黒人兵と白人兵がひとりずつ、殺されたんです。どちらも銃殺、死体に残されていた銃弾は他の事件で発見されたものとは違いました。現場に犯行声明文も残されていたんですが、大学の先生に鑑定を依頼したところ、筆跡も違うし、文体も違った」

「共和国軍のテロに使われたのは四十五口径の弾丸でしたね？　そっちは？」

「三十二口径です」

「ずいぶん小さいな……」

四十五口径と三十二口径ではそれこそ大人と子供ほどの違いがある。もちろん、三十二口径にも十二分な殺傷能力はあるが、四十五口径の大きな拳銃を使う犯人にはそぐわない。

「この模倣犯はふたり殺しただけで消えてしまいました。はじめは共和国軍の事件だと捜査本部も見なしていたので、初動捜査に大きな狂いが生じましてね、後になって、捜査官の一部は犯人は女ではないかと疑っていましたが、後の祭りです」

「沖縄の女なら、動機は腐るほどあるというわけですか？」

「米兵に強姦《ごうかん》された女性は星の数ほどいますからね」

大城はコップを傾けた。いつの間にか干上がったように喉が渇いている。知的興奮を覚えている証拠だ。なにかに熱中すれば、決まって喉の渇きを覚える。

「なぜ、模倣犯はふたりだけでやめたんでしょう？」

「目的を達したから。逮捕されるのを恐れたから。あるいは、共和国軍に正体がばれ、処刑された。当時の捜査本部が考えていたのはそんなところです——どうやら、待ち人が現れましたね」

宮里が腰を浮かした。大城は椅子に腰掛けたまま振り返る。背広姿の白人が宮里に手を振りながら近づいてくる。背は高いが体つきはひょろりとしていた。背広もネクタイも髪の毛も目も茶色で、頬がほんのりと赤らんでいる。腰に銃を差しているのだろう、重心が右に傾いていた。

「今晩は、宮里さん」

男は訛りの強い、しかしはっきりとした口調の日本語で挨拶した。大城はやっと立ち上がった。

「今晩は、ティム。こちらは東京から来た大城さん。大城さん、ＣＩＤのティモシー・ジェファーソン少佐です」

差し出された細長い手を大城は優しく握った。少佐という肩書きはついていても、ジェファーソンの物腰は兵隊のそれではなかった。

「大城さんということは、ご先祖は沖縄の出身ですか？」

相変わらず訛りが強いが、ジェファーソンの日本語は基礎がしっかりとしていた。文法的な間違いもまったくない。英語訛りのまっとうな日本語は、しかし、大城に奇妙な混乱をもたらした。耳にしているのは間違いなく日本語のはずなのに、それが英語に聞こえてくる。おまけに、自分が喋る言葉にも変な訛りが入ってきた。

「ええ。どうぞお座りください。ジェファーソンさんはどちらの出身ですか？」

自分の言葉に歯がゆさを覚えながら、大城は着席した。なぜ日本人が日本語を話しているのに、こんな奇妙な訛りが混ざり込んでくるのだろう。

「わたしは、モンタナ州から来ました。沖縄とは違い、とてもとても寒いところです。モンタナ州をご存知ですか？」

「名前だけは知っていますが……」

大城は宮里に視線を走らせた。宮里は淡々とした笑みを浮かべているだけだ。ウィスキーのボトルが運ばれてきた。ビールを勧める宮里にジェファーソンは首を振り、ウィスキーでの乾杯になった。ジェファーソンは宮里と旧交を温め、大城の仕事に興味を示した。公安警察官だというと、思わせぶりに片目を閉じた。

「沖縄はスパイの天国です。ソ連に中国、スパイはたくさんいます。でも、日本のスパイだけ、数が少ない。大城さんはそのために日本政府が派遣したんですか？」

「まあ、そのようなものです。ジェファーソンさん、食事は？」

「もう注文してあります。そろそろ運ばれてくると思いますよ」

答えたのは宮里だった。ジェファーソンが嬉しそうに微笑む。

「ここはサーロインステーキしか食べてはだめです。サーロインは最高、他は普通です」

「なるほど。それじゃ、早速ですが、ジェファーソンさん、お話をお伺いしてもいいですか？」

ジェファーソンは答える前に宮里を見た。宮里が頷くのを確認して、口を開いた。

「琉球共和国軍のことでしたね？　なぜ、いまさらそんなことを？」

ジェファーソンの声の調子は変わらなかった。沖縄はスパイ天国だといいながら、この店に聞き耳を立てているスパイはいないと決めているらしい。

「共和国軍の残党がいる可能性はないかと思いまして」

「それはあり得ません」

ジェファーソンはにべもなく答えた。

「どうして断言できるんです？」

「メンバーのひとりを残して、彼らは全員死にました。我々が確認してます」

宮里は驚くこともなくジェファーソンの話に耳を傾けていた。最初から知っていたのだ。宮里を睨みながら、大城は質問を立て続けに放った。

「米軍が彼らを逮捕したんですか？　内密に？　生き残ったメンバーというのは、どこにいるんです？」

「最初のふたつの質問には答えられません。今でも機密扱いにされています。最後の質問の答えはこうです。彼はアメリカにいます。二度と沖縄には戻りません」

大城は首を捻った。アメリカに対してテロを仕掛けた武装集団を逮捕するなり処刑するなりしたのなら、米軍はまずもって大々的な宣伝をするはずだ。アメリカに逆らう者はこうなるという見せしめになる。隠密裡《おんみつり》に処理したとすれば、そこにはなにか大きな理由が隠されているはずだったし、それをジェファーソンが口にするはずもない。

「彼らは何者だったんですか？　それも機密事項ですか？」

「彼らはテロリストでした」

ジェファーソンは申し訳なさそうな笑みを浮かべた。

「大城さん、怒らないでください。わたしはこれでも、精一杯の誠意を尽くしてます」

「わかってます。しかし、なんとか教えてもらえませんか？　わたしは公安警察官だ。テロ組織には過敏になってしまうんです。来年の施政権返還後、共和国軍のようなテロ組織が活動をはじめたら、わたしは職を失ってしまう」

大城は食い下がった。ジェファーソンは友好的だった。おそらく、宮里との間に強い信頼関係が築かれている。そのガードはそれほど固くはなさそうだった。

「メンバーの大半はアシバーです」

首を振りながらジェファーソンはいった。アシバーという言葉が理解できず、大城は一瞬、呆然とした。すぐに、やくざ者をあらわすウチナーグチだということを思い出した。

「やくざがテロを？」

宮里に矛先を向けた。宮里は小さく首を振った。

「初耳です。信じてください」

「他に音楽家がひとり。アメリカにいるメンバーはジャーナリストでした」

やくざに音楽家にジャーナリスト――言葉が頭の中で渦を巻き、溶けあっていく。

「音楽家ですか？」

「わたしの日本語だと、うまく表現できません。彼はエレキギターを弾きます。沖縄の三線《さんしん》も弾きました。民謡も上手だったそうです。よく、ブッシュで黒人兵たちとバンドを組んで演奏していたそうです」

ブッシュというのはもっぱら黒人だけが集まる歓楽街、吉原を指す兵隊たちの隠語だった。大城は頷いた。音楽家といわれれば途方に暮れるが、ミュージシャンとテロならその繋がりを理解することはできる。

「アメリカ側は彼らの動きをいつごろから摑んでいたんですか？」

ジェファーソンはまた首を振った。

「まったく摑めていませんでした。大城さん、これ以上はだめです。危険な領域に入っています」

淀みがなく、かつ訛りの強い日本語の持つ奇妙な響きが、目眩に似た感覚を大城にもたらした。

「参ったな……」

大城は頭を掻いた。それを見計らったように、ウェイターたちが派手な音を立てて焼けるステーキを運んできた。ジェファーソンが真っ先にフォークとナイフを手にした。口笛を吹きそうな勢いで肉にナイフを入れ、口に運ぶ。肉片から溢れ出た血が皿の上にぽたぽたと落ちた。

「美味しい。どうぞ、お食べください。ここのサーロインステーキを食べたら、他では食べられなくなります」

ジェファーソンに促されて、大城と宮里は肉に手を付けた。ソースは甘すぎたが、肉は絶妙の焼き加減だった。表面は熱く香ばしく、半焼けの中身はほんのりと温かく、滋味に満ちた肉汁が甘みを伴って舌を濡らす。

「アメリカでは、これだけ美味しいステーキはニューヨークを除いては食べられませんし」

ジェファーソンは顔を輝かせていた。ウェイターを呼び、丁寧な日本語で赤ワインを注文する。

「死んだテロリストは何人いたんですか？」

肉を頰張りながら、大城はしつこく訊ねた。ここで話題を変えられたのでは、なんのために宮里に無理をいったのかがわからなくなる。ジェファーソンはちらりと大城に視線を走らせ、また肉の皿に目を落とした。

「すみません、それは極秘事項です」

「ジェファーソンさん――」

「ティムと呼んでください。十人前後。それしかいえません」

大城はナイフとフォークを置いた。十人前後――微妙な数だ。多いともいえるし、少ないともいえる。実行部隊がそれだけいたとすると、シンパ、支援者はその数倍になるはずだ。アシバーの組織、本土風にいえば暴力団がその温床だったのだろうか。

「死んだ十人全員が武器を所持していたんですか？」

ジェファーソンは肉を切り分けながら頷いた――イエス。

「拳銃ばかりですか？」

ジェファーソンは答えない――ノー。ライフルや散弾銃、ことによると機関銃もあったのかもしれない。

「武器弾薬の出所は米軍ですか？」

「基地からはいろんなものがなくなります」

うんざりだという表情でジェファーソンは顔を上げた。

「コーラ、フライドチキン、ビール、ウィスキー、一部の兵隊、それに武器弾薬。基地の倫理は低下しています。戦場から戻ればそうなるのは当然です。あそこには倫理はない」

「共和国軍が所持隠匿していた武器はすべて押収したんですか？」

「そのためには琉球警察の協力を仰がなければなりません。我々の上官はそれを忌避しました」

ジェファーソンは宮里に対して済まなさそうにいった。もう耳に慣れてはいたが、ジェファーソンの語彙は驚異的だった。

「つまり、見つかっていないわけだ」

「いうことはありません。大城さん、肉が冷めてしまいます」

仕入れた情報と入手すべき情報を整理しながら、大城は再び肉と向き合った。ウェイターがワイングラスを三つ運んできて、それぞれの皿の横に置いていく。ジェファーソンはワインを一口飲み、顔をしかめた。

「肉は美味しいけれど、ワインがいけません。士官クラブにはいいワインがありますが、あそこは肉がだめです。人生、思うようにいきません」

「模倣犯が出現して消えたそうですが、これも死んだんですか？」

「我々は把握していません」

ジェファーソンは付け合わせのジャガイモを頬張った。アメリカから運んできたものなのだろう、ころころと太っていかにも栄養が詰まっていそうなイモだった。

「アメリカに渡ったという生き残りは、米軍のスパイかなにかだったんですか？　そうじゃなきゃ辻褄《つじつま》が合わない――」

「それこそ、極秘中の極秘事項です。我々は彼を裁判にかけることを望みました。軍事法廷でも、本国に移送して普通の裁判にかけるのでも、どちらでもいい。彼を裁きたかったんです」

「なのに？」

「横槍が入りました。ずっと上の方で。いいですか？　これは世間話です。あなたがどこかのだれかにティモシー・ジェファーソンから聞いたといって話をしても、わたしはあなたを嘘つきだといいます」

「それでかまいませんよ」

「証拠はなにもありません。わたしの推測です。横槍を入れてきたのはＣＩＡです」

ＣＩＡ――そこだけ見事な発音の英語で、ジェファーソンはいった。あまりにも美しく発音されたその言葉は、逆にジェファーソンの苦々しさを表してあまりあった。

「ＣＩＡがなぜ？　彼らは共和国軍のことを把握していたんですか？」

「わかりません。彼らの考えること、することを理解できるのは一部の限られた人間だけです」

「ジャーナリストか……」

大城は呟いた。

「間違いなくスパイだ。米軍のために働いていたんだろう。それがテロリストに転向して、ＣＩＡが慌てふためいた。大方、そんな筋書きだ」

ジェファーソンにではなく宮里に向けた呟きだった。宮里はなんの反応も示さずに、黙々と肉を平らげている。

「どこかに隠匿されている武器を探した方がいいかもしれないな」

「あるかないか判然としないものをですか？」

宮里はやっと手を休め、ナプキンで口を拭った。

「無理です。警察は動かせませんよ。だいたい、あれ以来、テロ事件は起こっていないんです。彼らがどこかに武器を隠していたとしても、今ごろは苔《こけ》むして錆だらけになっているんじゃないですか」

とりつく島もないいい方だった。嘲《あざけ》っているのではなく、揺らぐことのない現実を教えさとそうとしているようだった。

「賢秀塾がそれを手に入れていたら？」

「彼らにはなにもできませんよ」

宮里は笑い、ワインに口をつけた。

＊

筋肉が引きつるたびに、やんばるの森の濃密にたちこめる様々な匂いが鼻腔に甦った。

辛く苦しい二日だったのに、農作業の合間にぼんやりしていると、ともすれば脳裏が森での記憶で溢れかえってしまう。前日の山歩きと匍匐前進の訓練で手足が痺れたようになっていたのに、比嘉は容赦がなかった。休む間もなくナイフを手にするように指示され、その使い方を教わった。草を切ったり、木の蔓《つる》を切ったわけではない。ナイフをどう使えば、人を殺せるのか、人の動きを封じられるのかを教わったのだ。

腱《けん》を切るんです——比嘉はいった。そうすれば、人は動けなくなる。殺す必要もなくなる。お互いのパートナーを相手に、素速く切る練習をさせられた。もちろん、本当に刃を当てるわけではないが、事故が起こったらと考えると意志と筋肉がさらに萎縮していく。極度の緊張状態の中で、精も根も尽き果てて草原に倒れ込んだ時には、すでに日が暮れかけていた。

もちろん、景子との約束は反故にするほかなくなった。急いで戻れば遅刻するだけですんだかもしれないが、あまりにもくたびれ果てていて、脳も肉体も休息を欲して断末魔の悲鳴をあげていたのだ。景子の機嫌を直させるのは一苦労だったが、木曜日の夜にデートをするということで、とりあえずゆるしてはもらえた。

農作業を終え、夕飯を食べ終えると、鉛を埋め込まれたような重い手足を引きずって塾へ向かう。諸見里も平良とおなじような体たらくだったが、学生三人は潑剌《はつらつ》としていた。

「今日は一日、仕事にならなかったよ。ちょっと動かすだけで手や足の筋肉が悲鳴をあげるんだ」

　諸見里はいった。

「ほんと、自分のなまった身体が恨めしいよ。その点、若いっていうのはいいね。学生さんたちは平気の平左って顔をしている」

「回復力が違うんだよ。彼らだって、森の中ではへたばってたのに」

「少しずつ、楽にこなせるようになっていきますよ」

　比嘉の巨体が平良の上に影を作った。見上げると、比嘉は悪戯小僧のような笑みを浮かべていた。

「来週はなにをするの？」

「同じことの繰り返しです。あれを朝飯前でできるようになったら、次のステップですね」

　比嘉の言葉に、平良と諸見里は溜息を漏らした。

「平良さん、お話があるんですけど……」

　古謝の講義がはじまる前に、玻名城がにじり寄ってきて耳許で囁いた。

「いいよ」

「じゃあ、後で」

　玻名城がもといた場所に戻っていくと、それを待っていたかのように古謝が姿を現した。雑談がやみ、やんばるの森の夜を覆ったのと同じ静けさが広がっていく。おごそかで神聖で、しかし、どこかに不安を伴った静けさだ。

「諸君」

古謝は明朗な声を発した。

「今日はいつもの講義を取りやめて、諸君にお話ししたいことがあります」

塾生たちが揃って顔を見合わせた。古謝の頰が紅潮していたからだ。いつもなら、熱心な語りに熱が入って次第に紅潮していくのに、今夜ははじめから赤くなっている。

「来たる来年の施政権返還を睨み、やまとの国政選挙にうちなーんちゅが参加することはご存知ですね？」

他の塾生と同じように平良もうなずいた。六月の二十七日に参議院選挙が行われることになっている。琉球も沖縄県としてひとつの地方区として扱われるのだ。まだ施政権がアメリカーにあるとして、全国区への投票権は与えられないが、やまと政府に対してうちなーんちゅが意見を表明する初めての公式な場となることだけは確かだった。自民党が擁立する候補と、革新共闘会議が擁立する候補の一騎討ちになるだろうというのが大方の予測だった。やまとに媚びを売るのか、それともうちなーの積年の苦難をやまとに訴え続けるのか、それを決める選挙だと人々は話し合っている。

「来たる参議院選挙に、ぼくも立候補することにしました」

嵐の夜の海と同じどよめきが起こった。それを制するように、古謝が朗々とした声で言葉を紡ぐ。

「琉球共和国党の党首として立候補します。ずっと悩んでいたのですが、我々の思想に共鳴し、理解してくださるシンパの方々に、今立ち上がらなければいつ立ち上がるんだと背中を押されました」

どよめきは続いている。だれもが古謝の突然の表明に驚き、かつ興奮していた。

「勝ち目のない戦いに立ち上がるわけです。ぼくは理想論者だが、夢想者ではない。この選挙で勝つことができるなどという法螺《ほら》を吹くことはできません。それでも、戦わなければならないと決断したのです。諸君、ぼくの戦いに、力を貸していただけないでしょうか？　ドン・キホーテに付き従うサンチョ・パンサと痩せ馬のロシナンテが、非力なぼくには必要なのです」

どよめきが歓喜の爆発に変わった。無謀だと非難する者は皆無だった。若い連中が立ち上がり、拳を天に突きあげていた。先日のゼネストで味わわされた屈辱や無力感がだれの胸にも宿っている。古謝の戦いは塾生たちの戦いでもある。おれたちはここにいる——それを表明するための戦いだ。破れて本望、当たって砕けろの気概が辺りに満ち満ちている。

「やります。もちろんです。お手伝いさせてください!!」

だれかが叫んでいる。それに付随する声が渦を巻いた。

平良は呆然としながら諸見里を、ついで比嘉を見た。ふたりとも平良と同じように魂を抜かれたような虚ろな顔つきだった。

「来たる四日の告示日に立候補を表明するつもりです。その前に、琉球共和国党をまっとうな政党だと関係部署に知らしめ、正式な政党として認知してもらうためには、ある程度の党員を登録しなければなりません。諸君、琉球共和国党の栄えある党員として参加してください。後で入党希望の書類を配ります、それに記名してください。党費はいっさい無用です。我々は、志ある者たちのボランティアで戦いに赴くのです」

だれかが歌をうたいはじめた。歓喜の声に飲みこまれてメロディは判然としない。だが、それが歌であることはだれの耳にも明らかだった。戦いに赴く前の、勇壮な行進曲だ。

「選挙対策本部を設置しなきゃ」

また、だれかが叫ぶ。

「本部長を決めようぜ」

それにだれかが呼応する。ありとあらゆる意見が表明され、まとめられることもなく宙を漂い続ける。古謝は相変わらず頬を赤らめたまま、嬉しそうに塾生たちを眺めていた。その細められた目が、平良たちの上でとまった。

「諸見里君、平良君、比嘉君、あなたたちに選挙参謀をお願いしたいと思っています」

狂乱の騒ぎが突然収まった。ありとあらゆる視線が平良たちに集中する。

「ぼくたちがですか？」

諸見里が素っ頓狂な声を張りあげた。驚愕《きょうがく》に顎の筋肉が顫えている。

「みんな仕事を抱えているのは承知です。時間がないのも承知です。それでも、ぼくは君たちに頼みたい。学生諸君やシンパたちと力を合わせて、わたしを助けてください」

「わかりました」

比嘉が立ち上がった。

「先生のご指名とあれば、全身全霊を込めて事に当たらせていただきます。兵站《へいたん》のことは任せてください」

ただ呆然としているのは平良だけだった。古謝の言葉は嬉しい。身に余る光栄だと感じていた。だが、一瞬、島袋景子のふくれっ面が脳裏を横切っていく。会える時間が少なくなると、彼女は機嫌を損ねるだろう。いつの間にか、彼女の存在は平良の中で大きく育っていた。

「平良君？」

古謝が心配そうに表情を曇らせた。平良は慌てて腰をあげ、だれにも負けぬ声を張りあげた。

「もちろん、やらせてもらいます!!」

比嘉が差し出してきた手を握り、平良は目を閉じた。闇の中、古謝や塾生たちの興奮が直に伝わってきた。興奮が肌に張りついて離れない。濃密で濃厚な昂揚が、この先に待ち受けているだろう幾多の困難を彼岸の向こうに押し流し、雲の上で踊っているかのような感覚をもたらしている。

「選挙が終わるまでは、訓練は中止ですね」

比嘉が囁きかけてきた。その向こうで、諸見里が焦点の定まらない視線をさまよわせている。だれもが興奮している中で、諸見里だけは途方に暮れているようだった。

「平良さん、いいですか？」

諸見里と比嘉の背後から玻名城がにじり寄ってきた。その顔は間違いなく興奮に歪んでいた。

「今じゃなきゃだめかい？」

平良は答えた。選挙参謀としてやらなければならないことが山積しているはずだ。できるだけ早く火照った頭を冷やして、それに対処したかった。

「だって、この後、平良さん忙しくなるじゃないですか。できるなら、今、話を聞いてもらえるとありがたいんですけど」

玻名城の喋り方は強引で頑なだった。平良は仕方なく頷き、部屋を出て古謝家の庭におりた。続いてきたのは玻名城だけで、比嘉も諸見里も塾生たちの熱狂に飲みこまれたままの方を選んだようだった。

「話って、なに？」

「義勇軍の活動のことです」

なんとなく予想はついていたが、溜息が漏れるのをとめることはできなかった。

「活動っていったって、當間さんに頼まれたことはもう充分にやっただろう？」

「どうしてもやまとーんちゅに土地を売るっていう人間がいるんだそうです。そいつの土地がやまとーんちゅの手に入ったら、本部の周辺は手当たり次第に乱開発されるんだそうです。なんとかしないと」

溜息は玻名城にはなんの効果も与えなかった。玻名城は敵を見つけた兵士のように昂揚し、興奮している。その昂揚と興奮は平良が感じているものとは明らかに違う種類のものだった。

「ぼくらはぼくらにできることをやった。それで効果がなかったというなら、ぼくらにやれることはもうなにもない。當間さんには、別の人に頼んだ方がいいと伝えてくれよ」

「そんなに簡単にやめちゃっていいんですか？　なんのために警察に逮捕される危険まで冒してあんなことをしたんですか？　やまとーんちゅにこの島を蹂躙されたくないからじゃないですか」

「だからこそだよ」

平良は声を荒らげた。

「さっきの古謝先生の話を聞いていたんだろう？　これからぼくたちは表の世界に打って出るんだ。後ろ指差されるようなことは絶対にやっちゃいけないし、あんなことはもう二度としないよ」

「怖じ気づいたんですね」

考えてもいなかった言葉を聞いて、平良は自分の耳を疑った。玻名城は暗く沈んだ目を庭に生い茂る草花に向けていた。古謝の妻が丹精をこめて育てた草花は、夜の湿気を受けてうなだれていた。

「なんだって?」

「いいんです。あんな目に遭えば、だれだって腰が引ける」

「待てよ、玻名城君。なんの話をしてるんだ?」

玻名城は静かに首を巡らし、平良を正面から見据えた。その目に浮かんでいるのはうなだれた草花と同じ、切ない色だった。

「あの夜の話です。平良さんが見つかった……」

「そうじゃない。あんなことで怖じ気づいたりするもんか。ぼくが話しているのは賢秀塾のことだ。琉球共和国党の未来に関わる話だよ」

「わかってます。差し出がましい口を利いてすみませんでした。當間さんには平良さんの言葉を伝えておきます」

玻名城はそういうと、身を翻して駆けていった。止める暇もない。遠ざかっていく玻名城の背中には危ういなにかが感じられて、平良は嘆息した。やんばるの森の中でふたりきり、長く話し合った時のあの親密さはすでに薄れている。

表玄関の方から、帰途につき始めた塾生たちの騒がしい声が聞こえてきた。平良は庭伝いに表に向かった。玻名城の姿はすでにない。玄関脇で佇んでいると、やがて、比嘉と諸見里が姿を現した。

「桃原君たちは？」

　平良は訊いた。

「とっくに出ていったよ」

　答えたのは諸見里だった。

「明日から大変だから、大学で取ってる講義を取捨選択しなくちゃって」

「そうか……」

「玻名城君はなんの話だったんですか？」

　比嘉が口を開いた。平良は小さく首を振った。

「義勇軍の活動を再開しようって――」

「やれやれ。古謝先生が立候補すると宣言したばかりなのに。もちろん、止めたんですよね？」

「うん。ただ、素直に聞いてくれたとは思えなくて……」

「彼の性分じゃ、そうでしょうね……平良さんはこれから忙しくなるだろうから、ぼくの方から暇を見てよく諭しておきますよ」

「そうしてもらえると助かります」

　平良たちは肩を並べて歩きはじめた。比嘉が平良たちにあわせて歩幅を狭めている。

「しかし、大役ですね。お互い、力を合わせて頑張りましょう」

「もちろん」

平良は声をひそめた。

「昇や比嘉さん、それに玻名城君たちには思いきり迷惑をかけるつもりでいますから」

「だけどさ、平良君は大丈夫なの？」

諸見里が沈んだ声でいった。

「大丈夫って、なにが？」

「時間だよ。畑仕事も、これからが忙しくなるんだろう？　選挙参謀なんてことになったら、時間がいくらあっても足りなくなる。お父さんやお母さん、いい顔しないんじゃないかな」

「説得するよ。投票日までは一ヶ月しかないんだ。その間だけ、我が儘に目をつぶってもらうしかないから」

「それに、彼女は？　忙しいからっていう理由に納得してくれる女性じゃないと思うけど」

確かに諸見里の指摘するとおりだった。両親の説得より、景子を納得させる方が骨が折れる。

「なんとかする」

「まあ、平良君のプライバシーだから、いいけど」

「そうだ」

比嘉が野太い声を発した。平良も諸見里も驚いて、比嘉の顔を見上げる。

「ぼくたちの選挙参謀就任を祝して宴を開きませんか？　これから一杯やりに行きましょう」

比嘉は満面の笑みを浮かべていた。古謝の決意表明がなにより嬉しいのだ。就任祝いというのは口実にすぎない。古謝の、賢秀塾の、琉球共和国党のために祝杯をあげたいのに違いなかった。

「ごめん。悪いけど、先約があるんだ。ぼくはここで失礼させてもらわなきゃ」

間髪を入れずに諸見里がいった。どことなくよそよそしい口調で、視線にも落ち着きがない。

「そうですか……じゃあ、祝杯は別の日にしましょうか」

「ぼくは付き合うよ」

平良はいった。比嘉の気持ちに応えてやれるのが自分しかいないのなら、喜んでその役を引き受けたい。

「本当にごめんよ。別の日ならちゃんと付き合うから。じゃあ、ぼくはこれで」

諸見里はへりくだりながらいうと、小走りで駆け出した。その背中にへばりついているのは、玻名城と同じ危ういなにかだった。

「諸見里さん、お気をつけて」

比嘉がのんびりとした口調でいった。その声を聞いた後で再び目を凝らすと、いつもと変わらぬ、ほっそりとした諸見里の背中が遠ざかっていくだけだった。

「どういうこと？」

しばらく会えなくなるかもしれないと告げただけで、景子の表情はこの時期の空のようにあっという間に翳《かげ》っていった。

「来月、参議院選挙があることは知っているだろう？」

平良は周りの視線を気にしながら口を開いた。若い女性ばかりが集まる喫茶店で、男の客は平良ひとりしかいない。

「それがわたしたちのこととどう関係があるの？」

景子の瞳は燃えあがっていた。怒りと悔しさの炎がめらめらと燃えている。南国育ちは直情的な性格が強くなりがちだが、景子のそれは図抜けている。しかし、不快ではないのが不思議だった。

「ぼくの尊敬している人が選挙に出馬することになったんだ。突然の話なんだけどね。これまでなんの準備もしてこなかったから、時間がない……できるかぎりの手伝いをしたいんだ。昼は家の農作業をして、夜は選挙活動に費やすことになる。寝る時間も削って働かないと――」

「だから、わたしとは会えないっていうの？　わたしのこと、どんな女だと思ってるの？　一分でも一秒でもいいのよ。清徳の顔を見られたらそれだけでいいのに、そんな時間も作れない？　作りたくない？」

「そんなことはないよ——」

虚をつかれて平良は首を振った。もっと強烈に自我をぶつけてくるものだとばかり考えていた。燃えあがる目に謙虚な言葉はあまりにも不釣り合いだった。

「ただ、君に迷惑をかけたくなくて」

「迷惑なんてとんでもないわ。わたし、清徳のそういうところが好きなの。真面目で一《いち》途《ず》で、わたしと正反対だから。清徳が自分の信じてることに一生懸命になっているところを見てるの、好きよ」

「あ、ありがとう」

景子はなんの衒《てら》いもなく自分の感情を口にする。その直截さは平良の目に眩しかった。景子の言葉はそのまま平良の言葉だ。自分にないものを持っているから、景子に惹かれていく。

「清徳がその選挙に一生懸命取り組もうとしてるのはわかったし、わたし、応援したいと思う。だけど、会えないのはいや。絶対にいやよ」

景子の声のトーンが少しずつあがっていく。いくつかの視線を感じて、平良は狼狽した。

「絶対に会えないっていうわけじゃないよ。選挙が終わるまでは、今までみたいに気軽には会えないっていうことさ」

少しずつ譲歩していく自分に忌々《いまいま》しさを覚えながら、しかし、平良には他の言葉を見つけることができなかった。

「そうだ、いいこと思いついたわ。わたしもその選挙を手伝う。選挙事務所っていうのかしら？　仕事が終わった後はそこで働くわ。そうしたら、清徳と毎晩一緒にいられるでしょう？」

「手伝うっていっても……選挙事務所は那覇にあるんだよ。名護から手伝いに来て、名護に帰るっていうのは、口でいうほど簡単じゃないよ」

「仕事辞めるわ」

平良は自分の耳を疑った。

「なんだって？　そんな簡単に――」

「簡単に口にしてるわけじゃないの。清徳と再会してからずっと考えてたんだから。名護にずっといたんじゃ、清徳と会う時間もなかなか作れないし……それにお父さんに戻ってきて仕事手伝ってくれって、ずっと前からいわれてたの。最近は昔ほど景気が良くないし、仕立ての仕事も大変みたい」

「だけど――」

「いいの、決めたんだから。コザにいれば、那覇に行くのだって近いし、毎晩清徳に車で送ってもらえるでしょう？　お給料少なくなるけど、そっちの方が素敵だわ」

予想外の成り行きに驚きながら、平良は目を瞠《みは》った。景子の目は相変わらず燃えている。しかし、炎の燃料になっているのはもはや怒りや悔しさではなかった。

「ぼくのためにそんなことをさせるわけにはいかないよ」

「清徳のためじゃないのよ。わかってないのね。わたし自身のために決めたの。ね、いいでしょう？　清徳には絶対に迷惑かけないから。家の仕事ちゃんと手伝うし、選挙も手伝う。そうしたいの」

そこまでいわれれば、平良に返す言葉はなかった。ぬるくなったコーラに口をつけ、意味もなく頷いてみる。

「選挙事務所は、人手が足りないんだ。助かるよ」

「ちゃんとわたしがお手伝いできるように、責任者に伝えておいてね」

「大丈夫。君の意志はちゃんと聞いたから」

今度は景子が目を丸くする番だった。

「どういうこと？」

「ぼくが選挙参謀なんだ。非力な参謀だけどね、どうしてもやってくれって頼まれて……」

「凄いじゃない。それだけ信頼されてる証拠よ。やっぱり、わたし、男を見る目があるんだなあ。この前のは失敗しちゃったけど。ね、選挙参謀さん、選挙に勝てる見込みはあるんでしょうか？」

景子は冗談のつもりで口にしたが、その言葉は錘《おもり》のついた矢となって平良の心臓を貫いた。平良の表情に気づき、景子が手を口に当てる。

「見込み、ないの？」

「ないよ。負け戦《いくさ》だってことは最初からわかってる。それでも、先生は戦うと決めたし、ぼくらもそれについていくと決めたんだ」

逆立ちしても古謝が参議院議員になる可能性はない。自民党や革新共闘会議はこの選挙のために、一年も前から準備をしているのだ。それに比べて、琉球共和国党は準備期間もないままに選挙戦に突入しなければならず、おまけに組織も小さい。勝ち目などあるはずがない。

「負け戦でもいいよ」

景子が穏やかな声で続けた。

「清徳がその先生って人についていくって決めたように、わたしも清徳についていくから」

景子の目は相変わらず燃えていた。

（下巻へ続く）

本書はフィクションであり、実在の団体、地名、人名などには
一切関係ありません。

本書は、「週刊プレイボーイ」二〇〇四年六月二九日号〜二〇〇五年八月九日号に連載されたものを加筆・修正したオリジナル文庫です。

馳　星周

淡雪記

最高の写真を撮ろうと北海道の大沼を訪れた青年・敦史は、森で妖精のような少女・有紀と出会い、惹かれ合う。だが重い秘密を持つ二人に悲劇が……。純な魂の彷徨を描く傑作長篇。

集英社文庫

馳　星周

ソウルメイト

集英社文庫

犬とは人間の言葉で話し合うことはできない。でも、人間同士以上に心を交し合うこともできる。思わず涙こぼれる人間と犬を巡る七つの物語。ノワールの旗手が贈る渾身の家族小説。

駆　星周

雪炎

元公安警察官が手伝うことになった地元原発の「廃炉」を訴える選挙戦。利権にまみれた政治家、警察、ヤクザの妨害を受ける中、選挙スタッフの女性が殺された……。「現実」を映し出す長編小説。

集英社文庫

集英社文庫

パーフェクトワールド 上《じょう》

2018年4月25日　第1刷　　定価はカバーに表示してあります。

著　者　馳《はせ》　星周《せいしゅう》

発行者　村田登志江

発行所　株式会社 集英社

東京都千代田区一ツ橋2-5-10　〒101-8050

電話　【編集部】03-3230-6095

【読者係】03-3230-6080

【販売部】03-3230-6393（書店専用）

印　刷　凸版印刷株式会社

製　本　凸版印刷株式会社

フォーマットデザイン　アリヤマデザインストア　　マークデザイン　居山浩二

ISBN978-4-08-745723-0 C0193